KB074957

심여사는 킬러

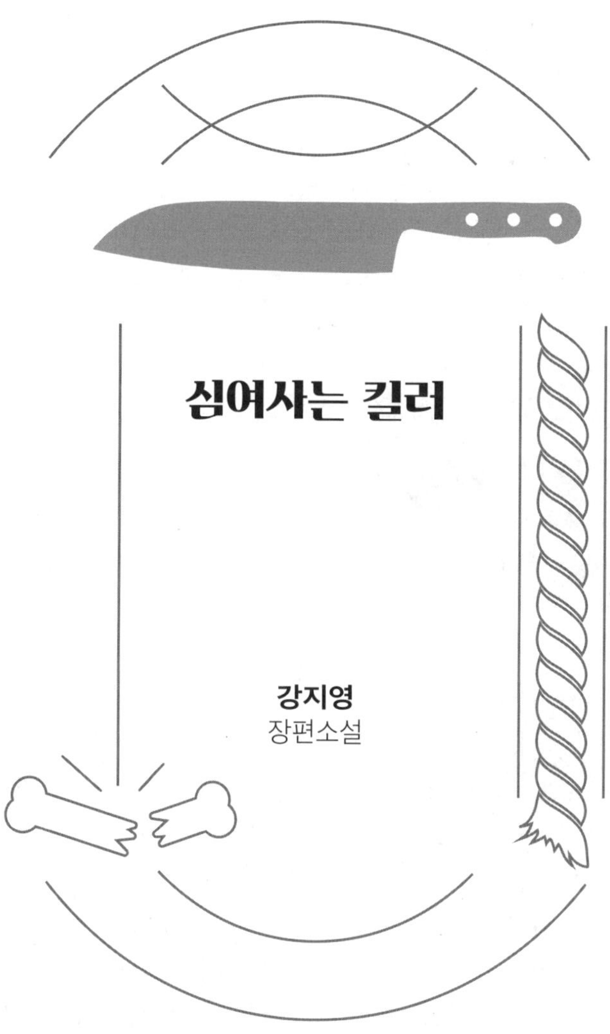

심여사는 킬러

강지영
장편소설

네오픽션

차례

심은옥

칼을 간다. 전동 숫돌에 칼날을 들이밀고 스위치를 누르면 급수통에서 물이 흘러나와 무딘 날을 적신다. 비듬 같은 불티를 튕겨내며 숫돌이 돌아간다. 잘 벼려진, 날이 푸르른 칼이 삼파장 조명 아래서 은갈치처럼 희번덕인다.

살은 칼보다 강하다. 연하디연한 안심만 자르는 대동칼도 며칠이면 날이 무뎌져 손목에 시큰하게 힘이 들어간다. 근육과 힘줄을 가르는 날카로운 쇠붙이가 내게 말을 건다. 이제 그만 쉬고 싶다고. 하지만 멀었다. 32년째 짐승의 배를 갈라온 마장동 임씨의 새김칼은 손가락 두 마디 길이다. 그래서 언뜻 송곳처럼 보이기도 한다. 자신의 허벅지를 여덟 번이나 찌른, 그리하여 대동맥이 잘려나가고 허벅지 안쪽에 구렁이 뱃구레가 훑고 지나간 양 깊은 흉을 남긴 칼을, 그는 버리지 않는다. 임씨는 원수를 갚기 위해 길을 떠나는 협객처럼 매일 새벽, 닳아빠진 그의 새김칼을 비장한 표정으로 간다. 그 새김칼이 다 닳아 면도날과 구분이 되지 않을 때가 되어서야 그의 허벅지를 찌른 원수는 재활용 쓰레기봉투로 내던져질 것이다. 그때까지 새김칼은 이 누린내 나는 지옥에서 탈출할 수 없을 터다.

칼을 갈아놓고 주인 여자가 출근할 때를 기다렸다. 그러나 마트가 문을 열고 전단을 손에 쥔 손님들이 카트를 밀며 어정거릴 때까지 여자는 나타나지 않았다. 그녀는 어제 2층 귀금속 매장에서 순금 두 냥짜리 목걸이를 팔았다. 그걸 들고 여자가 찾아갈 곳은 뻔했다. 빼꾸기하우스라 불리는 노름판이었다. 간혹 내게 노름 밑천을 가져오라는 전화가 걸려 와서 알게 되었다. 빼꾸기하우스 안은 언제나 담배 연기와 시큼한 탕수육 냄새로 가득했다. 그곳에서 여자는 식어빠진 탕수육을 질겅거리며 화투를 쳤다. 여자의 허벅지 아래로 천 원짜리 몇 장이 땀에 젖어 살에 들러붙어 있곤 했다.

"진아 엄마, 연락 못 받았구나? 어제 정육점 언니 쇠고랑 찼어."

가끔 주인 여자와 함께 빼꾸기하우스에 드나들던 빵집 사장이었다.

"오랜만에 끗발 올라서 눈이 히뜩 뒤집어지는 판에 경찰이 들이닥쳤나 봐. 오늘 매장 철수한다더라. 이제 자기 어쩌니?"

주인 여자는 남편의 성화에 못 이겨 도박을 끊은 척했지만 그의 눈길이 느슨해지면 빵집 사장과 카톡을 주고받은 후 어디론가 사라졌다. 돌아온 그녀의 몸에서는 여지없이 희미한 담배 냄새와 시큼한 탕수육 냄새가 묻어났다. 용케도 빵집 사장은 어젯밤의 소동에서 살아남은 모양이었다. 어쨌거나 나는 살아남지 못했다.

"그러게, 나는 어쩌지?"

가게가 문을 닫았으니 오늘부로 실업자가 되었다. 앞치마를 벗고 냉동고 손잡이에 쇠사슬을 칭칭 감아 그 끝에 열쇠를 물렸다. 내가 가지고 온 세 자루의 칼을 신문지에 둘둘 말아 나일론 쇼핑백 안에 담았다. 그나마 다행이라면 어제가 급여일이었다는 것뿐이다. 현금출납기를 열어 오늘 분의 왕복 차비를 뺐다. 십 원 한 장도 손해 보고 살기는 싫었다. 현금출납기 아래 서랍을 열어 메모지를 꺼냈다. '심은옥입니다. 오늘 차비 이천 원 가져가요. 빨리 출소해서 설 대목에는 만납시다.'

나는 심은옥이다. 올해 쉰한 살이 된 아줌마다. 과부다. 실업자다. 그리고 엄마다.

내겐 제대 후 복학을 준비하는 아들 진섭이와 공부 잘하고 차돌처럼 야무진 딸 진아가 있다. 남편은 5년 전 자살했다. 그는 서른네 살부터 당뇨를 앓아왔다. 그런데도 현미밥 먹기를 죽을 만큼 싫어했다. 처음에는 내복약으로 시작했다가 죽을 무렵인 쉰셋에는 고용량의 인슐린을 맞게 되었다. 병세가 깊어지며 그는 양쪽 새끼발가락을 하나둘 절단했고, 황반변성으로 눈이 멀었다. 놀랍게도 그는 자신이 맹인이 되었다는 사실을 일 년 가까이 숨겼다. 기억만으로 세상을 살아가는 일이 간단치 않았을 텐데, 그는 시력이 남아 있던 시절과 다를 바 없이 말하고 행동했다. 그러던 어느 날 홀연 자동차를 몰고 큰길로 나가 개업한 호프집을 들이받고 절명해버렸다. 그가 정말 자살을 하기 위해 차를 몰았는지는 확인할 길이 없었다. 하지만 경찰은 그의 죽음을 자살이라 단정했고 우리 가족은 한 푼의 보험금도 받지 못한 채 호프집의 손해배상을 위해 운영하던 정육점을 처분해야 했다.

남편이 자살했을 때 중학생이던 큰아이는 대학에 입학하자마자 군 입대를 해버렸고 진아는 그때부터 공부에 미쳤다. 그건 미쳤다고밖에 표현할 수 없는 몰입이었다. 그 애는 하루 종일 무언가를 풀고 맞추고 지우기를 반복했다. 작은 입술을 쉬지 않고 달싹이며 영어 단어를 외우고, 〈한국을 빛낸 100명의 위인들〉이라는 노래의 가사를 바꿔 국사 연표를 머리에 새겼다. 나는 우리 가족에게 아무 보탬도 되지 못하는 보험회사의 설계사로 취직했지만 그마저도 비빌 언덕이 없으니 형편이 나아지지 않았다. 그렇게 여기저기를 식은 보리알처럼 겉돌다 겨우 찾아낸 곳이 마트의 정육 코너였다.

현금출납기에서 차비로 가져온 이천 원을 반듯하게 모양 잡아 지갑에 넣었다. 실업자가 되었으니 걷기로 했다. 뙤약볕 아래, 손갓을 쓰고 버스 정류장을 지나쳤다. 새로운 일을 찾기 위해 생활정보지를 집어 들었다. 이미 폐지 수거꾼이 지나간 뒤인지 한 부밖에 남아 있지 않았다. 생활정보지 배급원과 폐지 수거꾼 사이에 모종의 약속이 맺어져 있을 터였다. 적어도 한 부 이상은 남겨둘 것. 나 같은 실업자를 위해, 그리고 영원히 서로의 얼굴을 마주하지 않고 공생하기 위해.

집으로 돌아갈 마음이 들지 않았다. 우편함 가득 쌓였을 고지서와 독촉장에 지레 겁이 났다. 나는 졸고 있는 비둘기를 쫓아내고 벤치에 앉았다. 생활정보지를 들고 안경을 바짝 치켜올렸다. 구인구직란이 빼곡했다. 홀 서빙, 찬모 구함, 친오빠처럼 사업 도와주실 분 — 보라, 대출 사원 모집, 텔레마케터 대모집……. 홀 서빙이라면 인건비가 저렴한 중국 교포를 선호하는 데다가 주인보다 나이 많은 종업원을 원하는 사장은 드물었다. 찬모는 한번 지원해볼 요량도 있지만 위치가 너무 멀다. 오빠 말고 언니는 필요 없냐며 보라라는 여자에게 전화를 걸 용기도 없었다. 대출 사원이 무슨 일을 하는지 알 수 없었지만 텔레마케터와 함께 50세 이하라는 나이 제한에서 걸렸다.

'40세 이상 주부 사원 모집, 월 300 보장, 비밀 유지 상여금 500% 지급, 스마일.' 마흔 넘은 여자에게 월수 삼백이라는 거액의 급여를 지불하겠다는 게 어딘지 수상쩍었지만 마지막에 스마일이라는 이름이 눈길을 잡아끌었다. 스마일, 처음 칼질을 배울 때 마장동 임씨가 나를 부르던 별명이었다. 실수를 해도 웃고, 손을 베어도 웃고, 600킬로그램짜리 소를 혼자 해체하면서도 내내 웃는 사람이 나였으니까. 대체로 나는 울어야 할 때 웃으며 살아왔던 것 같다.

휴대폰을 꺼냈다. 요금이 연체돼 발신이 금지된 탓에 시계나 다름없었다. 12시 15분 전. 점심시간을 아슬아슬하게 앞둔 시간이었다. 나는 주머니의 동전 수를 헤아리며 공중전화 부스로 들어갔다. 여덟 자리의 전화번호를 조심스럽게 누르고 신호를 기다렸다. 벨이 다섯 번 울리도록 받는 사람이 없다. 막 전화를 끊으려던 찰나였다.

"스마일입니다."

경쾌한 목소리의 젊은 남자였다.

"사원 모집 광고 보고 전화 드렸어요. 준비할 게 뭐뭐 있나요?"

전화기 너머로 젊은 남자가 무어라 외치는 소리가 아련하게 들려왔다. 송화기를 손바닥으로 막은 모양이었다. "사장님, 우리 모집 광고 냈어요? 그냥 오라 그러면 돼요?"

"그냥 오시면 되겠는데요. 은행나무 사거리에서 경찰서 방향으로 오시면 5층짜리 회색 건물 있거든요. 거기 3층이에요. 301호."

내가 무어라 대답하기도 전에 통화는 일방적으로 끊어졌다. 방문자가 있는지 인사하는 소리가 들리더니 먹통이었다. 은행나무 사거리면 집에서 내 걸음으로 20분 거리니 운동 삼아 걷기 딱 좋은 위치였다. 나는 이 추레한 복장으로 면접을 봐도 좋을지 알 수 없어 잠시 여성복 상점의 쇼윈도를 바라봤다. 유리에 비친 내 꼴은 그야말로 시골에서 갓 상경한 촌부나 다름없었다. 솔기가 닳은 초록색 블라우스에 냉장고 바지. 마트 이름이 우악스럽게 새겨진 나일론 쇼핑백. 지난주에 만 파마는 왜 이리 빠글거리는지, 영 마뜩치가 않았다. 나는 손가락을 세워 유난히 컬이 강한 정수리를 함함하게 빗질하고 근처 문방구로 들어갔다. 아무리 그냥 오라 했기로 이력서도 없이 빈손으로 가는 건 예의가 아니었다. 나는 300원을 주고 이력서와 봉투를 한 장씩 샀다. 그걸 들고 문방구 앞 파라솔 아래서 빌린 볼펜으로 이력을 적어나갔다.

예봉중학교 졸업, 학력란에 쓸 것이 바닥났다.

2002~2013년 생생정육점 운영, 경력란에 쓸 것도 바닥났다.

아르바이트 경력이라도 쓸까 했지만 굳이 부평초처럼 이런저런 마트에서 파트타임으로 뜨내기처럼 일한 것도 경력이 될까 고민스러웠다. 끝내 이력서는 두 줄로 끝이 났다. 학창 시절 붓펜으로 장난삼아 그리던 난초나 대나무로 빈자리를 메울까 하다가 치매 아니냔 소리라도 들을까 겁이 나 그만두었다.

나는 슈퍼에서 카스텔라 한 덩이와 흰 우유를 사 먹고 천천히 길을 걸었다. 공복감이 가시자 알 수 없는 자신감이 솟아났다. 짐승 배 가르는 일보다 험한 게 또 있겠나, 싶은 결기를 품고 턱을 바짝 당겼다. 걸을 때마다 쇼핑백 안에 든 칼들이 서로의 몸에 부대끼며 찰캉찰캉 소리를 냈다. 사람들이 그 소리를 듣고 나를 수상한 아줌마로 바라보는 건 아닐까 걱정스러웠지만 정작 그들은 ATM기 앞에서 차례를 기다리는 사람처럼 무표정하게 제 갈 길을 걷고 있었다. 쇼핑백 손잡이를 바투 잡으며 더 이상 주눅 들지 않기로 마음을 다잡았다. 아줌마니까, 가난한 소녀나 기회를 좇는 처녀나 버림받은 노파가 아니니까. 그러므로 나를 도울 사람은 나뿐이었다.

1시가 조금 못 돼 5층짜리 회색 건물 앞에 섰다. 늙은 경비가 꾸벅꾸벅 졸고 있다가 나를 보더니 경례를 올려붙였다. 생전 처음 보는 얼굴인데 그는 살가운 표정으로 느물느물 웃음을 주워삼켰다. 잡상인으로 오해받고 쫓겨나는 것보다 낫기는 했지만 그도 나처럼 울고 싶을 때 웃는 유형의 사람일지 모른단 생각이 들었다.

엘리베이터에 타고 보니 2층과 3층은 운행이 되질 않았다. 하는 수 없이 4층 버튼을 누르고 잠시 기다렸다. 뒤편의 거울을 보다 입가에 마른버짐 같은 허연 자국이 번져 있어 손가락에 침을 묻혀 닦았다.

건물은 한 층에 사무실 두 개가 마주 보는 모양새로 비좁고 더러웠다. 계단은 껌과 마른 가래침이 엉겨 붙어 있고 담배꽁초와 뭉친 먼지들이 건초처럼 뒹굴었다. 그것들을 곡예하듯 피해 3층으로 내려오니 301호 사무실이 계단 정면에 마주 보였다.

'스마일 흥신소' 흥신소라면 심부름센터 아닌가. 영화나 드라마를 보면 흥신소는 남의 뒤를 캐주거나 완력을 행사해 옳지 못한 일을 성사시키는 곳이었다. 나는 괜히 아까운 300원을 낭비하고 가뜩이나 시원찮은 무릎을 혹사시켰다는 생각이 들었다. 흥신소에서 대체 나 같은 아줌마를 고용할 이유가 없지 않은가.

다시 돌아갈 마음으로 계단에 한 걸음을 내디뎠다.

"아줌마, 내일부터 요구르트랑 뭘 하나 더 추가해주세요."

스마일 흥신소의 문이 열리고 빈 짬뽕 그릇을 내밀던 남자가 내 뒤통수에 외쳤다. 아까 전화를 받은 젊은 남자인 듯했다.

"저, 아까 전화한……. 면접 보러 왔는데요."

왜 그런 말이 튀어나왔을까. 그냥 못 들은 척 돌아서면 될 것을 굳이 요구르트 아줌마가 아니란 걸 이런 식으로 밝힐 필요까지는 없었는데.

"아까 그분이시구나. 어서 오세요."

남자는 멋쩍은 표정으로 내게 고개를 꾸뻑 숙였다. 그의 수줍은 입가에 옅은 오렌지색 짬뽕 국물 자국이 번져 있었다. 나는 남자가 안내하는 대로 사무실 안에 들어섰다. 환기를 시키지 않아 묵은내와 음식 냄새가 뒤섞여 있었다. 커튼이 없는 대신 유리창은 검은색으로 선팅되어 있었고 책상 네 개와 가죽 소파가 눈에 들어왔다.

"사장님은 양치질하러 가셨어요. 커피 드릴까요?"

내가 고개를 주억거리자 젊은 남자는 나를 소파로 안내하고 사라졌다. 흥신소라기에 엄청난 덩치들이 앉아 화투를 치거나 낮술이라도 퍼마시고 있을 줄 알았는데 생각과는 딴판이었다. 책상마다 컴퓨터가 놓여 있고 지저분하지만 서류와 플라스틱 파일들이 빼곡하게 꽂혀 있는 평범한 사무실의 모양새였다. 젊은 남자도 밤톨같이 깎은 머리며, 살가운 말투로 보아 불량배 같지는 않았다. 나는 쇼핑백을 등 뒤로 밀어 넣고 어린애처럼 사무실 곳곳을 두리번거렸다. 복도를 울리는 발소리가 사무실로 향했다. 곧이어 문이 열리고 자그마한 키에 옅은 콤비 양복을 차려입은 중년 사내가 걸어 들어왔다. 얼굴과 몸피에 살집이 붙어 후덕한 인상이지만 안경 너머 눈매가 서늘해 보이는 사람이었다.

"사장님, 면접 보러 오셨는데요."

청년이 커피 두 잔을 쟁반에 담아 사내를 앞질러 내 앞에 당도했다. 종이컵이 아닌 두툼한 머그잔이었다. 사내가 손수건으로 입가에 묻은 물기를 닦아내곤 서둘러 내가 앉은 소파로 다가왔다. 잔을 집어 드는 손마디가 나보다 고왔다. 어쩌면 내 생각과는 달리 흥신소라는 곳이 그리 험악한 일을 주워 담는 곳은 아닐지 몰랐다.

"반갑습니다. 박태상이라고 합니다."

박태상이 내게 손을 내밀어 악수를 청했다. 그의 희고 날렵한 손을 외면할 수 없어 어정쩡하게 감아쥐었다.

"심은옥이라고 합니다."

박태상이 속쌍꺼풀 진 옴팡한 눈을 깜빡이며 내가 내민 이력서를 훑어보았다. 1분, 2분. 두 줄뿐인 이력서를 그는 지나치게 오래 바라보았다. 부끄러운 줄도 모르고 이런 같지 않은 이력서를 내밀었다고 호통이라도 칠까 마음은 호둣속이다.

"정육점을 운영하셨군요."

드디어 박태상이 이력서를 탁자 위에 내려놓았다. 나는 영문도 모른 채 대답 대신 선웃음을 지었다. 박태상의 등 뒤에 붙은 둥근 거울로 어수룩한 내 얼굴이 비쳤다. 광대 위로 깨처럼 흩뿌려진 기미가 가난과 무신경을 표 내는 것만 같아 부끄러웠다.

"그럼 칼 같은 거 잘 다루시겠네요."

고개를 주억거렸다. 마장동 임씨만큼은 못 되어도 고기를 썰고 째고 포 뜨는 일에는 자신이 있었다.

"준기야, 우리 케이크 자르던 플라스틱 칼 있지? 그것 좀 가져올래?"

청년의 이름은 준기였다. 그가 사무실 한편에 놓은 싱크대 서랍을 뒤지는가 싶더니 이내 하얀 플라스틱 빵 칼을 들고 와 칼 손잡이를 박태상에게 건넸다.

"실례가 되지 않는다면 이걸 한번 잡아주시겠습니까? 소의 갈비 사이로 칼을 밀어 넣는다, 생각하시고 말입니다. 진짜 칼이 있다면 좋겠지만."

"아……, 칼이라면 저한테 있어요!"

칼과 취직이 무슨 상관이 있으랴 싶으면서도 나는 등 뒤의 쇼핑백을 열어 대동칼 한 자루를 끄집어냈다. 나는 눈앞에 작업 도마가 있다는 상상을 하며 붉게 숙성된 쇠고기의 갈비에 칼집을 넣듯 칼끝을 조금 숙여 허공을 갈랐다.

"조금 더 칼끝을 올려보세요. 아뇨, 팔을 조금 치켜들어서. 네, 네. 맞습니다."

칼이 그의 눈을 사로잡았다. 나는 눈을 감았다. 농밀한 어둠 속에서 나는 검게 그은 커다란 짐승의 털을 슥슥 벗겨냈다. 그러자 발그스름한 살이 드러났고 누릿한 피비린내가 코끝에 닿았다, 이내 사라졌다. 칼날이 고기를 자르고 밀어내고 또다시 새로운 고기 틈으로 파고들었다. 박자와 장단을 넣어 칼날을 휘두르다 보니 제법 신이 났다. 늘 혼자 해온 일에 감탄할 준비가 되어 있는 관객이 있다고 생각하자 묘한 쾌감이 들었다.

"됐습니다. 그만 앉으셔도 좋습니다."

박태상의 목소리에 눈을 떴다. 다시 낯선 사무실이었다. 나는 땀이 촉촉이 밴 칼을 쇼핑백에 담았다. 그제야 조금 전 오방난장이 조금 부끄러워졌다.

"초면에 어려운 부탁 들어주셔서 고맙습니다."

박태상의 얼굴이 붉게 상기되어 있었다. 그가 설명하길 애초에 내가 본 구인 광고는 자료조사원을 모집하기 위해 낸 것이라고 했다. 지원자가 여럿 있었지만 모두 어수룩한 주부들이었고 남의 뒷조사는커녕 자신이 저지르고 있는 불륜의 데이트 비용이나 마련해볼 요량으로 달려든 얼치기들이었다.

"단도직입적으로 제안하겠습니다. 킬러가 되어주세요. 누구나 죽이고 싶도록 미운 사람이 하나씩은 있지 않을까요? 심여사님이 결심만 하시면 억울한 사람들의 간절한 소망을 대신 이뤄줄 수 있습니다."

놀랍게도 박태상은 나의 수더분한 외모와 남다른 칼솜씨, 불우한 가정 환경이 킬러가 되는 데 더할 나위 없이 좋은 조건이라고 했다. 그의 입에서 '킬러'라는 생경한 단어가 튀어나왔을 때, 나는 한동안 잠잠했던 요실금이 재발해 속옷이 젖어드는 걸 느꼈다. 다리가 후들거려 일어서지도 못할 지경이었다. 킬러라니. 세상에 킬러라는 직업이 실제로 존재한다는 게 선뜻 믿어지지 않았다.

"못 들은 걸로 할게요. 입에 작크 단단히 채웠으니 염려 마세요. 저 진짜진짜 입 무거운 사람이에요."

나는 떨리는 손으로 쇼핑백을 거머쥐었다. 한시라도 지체했다가는 사람을 죽이는 일이 직업인 그들에게 해코지라도 당할까 두려웠다. 내겐 아직 덜 자란 아이가 둘이나 있다. 그러니 도망쳐야 했다. 도망친 후에도 집 안의 모든 불을 끄고 수시로 창문과 커튼을 닫고 납작 엎드려 숨을 죽여야 한다. 자신들의 실체를 알아버린 나를 그들이 그냥 내버려둘 리 없다. 적어도 영화에선 그랬다. 조금 전까지 평범한 사무실로 보였던 이곳이 괴괴한 느낌의 범죄 소굴로 느껴졌다.

"심여사님."

돌아서는 나를 박태상이 불러 세웠다. 여사라는 호칭이 달갑지 않았다. 마트 본사에서 나온 직원들이 종종 나를 그렇게 불렀다. 여사님, 바닥에 물 흐르지 않게 하라고 몇 번을 말했어요. 여사님, 아무리 급해도 화장실은 점심시간에 이용하셔야죠. 내가 사는 세상에선 여사님이란 말이 아줌마보다 못했다.

"다시 말씀드리지만 저희는 여사님을 초빙하고 싶습니다. 신인이 필요하단 말입니다."

걸음이 바닥에 철컥 달라붙었다. 눈물인지 식은땀인지 모를 것이 한 방울 뚝, 떨어져 신발 위에 아롱졌다. 박태상이 발음하는 여사님의 어조는 본사 직원들이 개 꾸짖듯 내갈기는 것과는 달랐다. 고개를 돌려보니 박태상이 금고에서 금괴 하나를 꺼내 내밀었다. 이 작은 사무실에 고가의 금붙이가 있다는 건 뜻밖의 일이었다. 하긴 킬러도 실존하는 세상에 금괴가 대수인가 싶었다.

"현금으로 환산하면 7천만 원이 조금 못 됩니다. 저 안에 두 개가 더 있고요. 이번 일을 잘 해결해주시면 여사님 몫으로 한 개를 내드리겠습니다."

7천만 원. 3년간 한 푼도 쓰지 않고 매일 열 시간 가까이 일해야 벌 수 있는 목돈이었다. 그 돈이면 월세를 내지 못해 한 달 후면 보증금이 바닥날 아파트를 구할 수 있다. 진섭이를 대학에 복학시키고 밀린 공과금과 세금을 치르고 진아에게 과외를 시킬 수도 있다. 죄책감을 앞세운 알량한 내 자존심만 아니라면 모두가 행복해질 수 있는 돈, 은혜로운 7천만 원이었다.

"그 금괴 정말 주실 건가요?"

박태상이 부드럽게 고개를 끄덕였다. 고상하게 양심과 이성을 찾기에 나는 너무 궁지에 몰려 있었다. 파트타임 벌이로 빠듯하게 키운 아이들도 변변치 못한 대학과 직장과 도시를 떠돌다 종래 나처럼 파트타이머로 늙어버릴 게 눈 앞에 그려졌다.

"살인자가 되는 거네요. 7천만 원 때문에."

박태상이 웃었다. 그의 곁에 서 있던 청년도 덩달아 멋쩍게 웃었다. 그건 나를 향한 비웃음이 아니었다. 그들 역시 나와 같은 생각을 품고 있기에 쏟아낼 수밖에 없는 자조였다.

"여사님, 우리 살인자 대신 해결사라고 부르기로 하죠."

웃기지 않은 농담이었지만 나는 그들을 따라 어줍게 웃어 보였다. 초록은 동색이니까.

"출근하시는 걸로 알겠습니다. 칼은 여사님 손에 익은 걸 그냥 쓰셔도 좋습니다. 복장은 지금처럼 편안하게 유지해주세요. 아무도 심여사님이 킬러라는 사실을 눈치채선 안 되니까요. 내일 아침 7시에 이력서의 주소로 모시러 가겠습니다. 하루 정도 엠티를 갈까 합니다. 아, 그리고 약간의 활동비."

박태상은 금고를 열어 여러 장의 5만 원권을 봉투에 담았다. 내가 거절할 새도 없이 쇼핑백 안으로 봉투가 곤두박질쳤다. 칼날이 조그맣게 챙강, 소리를 냈다. 돈의 무게, 그건 누군가의 목숨 무게였다. 나는 경비원의 능글맞은 웃음과 경례에 눈인사를 하며 허망할 게 뻔한 표정으로 돌아섰다.

아직 볕이 따가웠다. 보증금 3천만 원에 월세 30만 원인 열다섯 평짜리 아파트 문을 열고 들어서자 비로소 무릎이 꺾였다. 해거름이 되도록 옷도 갈아입지 않고 안방에 베개 없이 누워 있었다. 켜놓은 텔레비전에서 흘러나오는 저녁 뉴스가 이명처럼 귓가에 엥엥 울렸다.

10시가 조금 넘어서 진아가 현관으로 들어섰다. 피곤에 수척해진 얼굴이다.

“엄마, 밥.”

나는 말없이 식탁을 행주질하고 밥을 차렸다. 한창 자랄 나이에 제대로 못 먹여서일까, 진아의 어깨는 유독 좁다. 목 뒤에 톡 불거진 호두알보다 작은 뼈가 안쓰러웠다.

“진아야, 엄마 모레 집에 못 들어올 거 같은데 어쩌지?”

진아는 단어장에서 눈을 떼지 못하고 밥을 먹었다.

“왜?”

나는 진아의 숟가락 위에 조기 살을 발라 올려놨다.

“마트가 바빠서.”

“아무리 바빠도 마트가 마트지, 왜 외박을 하는데? 애인 생긴 거야?”

진아는 영리하다. 마트는 11시면 문을 닫으니 외박을 위한 좋은 구실이 되지 못했다.

“애인은 무슨, 망측한 소리하고 있어. 엄마가 알바를 하나 더 해서 그래, 얘. 장례식장 음식 서빙. 블라우스 석 장 다려서 옷장에 걸어놓을 테니까 깨끗한 걸로 입고 나가.”

나는 가슴을 쓸어내리며 진아의 눈치를 살폈다. 진아가 고개를 끄덕였다. 때마침 들어온 진섭이도 식탁에 앉았다.

“엄마, 저 바로 잘 거니까 반 그릇만 주세요.”

“알바 힘들구나.”

제 힘으로 복학을 하겠다며 새벽배송과 편의점 알바에 뛰어든 진섭의 얼굴도 까칠하긴 매한가지다.

"일찍 일어났더니 피곤해요."

제 아버지를 닮아 눈매가 서글서글하고 몸이 가는 진섭은 입이 짧다. 저녁상 앞에서도 한두 가지 반찬에만 젓가락이 오갔다.

"힘들면 그만둬. 엄마가 어떻게든 해볼게."

"아직 복학 신청 기간 남았으니까 염려 마세요. 알바비 나오면 제가 알아서 할게요."

진섭의 입술 끝이 헐어 있었다. 땀으로 젖었다 마르기를 반복한 머리칼은 이발할 시기를 놓쳐 목덜미를 덮어갔다. 그 애의 몸에서 묻어나는 파스 냄새에 눈이 시렸다.

아이들이 잠들자 나는 가방을 쌌다. 낡은 트레이닝복 한 벌과 요실금 팬티, 양말, 도끼 빗과 화장품 샘플, 치약과 칫솔, 출출할 때 먹을 건빵, 안경 닦는 천, 휴대폰 충전기, 고지혈증 약 등을 담았다. 베개에 머리만 붙이면 잠이 드는 평소와 달리 진섭이가 출근을 할 즈음에야 잠깐 눈을 붙일 수 있었다. 진아의 등교를 배웅하고, 몇 번이나 가스 밸브를 확인한 뒤 집을 나섰다. 짐 가방을 들고 아파트 앞을 나서니 대기 중이던 은색 승용차가 나를 향해 짧게 경적을 울렸다.

"어머나, 오래 기다리셨어요?"

정확히 7시에 맞춰 나왔는데 저쪽도 서두른 모양이었다.

"저희도 방금 왔습니다."

박태상이 운전대를 잡았다. 뒷좌석에는 어제 본 청년이 모로 누워 곯아떨어져 있었다. 나는 짐을 대시보드 아래로 밀어 넣고 조수석에 앉았다. 남편이 죽은 뒤 처음으로 타 보는 승용차였다. 박태상은 노련한 운전 솜씨로 우리를 묶어두었던 소도시를 벗어났다. 하나의 차선만으로 경적을 울리거나 추월도 하지 않고 점잖게 달리는 차 안에서, 어쩌면 오래전 그도 내 남편처럼 처참한 전복 사고를 당한 적이 있을지 모르겠다고 생각했다. 그리고 운 좋게 살아남아 뭔가 증명이라도 하듯 꿋꿋이 살아가는 부류의 인간일지도.

어느덧 차는 양평의 마당 넓은 펜션에 도착했다.

"여사님, 내리세요. 짐은 저 주시고."

한참 어리기는 하지만 남자들과 한 집에 있게 된다는 사실이 불편했다. 하지만 그들은 나를 어머니나 큰누이 대하듯, 말투며 행동에 스스럼이 없었다.

짐을 풀자마자 박태상은 트렁크에서 꺼내온 사람만 한 쿠션을 벽에 세워두고 어떻게 하면 단칼에 쿠션의 배를 가를 수 있는지를 내게 가르쳤다.

"여사님, 사람은 소나 돼지하곤 달라요. 킬러가 건달 출신 무식한 놈들이나 하는 짓이라고 생각하지만 절대 그렇지가 않습니다. 킬러는 면허 없는 의사예요. 제가 처음에 칼질 배울 때는 해부학부터 시작했어요. 여사님이야 워낙 기본기가 있으시니까 제가 마음 놓고 시작합니다."

박태상은 우둔해 보이는 몸집이지만 잠시 숨을 고르고 평온한 표정이 되더니 날렵하게 칼을 감싸 쥐고는 순식간에 커다란 쿠션의 배를 갈랐다. 잘 벼린 칼은 커다란 별무늬가 듬성듬성 프린트 된 폴리에스터 원단을 가볍게 파고들었다. 마치 물에 손을 담그듯, 바람결에 비눗방울 날리듯. 그가 몸을 돌려 부엌으로 걸어갈 때까지 쿠션은 잠시 그대로 서 있었다. 그러나 그의 모습이 완전히 사라지자 앞으로 넘어지며 허연 솜을 꾸역꾸역 내뱉었다. 박태상의 솜씨는 한때 일본에서까지 초빙이 들어올 만큼 정교했다고 준기가 일러주었다.

"이거 사바키하곤 다르네요."

우리끼린 발골 작업을 사바키라고 부르곤 했다. 박태상의 솜씨는 마장동 임씨와는 결이 달랐다. 이미 죽은 동물을 쓸모에 따라 해체하는 일은 손이 숙련된 생산자처럼 공식에 따라 행위를 이어가면 그만이었다. 경우에 따라 칼을 바꾸기도 했고, 일이 막히면 후배와 합을 맞추어 근막을 제거하고 힘줄을 도려냈다. 하지만 킬러는 처음부터 끝까지 혼자다. 중간에 칼을 바꿀 수도 없고, 손이 모자란다고 동료를 끌어들일 수도 없다. 오직 단 한 번의 기회에 자신의 역량을 발휘하지 못하면 나락이다.

나는 경외와 두려움을 섞어 바라보았다. 그걸 의식했는지 박태상이 얼른 사람 좋은 웃음을 지었다.

"장을 봐 왔는데 우리 밥 먹고 마저 하시죠."

우린 함께 먹을 밥을 지었다. 준기는 쌀을 씻고, 박태상은 콩나물을 데쳤다. 나는 시금치를 넣은 된장국을 끓이고, 데친 콩나물을 조금 심심하다 싶게 무쳤다. 목살을 넣은 김치찌개, 큼직하게 썬 양파와 오이는 새콤달콤하게 무치고, 차돌박이와 숙주나물을 함께 볶았다. 세 명의 숟가락이 드나들던 김치찌개 한 냄비가 순식간에 비었다. 우리는 모두 술 담배를 하지 않았으므로 그날 밤, 박태상의 무용담을 들으며 오렌지주스를 다섯 병이나 비웠다.

나는 칼 한 자루 없이 손님이 북적한 정육점에서 어쩔 줄 모르고 서 있는 꿈을 꿨다. 전지 닷 근이요, 민찌 두 근이요, 난 꽃갈비로 5킬로. 팔아야 하는데 팔 수 없어 발을 구르던 그때 조용히 가게 문이 열리고 죽은 남편이 걸어 들어왔다. 말년의 초췌한 모습이 아닌, 젊고 건강하던 청년 시절의 모습이었다. 진섭이와 꼭 닮은 젊은 남편이 사람들을 헤치고 내게 다가왔다. 나는 넋을 놓은 채 그를 향해 손을 뻗었다. 진아 아빠, 라고 불러보고 싶었지만 말이 되어 입 밖에 나오지 못했다. 그는 다 안다는 듯 지그시 웃어보이곤 점퍼 호주머니에서 무언가를 꺼내 내게 건넸다. 그건 손가락 한 마디 길이의 아주 작은 칼이었다. 고기는 커녕 초코파이 하나 못 썰게 작은 칼을 받아 쥔 나는 꿈에서조차 야속한 그를 향해 고함을 내질렀다. 그러자 손에 쥔 칼이 손가락 두 마디로 커졌다. 신기한 마음에 다시 소리를 버럭 질러보았다. 이번엔 칼이 손바닥 길이로 늘어났다. 이만하면 고기도 썰겠구나 싶어 다시 소리를 질러보려던 그때, 남편이 내게 말했다. 은옥아, 우리 그걸로 고기 말고 과일 까먹자. 나 고기 냄새 싫어. 애들이 뭘 보고 배우겠어. 칼질 접자, 우리.

나는 울화가 치밀어 잠자리에서 벌떡 일어나 앉았다. 남편은 일평생 내게 티끌만 한 도움 한 번 안 준 주제에 겨우 먹고 살 만한 길이 열렸나 싶으니 심술을 부리고 있었다. 무책임하게 환승하듯 저승으로 도망가버린 사람의 입에서 애들이 뭘 보고 배우냐는 말이 나온 게 어처구니없었다. 그가 하지 말라고 하니 더 하고 싶었다.

엠티 내내 사람을 찌르는 법과 찌르기 위해 잠입하는 법, 죽여야 할 사람과 죽여선 안 될 고수를 구분하는 법 등을 박태상에게 전수받았다. 나는 생명보험회사에서 받은 수첩에 그것들을 꼼꼼히 적어갔다. 다만 의뢰인은 손님, 목표물은 고기, 살인은 썬다, 청부 살해는 매출, 자료 조사는 매입 등으로 슬쩍 바꿔 표기했다. 행여 아이들의 눈에 띄기라도 해서 의심받는 불상사는 피해야 했다.

내 첫 의뢰인은 애꾸눈이었다. 굵은 금목걸이에 커다란 호박이 박힌 반지를 낀 육십대 초로였다. 그는 사무실에 들어서자마자 준기에게 커피 대신 녹차와 에쎄 체인지 한 갑을 가져오라고 주문했다. 그러더니 내 인사는 본 체 만 체하더니 다리를 한껏 벌리고 소파에 앉았다. 그의 애꾸가 아닌 다른 한쪽 눈마저 세상을 떠난 남편처럼 부옇게 흐려 있었다.

"이번 일을 맡은 심은옥 여삽니다."

박태상이 선 채로 나를 소개했다. 애꾸눈은 자신이 고용한 킬러가 여자라는 사실, 그것도 굼뜨고 나이 많은 아줌마라는 데에 실망한 눈치였다. 때마침 준기가 병에 든 녹차와 담배를 사들고 돌아왔다.

"아니 젊은 애는 이렇게 썩혀두고 왜 하필……."

애꾸눈이 담배를 피워 물었고 준기가 재빨리 공기청정기를 작동시켰다.

"한번 맡겨주시죠. 스마일의 사활을 걸고 깨끗하게 해결해드리겠습니다."

애꾸눈이 녹차를 들이켜더니 고개를 가로저었다.

"한 번 저지르면 돌이킬 수 없는 일인데, 실수라도 하면 쇠고랑은 누가 찹니까?"

박태상은 종이를 꺼내 무언가를 쓰더니 애꾸눈에게 내밀었다.

"보십쇼. 스마일 흥신소는 비밀 유지에 있어서만큼은 최고를 자부합니다. 준기 재, 아직 사람 못 죽여요. 여기 심여사님은 필드에서 오래 뛴 분이라 진짜 프로죠. 여사님, 칼 한번 잡아주세요."

나는 엉겁결에 자리에서 일어나 테이블 위의 칼을 잡아들었다. 박태상에게 배운 대로 칼을 조금 세워 사람의 갈빗대 사이를 꿰뚫겠다는 심정으로 무게 중심을 낮춰 균형을 잡았다.

"뭣보다 심여사님이라면 다른 사람 눈에 쉽게 띄지 않고 잠입할 수 있습니다. 아니, 찜질방 주인, 그것도 하루 종일 여탕에만 있는 사람을 남자가 어떻게 살해합니까?"

그랬다. 애꾸눈이 죽여 달라고 한 사람은 찜질방 여주인이었다. 그와는 33년이나 한솥밥을 먹은 전 부인인데 지금은 아들을 구슬려 그의 재산을 야금야금 갉아먹으며 새 남편과 이민을 준비 중이라 했다. 솔직한 말로 그게 뭐 그리 죽을죄인가 싶었지만, 첫 의뢰를 마다하긴 어려웠다.

애꾸눈은 눈을 감더니 굵은 눈썹을 꿈틀대며 한참을 고민했다. 불현듯 그가 엄지와 검지로 동그라미를 만들어 보여주곤 자리에서 일어섰다.

"정의를 구현하겠다는데 아줌마면 어떻겠어요. 우리 잘해봅시다."

나와 두 남자가 안도의 한숨을 쉬었다.

"아까 그 종이는 뭐예요?"

애꾸눈이 돌아가고 한숨 놓이자 궁금했던 것을 물었다. 준기가 뛰어와 귓속말로 대답했다.

"자결서라는 거예요. 발각될 시에는 우리 스마일 흥신소 임직원 모두가 그 자리에서 자결하겠다는…… 증거 인멸을 위해서."

나는 눈이 화등잔만 해져 박태상을 쳐다봤다. 그가 유리 너머로 애꾸눈이 사라져가는 것을 먼눈팔듯 오랫동안 바라봤다.

"저 금괴에는 생명 수당도 들어 있습니다. 혹 잘못되더라도 자녀 분들께 틀림없이 전해질 겁니다."

"그 말을 지금 하면 어떡해요? 저 절대 애들 놔두고 자결 안 하거든요!"

내가 복받치는 울음을 삼키며 박태상에게 퍼부었다.

"자결서엔 임직원만 포함돼 있습니다. 여사님은 프리랜서잖아요. 4대 보험도 안 들어주는 계약직에게 자결까지 강요할 순 없죠."

박태상이 칫솔에 치약을 짜 화장실로 향했다. 계약직이라 이득을 보는 건 이번이 처음이었다. 무안한 마음에 정규직인 준기의 눈을 피해 탕비실로 몸을 숨겼다.

의뢰를 받은 그날부터 행동을 개시했다. 나는 매일 애꾸눈의 전 부인이 운영하는 찜질방에 드나들었다. 말이 찜질방이지 규모가 온천이나 다름없었다. 옥상에는 야외 수영장이 있었고, 눈 내리는 방, 자수정 찜질방, 게르마늄 온천탕 등 목욕과 찜질을 할 수 있는 운동장만 한 공간이 무려 열두 개나 되었다. 나는 여탕 카운터에 앉아 있는 주인 여자를 한눈에 알아보았다. 애꾸눈이 내민 사진 속 그 얼굴, 윤희자였다.

"어머, 눈썹 문신 한 건 줄 알았는데 아니네. 아주 백만 불짜리 눈썹이셔."

나는 여자의 짙은 눈썹을 칭찬하며 카운터에 다가갔다. 손톱 손질을 하고 있던 피둥하게 살찐 여자가 반색을 했다.

"문신 아니긴요, 이거 사실 반영구화장 한 건데 다들 몰라보네. 손님도 하지 그래요? 저기 실면도 해주는 언니가 논현동에서 제대로 배워왔거든."

희자가 손거울로 자신의 눈썹을 바라보며 만족스레 미소 지었다. 나는 그녀의 아몬드형 손톱 모양과 늘어지지 않은 목덜미, 대단한 사업 수완을 칭찬했고 반면 내 초라한 처지와 겉늙은 외모에 대한 불만을 터트렸다. 상대적 우월감에 빠진 희자의 눈에 홍이 돌았다.

"이제 가봐야겠다. 우리 딸 학교 갔다 올 시간이네. 나도 영구화장인지 맹구화장인지 하고 싶은데 내일 오면 소개 좀 해줘요."

아쉬워하는 희자에게 너스레를 떨며 나는 찜질방을 빠져나왔다. 그리고 이튿날 나는 희자의 손에 이끌려 별로 하고 싶지도 않은 아이라인 문신을 했고, 그녀는 내게 호박 식혜를 서비스했다. 우리는 현빈과 강동원, 방탄소년단과 나훈아까지 이 시대의 가장 섹시한 남자들에 대해 쉬지 않고 떠들다 함께 자수정 찜질방에 들어가 낮잠을 잤다. 이튿날 나는 그녀의 등을 밀어주었고 그 이튿날은 집에서 담근 물김치를 쩔쩔매며 들어 날랐다. 한 달쯤 지나자 희자는 나를 동생이라 부르기 시작했다.

"언니, 여긴 쉬는 날이 없나봐?"

희자가 혼자 있을 때를 틈타야 했지만 도통 쉬는 날이라고는 없어 보였다.

"일 년에 딱 하루 쉬지."

"그게 언제야?"

희자가 얼굴에 요구르트를 문지르며 싱긋 웃는다.

"내일."

"내일이 무슨 날인데 이 불티나는 장사를 쉬어?"

"내일이 내 생일이걸랑. 가족이랑 친구들 불러서 옥상에서 작게 파티 해. 너도 올래?"

드디어 디데이가 찾아왔다.

"절친만 모이는 자리 같은데 내가 가도 돼?"

"요즘은 네가 내 베프잖아. 와서 실컷 놀다 가. 바비큐도 구울 거야."

희자에게 살가운 표정으로 손을 흔들고 찜질방을 나섰다. 이마에 식은땀이 맺히고 다리가 후들거려 도저히 지하철을 탈 수 없었다. 겨우 택시를 잡아타고 사무실에 돌아오자 한순간에 긴장이 풀려 자리에 주저앉고 말았다.

"여사님, 왜 그래요?"

박태상이 달려 나와 나를 부축했다.

물 한 모금을 마시고 준기가 팔다리를 주물러준 다음에야 나는 겨우 입을 뗄 수 있었다.

"침착하세요. 계획대로만 진행되면 무탈할 겁니다."

박태상이 세운 계획은 이랬다. 희자의 생일파티에 자연스럽게 참석한 후 손님들이 드문드문 사라질 때 나도 함께 자리를 뜨는 척, 빈 찜질방 안에 숨는다. 그러다 희자가 혼자이거나 화장실에 가는 틈을 타 찜질방에서 나온다. 그때 준비된 칼로 냅다 찌르면 되는데, 혹시 목격자가 있거나 단번에 죽지 않아 비명이라도 나올라 치면 박태상에게 휴대폰으로 연락하라는 것이 골자였다. 뒷일은 박태상이 해결해주겠다고 했지만 나는 여전히 마음이 놓이지 않았다.

집에 돌아와서도 아이들을 똑바로 쳐다볼 엄두가 나지 않아 몸살을 핑계로 일찍 잠자리에 들었다. 밤새 사방에서 날아오는 칼을 피하는 꿈을 꾸었다. 아침에 일어나자 마치 그 꿈이 먼 미래를 예견하는 것 같은 묘한 불안감에 커피를 타는 손이 간단없이 떨렸다.

"엄마 요즘 맨날 목욕하나 봐? 아이라인 문신도 하고, 수상쩍어."

진아는 며칠 전부터 방학이지만 매일 학교에 갔다. 금괴를 팔면 진아에게 꽃등심을 사줘야겠다는 생각을 하며 불안감을 뜨거운 커피 물에 녹였다.

"요즘 찜질방에서 일하거든. 엄마 오늘 좀 늦어."

나는 아이들 졸업식마다 입고 나섰던 낡은 아이보리색 투피스를 찾아 입었다. 그러다 피가 튀면 어쩌나 하는 생각에 다시 검은색 원피스로 갈아입고 잘 벼린 칼을 가짜 악어가죽 핸드백에 집어넣었다.

찜질방으로 향하는 마을버스에 오르자 낯익은 기사가 눈인사를 건넸다. 나는 태연한 표정으로 가벼운 목례를 하고 빈자리에 앉아 차창 밖을 내다봤다. 박태상의 차가 마을버스 곁에 바짝 붙어 달리고 있었다. 혼자가 아니라는 생각이 들자 불안했던 마음이 한결 누었다.

찜질방 옥상에 들어서자 한 무리의 사람들이 바비큐를 자르고 있었다. 나는 희자에게 다가가 10만 원이 든 봉투를 찔러 넣어주었다.

“왜 이래, 빈손이면 누가 뭐란다고?”

“뭘 좋아할지 몰라서. 에센스 싼 거 한 병 값밖에 안 돼.”

희자는 사람들에게 과장되게 봉투를 흔들며 자랑했다. 어디선가 나타난 기름기 도는 사십대 남자가 희자의 어깨에 팔을 감았다.

“인사해, 여보야. 여긴 심은옥이라고 우리 단골인데, 나랑 고향도 같고 사람 참 좋아.”

남자가 성의 없이 고개를 까딱해 내게 인사를 건넸다.

“우리 신랑. 생긴 건 날라리 같아도 필리핀에서 IT 사업 하고 있어. 요즘 재미 좀 보나봐.”

희자가 내 귀에 작게 속삭이고는 취기에 신이 나 갈갈 웃었다. IT는 무슨, 불법 도박 사이트겠지. 속내를 감추고 천천히 고개를 돌려 희자의 아들을 찾았다. 옥상 난간에 몸을 기댄 이십대 초반의 청년이 눈에 띄었다. 희자와 눈매가 꼭 닮은 그는 심드렁한 표정으로 전자담배를 피웠다. 눈이 멀어간다는 아버지의 약점을 빌미 삼아 주식을 야금야금 빼돌려 회사를 가로챘다는 청년은 야망가처럼 보이진 않았다. 어느 집이든 부모가 문제지, 자식이 무슨 죄랴 싶었다.

파티는 별것 없었다. 사람들은 신나게 바비큐를 나누어 먹은 후 에코가 잔뜩 들어간 마이크를 잡고 너무 뻔해서 가사도 필요

없는 옛날 노래를 부르고 수영장에서 물장구를 치는 게 다였다. 그러는 사이 술에 흠뻑 취한 몇몇이 집으로 돌아갔다. 스무 명 남짓한 손님 중 절반이 사라지자 나도 슬그머니 자리에서 일어서 돌아갈 시늉을 했다.

"언니, 고기 잘 먹었어. 먼저 갈게."

희자는 얼굴이 완숙 토마토처럼 붉어져 나를 끌어안고는 볼에 입을 맞췄다.

"그래, 내일 보자. 같이 마라탕으로 해장하자."

나는 돌아가는 척 신발장 근처로 갔다가 구두를 들고 아래층 화장실 옆 자수정 방에 숨어들었다. 문을 닫았지만 왁자한 목소리와 음악 소리가 쿵쿵, 심박음처럼 스며들었다. 나는 그들의 시끌벅적한 연회가 끝나기만을 기다렸다. 어둠 속에서 스마트폰이 부르르 몸을 떨었다. 박태상이 보낸 텔레그램 메시지였다. '이상무?' 나는 '무!'라고 답장을 보냈다.

11가 다 되어서야 사람들이 모두 빠져나갔다. 나는 간유리를 통해 조심스레 바깥 상황을 살폈다. 옥상에서 내려오는 희자가 비쳤다.

"여보, 나 화장실 갔다 올 테니까 그릇 좀 치우고 있어."

희자의 나른한 목소리가 웅웅대며 들려왔다. 찌걱찌걱, 슬리퍼 끄는 소리가 화장실로 향했다. 기회는 지금뿐이었다. 나는 핸드백을 열어 칼을 꺼내 들었다. 어둠 속에서도 칼은 시퍼런 귀기를 내뿜고 있었다. 마른침을 삼키며 조심스럽게 자수정 방 문을 열었다. 삐그덕, 경첩 소리가 넓은 실내에 울려 퍼졌다. 화장실 문을 잡은 희자가 나를 돌아봤다.

"누구 있어?"

그녀가 나를 향해 걸어왔다. 나는 눈을 감고 싶었지만 그러기엔 이미 늦었다. 희자의 시선이 내 손에 든 칼을 보고 만 것이다.

"은옥이? 네가 왜……?"

이제 시나리오대로 움직이는 수밖에 없었다. 나는 성큼성큼 다가가서 희자를 끌어안았다. 그러곤 아랫입술을 깨물며 칼날을 힘껏 밀어 넣었다.

"언니…… 좀 인간답게 살지 그랬어요, 네?"

갈비뼈와 갈비뼈 사이, 그 비좁고 아늑한 공간 속으로 오늘 아침 정성 들여 갈아놓은 정육용 칼날이 파고들었다. 그녀와 나 사이를 잇는 건 오직 한 자루의 칼뿐이었다. 박태상에게 배운 대로 칼을 집어넣은 상태에서 시계 방향으로 조금 손잡이를 돌리자 칼날이 가볍게 쑤욱 뽑혀 나왔다. 희자가 무릎을 꺾은 채 뒤로 넘어졌다. 확인할 것도 없이 그녀는 죽었다. 도살자는 그걸 감으로 알 수 있다. 마치 배터리 수명이 다 된 시계가 어느 날 갑자기 툭 멈추는 것처럼, 희자의 심장도 움직이기를 그만두었다. 나는 칼을 핸드백에 집어넣었다. 그리고 계단을 이용해 건물 밖으로 빠져 나왔다. 길 건너에 비상등을 켠 박태상의 차가 보였다.

"심여사님!"

내가 박태상과 준기를 보며 눈물 맺힌 얼굴로 고개를 끄덕여

보이자 그들도 덩달아 눈가를 훔쳤다.

이틀 후, 신문에 희자의 사망 소식과 수사 상황이 간략히 보도되었지만 그리 염려스럽지는 않았다. 희자는 내 휴대폰 번호도 몰랐고 우리는 그리 친한 사이도, 원한을 품을 만한 관계도 아니었으니까. 그녀의 전 남편인 애꾸눈이 잠시 경찰의 심문을 받아야 했지만 그는 사건 당일 단골 룸살롱에 있었다고 종업원들이 증언했다. 그가 혐의를 벗은 오후, 나는 묵직한 금괴를 핸드백에 넣고 일찌감치 퇴근했다.

몇 해 전 남편의 장례를 치르고 장지에서 돌아온 날, 설핏 잠이 들었다가 새벽녘에 깬 적이 있었다. 무심코 텔레비전을 틀었을 때, 〈뱀파이어와의 인터뷰〉라는 외국 영화가 방영되고 있었다. 아름다운 사내가 뱀파이어가 되어 인간이 아닌 새로운 눈으로 세상을 바라보는 장면이었다. 잠든 듯 고요한 공원의 수풀이 요동치고, 굳어 있던 동상이 눈동자를 굴렸다. 그걸 보는 내내 나는 눈물을 흠뻑 쏟았다. 그다지 슬프거나 섬뜩한 장면은 아니었지만 남편이 떠난 자리에 아이들과 내던져져 새로운 눈으로 세상을 바라봐야 한다는 현실이 두려웠다.

이제 나는 보통의 아줌마가 아니다. 킬러다. 킬러의 눈으로 바라본 세상은 더 이상 고요한 공원이 아니었다. 뙤약볕과 폭우가 반복되는 밀림이요, 등대 없는 망망대해다.

오늘도 나는 칼을 간다. 그 칼날이 다 닳아 면도날과 구분이 되지 않을 때가 되면 나도 마장동 임씨처럼 그걸 재활용 쓰레기

봉투로 미련 없이 내던질 수 있게 될지 알 수 없다. 하지만 분명한 건 나의 칼이 이 누린내 나는 지옥을 탈출할 날은 아직 멀고도 멀었다는 사실이다.

박태상

나는 사장이 되고 싶었다. 목과 등을 부드럽게 받쳐주는 회전의자에 앉아 반들반들 윤기 흐르는 마호가니 책상을 마주하는 게 어린 시절의 꿈이었다. 무엇보다 사장은 다른 아이들이 장래 희망란에 단골로 써내는 대통령이나 과학자보다 훨씬 현실적이었고 잘만 하면 그들보다 더 많은 돈을 벌어 배를 불릴 수 있는 직업이었다. 요컨대 배가 부르다는 건 사람을 선하게 하는 기본 요건 중 으뜸이었다. 범죄자의 상당수는 배가 고픈 자들이고, 그들의 열패감이 악의 씨를 싹틔웠다. 악의 씨가 간혹 부자들의 주머니에 흘러 들어갈 때도 있지만 뿌리를 내리는 일은 결코 쉽지 않았다. 부자들은 보통 여러 벌의 외투를 가지고 있고 한 번 입은 옷은 반드시 드라이클리닝을 했으므로 악의 씨앗은 자연히 더 가난하고 배고픈 자들의 꿉꿉한 주머니를 찾아가 움틀 수밖에 없었다.

나는 가난뱅이가 싫었다. 그중에서도 바보처럼 당하고 사는 가난뱅이는 더 싫었다. 믿었던 친구에게 돈을 떼이고도 하소연할 곳이 없어 달과 가까운 동네로 보따리를 싸 사라진 아랫집 병수네나, 다니던 공장의 사장에게 겁탈당하고 그 집 소실이 되어 해를 거르지 않고 토끼처럼 자식을 낳더니 결국 요절한 옆집 옥희 누나가 참을 수 없을 만큼 한심했다. 제 힘으로 복수가 불가능하면 그걸 가능하게 할 사람을 세상 끝까지라도 찾아가 매달릴 오기라도 있어야 한다고 생각했다. 그러기 위해서는 돈이 필요했다. 세상 끝이 어디인지 알 수 없지만 걸어서 갈 수 있는 거리는 아닐 게 뻔하니까. 나쁜 놈의 멱을 따거나 엉덩이를 걷어차 주기 위해서는 노잣돈이 필요하고 칼과 독약을 살 돈이 필요했다. 그래서 나는 사장을 꿈꾸었다.

나는 사장이 되었다. 적어도 명함만 놓고 본다면 의심할 여지가 없다. 가을이면 은행 익는 냄새가 진동하는 은행나무 사거리의 낡은 건물 3층에 내가 이름을 짓고 간판을 해 건, 스마일 흥신소가 나를 사장으로 만들어주었다. 비록 마호가니가 아닌 호마이카 책상뿐이지만 나는 매일 아침 그곳으로 콧노래를 부르며 출근한다. 사무실에 들어서자마자 제일 먼저 책상 서랍 맨 아래 칸을 연다. 그리고 손을 세워 서랍의 벽면을 살그머니 더듬는다. 서늘한 살기가 느껴진다. 칼이다. 청 테이프로 손잡이와 뭉툭한 칼끝을 벽에 바짝 고정시켜놨지만 그것은 아직도 세상 밖으로 나가고 싶다고, 내 심장과 손끝을 어르고 달랜다. 이제는 무뎌지고 녹이 슬어 깡통 따개로도 쓸 수 없는 칼이지만 나는 하루도 빠짐없이 그걸 만져야만 일을 시작할 수 있다.

사장이 되기 전, 나는 킬러였다. 처음 서울에 올라왔을 때, 가진 기술이라곤 바닷가 근처에서 횟집을 하던 아버지에게 물려받은 칼 솜씨가 전부인 풋내기였다. 그나마도 정식으로 주방 일을 배운 적이 없던 터라 간신히 취직한 회센터에서 칼 잡는 법부터 생선 기절시키는 법까지 모든 걸 새로 배우고 익혀야 했다. 나도 열심히 회를 뜨다 보면 언젠가 횟집 주인이 될 수 있고 횟집 주인 또한 사장이니 이 일이 꿈을 이루는 최선의 길이라 믿었다. 그때 순덕을 만났다.

순덕은 회센터 주인 내외의 무남독녀였다. 그녀는 근방에서 모르는 사람이 없는 이름난 추녀였다. 태어나자마자 받은 구순구개열 수술로 인중에는 희고 가느다란 흉이 자리 잡고 있는데다 초등학교 1학년 때, 호되게 앓은 수두 탓에 얼굴이 이남박처럼 박박 얽어 있었다. 째보인 것도 모자라 곰보까지 되었으니 그녀의 부모는 억척스럽게 돈을 모아야 했다. 그것만이 순덕이 푸대접받지 않으며 살아갈 수 있는 유일한 방법이라 믿었던 모양이다.

부모는 그들의 바람처럼 변두리 어물전에서 시작해 시내 횟집을 인수했고, 순덕이 고등학교에 진학할 무렵에는 3층짜리 회센터를 신축해 근방에서는 제일가는 알부자로 통했다. 그게 바로 내 첫 직장이 된 '동해 회센터'였다. 그러나 순덕은 순하고 덕이 있는 여자가 아니었다. 그녀는 낚싯바늘에 꿰기라도 한 것처럼 코가 들렸고, 그 코로 미세한 음식 냄새를 귀신같이 알아차리는 재주를 가졌다. 순덕은 부모의 입으로 들어가는 짠지 한 쪽도 제 입을 거치지 않으면 용납하지 못하는 식탐의 소유자였다. 재주라곤 그뿐이었다. 공부에도 청소나 요리에도 젬병인 그녀는 오직 먹고 신경질 내는 것이 삶의 전부인 것처럼 보였다.

대학 진학은 초저녁에 글러먹었다는 걸 깨달은 순덕의 부모는 그녀가 고등학교를 졸업하자마자 회센터의 카운터를 맡겼다. 그러나 항상 손에 초코바를 들고 눈은 카운터 맞은편에 놓인 텔레비전을 바라보던 순덕은 매출이나 계산에는 조금도 관심이 없었다. 계산이 틀렸다며 울화통을 터뜨리던 손님이 '주인 나오라고 해!' 소리를 질러도 그녀는 여전히 텔레비전을 보며 입 안으로 초코바를 밀어 넣었다. 뒤늦게 상황을 파악한 순덕의 모친이 앞치마에 손을 문지르며 카운터로 뛰어나올 즈음, 손님들은 정신적 피해 보상금을 알아서 제한 지폐 몇 장을 순덕의 앞에 밀어놓고 유유히 주차장으로 빠져나간 후였다.

그런 순덕이 살을 빼기 시작한 건 내가 무채 써는 일을 벗어나 비로소 회를 뜨기 시작할 무렵이었다. 상자째 사다놓고 10분에 하나씩 집어 삼키던 초코바를 쓰레기통에 집어던지고 하루 여섯 끼씩 챙겨 먹던 밥도 세 끼로 줄여나갔다. 바닥에 돈이 떨어져 있어도 허리 굽히기 귀찮아 줍지 않던 그녀가 아침이고 저녁이고 머리를 질끈 동여매고 강변과 운동장을 내달렸다. 내 나이 스물하나, 입사한 지 팔 개월 만에 생긴 일이었다.

순덕의 체중은 날로 줄어들더니 눈여겨보지 않아도 수십 킬로그램은 감량했다, 싶을 만큼 몸이 야위어갔다. 여전히 날씬하달 수는 없는 몸매였지만 순덕의 자신감은 날로 치솟았다. 늘 포대자루 같은 바지만 입던 그녀가 어느 날부터인가 치마를 입기 시작해 그 길이가 점점 짧아졌다. 종업원 중 남의 말하기 좋아하는 미스 최에 의하면 순덕은 부모를 졸라 쌍꺼풀과 코 수술을 했단다. 직원들은 하루가 다르게 변해가는 순덕에게 몰려들어 칭찬으로 포장된 경멸을 쏟아내느라 정신이 없었지만 나는 그들과 섞이지 않기 위해 애썼다. 사람들 틈 사이로 그녀의 붓기 가라앉지 않은 눈과 내 눈이 마주칠 때면 나는 재빨리 먼저 눈길을 피했다. 그녀가 나를 흠모한다는 사실은 진즉에 알고 있었지만 도저히 받아들일 엄두가 나지 않았다. 아무리 상경한 지 일 년도 안 된 촌뜨기라고 해도 동네에서 둘째가라면 서러운 추녀와 사귄다는 건 내키지 않는 일이었다.

그 시절, 나는 여자가 아닌 시에 푹 빠져 있었다. 비록 회센터 주방의 막내였지만 나는 시가 좋았다. 내 잠자리인 회센터 옥탑방에 몸을 쉬러 올라가면 잠이 올 때까지 낡아 떨어지기 직전의 김남주 시집을 되읽곤 했다. 나는 시를 쓰는 사장을 꿈꿨다. 더블 재킷을 걸치고 만년필을 꺼내 결재 서류에 사인을 하고 주말이면 시 낭송회를 열어 아름다운 아내에게 자작시를 읽어주는 그런 나날을 상상했다. 그러나 달콤한 꿈에서 깨면 비린내 나는 회칼이 나를 기다리고 있었다. 회센터 누구보다 내 칼솜씨는 빨리 늘어갔다. 주방장 말에 따르면 나는 손끝이 차고 손이 자그마한데다 팔목이 굵어 좋은 칼잡이라고 했다. 점점 실력이 늘어가며 광어 한 마리를 회로 뜨는 데 채 오 분이 걸리지 않게 되었다.

나는 근처에 사람이 없다는 걸 깨달으면 회를 뜨면서 시를 지었다. 살아서 펄떡이는 광어를 도마에 얹고 그것의 정수리에 바늘을 힘주어 꽂는다. '너는 무엇을 꿈꾸었던가' 곧 광어는 정신을 놓고 만다. '한 땀의 바늘이 너의 내일을 앗아가누나' 느긋이 껍질을 드러내고 적당한 기름기가 밴 흰 살을 등뼈를 중심으로 들어낸다. '그 꿈 몇 조각 내 손에 사로잡고' 한 손으로 촉촉하고 탄력 있는 살을 살며시 누르고 다른 한 손으로 회칼을 조금 눕혀 도톰하게 저며 낸다. '달콤한 편린으로 먼 하늘 반짝인다' 제 몸뚱이에서 살이 발려나가는 줄도 모르고 광어는 잠이 들어 있다. '그러나 너는 아직 꿈을 꾼다' 살이 얄팍하게 남아 있는 등뼈를 탕냄비에 넣고 정수리에 꽂힌 바늘을 뽑아내자 이내 광어는 되살아난다. '세상 끝 무지개 한 줄기 부여잡고' 무채가 수북한 접시 위에 얌전히 광어 살을 올리고 꽃 모양의 당근, 오리발 모양의 오렌지 껍질로 화사하게 수를 놓은 후 아가미를 퍼덕대는 광어 머리로 대미를 장식한다. '먼 길 떠날 채비한다'

"좋은데요?"

목소리 방향으로 고개를 돌려보니 쟁반을 들고 서 있는 순덕이 보였다. 얼마 전부터 순덕은 자청하여 서빙을 하고 있었다. 주방에는 여덟 명의 조리사가 있지만 유독 내가 내놓는 접시만 순덕의 몫이었다. 종업원들도 당연하다는 듯, 내 작업이 끝나면 순덕을 부르곤 했다. 샘이 많은 순덕은 여자 종업원과 내가 말이라도 섞는 날엔 하루 종일 퉁퉁 부어 있기 마련이라 모두 그녀 앞에선 입과 손을 조심해야 했다. 순덕이 입가에 배시시 웃음을 내걸고 접시를 넘겨받아 엉덩이를 흔들며 홀로 나갔다. 나는 부끄러운 동시에 화가 났다. 모두 점심 식사를 하러 가 주방이 비어 있다고만 생각했는데 그녀가 인기척도 없이 내 우스꽝스러운 시낭송을 엿들었다는 게 영 마뜩치 않았다.

그날 밤, 나는 나달나달해진 김남주 시집을 쓰레기통에 처넣고 가판대에서 산 주간 〈사건과 실화〉를 읽다 잠이 들었다.

순덕은 점점 노골적으로 애정을 표현했다. 동료나 손님이 있어도 아랑곳없이 윙크를 했고, 옥탑방에 벗어놓은 속옷을 어느 틈에 하얗게 빨아 빨랫줄에 널어놓기도 했다. 그러나 다이어트에 성공했다곤 하지만 사람들이 고개를 돌려 볼 만큼 추녀인 건 여전했다. 코끝엔 보형물이 나비쳤고 수술한 쌍꺼풀의 넓이가 그녀의 눈 크기보다 넓어 아이라인을 진하게 그리지 않으면 꼴이 떵하게 울고 난 여자처럼 보였다. 검은 피부를 가리기 위해 백화점에서 구입한 밝은색의 파운데이션을 바른 얼굴은 마치 가부키 화장을 한 것으로 착각할 정도였다.

"넋이 나갔구나, 넋이."

선배 이대호였다. 그는 틈만 나면 소싯적에 만들었다는 두 개의 전과에 대해 자랑처럼 떠들어대는 허풍쟁이였다. 하나는 고향에서 거만한 동네 형의 다리몽둥이를 부지깽이 부러뜨리듯 꺾어버려 생긴 폭력 전과였고, 다른 하나는 서울에 올라와 순진한 처녀를 잘못 건드려 생긴 혼인빙자간음 전과였다.

"여자 인물 보고 사는 거 아냐. 보아하니 순덕이가 너 볼 때마다 애간장이 녹던데 잘해 봐. 회센터 사장 자리 탐나지 않아?"

"째보에 곰보를 데리고 사느니 그냥 홀아비로 늙을랍니다."

"자식, 평생 칼 잡을 거 아니면 기회가 왔을 때 단칼에 자빠뜨려. 한 방이면 끝이야."

돌이켜보면 저급하기 이를 데 없는 말이었지만, 주방 막내인 터라 이대호의 장단에 입을 맞추었다.

"회센터 물려받고 순덕이는 원양어선에 팔아넘긴 다음에 끝내주는 미녀랑 산다는 보장만 있다면 거 못할 것도 없죠."

그랬다. 이대호의 장단에 맞추느라 한 얘기지만 순덕은 이 회센터 사장 부부의 유일한 혈육이었다. 내가 비위만 잘 다스린다면 하루 매출 천만 원을 웃도는 거대 회센터의 사장 자리가 내 것일 수 있다는 생각이 말끝에 여운으로 남았다. 그러나 그때 나는 놓친 것이 있었다. 담배를 끊은 자와 다이어트에 성공한 자만큼 지독한 인간은 세상에 없다는, 진리 말이다.

나는 짓궂은 어린애처럼 호기심과 사행심에 이끌려 순덕이와 연애를 시작했다. 근무가 끝나면 함께 공원을 산책하고 그녀를 위해 시를 읊어주고 새로 들어온 영화를 손잡고 구경했다. 순덕의 새로 얻은 쌍꺼풀을 예쁘다 칭찬하며 그녀의 굵은 허벅지를 어두운 골목 어귀에서 눈 딱 감고 더듬기까지 했다. 나는 그런 과감한 행동을 순덕이 좋아할 거라 믿었다. 평생 이성에게 관심이라곤 놀람이나 경악, 야유 외에 받아본 적이 없을 그녀에게 내 과감한 손길은 감동 그 자체일 거라 의심치 않았다. 하지만 나는 골목길, 정확히 말하자면 순덕의 집 대문 앞 깨진 수은등 아래에서 뺨을 얻어맞았다. 어찌나 세게 맞았는지 눈앞이 핑핑 돌고 귀가 먹먹했다.

"내가 그렇게 만만해 보였나요?"

그때 나는 봤다. 눈초리를 치켜세우며 내게 화를 내는 순덕의 입술이 기쁨과 희열에 가득 차 미처 숨길 겨를 없이 파르르 짧게 요동치는 것을.

"미안합니다. 난 순덕 씨가 너무 아름다워서."

나 또한 곧 터질 듯한 웃음보를 집어 삼키며 머리를 긁적였다.

"이런 짓, 앞으론 삼가주세요. 결혼할 때까진 안 돼요."

나로선 감지덕지한 말이었다. 순덕의 부모도 성실하고 예의 바른 나를 꽤 마음에 들어 했다. 나는 그해 겨울 부주방장으로 초고속 승진했다. 꼭 입사 1년 만의 일이었다.

일요일 늦은 오후, 옥탑방 앞 총각 내 풀풀 나는 모직 담요를 이대호와 마주 잡고 털려던 그때 순덕의 아버지가 옥상에 올라왔다.

"봄 되면 식 올려줄 테니 그때까지만 5층 손님방 써. 밥은 집에 내려와서 먹고."

이제 본격적인 사위 대접을 받기 시작한 터였다. 바깥사장이 옥탑에서 사라지자 이대호가 문지방에 주저앉아 담배를 물었다.

"새끼, 비위도 좋네. 그 인물을 용케도 참아내는구나."

순덕과 잘해보라던 이대호는 내가 승진을 한 뒤부터 태도를 바꿨다. 물론 불순한 의도로 순덕에게 접근한 것은 사실이지만 이렇게 혼담이 오갈 정도가 되니 그녀에 대한 연정이 새록새록 생겨나던 때였다.

"그런 말 마세요. 돈만 보고 결혼하는 거 아니란 말예요. 사람을 뭘로 보고."

이대호가 피우던 담배를 옥상 바닥에 비벼 끄고 자리에서 일어섰다.

"사람을 뭘로 보고? 뭘로 보고? 너 이 새끼, 하늘같은 선배한테 싸가지 없이 지금 뭐라 그랬어? 오늘 사시미로 육회 좀 떠볼까? 내가 이 새끼 조지고 다시 학교 좀 갔다 와?"

별안간 이대호가 부엌으로 뛰어가 30센티미터짜리 회칼을 집어 들었다.

"선배, 왜 이러세요? 이렇게까지 흥분할 일은 아니잖아요."

나는 이대호의 살기등등한 눈을 피해가며 소리 낮춰 그를 달랬다.

"그렇지 않아도 벼르고 있었어. 너 나한테 뭐랬어? 째보에 곰보를 데리고 사느니 홀아비로 늙어죽는댔지? 했어 안 했어?"

물론 내가 한 말이 맞았다. 하지만 그건 어디까지나 농담이었고, 그 농담에 단 일 퍼센트의 진실이 담겨 있었다 하더라도 지금의 심정과는 다른 뜻이었다. 괴팍하고 못생긴 순덕이 어느 사이엔가 푸근하고 정답게 느껴지기 시작했으니 말이다.

"제가 한 말이 맞긴 하지만요, 지금은 선배……."

등이 따끔했다. 가슴 한가운데가 미어지는 듯 먹먹하더니 숨이 턱, 막혀 와 말을 이을 수 없었다.

"개새끼."

순덕의 목소리가 등 뒤에서 들려왔다.

"거봐. 내가 뭐랬어. 이 새끼 꿍꿍이가 있어서 덤빈다고 했을 때 알아들었어야지."

옥탑방의 열린 새시 문에 주저앉는 내 모습이 얼비쳤다. 등에는 칼을 꽂고 입가에 걸쭉한 핏물을 매단 내가 원망 섞인 눈을 부릅뜨고 천천히 무너져 내리고 있었다. 등 뒤에서 씨근대는 순덕이의 숨소리가 들려왔다. 울고 있는 듯했다. 이대호가 새 담배에 불을 붙였다. 숨 쉬기가 어려워지며 시야가 급격히 좁아졌다.

힘없이 몸이 늘어지고 고개가 아래로 떨어지려는 찰나, 등이 뒤로 당겨졌다. 순덕이 내 등에 박힌 칼을 뽑아낸 것 같았다. 그 사이로 많은 양의 피가 흐르는지 옷이 따뜻하게 젖어드는 게 느껴졌다. 보통의 여자라면 이런 이야길 듣는다 해도 약혼자의 등에 칼을 꽂는다는 건 상상 속에서나 가능한 일일 터다. 하지만 순덕은 해냈다. 지독한 인내로 살을 뺐듯, 검은 속내를 숨기고 자신에게 스며든 남자에게 복수의 칼날을 겨누고야 말았다. 나는 아니라 대답하고 싶었지만 발작적인 기침과 묵직한 통증으로 눈도 뜨기 힘든 형편이었다. 쨍그랑, 칼이 바닥으로 떨어지는 소리가 들렸다.

나쁜 놈은 세상 끝까지라도 쫓아가 응징해야 한다. 나는 쓰러지듯 몸을 눕혀 회칼을 집어 들었다. 손목에 힘이 빠져 칼이 바닥을 향했다.

"어라? 저 새끼 아직 덜 죽어서 용쓰네. 배내똥을 싸게 달려들어 봐라. 내가 네 손에 뒈지나."

나는 꺾이는 허리를 곧추세우기 위해 안간힘을 썼다. 순덕이 그런 내 앞을 지나쳐 문지방에 걸터앉은 이대호에게 다가섰다. 그러곤 그의 손에서 30센티미터짜리 회칼을 넘겨받았다.

"그걸로 끝장 보게? 히야, 너도 보통은 넘는구나. 장하다, 이순덕 열사."

이대호가 담배를 손가락 사이에 끼우고 박수 치는 시늉을 했다. 순덕이 내 쪽으로 걸어왔다. 그녀의 하이힐 위로 소복하게 살오른 발등이 보였다. 순덕이 팔을 뻗어 내 겨드랑이 사이에 끼웠다. 깡마른 체구의 나는 허깨비처럼 그녀의 힘에 이끌려 일으켜 세워졌다. 순덕은 나를 질질 끌다시피 이대호의 앞으로 데려갔다. 부러진 칼을 내 손에서 빼앗아 멀리 내팽개치고 대신 이대호의 칼을 쥐어주었다. 그 손 위를 순덕의 손이 덮어 잡았다.

"뭐야? 지금 뭐 하자는 거야?"

난생처음 나는 사람을 찔렀다. 기력이 쇠해 제대로 설 수조차 없는 몸이었지만 손끝의 감각만은 그 어느 때보다 선명하게 살아 있었다. 살갗과 근육과 지방층을 차례로 가르며 억센 뼈와 칼끝이 마주치면 잠시 후퇴했다. 다시 들이밀기를 반복하는 동작이 여러 차례 이어졌다. 이대호는 목과 가슴과 배에 네 개의 자상을 입고 구멍 나 벗어던진 양말처럼 문지방 위에 구겨졌다.

"처음엔 당신 마음을 얻어주는 대가로 돈을 요구하더군요. 그러더니 이번엔 당신의 진심을 알아내는 대가로 그 두 배를 원했어요. 참 파렴치한 놈이었죠. 그러니 죽어도 싸다고 생각해요. 물론 당신도 대가를 치러야겠죠. 차라리 이렇게 죽어버린 이대호를 부러워할 만큼 가혹한 여생이 당신을 벌할 거예요."

옥상 문이 삐그덕 열리는 소리가 들렸다. 그때까지도 나는 순덕의 가슴에 대롱대롱 매달린 모양새로 겨우 가쁜 숨을 몰아쉬고 있었다.

"평생 이 손엔 피를 묻혀야 해요. 사람답게 살도록 내버려두지 마세요."

순덕의 앞에 새 구두를 신은 중년 남자가 서 있었다. 그는 순덕에게서 나를 넘겨받았다.

"그리고 내가 죽이라고 할 때까지는 이 사람 목숨을 책임져주세요."

순덕이 옥상 어딘가에서 작은 보따리 하나를 찾아 남자에게 내밀었다. 남자는 엄청난 거구여서 한 손으로 가뿐하게 나를 어깨에 짊어지고 재빠른 동작으로 계단을 내려가 낡은 승용차에 집어던지다시피 내려놓았다.

"잘 들어. 너는 이대호란 자를 살해한 범인이야. 칼에는 온통 네 지문뿐이겠지. 오늘 부로 너는 살았으되 산목숨이 아니다. 난 저 여자에게 네 목숨 값을 받고 계약을 맺었어. 내가 살아 있는 한 그 계약은 파기되지 않아."

남자는 끝내 자신의 이름을 알려주지 않았다. 의식이 수차례 끊겼다 이어지기를 반복했다. 그 사이 나는 어딘가로 실려가 솜씨 없는 누군가에게 등을 내어주고 부러진 칼날을 몸에 담은 채로 엉성하게 상처를 봉합 받았다. 후에 들은 이야기지만 그들은 나와 키며 생김이 비슷한 젊은 남자 시체를 구해 얼굴을 함몰시켜 옥상에서 떨어뜨리고 자살한 것으로 꾸몄다고 했다. 또 순진한 우리 부모님은 내가 여자 하나를 놓고 동료와 싸우다 살인을 저지르고 자살한 것으로 알게 된 후, 고향을 떠나 어느 암자로 숨어버렸다고 한다.

법적으로 나는 망자가 되었다. 내가 어디서 무슨 짓을 벌이더라도 그건 귀신의 소행이지 산 자가 벌인 일이 아니었다. 그의 말대로 나는 살았으되 산목숨이 아니었다. 남자는 내게 칼의 새로운 용도를 알려주었다. 강에 투신한 시체를 주워 모아 파는 속칭 악어에게 실습용 시체를 사들인 그는 시체의 여기저기에 사인펜으로 그림을 그려가며 살인의 기술을 가르쳤다.

"즉사, 속사, 직사 다 같은 말이다. 모두 눈 깜짝할 새에 목숨줄을 끊어놓는 거지. 가끔 유리나 사기그릇을 만졌을 때 쨍 하고 금이 가는 일이 있어. 비슷하다고 보면 된다. 손만 대도 죽을 사람은 죽게 되어 있지. 칼은 주로 정맥을 끊거나 장기를 찔러 기능을 마비시키는 데 사용하고. 제일 간단한 게 목이야. 척추동맥과 정맥이 동시에 흐르는데다 산소를 차단하면 뇌는 고작 일이 분도 버티지 못하니까. 목을 딸 때는 앞에서 칼을 휘두르는 건 금물이야. 주로 뒤에서 공격할 때 유용하지. 칼은 일직선으로 긋는 게 아니라 부드러운 호선을 그려야 해. 이렇게. 스마일, 하고 웃는 것처럼."

남자가 사인펜으로 퉁퉁 불어 두부처럼 얼굴 한쪽이 으깨진 남자 시체의 목에 웃는 입모양처럼 기다란 호선을 그렸다. 나는 그를 따라 '스마일'이라 입술을 달싹이며 치솟는 욕지기를 참아냈다. 세상에 적을 두지 않았으므로 나는 남자밖에 의지할 곳이 없었다. 도망칠 곳이 있다 하더라도 그는 곧 나를 찾아낼 터였다. 남자는 컨테이너 박스 두 개를 이어 붙인 한강변의 사무실에서 생활했는데 간혹 알음알음으로 일거리를 찾아내 칼을 들고 길을 나섰다. 하루나 이틀 만에 돌아온 그는 무서운 식욕으로 밥을 먹고 며칠씩 내처 잠을 잤다.

남자는 사람의 몸에 대해 많은 지식을 가지고 있었다. 또 부패가 시작해 불그레한 물이 흥건하고 까맣게 파리똥이 앉은 시체도 장갑 없이 무덤덤하게 들추고 매만졌다.

"죽은 사람은 사람이 아냐. 한때 사람이었던 살점이지. 그건 동물도 마찬가지야. 살았을 때가 중요해. 죽고 나면 개도 안 먹는 냄새나는 고깃덩이일 뿐이야."

그는 차츰 자신의 작업장에 나를 데리고 나가기 시작했다. 그의 칼끝에 스러진 사람의 칼 자리에 내 손을 꽂아보게 했다.

"일부러 간을 타깃으로 삼았어. 사망 시간은 보통 간의 온도로 측정하니까. 그 자리에 바람구멍이 나면 사망 시간도 가늠하기 어렵지."

아직 체온이 가시지 않은 사람 몸에 손을 넣으면 죽은 자의 근육이 손으로 달려들었다. 빠듯하게 조여드는 느낌. 나는 흠칫 놀라 손을 뺐다. 그러다 남자의 눈길이 험악해지면 다시 그 자리에 손을 넣고 칼날이 들어간 방향과 깊이를 가늠해보았다. 그런 날이면 남자는 쇠고기를 몇 근 사들고 들어와 겉만 살짝 익혀 짐승처럼 씹어 삼켰다. 그의 입술에서 번들거리는 기름기와 붉은 육즙, 진동하는 노린내가 참을 수 없이 메스꺼워 욕지기를 해도 그는 심드렁한 표정으로 남은 한 점까지 깨끗이 접시를 비워냈다.

나는 딱 한번 남자가 우는 걸 본 일이 있었다. 그날은 일요일이었고 몹시 무더웠다. 우리는 선풍기 한 대에 의지해 더위를 쫓으며 함께 저녁을 먹고 잠자리에 들었다. 멀리서 들려오는 풀벌레 소리와 산책 나온 사람들의 발소리를 엿들으며 막 나른한 잠에 빠져들기 시작하던 때에 누군가 문을 두드렸다. 문 밖에는 사십대 초반의 여자가 흐느끼고 있었다. 남자는 문을 쾅, 닫아버렸다. 그러곤 아무 일 없었다는 듯 잠자리에 벌렁 누워 코를 골았다. 그리고 새벽녘이 되어 습관처럼 바지를 내리고 머리맡의 페트병 앞에 무릎을 꿇었을 때, 달빛 어린 남자의 뺨에 가느다란 눈물 자국이 남아 있는 걸 발견했다.

"잘 들어. 내 이름은 오길수다. 그리고 난 아까 찾아온 여자를 죽일 거야."

남자의 목소리가 들리자 소변이 한 방울도 나오지 않았다.

"그 여잔 내 환자였어."

남자가 나직하게 자신의 과거를 털어놓았다.

남자는 아버지도, 어머니도, 두 형도 모두 의사인 집에서 나고 자랐다 했다. 물론 그 역시 가족의 바람대로 의사가 되었다. 여자는 그가 수련의 시절에 처음 나타났다고 했다. 여자는 자살을 시도했다. 그것도 무려 여덟 번이나. 그녀는 숨이 끊어질 만하면 가족들에게 발견되어 응급실에 실려 오곤 했는데 그때마다 남자가 심폐소생을 하고 약물을 주사해 여자를 살려냈다고 했다. 여자는 눈을 뜰 때마다 원망 어린 눈빛으로 의사인 남자를 욕했다. 누구에게나 있는 죽을 권리를 빼앗았다는 게 그 이유였다. 그때마다 남자는 의사 역시 환자를 살릴 의무가 있으니 자신이 보기 싫으면 다른 병원으로 가라고 맞받아쳤다. 그리고 여자가 여덟 번째로 그를 찾았을 때 남자는 그녀의 뺨을 후려쳤다. 남들은 살고 싶어 안달복달하는 생을 왜 그리도 하찮게 여기는지 울화가 치밀었던 것이다. 그러자 여자가 붉어진 뺨을 어루만지며 자신이 죽으려는 이유를 독백처럼 털어놓았다.

그녀의 아버지는 사기꾼이었고, 어머니는 도박꾼, 오빠는 살인범이라고 했다. 남자가 의사 천지인 가족들 사이에서 자란 것처럼 그녀 역시 범죄자 천지인 곳에 던져지듯 잉태되었던 거였다. 그리고 자신을 낳고 기른 부모들의 재능을 한 몸에 물려받았다고 했다. 여잔 타고난 본능을 참지 못하면 한적한 시골길로 차를 몰고 가 혼자 길을 걷는 사람을 골라 마구잡이로 죽였다. 그러곤 집에 돌아와 자살을 시도한 게 여덟 번이었다. 여잔 자길 살리는 게 누군가의 목숨을 앗는 일이란 걸 남자에게 고백했다.

며칠 후 남자는 병원을 그만두었다. 응급실로 실려 온 여자를 다시 만날 게 두려웠던 거였다. 하지만 여자는 응급실을 떠난 남자를 용케도 찾아왔다. 살인 본능을 주체할 수 없을 때마다 자신을 찾아오는 그녀를 위해 남자는 죽어 마땅할 만한 인간쓰레기를 골라 그녀 앞에서 대신 해치웠다. 그런데 간밤에 여자가 남자를 찾아온 건 살인 본능 때문이 아니었다. 퍼낼수록 샘솟는 악마의 샘을 이제는 그만 막고 싶다, 간절히 부탁했단다. 남자는 그녀를 죽이기로 결심했다.

남자는 이른 새벽 어디론가 사라졌다 일주일 만에 돌아왔다. 그는 평소처럼 폭식을 하지도 깊은 잠을 자지도 않았지만 얼굴은 맑게 개어 있었다. 그리고 밤과 낮이 두 번 지나간 아침에 나와 남자, 그리고 순덕이 맺었던 계약은 파기되었다. 그가 죽은 거였다. 안면이 있는 악어가 퉁퉁 분 그의 시체를 들쳐 메고 나타났다. 파르라니 자란 수염과 길러 하나로 묶은 머리, 큰 키, 유난히 짧고 구부러진 새끼발가락. 남자가 틀림없었다. 악어는 내게 남자의 시체를 가져가도 좋겠느냐 물었다. 나는 고개를 끄덕였다. 어쩐지 남자도 그걸 원할 것만 같았다. 나는 남자가 남긴 돈 가방과 허섭스레기나 다름없는 옷가지, 몇 자루의 칼을 챙겨 컨테이너를 떠났다. 그렇게 살아 있되 산목숨이 아닌 유령 같은 내가 그림자도 없이 세상 속으로 틈입했다.

오늘은 새로운 킬러의 면접이 있는 날이다. 지난여름, 스마일 흥신소에 새로운 킬러가 들어왔다. 여자다. 그것도 아줌마다. 우리는 그녀를 심여사님이라 부른다. 눈가와 입술에 일찍 찾아들기 시작한 주름 탓에 언뜻 환갑 가까이로도 보이는가 하면 해맑게 웃을 때는 열여덟 소녀 같기도 하다.

심여사는 나와 닮았다. 칼을 좋아하고 칼도 그녀를 좋아한다. 칼을 쥐면 심여사의 눈빛은 육식동물의 그것으로 순식간에 돌변한다. 단순한 살의나 잔인한 심성 때문이 아니다. 그건 목적이 있는 자의 긍지다. 그녀는 남편을 여의고 아직 철이 덜 든 두 아이의 장래를 짊어졌다. 물론 심여사를 움직이는 게 돈만은 아닐 게다. 간혹 안타까운 사연을 가진 의뢰인이 찾아오면 심여사는 그들의 손을 부여잡고 이야기가 끝날 때까지 맞장구를 치며 고개를 주억거리다 결국 눈가에 눈물을 머금었다.

“박 사장님, 오늘 넥타이 멋지세요.”

심여사가 쇼핑백을 들고 출근했다. 그 안에는 잘 벼린 칼 세 자루가 들어 있을 터였다.

"커피 한 잔 드시겠어요?"

싹싹한 아이, 준기가 심여사를 맞았다. 우리는 둘러앉아 커피를 마셨다.

"총 일곱 명이 지원했어요. 흥신소 경력자 모집이라고만 냈는데도 꽤 많죠? 근데 막상 전화 문의하는 사람들 보면 죄다 월급부터 묻더라고요. 성과급이라고 하면 뚝 끊어버리고. 10시까지 오라고 했으니 올 때 됐네요."

준기의 말이 끝나기 무섭게 흥신소 문이 열렸다. 한눈에도 고등학생 정도로 보이는 앳된 소년이었다.

"저, 면접 보러 왔는데요."

그 뒤로 소년보다 몇 살쯤 위로 보이는 청년이 야구 모자를 깊숙이 눌러 쓰고 따라 들어왔다.

"저도 면접 보러 왔습니다."

햄버거 가게 아르바이트생 모집도 아닌데 처음부터 너무 어리고 숙맥인 아이들만 찾아왔다. 나는 둘을 소파에 앉혀놓고 심여사와 함께 그들을 마주 보았다.

"저 고등학생 아니에요. 작년에 자퇴하고 지금은 주유소에서 총 잡거든요. 흥신소 경력은 없지만 정말 총 하나는 졸나게 잘 잡아요. 이건 우리 주유소 사장님 추천서예요. 보이시죠? 한동수는 주유에 탁월한 재능과 소질을 겸비하였을 뿐만 아니라 그 어떤

차도, 심지어 난생처음 보는 외제 차의 주유구도 틀림없이 찾아내는 끈기와 인내의 소유자로 본 사업장의 신뢰와 명예를 널리 드높였습니다. 이에 한동수를 귀사의 킬러로 추천합니다. 사장 올림."

먼저 웃음을 터트린 건 심여사였다. 자기 소개서랍시고 써 내민 편지지의 글씨와 추천서의 글씨가 동일할 뿐더러 소년의 얼굴이 지나치게 진지한 탓이리라.

"우린 성인만 채용해요. 게다가 킬러를 모집하는 것도 아니고."

박 사장은 점잖게 소년을 타일러 그를 자신이 오늘 아침 걸어나온 그 주유소로 되돌려 보낼 셈이었다.

"거짓말인 거 다 압니다. 사장님의 눈빛이 그걸 말하고 있어요. 나는 킬러다. 그리고 너도 킬러가 될 거다."

야구 모자를 깊숙이 눌러쓴 청년이 끼어들었다. 피부가 창백하고 눈이 충혈되어 있었다. 마치 오랫동안 햇볕을 받지 못한 음지식물 같은 인상이었다.

"전 지난 3년간 하루 열아홉 시간을 매일같이 온라인 게임으로 두뇌 트레이닝 해온 전술갑니다. 절 속이려 들지 마세요. 비록 이 친구처럼 총을 잘 잡는다거나 쌈을 잘한다거나 하는 잔재주는 없지만 전술과 지략에 있어서는 동아시아를 통틀어 최고일 겁니다. 프로게이머로 빠지려다 이쪽이 집에서 가까워서 지원했습니다."

소년과 청년에게 곧 연락을 주겠노라 달래 보내고 나자 다른 면접자들도 하나둘 도착하기 시작했다. 삼십대 후반의 나이에 미니스커트를 꿰어 입고 앞머리를 더듬이처럼 부풀린 여자, 입으로 사이렌 소리와 개 짖는 소리, 갓난아기 우는 소리 등을 기막히게 잘 낸다는 초로의 남자, 육군 상사로 퇴직한 후 지휘봉의 쓸모를 찾지 못해 안달하다 찾아왔다는 영감님 등이었다.

"역시 경력자를 스카우트해야 하지 않겠어요?"

지원자들이 돌아가자 심여사가 미간에 주름을 잡아가며 화분에 물을 주었다.

"이 바닥은 다세대주택 같은 곳이에요. 한 지붕 아래 여럿이 한살이를 하는 거죠. 서로의 얼굴은 몰라도 솜씨만 보면 단박에 칼 주인이 누군지 알아챌 정도죠. 제가 왜 흥신소에 만족하지 않고 킬러를 고용했는지 아세요? 마구잡이로 어린애나 여자까지도 죄책감 없이 죽이는 이웃들이 보기 싫었어요. 우리 땐 안 그랬거든요. 하긴, 예전엔 누굴 죽이고 싶어 하는 사람도 별로 없었지만요. 아무튼 실력자는 함부로 이직을 못 해요. 보복이 두렵고 소문이 무서운 거죠."

심여사가 고개를 끄덕였다. 그녀 덕분에 스마일 흥신소는 업계에서 매출 1위를 달리게 되었다. 하지만 아직 귀신같은 실력의 킬러가 아줌마라는 사실을 눈치챈 사람은 없었다. 일이 점점 늘어나 새로운 킬러를 몇 명 고용해야 할 형편이지만 모두가 위험해지는 일이라면 차라리 수입을 포기하는 편이 나을 것 같았다.

"아까 더듬이 머리 한 여자는 막무가내로 처녀라고 우기지만 누가 봐도 애기 엄마던데, 그래도 제법 강단은 있어 보이지 않아요?"

"킬러 감은 아니고, 자료조사원으로는 쓸 만한 거 같아요. 어차피 진짜 자료조사원도 구해야 하니까요."

더듬이 앞머리는 그중 그나마 눈치도 있고 말주변도 좋은 사람 중 하나였다. 소문에 귀가 밝은 사람이 필요하긴 했다.

"사실 다른 사람들도 저보단 다 나은걸요. 저처럼 어수룩한 사람도 킬러로 먹고사는데 다들 잘만 가르치면 제 밥값을 할 거예요."

준기 이마의 뾰루지를 짜주며 심여사가 내 눈치를 살폈다.

"저기 사장님, 우리도 대기업처럼 인턴제를 도입해보면 어떨까요?"

킬러가 필요하긴 하지만 흥신소란 사람 잡는 일만 하는 곳은 아니다. 보통은 떼인 돈도 받아주고 바람난 배우자의 뒤도 캐고, 잃어버린 가족도 찾아주는, 한계와 범위가 없는 모든 잡일을 도맡는 곳이다. 준기는 자료조사원으로 쓸 여자 한 명을 제외한 모두에게 한 가지 사건을 맡겨보고 그중 가장 성과가 좋은 사람 한 명만 골라 채용하자고 제안했다.

"왜, 토익 성적도 보자고 하지?"

준기가 멋쩍게 웃었다. 그때 흥신소 문이 열리며 경비 아저씨가 들어왔다.

"박 사장 계신가?"

아저씨는 모자를 들어 벗겨진 머리를 드러내며 쑥스러운 듯 흥신소 가족들을 훑어보았다.

"아저씨, 화장실 뚫으러 오셨구나. 아까 뚜러뻥 사다 부어놨으니 알아서 뚫릴 텐데."

준기가 아저씨에게 꾸벅 인사를 하며 말을 붙였다.

"아니, 그게 아니고. 나도 스마일 흥신소에 입사 지원 좀 해볼까 하고 왔지. 나이 제한도 없다 하니까 구미가 당겨서. 여기 경비 서봐야 한 달에 90만원 나오는데 그걸로 콜라텍 몇 번 갔다 오면 어디 쓸 데가 있나. 그래서 나도 투잡 좀 해보려고."

아저씨, 그러니까 그의 명찰에 새겨진 대로라면 김석봉은 올해 꽉 찬 일흔이었다. 물론 정정한 건 사실이지만 노인정 점심 내기 화투 선수 모집도 아니고 킬러를 고용하려는 이 상황에 그는 무리였다.

"어쩌죠? 벌써 뽑았는데."

눈치 빠른 심여사가 김석봉에게 안타까운 표정을 지으며 다가섰다.

"심여사님, 섭섭하게 왜 이러셔. 아까 밖에서 다 들었구만."

그가 어디까지 들은 걸까. 혹시 심여사가 킬러라는 사실까지 모조리 알고 있는 건 아닌지 의심스러웠다.

"일단 앉으세요."

나는 떨리는 손길로 그를 소파로 안내했다. 심여사의 이마에도 송골송골 땀이 맺혔다.

"우리 심여사님 시장 가방이 묵직하다 했더니 역시 보통 가방이 아니었네요."

김석봉이 이죽거리며 금니를 드러냈다. 이건 예상 밖의 일이었다. 역시 그는 모든 걸 다 알고 있었다. 여차하면 그를 처리해야 할 수도 있다.

"아저씨, 방금 어디까지 들으셨어요?"

심여사가 냉수를 한 모금 들이켜고 가슴을 쓸며 물었다.

"나 김석봉, 입 싼 영감 아니에요. 다 내 자식이며 동생 같은 사람들인데 함부로 입방정 떨려고? 심여사님에 대해서는 진즉에 알고 있었는걸."

나는 그가 심여사의 정체를 자세히 모르면서 괜히 눙치며 떠보려는 속셈이 아닌가 싶었다.

"아저씨, 우린 귀가 다른 사람들보다 열 배는 큽니다. 한나절이면 소문의 진상과 진원지를 캐내는 건 어렵지 않아요. 무슨 말인지 아셨죠?"

내 말에 김석봉이 능청스럽게 웃어 보였다.

"그러니까, 박 사장. 이렇게 된 거 나를 특채로 고용하면 모두가 무탈하지 않냐는 거지요. 이래 뵈도 젊어서 안 해본 운동이 없고 안 가본 팔도강산이 없는 풍운아였다오. 젊어서 운을 다 써버려 말년이 별 볼 일 없는 거지, 아직 쌩쌩한 데도 많아. 못 믿겠으면 지하 사우나 한번 같이 가십시다."

심여사가 두통이 왔는지 관자놀이를 검지로 눌렀다. 하는 수 없이 나는 김석봉에게 지금 경비 일로 버는 돈만큼을 월급으로 더 얹어주고 경비실에 특별기동팀을 설치하기로 했다. 김석봉은 그 특별기동팀의 유일한 팀원이자 팀장이 되었으며 주요 업무는 수상쩍은 사람이 나타나면 스마일 흥신소로 전화를 걸어 알려주는 중책이다. 이를테면 지금 하는 일과 전혀 다름이 없지만 특별기동팀 팀장이라는 직급과 직책에 따른 수당을 지급받게 된 것이다. 김석봉은 멋들어지게 경례를 올려붙였다.

"우리 박 사장님, 참 사람 좋으셔. 이 건물에서 월세 안 밀리는 사무실은 스마일밖에 없대요. 심여사님, 그때 겉절이 잘 먹었어요. 근데 좀 짭디다. 내가 고혈압이 있어서 다음엔 심심하게 담가줬음 싶네. 준기는 2층 화장실도 뚜러뻥 좀 부어 놔라."

김석봉 특별기동팀 팀장이 돌아가자 모든 의욕이 사라졌다.

준기가 고무장갑을 끼고 뾰로통한 표정으로 뚜러뻥을 들었다.

계단을 타고 복도를 건너 김석봉이 틀어놓은 트로트 메들리가 들려왔다. '미련 미련 미련 때애문일 꺼야' 가슴께가 뭉근하게 아파왔다. 부러진 칼끝이 가슴 어딘가를 건드리는 모양이었다. 모든 게 미련 미련 미련 때문일 거였다.

오신자

큰일이다. 며칠 후, 나는 작두를 밟고 서야 할 운명 앞에 서 있다. 적당히 살이 오른 돼지의 옆구리에 삼지창을 꽂아 세우고 요령을 흔들며 되도 않는 공수를 지껄여야 한다. 그러면 선녀처럼 나풀대는 한복을 입은 신딸들이 눈을 허옇게 뒤집어 깐 나를 보시시 집어 들어 시퍼렇게 날이 선 용작두 위에 올려놓을 것이다. 미처 비명을 지르기도 전, 여리디 여린 내 발바닥은 작두날과 맞닿자마자 서걱, 베일 테고 곧이어 시뻘건 피가 작두날과 신딸들의 복숭앗빛 한복을 더럽힐 것이다. 금 여사는 뒷목을 잡고 넘어가고, 발바닥이 피조개처럼 벌어진 나는 구경꾼들이 부른 구급차를 타고 병원에 실려 갈 터다. 다행히 목숨을 부지한다 치더라도 독기 오른 금 여사가 형사들을 대동하여 내 앞에 나타날 것은 불 보듯 뻔한 일이다. 가짜 무당에게 지금껏 복채로 내놓은 돈만

3천만 원 가까이, 남편 바람기 잡느라 부적 쓰는 데 1천만 원, 제 어미를 닮아 성적이 바닥을 기는 아들 살풀이하는 데 2천만 원을 꼴아박은 판에 이번 굿에는 자그마치 1억을 내놓기로 했으니 그냥 넘어가지는 않을 거였다. 게다가 그중 절반인 5천은 이미 받아두었고 남은 5천을 들고 조만간 그녀가 나를 찾아온다고 했으니 위기를 모면할 방법을 찾을 시간도 얼마 남지 않았다.

좋다. 돼지에 삼지창을 꽂아 세우는 정도는 균형만 잘 맞춘다면, 그리고 신딸들이 잘 잡아주면 소란스럽지 않게 넘어갈 수도 있을 것 같다. 하지만 작두만큼은 눈속임을 쓸 수가 없다. 언젠가 다큐멘터리 프로그램에서 무당이 작두를 타는 모습을 보여준 적이 있었다. 잘 익은 수박을 올려놓자 저절로 두 동강이 나던 날카로운 작두에 반들반들 기름칠까지 해서 날을 벼리더니, 신장칼을 들고 춤을 추던 무당을 비장한 표정의 신딸들이 반짝 들어 열두 계단 작두 위에 올려 세웠다. 놀랍게도 무당은 방금 전보다 더 신이 나 작두 위를 강중거렸고, 굿 구경을 나온 사람들은 그 광경에 하나같이 입을 벌리고 넋을 놓았다. 나 또한 텔레비전을 보며 그들과 같은 대목에서 아아, 낮은 탄성을 터트렸다. 세상에는 참 별의별 일이 다 있다고 생각하면서도 정말 저런 사람이 있기는 한 걸까 의심했다. 특수 재질의 스타킹을 신었다든가, 교묘한 편집의 산물이거나 혹은 구경꾼이라고 둘러선 사람들이 모두 무당의 일가친척이거나 말이다. 세상에 믿을 사람이란 드물다. 일단 나부터도 가짜 무당이 아닌가.

처음부터 가짜 무당이 되려던 건 아니었다. 명색이 나도 사장이었으니까. 십여 년 전, 엄마에게 물려받은 두 평짜리 담배 가게를 운영하던 나는 심심풀이로 『사주정설』이나 『천고비전』 같은 책들을 독파하기 시작했다. 솔직히 말하자면 평생 남의 호적에 이름 한 번 올릴 일이 없으면 어쩌나 하는 불안 때문이기도 했다. 뻔질나게 철학관이나 점집을 드나드느니 남는 게 시간뿐인 인생, 노느니 장독이라도 부수기로 작정을 했다. 게다가 꽤 재미도 있어서, 옴짝달싹하기조차 버거운 담뱃갑만 한 담배 가게의 지루한 시간도 제법 수월하게 흘러갔다. 그러던 어느 날 단골손님이던 박 씨가 술에 잔뜩 취해 가게를 찾아왔다.

"누나, 팔자라는 게 있기는 한가 봐."

갈지자걸음으로 좁아터진 가게 안에 들어온 박 씨가 내 옆에 놓인 빨간 플라스틱 앉은뱅이 의자에 앉았다.

"뭐 안 풀리는 일이라도 있어?"

"내가 오늘로 직장을 여덟 번째 짤렸어요. 제대하고 사회 나온 지 5년 동안 실업급여를 받아본 적이 없단 말야. 그렇다고 내가 불성실하냐? 그건 아니지. 지각 한 번 안 하고 야근 한 번 안 빼먹을 줄 모르는 말 잘 듣는 개라서 더 억울한 거야. 그런데 월급이 한두 달 밀리는가 싶더니, 인원을 감축해야 한대요. 아무리 충성하면 뭐하냐고, 팔자가 이 모양인데. 한 직장을 1년 이상 다녀보는 게 소원이야."

상해가는 홍시 냄새가 박 씨에게서 뿜어 나왔다.

"너 생년월일시가 어떻게 돼?"

"뜬금없이 그건 왜요?"

치켜뜬 그의 눈자위가 벌겠다.

"팔자 타령하니까 내가 좀 봐주려고 그러지."

그는 내게 생년월일과 태어난 시를 불러주었다.

"네 사주를 보면 지금은 딱 막혔어. 재물운은 서른다섯부터 마흔다섯까지가 좋은데 앞으로 4, 5년은 더 고생해야 할 거야. 이런 사주는 돈에 대한 집착이 많아. 그런데 욕심을 낸다고 돈이 잡힐 그런 사주도 아니야. 사업 같은 건 아예 생각 말고 공부를 해봐. 보니까 비겁다자라 머리가 나쁘진 않으니 뭐든 매달리면 잘 될 거야."

흠칫 놀란 표정으로 그가 나를 바라봤다.

"공부라……. 그렇잖아도 더 늦기 전에 공무원 시험은 어떨까 고민했는데 누나 말 들으니 그리로 확 쏠리네."

박 씨는 담배를 사들고 집으로 돌아가더니 이듬해 정말로 9급 공무원 시험에 합격했다. 그때부터 동네 아주머니들이 담배 가게로 모여들기 시작했다. 아들이 삼수 째다, 떼먹힌 돈이 천만 원이다, 중풍 걸린 시아버지 언제쯤 돌아가시냐 등등을 묻느라 담배 가게는 그야말로 문전성시였다. 늘 아주머니들이 복작대니 그 아주머니의 아들이나 남편이 우리 담배 가게를 외면하는 건 당연지사였다.

'당신, 담배 안 끊어?' '기준아, 이 오라질 놈아. 너한테서 아주

댓찐내가 난다' 등의 잔소리를 누가 좋아하겠는가. 매상을 올려주던 손님들이 길 건너 편의점으로 옮겨갈 즈음 나는 적게나마 복채를 받기로 했다. 하루 종일 경로당에서 백 원짜리 내기 화투만 치던 엄마도 돈 냄새를 맡고 철제 아로나민 골드 각을 돈 통으로 개조해 들고 나타나 자리를 차렸다. 사주는 한 명당 5천 원이고 1인 추가 시 3천 원씩을 더 받았다. 저렴한 가격에 엄마가 끓여낸 커피까지 한 잔씩 돌리는 남다른 서비스로 이웃 동네에서까지 원정을 오는 손님이 점점 늘어났다.

처음에는 어설프게나마 익힌 대로 사주풀이를 해주었다. 하지만 얼마 지나지 않아 나를 찾는 고객들이 원하는 건 명관과마(明官跨馬)나 득비이재(得比理財) 같은 발음하기도 쉽지 않은 문자가 아니라는 걸 깨닫게 되었다. 지긋지긋한 삶의 머리끄덩이를 함께 거머쥐고 드잡이해줄 수 있는 직설 화법이 우리 가게 문전성시의 비결이 되었다. 더불어 엄마의 헌신적인 노력이 무엇보다 큰 힘이 돼주었다.

손님을 맞으면 엄마가 내 옆에서 커피를 타는 척 고개를 조금 떨어뜨리고 살그머니 우리가 약속한 표정을 지었다. 그때를 놓칠세라, 나는 마주 보고 있는 탁상 거울을 통해 엄마의 얼굴을 훔쳐보고 사전 정보를 읽어냈다. 예를 들어 눈은 남편, 코는 자식, 입술은 지긋지긋한 관절염 따위를 의미했다. 만약 양쪽 눈을 찌푸리면 남편이 바람이 난 것이고, 한쪽 눈을 찌푸리면 남편의 기가 쇠해 사내구실을 제대로 못 한다는 거였다. 이런 정보는 엄마가 수년간 매일같이 다닌 경로당과 목욕탕의 노인들이 늘어놓는 며느리 험담에서 발로한 것으로 대개는 틀림이 없었다. 물론 백퍼센트 적중이라고 할 수는 없는 이유가 노인들 중에는 경증의 치매 탓에 멀쩡하다가도 가끔씩 되도 않는 헛소리로 거짓 정보를 흘려주는 경우가 있기 때문이었다. 하지만 틀렸다고 당황할 필요는 없었다. 그때까지만 해도 나는 아마추어였고 엄연히 본업은 담배 가게 주인이었다. 당장 누가 시비라도 걸면 속 편하게 담배나 팔면 그만이었다.

그렇게 일 년쯤 지나자 꽤 많은 돈을 모을 수 있게 되었다. 내가 선전하고 다닌 것도 아닌데 담배 무당이라는 애칭까지 얻어가며 알음알음 지방에서 찾아오는 손님도 생겼다. 돈이 모이자 변두리 담배 가게를 팔고 시내 오피스텔 하나를 꾸며 본격적인 영업을 시작했다. 아마추어에서 프로로 전환한 것이었다. 그러나 나는 여전히 엉터리였다. 그저 어설프게나마 역학을 공부했고 동네 통반장을 수도 없이 해먹은 엄마를 닮아 눈치가 좀 빠른 편일 뿐 무병을 앓다 내림굿을 받은 진짜 무당은 아니었다. 나 역시 스스로 무당이라고 떠들어본 적은 없었다. 모두 자기들 멋대로 그렇게 믿고 불러왔을 뿐이다. 나는 그들의 성원에 보답하고자 좀 더 화려한 액션을 가미했고 그에 어울리는 요란한 의상과 메이크업으로 장단을 조금 맞춘 게 다였다.

금 여사가 1억이라는 거금을 내놓고 재수 굿을 부탁했을 때 나는 배짱도 없는 주제에 그걸 마다할 용기 또한 없었다. 때마침 뉴타운 예정지에 한 달 안에 밀어 넣기로 한 계약금이 정확히 1억인 건 참으로 얄궂은 우연이었다. 그러니 이제 와서 못 하겠다고 도망칠 수도 없는 노릇이었다. 나는 발바닥에 랩을 감아서라도 작두에 서야 했다. 1억이면 이년의 팔자 사나운 가짜 무당 행세도 쫑이다, 싶었다. 뉴타운에 빌딩 한 채 지어놓고 거기서 나오는 월세로 남은 인생을 여유롭게 누려볼 심산이었다.

"금 여사님 오셨습니다."

비서의 목소리에 심장이 방바닥으로 곤두박질치는 것 같았다.

"여사님, 어서 오세요. 그간 무고하셨죠?"

복 두꺼비처럼 살찐 금 여사가 안경 너머로 샐샐 웃어가며 마주 앉았다.

"오늘 끝전 치르러 왔어요. 까딱하다간 남편 사업도 부도 맞게 생기고 아들도 대학을 가네 마네 해서 아주 속이 시끄러워요. 그래서 얼른 그 재수굿 좀 했으면 좋겠는데."

그간 내가 아무 노력도 기울이지 않은 건 아니었다. 소문이 두려워 서울 밖에서 용하다는 무당들만 골라가며 굿판을 쫓아다녔지만 작두날에 서는 노하우는 좀처럼 알아내기 힘들었다. 차력사를 찾아가 그 베일락 말락한 위기를 균형감각만으로 모면하는 방법도 모색해봤다. 하지만 하루아침에 기술을 터득한다는 건 불가능했다. 몰래 들고 들어간 캠코더에 찍힌 건 묘기에 가까운, 나로서는 도저히 따라 할 엄두가 나지 않는 진짜 무당의 진짜 신기였고, 실력 좋은 차력사의 차력이었다.

"우리 장군님 좀 모시고 날 받겠습니다."

서랍에서 요령을 꺼내 흔들어가며 눈을 까뒤집었다. 몸을 바들바들 떨고 입에서 나오는 대로 아무렇게나, 그러나 이미 오랜 세월 하다 보니 익어버린 가짜 기도를 주절거렸다.

"아이고, 우리 장군님. 그저 신통한 말씀 좀 두루두루 내려주세요."

금 여사가 손을 맞비벼가며 머리를 조아렸다. 미칠 지경이었다. 역시 작두에 설 용기가 나질 않았다. 다른 묘책이 필요했다.

"올해는 안 돼. 뭘 해도 동티가 날 것이야."

일단 미뤄볼까.

"어머나, 이를 어쩐데? 장군님, 이 여편네를 가엾이 여기셔서 제발 좋은 날 좀 잡아주세요. 까딱하다간 우리 신랑 알거지 되게 생겼습니다."

부적이다. 손가락만 까딱하면 쓸 수 있는 부적으로 일단 위기를 모면해보자.

"흰 찹쌀밥만 먹고 자란 세 살 난 수캐를 잡아 그 피로 부적을 쓰면 열 번 굿하느니보다 나을 것이다. 알겠느냐?"

아무리 나오는 대로 말을 했다지만 찹쌀밥만 먹고 자란 세 살 난 수캐로 부적을 쓴다는 억지가 어쩐지 우스꽝스럽게 느껴졌다. 하지만 표정 관리가 중요하다. 근엄한 장군처럼 입꼬리를 늘어뜨리고 목소리는 호탕하게 내지르는 거다.

"열 번 굿보다 낫다 하시니 저는 무조건 믿고 따르겠습니다.

일주일 뒤에 우리 남편 어음 추심부터 돌봐주세요. 장군님, 장군님만 믿습니다."

금 여사는 잔금 5천만 원을 현금으로 내놓고 사라졌다. 나는 찹쌀밥만 먹고 자란 수캐의 피 대신 늘 쓰던 경면주사를 붓에 찍어 손 가는 대로 그림을 그려 나갔다. 일단 위기는 모면했지만 일주일 뒤에 생길 금 여사의 남편 부도 위기를 넘길 방법만은 떠오르지 않았다. 부적을 비서에게 내주고 나자 복잡한 생각들이 꾸역꾸역 치밀어 올라 머리가 지끈거렸다.

"선생님, 손님 오셨습니다."

"오늘은 그만하자. 골이 빠개지는 거 같아."

슬며시 문을 열고 고개만 들이민 비서는 난처한 표정이었다.

"점사 보러 오신 분이 아니시래요. 은옥이라고 하면 아신다던데."

은옥, 은옥. 귀에 익은 이름이었다. 내 또래 여자들 중에는 옥자가 들어간 이름이 흔하디흔했다. 귀찮은 외판원 같은 게 아닐까 했지만 딱히 방문을 거절할 핑계도 떠오르지 않았다.

"일단 들어오시라 하고, 예약 손님 없으면 오늘은 그만 모셔."

잠시 후 키가 자그마하고 싸구려 블라우스에 스판 바지를 입은 내 또래 여자가 방 안으로 걸어 들어왔다. 이름처럼 여자의 이목구비가 낯익었다. 나를 보자 눈을 감실감실 떠가며 웃는 모양새, 햇마늘처럼 발그족족한 피부 결, 궁자가 잔뜩 들었지만 유순해 보이는 얼굴이었다. 그녀의 얼굴에서 주름을 걷어내고 헬멧처럼 잘게 말려 달라붙은 머리카락을 곱게 풀어 양 갈래로 묶는다, 생각하니 비로소 은옥의 정체가 연상 퀴즈 정답처럼 떠올랐다.

"은옥이? 공기 잘하던 은옥이 맞아?"

은옥이 웃었다. 눈동자가 늘어진 눈꺼풀에 가려지도록 해사한 웃음이었다. 왜인지 성은 기억이 까무룩하지만 은옥은 틀림없는 내 초등학교 동창이었다. 한번 공기알을 쥐면 다름 사람 차례가 오지 않을 만큼 손이 야무진 아이, 늘 양 볼이 붉고 손등이 터 있던 그 아이가 중년의 모습으로 내 앞에 마주 앉아 있었다.

"그래. 그 은옥이야. 너 용한 무당 됐다는 소문 듣고 어렵게 찾아왔어. 너는 어쩜 더 예뻐졌구나. 연예인 같아."

은옥의 옷차림이 그녀의 순탄치 않은 삶을 대신 말해주고 있었다. 손마디가 거칠고 눈 아래 잔모래처럼 깔린 기미, 겨울도 아닌데 입술에 허연 각질이 일어나 있었다.

"얘, 나도 너 많이 궁금했어. 찾아보려고 동문회에 전화도 해봤는데, 연락처가 바뀌었다더라."

이따금 은옥이 생각나곤 했다. 밤, 병아리, 귤, 털장갑. 만날 때마다 내게 무언가를 쥐어주었던 그 아이를 떠올리면 마음이 녹지근해졌다.

"용하다는 무당께서 나 하나 못 찾는다는 게 말이 되니?"

은옥이 방석을 끌어 내 앞에 바짝 당겨 앉았다. 들고 들어온 쇼핑백이 꽤나 묵직한지 그걸 내려놓은 은옥의 손바닥에 붉은 자국이 남았다.

"시집갔다는 얘기만 몇 다리 건너 들었다. 잘 살아? 애들은 몇이나 두고? 바깥양반은 뭐 하셔?"

궁금했던 것들을 한꺼번에 쏟아냈다.

"몇 년 전에 사고로 먼저 갔어. 남매 있고."

아무리 선무당이라고 해도 은옥의 어둔 낯빛을 보니 신산했던 세월이 눈앞에 스치는 것만 같았다.

"난 어쩌다보니 비혼이네. 빌빌한 남편도 없지만 똘똘한 자식도 없으니 가끔 쓸쓸하네."

은옥이 내 이야기 중간중간 고개를 들어 벽에 걸어놓은 명두며 탱화를 힐끔거렸다.

"우리 이러지 말고 어디 가서 저녁 먹으며 얘기하자. 오늘은 손님이 없어서 입에서 군내가 나던 참이었거든."

오랜만에 그리운 고향 벗을 만났으니 할 얘기가 많았다.

"저기, 신자야. 사실 나 부탁할 게 있어서."

옷을 갈아입으려고 자리에서 일어서자 은옥이 손을 뻗어 내 치맛자락을 잡았다. 그녀가 마른 입술을 깨물었다.

"돈 빌려달라는 것만 아니라면 뭐든 부탁해."

흥이 깨지고 말았다. 아무리 배꼽 친구 사이라 해도 돈 문제는 처음부터 끊는 게 옳다고 생각했다. 40년 만에 돈깨나 번다는 친구 앞에 추레한 모습으로 나타난 거라면 십중팔구 돈 문제다.

"내 사주 좀 봐달라고."

돈이 아니라고? 하지만 아직 속단하긴 일렀다. 사주 좀 봐달라고 하면서 이러쿵저러쿵 신세한탄을 늘어놓다 자연스레 돈 문제로 넘어갈지 알 수 없었다.

"나 아는 사람 사주는 잘 안 봐. 이상하게 잘 안 맞더라고."

나는 병풍 뒤로 돌아 들어가 옷을 갈아입었다. 팥죽색 치마저고리를 벗어놓고 흰색 린넨 원피스를 꺼워 입었다.

"괜찮아. 사정이 있어서 그래. 너라면 내 사주가 아무리 해괴망측해도 이해해줄 거잖아. 친구니까. 우리, 친구잖아."

병풍 너머로 은옥의 간절한 목소리가 들려왔다. 이왕 찾아왔는데 매몰차게 쫓아낼 수만은 없었다. 지금까지는 사는 일이 순탄치 않았어도 앞으로는 잘 풀릴 거라고 둘러대면 될 일이었다. 나는 비녀를 풀어 머리를 매만진 후 병풍 앞으로 나와 다시 자리에 앉았다.

"내가 이런 부탁 잘 안 들어주는데, 너니까. 어디 사주 한번 불러봐."

"나이야 너랑 동갑이고 음력 유월 스무이레, 아침 9시."

굿이나 신점을 볼 때는 접신하는 시늉을 해야 하지만 이렇게 사주를 내미는 사람에게는 그간 틈틈이 공부해온 사주를 종이에 풀어내면 된다. 보나마나 팍팍한 인생일 테지만 있는 그대로 말해줄 필요는 없었다.

"초년 운이야 너도 알고 나도 아는 이야기니까 빼자. 남편 여의고 자식 키우며 짝 잃은 외기러기 팔자가 맞긴 하구나. 작년부터 대운이 바뀌었어. 대운이란 게 좋은 운이라는 뜻은 아니고, 인생이 뒤바뀌는 큰 물결을 탔다는 건데 지금까지와는 완전히 다른 인생을 살게 됐네. 타고난 사주가 불도 강하고 물도 강해서 엎치락뒤치락인데 이번 대운에 원국에 없는 금이 천간지지로 강하게 들어왔네. 강한 불로 단단한 금을 녹여 쓸 만하게 만들 수 있을 테니 돈도 만지고 실력발휘도 할 수 있겠다."

이런 사주는 대개 남편 복도 부모 복도 없지만, 대운이 잘 들어오면 일시적으로나마 인생이 트이긴 했다. 다만 하나 찜찜한 것이 있었다. 금(金)은 본디 수(水)를 강하게 만드는 법. 가뜩이나 불 못지않게 물도 강한 사주인데 금 기운으로 물이 범람하면 생명이 위태로울 일이 발생할 수도 있다. 은옥이 남자라면 불명예스러운 실직이나 뜻밖의 송사가 생길 수 있다고 감명했을 터였다.

"그럼 어떤 일을 하는 게 나한테 잘 맞을까?"

"말했듯이 금을 다스리는 일을 하는 게 좋아. 금이라면 쇠도 들어가지. 현침살이 많아서 미싱을 다뤄도 잘할 것이고 칼을 만지는 요리사도 좋고, 뭐든 쇠 들어가는 일을 하면 술술 풀릴 거야."

은옥의 깜짝 놀란 눈빛이 사주를 푸는 펜 끝에 따라 붙었다.

"용하다는 소문이 진짜구나. 나 지금 쇠 만지는 일해. 제법 돈도 들어오고 일도 잘 풀리는데 할수록 겁이 나. 가슴이 졸아 붙어서 살 수가 없어. 계속해도 되는지, 언제까지 내 운이 닿을지 좀 얘기해주라. 응?"

은옥은 어려서도 솜씨가 좋았다. 나비매듭도 제일 얌전하게 맬 줄 알았고 어린 동생들의 머리를 총총 땋아주는 건 그 애 어머니보다 나았다. 손재주가 좋으니 식당 일을 한다면 적성에 맞을 터였다. 그런데 왜인지 자꾸 찜찜한 기분이 가시지 않았다.

"뭐, 잘 풀리면 좋은 거지. 당장은 일이 계속 들어오겠다. 먹고 사는 데는 지장 없겠어. 근데 자식 복은 바라지 마라. 열 자식 필요 없어. 늙으면 그저 돈이야. 돈이나 아등바등 모아서 귀부인처럼 고상하게 살다 가면 그게 장땡이지."

사주에 깃든 흉살을 줄줄이 늘어놓자니, 은옥이 실망할 것이 뻔해 입을 다물기로 했다.

"그렇잖아도 애들 시집장가 보내면 덤덤하게 살 거야. 그때까지 이 새가슴이 계속 일을 할 수 있을지가 궁금한 거지."

은옥이 두 손을 꼭 모아 자신의 가슴 한복판에 대었다.

"대체 뭘 하기에 새가슴이라 못 버틸까 걱정을 하니? 쇠 들고 하는 일이라고 해봐야 칼 잡는 거밖에 더 있어?"

손님 중에도 은옥처럼 홀몸으로 자식을 키우다 가슴이 숯덩이가 된 여자들이 간혹 찾아왔다. 대부분 먹고살 길이 막막해서 찾아온 그녀들은 언제쯤 구정물에서 손을 뺄 것인지를 지금 내 앞의 은옥이 같은 표정으로 물어왔다. 나는 그때마다 고민 없이 대답했다. 죽어서야 손을 털 거라고. 희망적인 이야기는 되도록 삼가야 한다. 그래야 허탈한 표정의 그녀들이 머지않은 시일 내에 나를 다시 찾아올 테니까. 부적이라도 한 장 써달라고.

"나 칼 잡는 거 알고 있구나?"

나를 말없이 바라보던 은옥이 맥없이 고개를 툭 떨어뜨렸다. 그녀는 느닷없이 소리 죽여 울기 시작했다. 치마 아래로 드러난 그녀의 무릎에 자석 파스가 애처롭게 붙어 있었다. 그저 어딘가에서 조그만 식당이나 하며 지낼 거라 생각하고 한 말인데 들어맞은 모양이었다.

"구정물에서 손 빼려면 아직 멀었어. 그래도 그걸로 잘 먹고 잘 사는데 뭘 그리 걱정이야."

"신자야, 너 진짜 프로구나. 어쩜 이런 걸 알고도 태연하니. 친구가 사람 잡는 인간 백정이라는데 무섭지도 않아?"

사람 잡는 인간 백정이라니. 그건 또 무슨 말인가. 은옥의 말대로 나는 거짓말의 프로다. 눈치의 제왕이다, 눙치기의 선수다. 그러니 일단 떠보자.

"그래, 가끔 너 같은 일 하는 사람도 찾아오거든. 그만 울어, 얘. 무슨 일인들 남의 돈 먹기가 쉽니? 니 맘 다 알아. 그런 일 하면서 양심의 가책을 못 느끼면 사람이 아니지. 그래…… 너처럼 순진한 애가 어쩌다 그렇게 됐어?"

소매로 붉어진 눈가를 훔치던 은옥이 어깨까지 들썩여가며 흐느꼈다.

"먹고살자고 뛰어들었어. 애들은 가르쳐야겠고, 재주라곤 정육점 하면서 배운 칼질뿐인데, 이 나이 먹고 손에 쥔 게 없으니 내 가게 차릴 수도 없고. 그래서 시작했어. 그래도 난 죽어 마땅한 사람만 죽여. 어젠 가난한 여자들한테 돈 빌려주고 수백 배 이자 붙여 먹는 사채업자를 처리했어."

칼질, 죽여, 처리 따위의 단어들이 귀에 착착 감겨 들어왔다. 머리에 앉은 서캐도 가여워 못 터트리던 은옥이 내 앞에서 칼질로 사람을 죽였다는 말을 하고 있다. 나는 과수원 길에서 땅벌에 쏘여 못밥을 인 채로 고꾸라지던 유년의 어느 한 시절처럼 머리 한구석이 땡땡하게 부풀어 오른 듯 뜨끔거렸다.

"신자야. 네가 경찰에 신고해도 어쩔 수 없다는 마음으로 찾아왔어. 네가 용하다는 소식을 듣고 내 입으로 말하지 않더라도 넌 알겠구나 싶었거든. 근데 넌 다 알면서도 태연하게 나를 대해주니 눈물이 난다. 속을 다 털어놓고 나니 이제야 살 것 같아."

은옥의 목소리가 여름 끝의 매미 울음처럼 어지럽게 울리다 끊기기를 반복했다.

"흔한 말로 킬러구나. 속이 시원하다니 다…… 다행이네. 근데 너 안 바빠? 오늘은 처리할 사람 없어?"

"응, 오늘은 끝났고 모레쯤 한 군데 더 가. 강간범이래. 그런 놈은 육시를 내줘야지. 여자가 여자 위해 그 정돈 할 수 있잖아? 참, 복채 줘야지."

은옥의 입술이 야무지게 비틀렸다.

"애…… 친구끼리 그런 말 하지 마. 나 안 받을래."

말을 더듬었던 것도 같다. 이마에 맺혔던 식은땀이 눈썹을 타고 흘러 시야가 흐려졌다. 어디 빈 독이라도 잡고 내 친구 은옥은 킬러다, 라고 고래고래 소리를 지르고 싶은 심정이었다. 그러나

행여 시원찮은 독이 깨지기라도 해 내 목소리가 새어나간다면, 은옥의 건조해 보이는 저 팔목에 윤기 흐르는 은색 팔찌라도 채워지게 된다면, 그녀의 동료들이 나를 가만두지 않을 것이다.

"싫어, 일은 일이지. 이거 받아."

얄팍한 흰 봉투를 밀어놓고 은옥이 눈가의 눈물을 깨끗이 닦아내더니 이를 드러내 환하게 웃었다. 개울에서 물장난을 치던 시절처럼 해맑은 미소였지만 그 뒤에는 날카로운 칼날을 휘두르는 강호의 고수가 버티고 서 있었다. 퍼뜩 나의 친구이자 고객인 동시에 어울리지 않지만 킬러인 은옥에게 복채 대신 받아낼 것이 생각났다.

"은옥아, 복채 대신 말야, 사람 하나만 처리해줄 수 있겠니?"

은옥은 바로 내 부탁을 수락하지 못했다. 자신의 원칙에서 어긋난다는 이유였다. 남에게 직접적인 해를 입힌다거나 공공의 적이라 불릴 만한 악인이 아닌 이상 함부로 목숨을 앗는 게 영 내키지 않는다고 했다. 물러설 내가 아니었다. 금 여사의 남편이 부도를 맞는다면 그녀는 내게 달려들어 머리채를 휘어잡고 경찰서로 끌고 가 사기죄로 처넣을 게 뻔했다. 나는 그간 모아온 재산과 명성과 은밀하게 만나오던 애인들마저 잃게 될 것이다. 진짜 악인은 나일지 모르지만 그걸 굳이 은옥에게 이야기할 필요는 없었다. 난 죽은 후의 세상 따윈 믿지 않는다. 인과응보도 마찬가지다. 살아 있는 동안 누릴 만큼 누리면 그뿐이다.

"아주 지독한 년이야. 집이 어마어마한 부자거든. 남편이 버스

회사를 두 개나 하고 부동산도 어마어마해. 전실 자식이 하나 있는데 어찌나 학대를 심하게 하는지 다리 하나는 평생 절고 살아야 한대. 걔 인생을 생각하면 그년은 죽어 마땅하지. 아무렴."

어디선가 주워들은 이야기를 이리저리 맞물려 금 여사에게 뒤집어 씌웠다. 이정도면 은옥의 마음이 열릴 법도 싶었다.

"아동학대? 내가 제일 혐오하는 게 그거야! 그럼 집 주소 좀 불러봐. 오늘은 오이지 담그러 일찍 가야 하고, 내일 가볼게."

나는 주소록을 뒤져 금 여사의 집 주소와 전화번호를 은옥에게 넘겨주었다.

"우리 집에서 가깝네. 잘 됐다. 나중에 네 휴대폰 추적될 수 있으니까 물어볼 게 있으면 여기로 올게."

은옥은 아이고, 무릎이야 하며 자리에서 일어나 돌아갔다. 이러다 살인교사죄나 살인죄까지 뒤집어쓰고 여생을 감방에서 보내야 하는 건 아닌가 뒤늦게 겁이 났다. 하지만 아무리 내가 얼치기라 해도 은옥의 사주가 특별하다는 것쯤은 눈치챘다.

은옥이 다녀간 날로부터 하루, 이틀, 사흘, 나흘. 시간이 흘렀다. 아침마다 신문 사회면을 펼칠 때 가슴이 옥죄어왔다. 그녀에게선 여전히 아무 소식도 없었다. 일이 틀어진 건 아닌지 궁금했지만 그녀의 연락처조차 모르니 연락할 길이 없었다.

"은옥 씨 오셨습니다."

일주일 만이었다. 비서가 문을 열자 은옥이 들어왔다. 표정을 살펴봤지만 도통 감이 잡히지 않았다.

"그래, 별일 없었고?"

그간 금 여사에게서 아무 연락도 오지 않은 걸 보면 살았더라도 그녀의 남편 사업이 잘 풀렸다는 뜻이고 죽었더라도 내가 수사망에 오르지 않았다는 뜻이다.

"신자야. 금 여사란 사람 말야. 조금 이따가 여기로 올 거야."

나는 흘러나오는 안도의 한숨을 되삼켰다. 금 여사가 살아 있다니, 그것도 조금 이따 찾아온다고!

"너 그게 무슨 말이야? 실패했어?"

은옥의 무덤덤한 표정으로 나를 바라보았다.

"너 만나고 다음 날 그 주소로 찾아갔어. 정말 으리으리한 집에 살더라. 그 앞에서 조금 기다리니까 웬 살찐 부인이 장바구니를 들고 나오더라."

은옥의 말은 이랬다. 금 여사가 장바구니를 들고 어디론가 걸어가기에 따라 붙었더니 대형 할인마트였단다. 금 여사는 카트에 고급 과일과 유기농 야채를 담고 한우 몇 근을 사들고는 뭐 더 살 것이 없나 여기저기를 헤맸다. 은옥은 이러다간 죽도 밥도 안 되겠다 싶어 안면부터 트기로 했다.

"어머, 금 여사님 아니세요?"

은옥이 금 여사에게 알은체를 하자 그녀가 퍼뜩 놀란 표정으로 바라보았다.

"누구세요?"

"지난번에 경락 마사지 받으러 오셨잖아. 제가 마사지 해드렸는데 기억 못 하시는구나."

은옥은 귀부인이라면 변소 드나들 듯 할 게 뻔한 스킨케어 숍을 들먹이기로 했다.

"사람 잘못 보셨나보네. 가정부 하는 여편네가 무슨 복으로 경락을 받아요."

금 여사는 은옥을 밀치고 총총히 사라져갔다. 그러나 은옥은 그녀의 뒤를 밟아 다시 한 번 기회를 만들려 애썼다.

"금 여사님 맞는데 뭘 그러세요. 제가 경락하기 전엔 발마사지도 했는데 그때 오셨나?"

금 여사는 밀던 카트를 멈추고 노기 어린 눈빛으로 은옥을 쏘아보았다.

"이 여자가 지금 누구 염장을 지르나? 그래, 나 금 씨다. 그치만 댁의 말처럼 나 사모님 아니거든?"

심은옥의 목소리가 폐부를 깊숙이 찔러 왔다.

"니 애인 중에 돈깨나 쓰는 영감 하나 있지? 그게 금 여사 남편이야. 그 여잔 너 사기꾼인 거 벌써부터 알고 있었고."

은옥은 마치 자신이 용하기로 소문난 무당처럼 내게 퍼부었다. 나는 벌어진 입을 다물 수 없어 뭐라 대꾸도 하지 못했다.

"지금 금 여사는 입주 가정부래. 일주일에 딱 하루 마음껏 외출을 할 수 있는 날이 아마 오늘인 것 같더라."

나는 골프를 배우며 만난 젊은 골프 트레이너와 늙었지만 언제든 지갑을 턱턱 열어주는 호구 사업가 한 씨를 애인으로 두고 있었다. 그렇다면 한 씨가 금 여사의 남편일 터였다. 그는 끈덕지게 이혼을 안 해주는 미련한 여편네를 떼어내기 위해 집을 나와 일본에 사무실을 차려놓고 한 달에 두어 번 한국에 들렀다. 나는 그에게 나쁜 남자가 매력 있다며 추켜세우기까지 했었다.

"은옥아, 나 어떻게 하는 게 좋겠니? 네가 그 여자 처리해 준댔잖아. 어떻게 좀 해봐!"

은옥이 아무 대꾸도 하지 않았다.

"금 여사님 오셨습니다."

비서의 목소리에 이어 문이 열렸다. 언제나처럼 화려하게 차려 입은 금 여사가 은옥의 옆으로 다가 앉았다.

"잘못했어요. 금 여사님, 내가 미친년이에요. 다시는 한 사장 안 만납니다. 그간 받은 돈도 고스란히 돌려드릴게요."

나는 금 여사의 얼굴을 제대로 바라볼 수 없었다. 이마며 가슴에 뜨끈한 눈길이 꽂히는 것만 같았다. 나는 병풍 뒤 금고로 기어가 그 안에 든 현금과 금붙이들을 되는 대로 꺼내 왔다.

"남편은 내 앞으로 된 집 한 채만 달랑 남겨놓고 사라졌어요. 난 그걸 팔았죠. 그리고 그 돈으로 사기꾼 무당 년을 잡기로 했지요. 그래서 스마일 흥신소를 찾아갔답니다. 거기서 여기 은옥 씨를 만났구요. 난 마지막으로 남은 재산을 모두 긁어 당신에게 배팅했어요. 그리고 기회를 노렸죠. 모든 걸 다 얻었다고 기고만장할 그 순간을요. 우리 또래 여자 중에 은옥이라는 이름 가진 친구 없는 사람 있나요? 여기 은옥 씨는 심은옥이라고 해요. 당신이 아는 은옥이란 친구와 성까지 같을지는 모르겠군요. 심은옥 씨, 금고에 든 돈이면 사례비는 충분하겠지요?"

은옥, 내가 모르는 심은옥이 고개를 주억거리곤 쇼핑백 안에 돈뭉치와 금붙이를 그러담았다. 곧이어 그녀가 비좁은 쇼핑백 안에서 번뜩이는 무언가를 꺼내들었다. 이제 죽나 싶은 순간, 방문 앞에서 기다리고 있을 비서가 생각났다.

"미스 한, 미스 한! 한은경 씨!"

왜일까, 아무 대답이 없었다.

"잘 생각해봐요. 내가 처음 여길 찾아온 때와 비서 한은경이 취직한 시기를. 난 복수를 해서 좋지만 우리 딸은 실업자가 되는군요. 아쉽지만 하는 수 없죠. 두 마리 토끼 중 더 큰 토끼를 잡을 수밖에."

지금 내 앞에서 장바구니를 뒤져 번득이는 칼을 꺼내는 심은옥이라는 여자를 보자 겨우 기억이 났다. 내 친구, 은옥이. 키가 작고 얼굴이 새카만 은옥이. 그 애의 성은 남가였다. 남은옥. 지금쯤 그 앤 어디서 뭘 하고 있을까? 아, 그냥 담배 가게나 할 걸 그랬다.

이성란

나는 비밀 요원이다.

적의 요새에 숨어들어 그들의 일거수일투족을 살피고 음흉한 속내를 캐내는 것이 내 일이다. 안젤리나 졸리나 샤를리즈 테론처럼 끝내주는 몸매에 냉철한 지성을 겸비한 건 말할 필요도 없다.

보석함 깊숙이 숨겨두었던 다이아몬드를 닦듯, 나는 화장을 했다. 화장대 거울로 나와는 조금도 어울리지 않는 두루뭉술한 동양인 사내가 모로 드러누워 침을 흘리는 모습이 비쳤다. 그는 어젯밤, 정확히는 오늘 새벽 2시를 넘긴 시각에 집 안으로 잠입했다. 잠입, 내가 그걸 잠입이라고밖에 표현할 수 없는 건 현관문을 열어주지 않았음에도 건넌방의 복도와 연결된 창문을 열고 좀도둑처럼 집 안에 기어들었기 때문이다. 하지만 나는 그를 미워하지 않기로 했다. 그는 나의 남편인 동시에 상관이니까. 집에 들어앉아 인터넷 쇼핑 좀 작작 하고 사람답게 발전적으로 살라는 핑계로 그는 나를 고용했다. 나는 인터넷 말고 백화점 쇼핑 좀 작작 할 수 있는 돈벌이라도 만들어주면 머리카락으로 짚신을 삼아주겠다며 그의 대담한 제안을 수락했다. 물론 비밀 요원이라는 직업이 엄청난 부와 명예를 안겨주는 일은 아니다. 그는 지금껏 자신이 나 몰래 빼돌린 수당의 일부를 정직하게 헌납하는 조건을 내걸었지만 그보다 공익을 위해 나는 비밀 요원직을 수락했다. 명색이 경찰공무원의 아내 아닌가.

아이라인을 그려나갔다. 비록 의학의 힘을 빌렸지만 요염한 쌍꺼풀 라인이 자못 서구적인 탓에 지나치게 섹시한 매력을 발산하지 않도록 선은 최대한 가늘어야 했다. 온라인 쇼핑몰 VIP 쿠폰으로 산 파운데이션이 고운 피부를 더 돋보이게 했다. 인디 핑크 컬러의 립스틱을 발라 입술을 맞비비고 앞머리에 볼륨을 더하기 위해 이마 가까이에 드라이어를 들이댔다.

"니 돌았나? 지금이 몇 시고? 무슨 지랄 났다고 새벽부터 멋을 부리는데?"

그와 나는 동향이었다. 하지만 나는 지방색 섞인 말씨를 완벽하게 고친 지 오래였다. 안젤리나 졸리가 적의 뒤통수에 총을 들이대고 '야야, 니네 대빠이 있는 데 퍼뜩 불어라. 안 그람 니부터 조지뿐다'라고 말할 수는 없지 않은가.

"니 화장했네. 앞머리는 또 뭔데? 와, 억수로 촌발 날리네. 니 그 꼬라지로 어디 나갈 생각 마라."

그가 마른세수를 하며 침대에서 일어나 술 취해 들고 들어온 이온음료를 마셨다. 그의 마뜩찮은 눈빛이 자꾸 거울을 통해 내게 꽂힌다.

"당신은 내가 어디 가서 젊고 예쁘다는 소리 들으면 막 열등감 느끼고 그러나 봐?"

안방에 붙은 화장실로 걸음을 옮기던 그가 소리 내어 웃었다. 본심을 들켰을 때마다 나오는 그의 습관이었다. 그 증거로 내가 미용실을 다녀올 때마다 예쁘지 않느냐는 질문에 그는 대답 대신 늘 저렇게 실없이 웃곤 했다.

"니 내 말 단디 들어라. 전화는 하루 두 번, 아침저녁으로 해. 갠히 숨어서 한다고 씰데엄시 설레발치다 개쪽 당하지 말고 눈치껏. 죽이네, 밟네, 찌르네, 후비네. 요런 소리 나오믄 은제 어디서 언놈아가 할 낀지 내한테 보고만 하면 돼. 알았나?"

뜨거운 감자 국을 교양 없이 그릇째 훌훌 마시던 그가 눈빛을 곤추세웠다.

"손가락 굵어서 문자 보낼 줄 모르는 당신이나 그렇게 하든가."

앞으로 내 콘셉트는 지성과 미모를 겸비한 미시다. 사실 결혼한 걸 숨기고 싶지만 어제 웬 아줌마가 등본을 떼어오라고 전화를 걸어왔다. 아마도 면접 때 자신을 심은옥이라 소개한 여자인 것 같았다. 그런 종류의 아줌마에 대해 나는 잘 알고 있다. 남의 일에 간섭하기 좋아하고 또 소문내기를 그보다 더 좋아하는 부류. 더 이상 여자이기를 포기한 채 촌스럽고 볼썽사납기까지 한 스타일로 어디서든 타인에게 양보와 배려를 요구하는 자들이다. 심은옥이라는 여자는 보나마나 홍신소의 허드렛일을 도맡았을 거였다. 하지만 굳이 적을 만들 필요는 없었다. 적당히 친절하게만 대한다면 꽤 쓸모가 있는 인물일지도 몰랐다.

남편이 나를 비밀 요원으로 선발한 건 스마일 홍신소 때문이었다. 최근 들어 관내에 사건과 사고가 빈번해졌다. 솜씨 좋은 칼이 드나든 시체가 도처에서 발견됐다. 모두 목을 따거나 등허리를 찔러 심장을 겨눈 수려한 솜씨다. 남편은 '칼잡이 박태상의 부활'이라며 흥분했다. 이제는 은퇴하여 변두리에 스마일 홍신소라는 심부름센터를 열고 유유자적하는 박태상이라는 자, 그는 한때 음지를 주름잡던 킬러였다. 그가 지나간 자리마다 피 냄새가 진동했고 폴리스라인이 쳐졌다. 하지만 남편도 남편의 전임자도 그의 손목에 수갑을 채우지는 못했다. 시체 주변에는 머리카락 한 올, 지문 한 조각 남지 않았고 박태상을 목격했다는 사람들 역시 죽은 자가 죽어도 쌀 만한 짓을 일삼았다며 혀를 차고 입을 닫았다. 하지만 최근에 벌어진 일련의 사건들은 박태상의 솜씨와 미묘하게 달랐다. 조금 더 섬세하고 조금 더 대담했다. 굳이 표현하자면 진화된 박태상, 포스트 박태상의 귀환이라고 하는 게 옳았다. 남편은 박태상이 새로운 킬러에게 기술을 전수했다고 믿고 있었다. 나는 그게 누구인지를 캐내야 했다.

"이성라이, 미니스카트가 지금 니한테 어울린다고 생각하나? 알통이 김장 좀 담가주십쇼, 엎디리 절을 한다."

그가 뭐라 지껄이든 나는 내 멋에 산다. 혹시 아나, 내가 박태상의 신기를 물려받을 킬러로 발탁될지. 그땐 함부로 나불댄 걸 후회하게 될지도.

체면과 직분에 맞지 않지만 철저한 위장을 위해 나는 마을버스를 탔다. 학생 몇과 노인들이 졸고 있었다. 평범한 삶을 살아왔고 남은 생 역시 그 범주 안에서 멀리 벗어날 것 같지 않은 얼굴들이었다. 그에 반해 파우더 팩트 거울에 비친 내 얼굴은 자신감과 생기로 빛이 났다. 모든 게 완벽했다.

스마일 흥신소 문을 열자 심은옥이 걸레로 박태상의 책상을 닦고 있었다. 요즘 누가 붉은색 월드컵 티셔츠를 입나. 게다가 아래엔 어울리지 않게 아코디언 스커트까지 걸쳤다. 그녀가 나를 보고 미소 지으며 다가왔다.

"제일 끝에 책상 쓰면 돼요. 차 안 막혔어요?"

초면이나 다름없는데 은근슬쩍 말을 놓는 거 봐라. 이런 아줌마 때문에 나같이 점잖은 미시들까지 싸잡아 교양 없는 아줌마라고 욕을 먹는 세상이다. 나는 조용히 혀를 차고 내 책상이라고 일러진 자리에 앉았다. 오랜만에 신은 하이힐 때문에 발바닥이 저렸다.

"심여사님, 일찍 나오셨네요. 아주머니도 출근하셨구나."

청년 하나가 물이 뚝뚝 흐르는 대걸레를 어깨에 걸치고 들어

오며 고개를 꾸벅 숙였다. 심여사라면 심은옥을 말하는 걸 테지만 아주머니라니, 지금 나한테 아주머니라고? 사실 내가 중년의 나이긴 하다. 하지만 아주머니 소리를 들을 만큼 망가지진 않았다고 자부했다. 기분 나쁘게 녀석이 나를 위아래로 훑어보더니 입을 막고 숨을 헐떡이며 파티션을 가로질러 사라졌다. 하긴, 나이가 들수록 농염해지는 여자도 있다는 걸 몰랐겠지. 명백한 성희롱이었지만, 젊은 혈기를 주체 못 하는 게 딱해 모른 체하기로 했다.

"아줌마…… 앞머리…… 아이라인…… 말잇못……."

녀석의 목소리가 드문드문 파티션 너머로 전해졌다.

"아침 식사 안 하신 분들 오세요."

심은옥의 목소리에 파티션 뒤에서 녀석이 어정거리는 걸음으로 나왔다.

"아주머니도 오세요. 심여사님이 매일 아침 도시락 싸오시거든요."

허드렛일 하는 심은옥은 여사고 나는 아주머니라니. 마뜩치 않았지만 내 정체는 엄연히 비밀 요원이었다. 섣불리 감정을 드러내선 안 된다. 회의실 탁자 위에 완두콩밥과 콩나물 무침, 고등어조림, 무생채, 호박전, 멸치 볶음 등이 펼쳐져 있었다.

"잠시 안내드릴 말씀이 있습니다."

확실히 해두는 게 좋을 것 같았다. 어영부영 넘어갔다가는 아주머니가 입에 배어 너도나도 그렇게 부를 게 틀림없었다. 비밀 요원씩이나 돼서 아주머니라니, 있을 수 없는 일이었다. 일회용 나무젓가락을 쪼개던 둘이 멀뚱멀뚱 나를 바라봤다.

"제 이름은 이성란이거든요. 아줌마, 아주머니, 누님 이런 표현은 실례지요. 심은옥 씨처럼 심여사라고 부르는 건 나이가 있으니 무리일 거 같고. 미즈 리라고 해주세요. 미즈라는 말 잘 모르시겠지만 미스나 미세스보다 평등한 영어식 존칭이에요. 아셨죠? 미즈 리."

속이 다 시원하다.

"뭐? 미즈와리?"

걸걸한 목소리, 보폭이 넓은 걸음, 옅은 스킨 냄새가 묻어나는 박태상이 어느 결에 내 곁으로 다가왔다. 수염이 짙은 남자다. 바짝 면도를 했지만 그의 턱에 파르스름한 기운이 감돌았다. 면접 날에는 경황이 없어 자세히 보지 못했지만 제법 호남형이었다. 전설의 킬러라기보다 후덕한 대학교수 같은 인상을 풍겼다. 하지만 말본새는 형편이 없다. 미즈와리라니. 내가 술에 물 탄 듯 물에 술 탄 듯하단 말인가.

"사장님, 나오셨습니까? 같이 한술 뜨시죠?"

아까부터 심기를 거스르던 녀석이 새 나무젓가락을 박태상에게 건네며 히죽거렸다.

"미즈와리가 아니라 미즈 리라니까요."

내 목소리에 박태상이 보일 듯 말듯 미소를 머금은 입으로 밥을 밀어 넣었다.

"이 녀석은 최준기라고, 사무실 막냅니다. 궁금하신 건 뭐든 준기한테 물어보시면 될 겁니다. 여긴 심은옥 여사님. 제일 연장자시고 사무실 운영 전반을 이끌고 계십니다."

박태상의 지명에 따라 한 명씩 낯을 훑었다. 얼뜨기 청년이 킬러일 리 없었다. 운영 전반을 이끌고 있다는 걸 보면 심은옥은 회계나 총무일 테고. 그렇다면 포스트 박태상은 출근 전인 모양이었다. 하긴, 킬러가 한가하게 사무실에 나와 얼쩡거릴 리 없었다. 심은옥이 주름진 손으로 생선살을 발라 박태상과 준기의 밥 위에 한 덩이씩 얹어주고 있었다. 둘 다 주접 든 옷차림에 궁상맞은 표정을 짓고 있었다. 마치 60촉 전구 아래 모여 앉은 가족들이 이미 수없이 납 종이로 땜질한 냄비에 할퀴듯 숟가락질을 퍼붓던 때를 연상시켜 절로 인상이 구겨졌다. 쥐의 오줌으로 얼룩진 천장, 쥐의 꼬리가 드나든 버캐 앉은 기름병, 쥐의 앞니가 바수어놓은 비누 조각 따위가 눈앞에 유령처럼 떠돌자 진저리가 쳐졌다.

"준기는 5시에 자해공갈단한테 네다바이당했다는 의뢰인 만나서 정황조사 하고 와. 미즈와, 미즈 리 씨는 준기한테 서류 받아서 쭉 한번 읽어보세요. 심여사님은 저 좀 따로 뵙고요."

순식간에 심은옥이 내놓은 도시락이 비워졌다. 각자 자기 자리로 돌아가 기지개를 켜거나 클리어 파일을 넘겼다. 박태상과 심은옥이 사무실 한쪽의 작은 방으로 자리를 옮기자 준기가 내 책상 위에 서류 더미를 내려놓았다.

"이건 가정상담 건이에요. 바람난 배우자 뒷조사가 많은 편인

데 개중에는 유산 문제로 형제자매나 부모 자식 사이의 의뢰도 있고요. 이건 경호 의뢰 업체 리스트고, 이건 사기 사건 요약 파일이에요. 공갈 사기도 있고 꽃뱀이나 제비 사건도 들어 있어요. 넘기다 보면 아실 거예요. 이건 부채 회수 파일이고요. 궁금한 거 있으시면 언제든 저나 심여사님께 물어보세요."

준기가 성의 없는 손 글씨로 제목이 붙은 파일을 설명했다.

"청부 살인 같은 의뢰는 안 받아요?"

너무 정곡을 찌르는 질문을 했는지 준기의 뺨이 붉어졌다. 이 피라미를 잘만 구슬리면 월척이 있는 곳도 알아낼 수 있을 것 같았다.

"우린 엄연히 허가받고 일하는 곳이에요. 행여 사장님 귀에 그런 말씀 들어가지 않게 조심해주세요. 그리고 직원 준수사항 말씀드릴게요. 의뢰인의 정보를 3자에게 누설하지 않는다. 조사 결과를 허위 사실이나 추측으로 보고하지 않는다. 비윤리적 행위나 불법을 자행하지 않는다. 조사원의 능력 부족으로 해결의 실마리가 보이지 않을 경우 회사 측에 즉각 보고하고 업무에 적합한 직원을 투입한다. 업무 중 과실에 대해선 빠른 시간에 보고하고 대책 마련을 강구한다. 미즈 리 씨, 잘 아셨죠? 앞으로 이것들만 준수하시면 그리 힘든 일은 없을 겁니다."

준기가 뜨악한 표정으로 재빨리 말하곤 제자리로 돌아갔다. 기대한 답변을 얻지 못한 것이 아쉽지만 첫술에 배가 부를 리 없었다. 나는 남편이자 상관에게 문자메시지를 보냈다.

'박 사장과 아줌마 밀실 대화 중. 청부 살인 사실 강력 부인.'

가장 수상쩍은 건 박 사장과 심은옥의 밀실 회담이지만 그거야 사무실 청소 상태 불량이라든가 음식물 반입에 대한 경고를 하기 위함일 거란 추측이 가능했다. 하지만 자고로 말 많은 집은 장맛도 쓰다고, 쉬지 않고 끼어들기 좋아하는 준기를 제외한다면 심은옥이 요주의 인물일 거란 짐작도 가능했다. 책상이 밀실과 조금만 가깝다면 그들의 대화를 엿들을 수 있을 텐데, 하는 아쉬움이 들었다. 도청 장치만 있다면 좋으련만. 문자메시지가 왔다. 한참 용을 써 보낸 것일 터였다.

'씨ㄹ 데 엄는 소리'

문자메시지 수신음을 무음으로 돌려놓고 파일을 들춰봤다. 의뢰인의 정보와 사건의 개요, 처리 과정과 결과가 사건 별로 정리되어 있었다.

"외근 나갑니다."

언제 밀실에서 나왔는지 박태상이 옷깃의 먼지를 털며 바쁜 걸음을 옮겼다. 잠시 그의 눈과 내 눈이 마주쳤다. 작지만 분명한 스파크가 느껴졌다. 상대의 마음에 칼날을 들이밀어 가볍게 관통하는 눈길이었다. 정체가 탄로 날까 두려운 마음에 내가 먼저 눈길을 피했다. 그가 사무실을 나서자 가슴이 요동치고 혀 밑 침샘이 새큰거렸다.

"미즈 리 씨, 침 흘러요."

방금 박태상과 밀실에서 나온 심은옥이 두루마리 휴지를 뜯어

내 턱 아래 받쳤다. 나는 언제 흘러나왔는지 모를 침을 후루룩 빨아들이고 자세를 고쳐 앉았다. 하수에게 속내를 들키다니. 부끄러움에 얼굴이 달아올랐다.

"미안한데 오전엔 우리가 할 일이 따로 있어요. 전화 좀 받아주실래요? 연락처만 메모해주시면 돼요."

심은옥이 거침없이 내게 명령을 하고 준기에게 눈짓을 하자, 그가 자리에서 일어나 회의실로 향했다. 긴장이 밴 표정이었다.

"무슨 할 일인데요? 저는 알면 안 되나요?"

돌아서던 심은옥이 내 질문에 당황한 기색이 역력한 눈길을 보냈다.

"궂은일이라 처음부터 고생시키고 싶지 않아요. 박 사장님이 전화로 찾으면 외근 나갔다고 해주시고요. 내일까지만 하면 될 거 같으니까 두어 시간만 봐줘요. 응?"

무어라 대답하기도 전 그들은 회의실 문을 닫아버렸다. 잠시 후엔 1층의 경비원까지 사무실에 올라와 아무렇지 않은 얼굴로 밀실에 합류했다. 웅성거리는 소리가 잠시 들리고 회의실은 곧 조용해졌다. 그들은 나 몰래 무슨 일을 꾸미는 걸까? 의뢰 받은 청부 살인의 실행 계획을 세우기라도 하는 걸까? 조금 전 박태상이 그들에게 지시한 건 모두 오늘 저녁이나 내일 처리하면 될 일들뿐이었다. 혹시 박태상의 지시가 모두 암호라면? 이건 문자메시지로 보고할 사안이 아니라는 판단이 들었다. 나는 발소리를 낮추며 복도 끝에 붙은 화장실로 몸을 숨겼다. 그리고 남편에게 전화를 걸었다.

"와?"

그의 목소리에서 짜증이 묻어났다.

"나 화장실이야."

"은제 내한테 허락 맡고 볼일 봤나?"

"박 사장은 나가고 직원들이 회의실로 들어갔어."

"근데?"

"도청 장치가 필요해. 전화기랑 회의실에 달아놔야겠어."

"헛다리 짚는 거 아이가? 박태상이도 없이 갸들끼리 뭘 한다고? 예? 쪼매만 기다리소, 금방 가께예. 이성라이, 내 바쁘다!"

전화기 너머로 고함 소리, 전화벨 소리가 왁자하게 들려왔다.

"고정식이, 니 낭중에 후회하지 말고 내 말 똑띠 들으라. 야들 쫀채이라꼬 우습게 보다 니 모가지 날아가뿐다. 박 사장 몰래 사부지기 지들끼리 모이가 작당질을 하는데 니 감이 안 오나? 야들이 실세다. 박 사장 말고 야들 먼저 해비야 한다, 이 말이다."

너무 흥분했다. 나도 모르게 잊었던 사투리가 쏟아져 나왔다. 내 추측이 맞는다면 세 사람이 모의해서 박태상의 뒤통수를 후려칠 수도 있었다. 그의 깊은 눈빛이 잠시 뇌리를 스쳤다.

"일단 알았다. 퇴근하고 집에서 보재이."

순간 꼬리를 내린 듯 얌전해진 말투의 그가 전화를 먼저 끊었다. 화장실 문고리를 움켜쥐었던 손이 하얗게 질려 있었다. 빨리 자리에 돌아가 아무 일 없었던 양, 행동해야 했다. 옷매무새를 고치고 헛기침을 해 목소리를 가다듬었다. 자리에 돌아와 떨리는 손으로 파일을 넘겼다. 회의실은 여전히 고요하기만 했다. 점심시간이 지나서야 셋은 회의실에서 걸어 나와 점심 메뉴를 고르고 내게도 식사를 청했다. 나는 칼국수를 시키고 묵묵히 면발을 빨아들이며 그들의 대화를 엿들었다.

"심여사님, 어깨 아파요."

준기가 팔을 휘돌리며 울상을 지었다.

"자세가 나빠서 그래. 김석봉 씨처럼 허리를 펴고 위에서 아래로 내리 꽂아야지. 준기 씬 자세도 구부정하고 아래에서 위로 꽂으려니 어깨에 더 무리가 가는 거야."

만둣국을 떠먹던 준기가 내 눈치를 살피더니 심은옥에게 눈짓을 보냈다. 분명 그들은 회의실에서 무언가 심상치 않은 일을 벌이고 있었다. 단순히 살해를 위한 모의가 아니라 살해 그 자체가 벌어지고 있는지 몰랐다. 점심상을 물리고 나니 심은옥이 문을 열고 청소를 했고, 다시 경비가 올라와 커피를 마시며 한참 동안 준기와 노닥거린 후 내려갔다. 오후가 되자 준기는 외근을 나갔고 심은옥 혼자 다시 회의실로 자리를 옮겼다. 내내 빈 사무실이나 다름없는 곳을 나 혼자 지켜야 했다.

퇴근 무렵이 되어 박태상에게 전화가 왔다. 현지에서 바로 퇴근하겠다는 내용일 뿐, 질문 없이 전화는 끊어졌다. 6시가 다 되어서야 심은옥이 수척한 몰골로 회의실에서 나왔다. 나는 회의실을 들여다보고 싶었지만 심은옥이 뒷정리를 자청하는 바람에

별다른 소득 없이 집으로 돌아와야 했다. 남편은 12시가 다 되어서야 퇴근했다.

"도청 장치도 영장 없이는 안 되는 긴데?"

"그럼 다 잡은 고기를 놓아주자고? 내가 이런 인간을 믿고 10년을 속아 살았으니."

남편이 한참 동안 머리를 긁적이다 고개를 들었다.

"아주 방법이 없는 건 아이고. 살인사건 용의자의 경우에 긴급감청을 할 수는 있거든. 근데 그기 36시간뿐이 안 되는 기라. 그 안에 결정적인 단서가 안 나오면 검찰 아피서 경찰 체면도 개똥이 된다 이 말이다."

36시간 안에 결판을 지어야 한다. 회의실 모의는 내일까지만 유효하므로 그 기회를 놓치는 건 멍청한 짓이었다. 남편을 다그쳐 다시 경찰서로 보냈다. 초조한 마음으로 새벽이 되도록 그의 전화를 기다렸다.

"야야, 도청기 가꼬 이따 우리 직원 갈끼거든. 하나는 니가 안 보이는 데 켜놓고, 하나는 1층 단자함에서 직접 작업할 낀데 누가 물어보믄 전화국에서 나왔다고 둘러치라. 니 내 물 멕이는 거면 알아서 해라이."

출근 시간이 다 되어서야 남편이 전화를 했다. 나는 서둘러 비밀 요원다운 화장을 마치고 시간이 없어 택시를 탔다. 입술이 바짝바짝 마르고 밤송이를 품은 듯 명치가 뜨끔거렸다.

사무실 안에는 아직 출근한 사람이 없었다. 나는 혹시나 하는 마음에 화장실을 흘깃거리며 엘리베이터를 타고 1층으로 내려갔다. 졸고 있는 경비 앞에 작업복 입은 사내 하나가 지나쳤다.

"이성란 씨?"

내가 고개를 끄덕이자 그가 볼펜 형태의 도청기를 꺼내 내밀었다. 나는 주위를 살피며 사무실로 돌아와 회의실로 몸을 숨겼다. 회의실 안에는 낡은 호마이카 테이블과 다섯 개의 의자가 옹색하게 들어차 있었다. 가위와 송곳, 휴대용 게임기, MP3 플레이어, 조악한 플라스틱 인형 등이 굴러다녔다. 그리고 마지막으로 회의실 한구석에 사람 크기의 륙색이 뉘여 있는 게 눈에 들어왔다. 길이가 1미터 6, 70센티 정도로 왜소한 남자나 보통 키의 여자가 들어가면 알맞은 크기였다. 륙색을 가로지르는 지퍼 끝에 진갈색 머리카락 한 줌이 비죽 솟아 있었다. 소름이 돋았다.

테이블 위는 무언가 날카로운 것으로 내리찍은 자국이 선명하고 화학약품의 냄새도 희미하게 풍겨왔다. 륙색을 열어보고 싶은 마음이 간절했지만 도저히 용기가 나지 않았다. 나는 테이블 아래 쓰레기통 속에 도청 장치를 숨기고 회의실 밖으로 종종걸음을 쳤다. 얼마 지나지 않아 심은옥과 최준기가 나타나 내게 인사를 건네고 어제와 마찬가지로 아침을 먹었다. 나는 의심받지 않기 위해 그들과 섞여 콩자반과 어묵 볶음을 먹었다.

"박 사장님 조금 늦으신다니까 우리 일 보자고."

드디어 심은옥이 멤버를 소집했다. 경비원 김석봉도 내게 윙크를 하며 회의실로 들어갔다. 나는 자리에 앉아 그들에게 비밀 요원의 정체를 가린 화사한 미소를 던졌지만 이마에서 차가운 땀 몇 방울이 흘러내려 파운데이션 위로 여러 갈래의 길을 내는 게 느껴졌다. 몇 시간 후, 심은옥이 먼저 회의실을 나오고 준기와 김석봉이 륙색을 끙끙거리며 들고 나왔다. 준기의 옷자락에 붉은 선혈이 점점이 떨어져 있는 게 눈에 들어왔다. 륙색을 들고 나간 그들은 한참 만에 빈손으로 들어왔다. 준기가 주머니에서 흰 봉투 하나를 꺼내 심은옥 옆으로 다가가 조심스럽게 내밀었다.

"최 사장님이 빨리 끝내줘서 고맙다고 한 장 더 넣었다는데요."

심은옥이 기꺼운 표정으로 봉투를 받아 서랍에 넣었다. 그러곤 이 모든 걸 보고 들은 나를 빤히 쳐다봤다. 나는 얼른 심은옥에게 향한 눈길을 거두어들이고 파일을 뒤적이는 척했다.

"박 사장님한테는 내가 할 얘기 있다고 조용히 불러낼 거야. 모른 척하고 있다가 내가 전화하면 준비한 거 들고 거기로 와. 타이밍 놓치면 안 되는 거 알지?"

심은옥의 말에 준기가 결의에 찬 표정을 지어 보였다.

"저기요. 미즈 리 씨, 우리 얘긴 못 들은 걸로 해주세요. 부탁합니다."

나는 고개를 끄덕였다. 사람을 죽이고 돈을 받는 자들, 나는 그들의 비밀을 알고 있는 위기의 비밀 요원이었다. 내가 사람을 잘못 봤다. 심은옥은 앙큼하게도 남루한 아줌마의 행색으로 박태상을 속이고 그의 자리를 노리고 있었다. 준기 역시 한통속이었다. 저들의 모반을 엿들은 나는 과연 살아서 집으로 돌아갈 수 있을까.

속이 불편하다는 핑계로 점심을 거른 나는 그들이 각자의 일터로 향하기를 기다렸다. 심은옥이 쇼핑백을 들고 외근을 다녀오겠다며 자리를 떴고, 곧 준기도 사무실을 비웠다. 혼자가 된 나는 회의실로 들어가 쓰레기통을 휘저어 도청 장치를 꺼냈다. 그걸 들고 자리에 돌아와 녹음된 내용을 들어볼까 했지만 심장이 졸아붙고 오금이 저려 차마 엄두가 나지 않았다. 그때 문이 열렸다.

"모두 외근 나갔나요?"

박태상이었다. 옅은 스킨 냄새를 풍기며 성큼성큼 걸어 들어온 그가 내 앞에 캔커피 하나를 내려놓았다.

"주유소에서 주더군요. 일은 할 만하세요?"

"아직 일이랄 게……. 잘 마시겠습니다."

귀에 익은 멜로디를 허밍으로 부르는 박태상이 자신의 의자에 앉아 서류 가방을 뒤적여 얇은 책 한 권을 꺼냈다.

"시 좋아하세요? 우리 사무실 사람들은 다들 착하고 성실한데 저랑은 취미가 맞질 않아요. 책 읽는 건 질색들이죠. 이건 함민복 시집입니다."

그의 목소리는 청량한 목탁 소리를 닮았다. 완과 급이 조화를 이룬 산뜻한 말결이었다. 그가 시집을 읽는 동안, 나는 내가 비밀요원이 되기 30년 전으로 돌아가 전혜린의 수필을 읽으며 몸서리치던 여학생이 되었다. 박태상의 옆얼굴에 첫사랑 국어 선생님의 모습이 겹쳐졌다. 나는 눈을 감았다. 어느새 단정한 교복이 몸을 바듯하게 감쌌다. 쥐와 다지류의 곤충이 들끓는 판잣집, 그 안에 다섯 남매가 복닥거리며 빨리 어른이 되기를 기다리던 그 집이 일순 밝아졌다. 국어 선생님이 헌책방에서 한국현대시인 대표선을 한 질 사들고 들어왔다. 성란이는 착하구나, 동생들 이도 잡아주고. 목소리가, 따뜻하다 못해 졸음이 쏟아질 듯 아스라한 그 목소리가 박태상과 닮았다. 나는 결심했다. 사실을 말하기로. 그의 목숨을 구하기로.

"네, 심여사님. 방금 들어왔어요. 6시에요? 그러죠. 무슨 문제 있는 건 아니죠?"

심은옥과의 통화인 듯했다. 나는 도청기가 든 손을 부들거리며 박태상 앞에 다가섰다.

"사장님은 속고 있어요."

박태상이 시집을 덮고 놀란 눈으로 나를 올려다보았다.

"네?"

"심은옥과 최준기에게 속고 있다고요. 이게 그 증겁니다."

나는 그에게 도청기를 내놓았다. 볼펜 형태였지만 흥신소 사장답게 재생 버튼을 단번에 찾아 눌렀다. 녹음기에서 발소리와 기괴한 소음이 들려왔다. 그리고 귀에 익은 목소리가 흘러나왔다. 심은옥이었다.

"내가 하는 거 잘 봐. 뾰족한 게 위로 올라오게 세우고 내리꽂는 거야. 눈 밝은 청춘이 왜 자꾸 실수를 해? 김석봉 씨도 안 되겠다, 그냥 뒤처리나 담당하세요. 줄줄이 흘러나온 걸 되는 대로 쑤셔 넣지 말고 실타래처럼 손에 잡고 돌돌 말아서 가지런히 밀어 넣어야죠. 네, 그렇게. 생각보다 쉽죠? 어, 피 난다! 손 조심해야지."

심은옥의 목소리가 들려오자 박태상의 미간에 굵은 주름이 잡혔다.

"박 사장님을 어떻게 속이죠?"

아마도 준기의 목소리인 것 같다.

"만나자고 하면 의심 없이 나오실 거 같긴 한데. 못 온다고 하면 내가 가야지."

"미즈 리 씨는요?"

"이따 내가 전화하면 사무실 들러서 모시고 와."

목덜미가 선뜩하다. 그들은 비밀을 눈치챘을지 모를 내 목숨까지 노리고 있었던 것이다. 박태상이 녹음기를 빨리 돌렸다. 지직거리는 소음이 지나가고 다시 목소리가 이어졌다.

"끝났다. 아유, 팔 아파. 아무리 시간이 넘쳐나도 이제 이런 거 안 할래요."

"덕분에 돈 벌고 좋잖아. 이런, 사방이 머리카락이네."

박태상이 녹음기를 껐다. 놀랍게도 그는 빙그레 웃고 있었다.

"엉뚱한 짓을 꾸미는 것 같군요. 모른 체하세요."

나는 이가 부딪히게 떨고 있지만 그는 의연했다. 나는 자리로 돌아와 남편에게 문자메시지를 보냈다.

6시, 박태상이 탄 차를 미행해. 특별기동대인가 뭔가 하는 것도 준비해. 대박이야.

그에게 답장이 오지 않았다. 나는 불안한 마음으로 벽시계를 바라봤지만 박태상은 어쩐 일인지 콧노래까지 불렀다. 5시 40분이 되자 그가 자리에서 일어났다.

“먼저 가 있겠습니다. 애들 연락 오면 못 이기는 척 오세요. 어쩌면 꽤 재밌는 구경거리가 될지도 모르겠군요.”

박태상이 자리를 뜨자, 5분도 되지 않아 사무실로 전화가 걸려왔다. 준기였다.

“미즈 리 씨, 빨리 1층으로 내려오세요. 은색 소나타가 저희 차거든요. 문 잠그고 열쇠는 경비실에 걸어두세요.”

나는 핸드백을 어깨에 걸었다. 지금 이 대화를 감청했다면 남편은 내가 위험에 빠진 걸 알고 있을 거였다. 나는 심은옥의 책상 위에 놓인 열쇠로 문을 잠갔다. 졸고 있는 경비에게 그걸 맡기고 돌아서자 자동차 경적 음이 짧게 세 번 울렸다. 은색 소나타였다. 결전의 순간, 밀랍 같은 표정의 내가 빈 보조석에 앉았다. 이동하는 내내 준기는 말이 없었다.

10분 정도 달려 도착한 곳은 변두리의 갈비집이었다. 종업원이 우리를 2층에 마련된 별실로 안내했다. 눈빛이 날카롭게 변한 준기와 중년의 종업원이 알 수 없는 눈빛을 주고받았다. 그가 종업원에게서 수저 다섯 세트를 넘겨받고 힘 있게 고개를 끄덕였다. 암호일 터였다. 준기의 손에 네모진 무언가가 담긴 검은 비닐이 들려 있었다. 말로만 듣던 소음기가 붙은 권총일까. 준기가 별실 문을 열자 서로를 마주 보고 있던 심은옥과 박태상이 고개를 들었다.

"긴히 할 얘기가 있다더니 다들 웬일이야?"

박태상이 싱글벙글 웃었다. 수많은 괴물들과 상대해 온 사내라고는 믿을 수 없을 만큼 티가 묻지 않은 말간 낯이다. 내가 별실에 들어서자 종업원이 문을 닫았다. 가슴이 철렁 내려앉았다. 남편은 어째서 나타나지 않는 걸까. 나는 핸드백을 손에 꼭 감아쥐고 엉거주춤한 자세로 빈자리를 찾아 앉았다.

탕, 탕, 탕!

엉덩이를 바닥에 붙이자마자 짧은 소음과 함께 불꽃이 튀었다. 나는 질끈 눈을 감고 테이블에 바짝 엎드렸다. 비명도 피비린내도 느껴지지 않았다.

"특별기동대 대장님도 출동하셨네."

박태상이 반가운 목소리로 누군가를 맞아들였다. 특별기동대라면, 남편이 몰고 온 믿음직한 아군인가. 나는 여전히 고개를 들지 못하고 헐떡이는 숨을 다스렸다. 움츠린 내 어깨에 무언가가 와 닿았다. 부드럽고 따뜻한 손이었다. 겨우 고개를 들어 실눈을 뜨고 그 손을 바라봤다. 바짝 깎은 손톱, 거미줄처럼 늘어선 잔주름.

"하따, 박 사장님 덕분에 오늘 포식하겠습니다."

손의 주인공은 경비였다. 주름진 그의 얼굴에 함박웃음이 번졌다. 이들은 어째서 경비를 특별기동대 대장이라 부르는 걸까. 코끝에 화약 냄새가 묻어나지만 아무도 피를 흘리며 쓰러진 사람은 없었다. 심은옥 일당의 계획이 틀어진 걸까.

"준기 씨, 칼 어딨어?"

준기가 들고 온 비닐을 뒤적댄다. 칼, 드디어 마지막 순간이 다가왔다. 평생에 도움이 안 되는 남편은 아직 감감무소식이다. 나는 목숨을 부지해보겠다는 일념으로 엉덩이를 떼고 자리를 벗어날 틈을 노렸다. 그때, 다시 문이 열렸다.

천하의 원수 같은 남편 고정식이 위풍당당하게 총을 겨누고 걸어 들어왔다. 그의 뒤에 진짜 특별기동대로 보이는 완전무장한 사내 셋이 자세를 낮추고 서 있었다.

"뭔가 착오가 생긴 것 같습니다."

양팔을 치켜든 박태상이 자리에서 일어섰다. 드디어 오늘 나는 비밀 요원으로서의 임무를 완수했다. 능글맞은 아줌마 킬러 일당을 검거하는 혁혁한 수훈을 세운 것이다. 긴장이 풀렸다. 눈앞이 가물거렸다. 의식의 끝자락에서 나는 맞은편에 앉은 심은옥이 놀란 표정을 애써 감추며 허리춤에서 은갈치처럼 번쩍이는 무언가를 바닥으로 떨어뜨리는 걸 꿈처럼 보았다.

정신을 차렸을 때, 나는 안방 침대 위에 누워 있었다.

"깼나?"

남편이 심드렁한 표정으로 오락 프로그램을 재방송하는 케이

블의 볼륨을 높이고 있었다.

"소탕한 거야?"

내 덕분에 그는 올해 경위 정도로 승급을 하게 될지 몰랐다.

"야! 이 등신아, 니를 우짜믄 좋노? 킬러? 킬러 좋아하네. 일이 하도 엄써서 저거들끼리 몬나이 인형 머리 끼우는 부업 했다드라. 그걸로 박 사장 생일잔치 해준다고. 니 도청기 끝까지 들어는 봤나? 인형 머리통 하나 넣는데 오십 원 쳐준다 하대. 오늘부터 니도 몬나이 인형 머리통 넣는 부업이나 해라. 알았나? 이런 망신이 또 어데 있노?"

남편은 얼굴이 시뻘게지도록 화를 내고 화장실에 들어가 푸푸 세수를 했다.

"그럼, 나 짤린 거야?"

눈이 충혈된 그가 수건으로 얼굴을 닦다 말고 무섭게 나를 흘겨봤다.

"와? 도로 겨들어갈라고?"

"대답이나 해! 다 뽀록난 거야 뭐야?"

"내가 아무리 빙다리 핫바지여도 미치지 않은 이상 거기서 니를 아는 체하겠나. 니 같으믄 저 등시 여핀네가 내 낍니더, 하겠나? 그리고 앞으로 내는, 니 유언비어에 다시는 안 쏙는다. 그것만 알아두래이!"

이제야 깨달았다. 남편의 웃음이 본심을 드러내지 않기 위한 위장이 아님을. 그건 허무함이었으리라. 지금의 내 웃음처럼. 공갈빵을 깨문 뒤의 허무, '한 병 더'를 기대하고 딴 음료수 뚜껑에 손이 베는 허무.

시계를 봤다. 7시 30분, 지금 준비하면 출근 시간을 맞출 수 있을 것 같았다. 나는 믿었다. 심은옥이 떨어뜨린 은갈치처럼 번쩍이는 무언가가 잘 벼린 칼이라는 걸. 그리고 예감했다. 그것이 언젠가 사람 좋게 웃고 있는 박태상의 몸 안 어딘가로 파고들 것이란걸.

나는 첫 출근을 하던 날보다 더 떨리는 마음으로 아이라인을 그렸다. 어제보다 조금 굵게. 붓끝이 눈가를 스치며 속내를 숨기는 위장복처럼 교묘한 얼룩을 만들어갔다.

이옥순

자신이 살던 대륙을 단 한 번도 벗어난 적 없는 금발 벽안의 누군가를 거대한 동굴에 10년 치의 식량과 함께 떨어뜨렸다고 치자. 그리고 그의 머리 위로 한영사전과 박경리의 『토지』 전질을 던져준다면 어떨까. 어느 영화에서처럼 매일 죽지 않을 만큼 식량과 약품을 주고 15년 후 동굴에서 꺼낸다면 그는 어떤 사람이 되어 있을까. 다시 별을 보게 된 그는 오래전 딱 한 번 읽은 나보다 소설 『토지』에 대해 더 많은 걸 꿰고 있을지 모른다. 부신 눈을 홉뜨며 다시 눈앞에 펼쳐진 세상이, 끝이 보이지 않는 평사리의 너른 들녘과 닮았노라 더듬더듬 구조대에게 말을 걸게 될지도.

만약 소설책이 아니라 줄톱과 조각도를 넣어주었다면 그는 훌륭한 조각가가 되어 있을 테고, 바이올린이나 트럼펫을 주었다면 그럴듯한 연주 실력을 갖게 될 것이다. 설령 아무것도 남기지 않았다 해도, 그는 오랜 사색 끝에 우주의 삼라만상에 한 발짝 다가가 있을 게 틀림없다.

다른 무언가를 할 수 없는 한정된 공간에서, 사람은 미치지 않기 위해 어떤 일이든 파고들게 되어 있다. 그게 사람이다.

나는 15년째, 남편과 단둘이 이 집에 갇혔다. 우리는 아무것도 하지 않고 지냈다. 고로 사색가였다. 우리를 가둔 건 정체를 알 수 없는 자들이었다. 그들은 우리 내외를 위해 감색 모자를 쓰고 호루라기를 목에 건 초로의 사내를 경비로 위장시켜 건물 입구에 세워두었다. 그의 서슬 퍼런 눈빛과 억센 말투가 겁나 눈조차 마주치지 못했다. 바지춤 어딘가에 숨어 있을 권총과 마취제가 겁이 나 차마 집을 떠날 용기를 내지 못한 세월이 너무 길었다.

우리 부부를 감시하는 자들은 매일 아침, 쌀과 김치, 반찬 몇 가지를 현관 문고리에 걸어주곤 했다. 둘이 먹기엔 턱없이 적은 양이었고 입에 맞지도 않지만, 살기 위해 손이 드나들 정도로만 문을 열고 음식이 든 봉투를 낚아챘다. 그러곤 불안한 눈길을 주고받으며 조심스럽게 집 안으로 음식을 들였다. 그들은 매월 공과금이 이체되는 통장으로 빠듯한 정도의 금액을 입금시켜줬다. 언제가 될지 알 수 없지만, 남편은 우리가 이 집을 빠져나갈 때를 대비해 일체 돈을 쓰지 못하게 했다. 외출이 불가능했으므로 지출이 없는 통장 안에는 내가 생각하는 것보다 많은 돈이 모여 있을지 몰랐다. 서랍 안에서 통장을 꺼내 쓰다듬다 먹통이 된 지 오래인 전화기로 눈을 돌렸다. 저 낯선 기계가 지금이라도 당장 성난 짐승처럼 으르렁거리며 되살아나 정체를 알 수 없는 자들의 으름장을 전할 것만 같아 마음이 어수선했다.

소비가 없으므로 쓰레기도 없었다. 우리는 사각의 방에 갇혀 하루 종일 심드렁한 표정으로 바깥을 내다봤다. 새가 날고 어디선가 어린아이의 웃음소리가 들리고 감자 탄내가 올라왔다. 베란다에 선 남편이 주머니를 뒤적였다. 담배를 찾는 모양이었다. 하지만 그는 십 년 전 그날, 담배를 끊었다. "끊은 게 아냐, 참는 거지." 내 눈초리가 뒤통수를 달궜는지 그가 혼잣말을 했다.

처음부터 이렇게 무기력했던 건 아니었다. 7년 전 나와 남편은 나갈 구실을 마련하기 위해 밤낮으로 골몰했다. 집 안 곳곳에 감시카메라가 설치된 줄 까맣게 모르던 때였다. 주로 사람들 앞에 나서는 일은 남편에 비해 수줍음을 덜 타는 내가 했다. 그때만 해도 나는 갓 서른 살의 새댁이었다. 남편이 써준, 누군가의 감시로 묶여 있다는 내용의 쪽지를 손에 쥐고 이웃인 608호에 찾아갔다.

"무슨 일이세요?"

벨을 누르자, 하와이안 풍의 폭 넓은 원피스를 입은 이웃 여자가 현관문을 열었다. 그녀는 경계심이 가득 담긴 눈길로 문손잡이를 놓지 않은 채 목례를 했다. 두방망이질 치는 가슴으로 목소리를 낮췄다.

"남편이 드라이버를 찾는데 좀 빌릴 수 있을까요? 십자로."

이웃 여자의 검은 눈동자가 잠시 내 얼굴과 몸을 훑었다. 남의 집에 들르기에 실례가 될 만큼 늦은 시간도 아니었고 내 태도가 공손치 못하다고 생각되지도 않았다. 코가 뾰족한 하이힐 때문인가 싶었지만 그게 물건을 빌리는 데 결격사유가 될 리는 없었다. 나는 여자가 입술을 벌리고 나를 멍하니 바라보는 사이 그녀의 손아귀에 집에서 적어온 쪽지를 쥐여주었다. 그러곤 초조한 심정으로 그녀가 쪽지를 펼치기만을 기다렸다. 하지만 여자의 움직임은 더뎠다. 그녀가 뜨악한 표정이 되어 미간을 조금 찌푸리더니 내 쪽지를 한 음절씩 읽어나갔다.

"도.와.주.세.요. 감.시.당.하.고. 있.어……요?"

여자가 미심쩍은 눈길로 나를 쏘아보더니 몸을 홱 돌려 거실로 향했다. 그러곤 내가 무어라 말할 틈도 주지 않고 인터폰을 집어 들었다.

"607호 말예요."

그녀가 경비원의 복장을 한 감시원에게 모든 걸 털어놓고 있었다. 나는 다급히 현관문을 닫았다. 그리고 여남은 걸음이면 도착할 거리의 집을 향해 종종거리며 뛰었다. 내 눈길이 자연스럽게 엘리베이터 숫자 표시판에 가 닿았다. 1층을 가리키던 엘리베이터가 올라오기 시작했다. 감시원은 호신용 곤봉 모양의 30만 볼트짜리 전기충격기를 들고 우리 집으로 뛰어 들어와 남편과 나를 실신시키고 어딘가로 끌고 갈 게 틀림없었다. 나는 숨을 헐떡이며 집 안으로 뛰어 들어와 현관문을 잠갔지만 소용없었다. 몇 분 후 문이 스르륵 열리는 기척이 느껴졌다. 남편과 나는 옷장

속에 숨어들어 그저 무사히 이 순간이 지나가길 간절히 기도했지만 감시원은 단숨에 우리가 숨은 옷장 문을 열어젖혔다.

나는 이젠 입을 일이 없어진 겨울 옷 속에 눕듯이 몸을 감추었지만 허사였다. 짐승처럼 푸른빛을 발하는 감시원의 눈길은 피할 길이 없었다. 깊은 물길 속에 몸을 내던진 듯, 마지막 숨이 허망하게 빠져나가자 사지가 힘을 잃고 축 늘어졌다. 하수구로 빨려 들어가듯 심한 현기증을 느끼며 우리는 동시에 정신을 놓고 말았다.

다시 정신을 차렸을 때, 남편과 나는 나란히 침대 위에 드러누워 있었다. 남편의 숨결이 고른 것으로 보아 잠이 들었겠거니 생각하며 몸을 일으켰다. 하지만 그는 나보다 먼저 깨어 있었는지 마른 눈을 비비며 나를 물끄러미 바라보았다.

"다친 데 없어?"

그가 고개를 끄덕이며 입술을 앙다물었다. 자리에서 일어나 누웠던 침대 발치를 보니 분뇨처럼 더러운 진흙이 발자국 모양으로 이부자리를 더럽혀놓았다. 밖에는 비가 쏟아지고 있었다. 정신을 잃은 상태에서도 나는 그들의 손에서 살아남기 위해 발버둥을 친 모양이었다. 옷이며 종아리에도 진흙 얼룩이 남아 있었다. 욕실에 들어가 샤워기를 틀고 종아리에 묻은 진흙을 닦아냈다. 아랫도리가 뻐근했다. 내가 기억을 잃은 사이 대체 무슨 일이 벌어졌던 걸까. 남편이 소리 없이 다가와 문지방에 걸터앉은 내 어깨를 매만졌다. 고개를 돌려보니 그의 눈가가 젖어 있었다.

창백한 얼굴, 차가운 손. 어쩌면 그는 나보다 더 호된 일을 당했는지도 몰랐다.

'우린 모든 걸 감시당하고 있어. 집 안 어딘가에 우리 모습을 찍어 그들에게 보내주는 카메라가 있겠지. 현관을 나갈 때 자동 센서에 불이 들어오는 걸로 출입이 감지되는 것 같아 섣불리 움직이지 말아야겠어. 할 말은 종이에 적어.'

그가 흰 종이에 휘갈겨 쓴 편지를 내밀었다. 나는 고개를 끄덕였다. 그날 이후, 우리는 외출할 엄두를 내지 못하고 필담만 주고받았다. 주로 이 집을 탈출해 도와줄 사람을 찾자는 내용이었다. 영화에서처럼 환풍기를 뜯어내면 탈출할 수 있는 공간이 나올 거라 생각한 우리는 욕실 불을 끄고 환풍기를 뜯어냈지만 거긴 팔뚝 하나 빠져나갈 정도의 긴 통로만 뻗어 있을 뿐 온통 PVC 파이프 천지였다.

남편은 차선책으로 종이에 구조를 요청하는 메시지를 적어 비행기 모양으로 접은 후 베란다에서 놀이터를 향해 날렸다. 그는 지치지도 않고 매일 수십 장의 종이비행기를 접었다. 나는 그가 접어 내민 종이비행기를 몸을 낮춰 베란다에서 날렸지만 가로수 위에 얹히거나 화단에 떨어져 비에 젖을 뿐 누구 하나 눈여겨봐 주는 사람이 없었다.

수십 번의 계절이 바뀐 어느 해 여름, 아이들이 방학을 맞을 즈음이었다. 학원 가방을 든 초등학교 저학년 여학생 둘 앞에 종이비행기가 떨어졌다. 소녀들은 비행기를 펼쳐 저희들끼리 한참을 들여다보더니 공중전화 부스로 뛰어갔다. 희망이 보였다. 얼마 지나지 않아 아파트 앞으로 경찰차 한 대가 당도했고 우리는 감시원이 먼저 뛰어올라올까 두려운 마음에 이불을 뒤집어쓰고 몸을 웅크렸다. 벨이 울렸다. 벨을 누른 누군가는 문이 잠겨 있지 않음을 곧 눈치채고 현관문을 열었다. 이불 틈 사이로 사위어가는 별 한 줄기가 오랜만에 현관을 통해 마루 위로 스며드는 게 보였다.

"계십니까?"

정복의 경찰이었다. 나는 왈칵 쏟아지는 울음을 삼키며 경찰이 서 있는 현관으로 뛰어갔다. 집 안에서만 움직여 다리의 근육이 점점 가늘어진 탓에 생각처럼 그의 앞에 빨리 도달할 수 없었다. 몇 번이고 꺾이는 무릎을 곧추세워 현관에 다다랐을 때, 그의 등 뒤에 버티고 선 성난 감시원이 눈에 들어왔다.

"혼자 계십니까?"

경찰이 내게 묻자 감시원의 표정에 초조함이 배어났다.

"남편과 함께 있어요."

감시원이 경찰에게 무어라 귓속말을 했다.

"이 종이비행기 여기서 날린 게 맞습니까?"

경찰의 손에 펼쳐진 종이비행기가 들려 있었다.

"맞아요. 거짓말이 아니에요. 저 사람이 우릴 감시하고 있어요. 제발 도와주세요."

어느새 목소리는 절규에 가까워졌다. 내 손가락이 감시원을 향하자 경찰은 잠시 그를 돌아보더니 고개를 갸웃거렸다. 나는 감시원이 내게 해코지를 할까 두려워 경찰의 품에 몸을 날렸다.

"짐을 챙기세요. 안전한 곳으로 모셔다드리겠습니다."

경찰의 믿음직스러운 목소리에 왈칵 울음이 터져 나왔다.

"짐은 벌써 싸놨어요. 들고 가기만 하면 돼요. 여보, 가방 들고 나와."

남편을 향해 안심해도 좋다는 표정을 보이며 손을 흔들었지만 그는 여전히 이불 속에 몸을 웅송그린 채 불안해하고 있었다. 나는 여전히 마뜩치 않은 감시원의 눈길을 등 뒤로 받으며 남편에게 다가갔다.

"괜찮을 거야. 안전한 곳으로 데려다준대."

남편을 달래봤지만 요지부동이었다.

"경찰도 한 패일 거야. 방금도 둘이 귓속말을 나눴어. 분명 뭔가 있다고. 따라가면 안 돼. 만약에 우릴 감시하는 게 그들이라면 어디로도 도망칠 수 없어. 안전한 곳은 아무 데도 없다고."

그의 말이 떨어지자마자 뒤를 돌아보니 감시원과 경찰이 목소리를 낮춰 저희들끼리 대화를 나누다 심각한 표정을 바로잡았다. 남편의 말은 언제나 옳았다. 나는 그들이 복도에 등을 기대고 다른 곳으로 시선을 돌린 사이 잰걸음으로 현관에 나가 문을 닫고 잠가버렸다. 감시원과 경찰이 현관문을 두드리고 벨을 눌렀다. 그들이라면 지난번처럼 쉽게 문을 열어버릴 수도 있으므로 우린 움직일 수 있는 가구들을 현관문 앞으로 옮겼다. 나와 남편은 지난 사건 이후 기력이 쇠해 나무 의자와 다섯 칸짜리 서랍장을 겨우 옮겨놓고는 기진맥진해버렸다. 온몸이 땀으로 흠뻑 젖고 입에서 단내가 났다.

얼마의 시간이 흘렀을까. 퉁탕거리는 소리가 한참 들리더니 허망하게도 문이 열렸다. 열린 문 앞에는 화가 잔뜩 난 표정의 감시원이 또 다른 낯선 자들과 함께 서 있었다. 그들은 흙 묻은 신을 벗지도 않고 단숨에 뛰어 들어와 거칠게 내 손목을 휘어잡았다. 나는 온몸을 뒤틀어가며 반항했다. 하지만 최소한의 음식으로 가누어오던 나약한 육신은 얼마 지나지 않아 그들에게 주도권을 빼앗겼다.

남편과 나는 각자 다른 방에 수용되었다. 그들은 내 팔뚝에 링거를 꽂아 갖가지 약물을 넣었다. 약물은 때로 나를 고요히 잠들게 했고 폭풍처럼 화나게 만들었다. 집에서와 마찬가지로 이곳 역시 마음대로 빠져나갈 틈을 주지 않았다. 감시원과 608호 여자가 굳은 표정이 되어 한 번씩 찾아와 나를 내려다보고 사라졌고, 정체를 알 수 없는 남녀가 찾아와 무언가를 묻기도 했다. 주로 신변에 관한 질문이었고 굳이 오래 생각하지 않아도 될 만한 것들이었다. 그들은 무언가를 노트에 적고는 고개를 끄덕이며 방을 나섰다.

남편이 그리웠다. 그들은 내게 그리움을 잊으라고 잠드는 약을 매일 몇 차례씩 놓아주었다. 나는 질척한 물길 속을 헤엄치는 듯 길고 지루한 꿈을 꾸었다. 꿈속에서 남편과 나는 신접살림을 차릴 집을 구하러 다녔다. 새 가구를 고르고 그릇과 가전제품을 사들였다. 꿈속의 남편은 지금과 많이 달랐다. 두 볼이 발그레하게 상기된 건장한 청년이었다.

나와 그는 같은 출판사에서 근무했다. 나는 교정과 교열을 했고 그는 서점으로 책을 대는 영업을 했다. 우린 각자의 분야에서 꽤나 열심히 일했기 때문에 서로 얼굴을 마주칠 시간이 없었다. 함께 근무한 지 석 달이 넘어서야 회식 자리에서 비로소 마주 앉았다. 지글지글 타들어가는 고기를 앞에 두고 그가 노래를 불렀다. 노래를 시킨 건 사장이었고 불러야 할 사람은 나였지만 그걸 대신해준 게 남편이었다. 그는 음료수 병을 마이크처럼 들고 구슬픈 느낌의 가곡을 불렀다. 그의 노래를 들은 건 그 자리가 마지막이었다. 그와 나는 흥이 많지 않은 사람들이었고 부르기보다 듣는 걸 즐기는 편에 속했다. 지루한 연속극처럼 우리가 겪은 수많은 날들이 꿈으로 되살아났다. 때로 나는 울거나 웃으며 잠에서 깨어났고 그런 날이 반복될수록 머리가 조금씩 가벼워지는 느낌이었다.

그들이 나를 놓아주기로 했다. 가끔 가운을 입고 내게 면담을 청한 자들에게 무조건 '네'라고 대답했을 뿐인데 생각보다 순순히 집으로 돌아가도 좋다는 허락을 했다. 그러곤 깨알 같은 글씨가 박힌 종이를 내밀고 내게 사인을 요청했다. 내용 따윈 중요하지 않았다. 남편이 간절히 그리웠다. 집으로 돌아갈 마음에 들떠 빈 칸에 내 이름 석 자를 얼른 써넣었다. 이튿날, 바람대로 가끔 나를 찾아오던 남녀에게 이끌려 집으로 돌아올 수 있었다.

"부작용이에요. 약간의 부종이 계속될 수 있지만 점차 나아질 겁니다. 하루 세 번 약을 드세요."

그들에게서 나를 인계 받은 감시원이 내 어깨를 강하게 감싸 안고 집 앞까지 따라왔다. 현관 문고리에는 비닐봉지가 걸려 있었다. 보지 않아도 밥과 두세 가지의 반찬이 들었을 터였다. 나는 봉지를 거둬 손목에 끼고 현관문을 비틀어 열었다. 집 안은 우리가 끌려가던 그날 그대로 멈춰 있었다. 넘어진 가구와 살림들이 어지러이 널려 있었다. 변한 거라면 남편이 돌아와 있지 않다는 거였다. 나는 살림들을 하나둘 정돈하고 휑한 침대에 몸을 뉘었다. 남편의 체취가 고스란히 남아 있었다.

이튿날도 그 이튿날도 남편은 돌아오지 않았다. 나는 몇 번이고 수화기를 들었다 놓았다. 고민하다 인터폰으로 감시원을 찾았다.

"남편이 아직 돌아오지 않았어요."

감시원이 잠시 뜸을 들였다.

"바깥어른은 돌아오지 않을 겁니다."

"왜죠? 왜 돌아오지 않는 거죠?"

"사모님, 이제 그만 좀 하세요. 돌아가셨잖아요."

인터폰은 일방적으로 끊어졌다. 남편이 죽었단다.

남편은 마음이 약한 남자였다. 누구에게 싫은 소리 한마디 할 줄 모르고 겁이 많아 무서운 영화나 드라마는 볼 엄두를 내지 않았다. 평생토록 지치게 헌신해야 할 부모 노릇이 걱정돼 아이도 갖지 않았다. 그들은 남편에게 무슨 일을 저질렀을까. 혹시 그 일을 자기가 저지른 거라 거짓 자백이라도 한 걸까. 맥이 풀렸다. 알 수 없는 자들의 정체가 국가에서 만든 비밀기관이라면 그는 '그 일' 때문에 죽음을 면치 못한 것일 테니까.

남편의 유일한 취미는 낚시였다. 결혼 후, 그는 서울 근교의 실강을 찾아가 한 달에 한 번 밤을 지새우고 돌아왔다. 그곳엔 그만 아는 포인트가 있었고, 드물지만 쏘가리나 꺽지 같은 힘 좋은 대물도 낚곤 했다. 그날도 남편은 코펠에 계란을 삶아 먹으며 강물을 바라보고 있었다고 했다.

해가 뜨기 한 시간여를 앞둔 시각, 어둠이 절정에 달했을 때 고급 승용차의 낮은 엔진 소리가 멀리서 들려왔다. 남편은 추위와 졸음을 떨쳐내며 짐승의 눈을 닮은 라이트 불빛이 다가오는 걸 지켜봤다. 차는 100여 미터 거리를 두고 강 상류 쪽에 멈췄다. 승용차에서 흰 와이셔츠에 검고 반들거리는 양복을 걸친 사내 둘이 내렸고, 그들은 트렁크를 열어 뭔가를 끙끙거리며 끌어냈다. 그들은 남편이 있다는 걸 눈치채지 못하고 자루 같은 것을 끌어내 실강으로 던졌다. 실강은 폭이 좁고 수심이 깊어 수영을 하는 사람도 없었고, 근처에는 사람이 살 만한 촌락도 없었다. 또 드물게 비포장도로여서 그곳을 찾아오는 사람은 남편처럼 낯가림이 심한 강태공 몇뿐이었다. 그들은 눈을 부라려 주위를 두리번거리다 손을 탁탁 털고는 이내 차에 올라타고 사라져버렸다.

남편은 그들의 승용차가 눈에 보이지 않을 때까지 몸을 낮추었다가 자루 같은 뭔가를 던진 곳을 잠시 바라보았다. 강물은 여느 날과 다름없이 잔잔했고, 이런 날이 아니면 낚기 힘든 붕어를 떠올리며 다시 낚싯대를 강물에 던졌다. 하지만 찜찜한 마음은 쉬이 사그라지지 않았고 얼마 지나지 않아 낚싯줄을 거둬들이려 했다. 그때 낚싯대가 호선을 그으며 휘었다. 팔뚝만 한 붕어일지 몰랐다. 남편은 동이 트고 사위가 밝을 때까지 실랑이를 벌이다, 아침 7시가 넘어서야 마침내 온몸이 땀에 푹 젖어 붕어가 아닌 묵직한 자루를 끄집어낼 수 있었다. 겁을 더럭 집어먹은 그는 그걸 다시 강물로 던져버릴까 고민하다 상쾌한 아침 햇살과 산들거리는 공기, 노니는 새소리에 알 수 없는 용기를 얻어 꽁꽁 동여맨 노끈을 풀었다.

안에 든 것은 지푸라기로 만든 제웅이었다. 둥그런 머리와 큰 대자 형태의 사지. 물비린내와 마른 풀내가 훅 끼치는 그것의 몸 여기저기엔 대바늘이 꽂혀 있었고 검붉게 스며든 핏자국도 보였다. 그는 마치 송장을 발견하기라도 한 듯 놀라 그것을 도로 강물에 던져 넣고는 집으로 돌아왔다.

그날 이후 그는 담배를 끊었다. 회사도 그만두었다. 이불에 파고들어 몸을 웅크리며 이가 부딪히게 끙끙 앓았고 끔찍한 고열에 시달렸다. 코와 귀에선 고름이 쏟아졌고 입술이 부르텄다. 며칠이고 헛소리를 퍼붓다가 정신이 들면 초점을 놓친 눈동자로 무연히 나를 바라보았다. 그가 병석에서 일어난 지 얼마 지나지 않아 대통령이 피살되었다. 그는 대통령이 총알을 맞은 자리가 제웅에 꽂힌 대바늘 자리와 틀림없이 일치한다며 치를 떨었다. 그때 제웅에서 대바늘을 뽑아냈더라면 대통령은 목숨을 부지할 수 있었을 거라 말했다. 그러더니 남편은 자신이 대통령을 죽인 범인이라고 주절거리기 시작했고, 사람들 앞에서 함부로 혀를 놀릴까 두려워 그를 집 안에 가두었다. 그리고 머지않아 우리는 검은 옷의 알 수 없는 자들에게 감시를 받으며 이 집에서 옴짝달싹 할 수 없게 발이 묶였다.

사라진 건 남편만이 아니었다. 그가 담배를 끊은 후 베란다 한 귀퉁이에 먼지를 뒤집어쓰고 있던 재떨이가 감쪽같이 없어졌다. 거울과 칫솔, 구두와 면도기도 하나둘 자취를 감추어갔다. 잠이 들면 누군가 집 안으로 연기처럼 침입해 그의 물건들을 수습해 가는 것 같았다. 그가 정말 죽었다면, 그를 죽인 건 나 따위가 대항해서 이길 수 있는 상대는 아닐 터였다. 재떨이나 칫솔처럼 나 역시도 어느 날 갑자기 그림자도 남기지 않고 증발해버릴 것이 두려웠다.

자꾸만 잠이 쏟아지는 건 아마도 그들이 내게 준 약 때문일 터였다.

나는 약을 거르기 시작했다. 어딘가 설치되어 있을 카메라를 의식하며, 알약을 입 안으로 털어 넣는 척할 뿐, 혀 아래 수면제를 감추어두었다. 그러곤 양치질을 하며 거품과 함께 세면대에 뱉고 물을 틀어 녹여버렸다. 집 안 어딘가에서 코를 감싸 쥐어도 가시지 않는 악취가 풍겨났다. 냄새의 근원지는 큰 냄비와 그릇을 쌓아놓은 싱크대 서랍이었다. 악취는 날로 심해갔고 냄새를 맡고 찾아든 날벌레들로 싱크대가 덮여 갔다. 하지만 나는 싱크대 문을 열어볼 엄두가 나지 않았다. 그들이 사라진 남편을 그 안에 구겨 넣기라도 했으면 어쩌나 하는 막연한 상상 때문이었다. 꿈속에서 남편은 몸 여기저기에 대바늘을 꽂은 채 싱크대 문을 열고 걸어 나와 서글피 울었다. 남편의 살을 갉아 먹었을지 모르는 날벌레들을 나는 차마 해치지 못했다. 나는 날벌레의 맹렬한 날갯짓 소리에 귀를 틀어막으며 꿈속의 그처럼 턱을 덜덜 떨며 소리 죽여 울었다.

약을 먹지 않자 다시 정신이 맑아지기 시작했다. 매일 한두 개씩 사라지던 물건들도 다시 제자리에 돌아와 있었다. 하지만 남편은 죽었다. 그 없는 탈출은 무의미했다. 나도 머지않아 그들의 손에 의해 사라지거나 죽어 강물로 던져질 터였다. 그건 당연한 순서이고 피할 방법은 하나밖에 없었다. 스스로 그들 앞에서 사라져주는 것. 손목에 깊은 칼집을 넣거나 천장에 올가미를 달아 매달리는 수도 있었다. 하지만 죽어서까지 이 집에 갇히고 싶은 마음은 없었다. 베란다 창문을 열고 난간 위에 올라서 무게중심을 밖으로 옮기며 무릎을 굽혔다 펴면 몇 초 안에 끝날 일이었다. 마음을 굳히자 조급해지기 시작했다. 묵은 빨래를 세탁기에 돌리고 햇볕에 바짝 말려 차곡차곡 장롱에 쌓았다. 안방과 건넌방을 윤이 반들반들 나게 쓸고 닦았다. 욕실에 들어가 때를 밀고 머리를 단정히 빗어 내렸다. 시집올 때, 함에 들어 있던 비단으로 지은 치마저고리를 꺼내 입었다. 아릿한 좀약 냄새가 묻어났다.

배불리 먹거나 신나게 웃어본 적 없는 내 몸은 새댁 시절보다 많이 야위어 있었다. 거울이 있었더라면 곱게 화장을 했을 텐데, 하는 아쉬움이 들었다. 마지막으로 15년간 나를 옥죄어왔던 집 안을 훑어보았다. 미련은 없었다.

지체할 것 없이 베란다로 걸어 나가 창문을 열었다. 남편의 머리를 다듬어줄 때 사용하던 조그만 플라스틱 의자를 난간 아래 세웠다. 의자를 발판 삼아 난간에 한쪽 발을 올렸다.

"계세요?"

벨이 울렸다. 그들은 내가 어떤 선택을 했는지 카메라로 낱낱이 살피고 있을 테니 누가 찾아오는 것도 그리 이상한 일은 아니었다. 내 의지대로 무언가 한다는 걸 그들은 견디지 못하는 거였다. 죽음마저도 그들의 개입 없이는 내 멋대로 택할 수 있는 사안이 아니라고 판단했으리라.

"608호, 진섭이 엄마예요. 잠깐 문 좀 열어주세요."

608호라면 구조 요청 쪽지를 내밀었던 여자의 집이었다.

"힘들어 죽겠어요. 문 좀 열어주세요, 네?"

이제 와 그녀가 내게 도움을 청하고 있었다. 7년 전 608호가 우리를 밀고하지 않았다면 남편은 아직 내 곁에 살아 있을지 몰랐다. 한쪽 발마저 난간 위에 올렸다.

"여보, 문 열어줘. 정말 힘들어하는 것 같은데."

방금 내게 말을 건 건 틀림없이 남편이었다. 고개를 돌려보니 거짓말처럼 남편이 문가에 서 있었다. 집에서 끌려 나가기 전 말쑥한 모습 그대로 그가 나를 보며 천천히 미소를 지었다. 그의 손가락이 현관을 가리켰다. 남편이 죽었다는 감시원의 말은 사실이 아니었다. 그는 영화 속 영웅처럼 정체를 알 수 없는 자들을 때려눕히고 어둠과 빗줄기를 뚫고 집으로 돌아온 거였다.

"언제 왔어? 얼마나 걱정한 줄 알아?"

남편의 손가락은 여전히 현관문을 향해 있었다.

"기다리잖아. 어서 열어줘. 좋은 여자야."

나는 난간에 올린 발을 차례로 의자에서 내리고 다시 바닥을 짚어 허둥지둥 현관으로 향했다. 남편에게서 마른 풀내가 났다.

"안 계신 줄 알았잖아요."

문을 열자 여자가 조심스럽게 집 안을 훑어보며 현관에 들어섰다. 자그마한 키에 통통한 몸집, 쉰은 넘었음직했다.

"무슨 일이시죠?"

여자의 얼굴이 어두워지며 낭패스러운 기색이 역력했다.

"저예요, 심은옥. 매일 여기다 밥하고 반찬 걸어놓고 가는."

여자가 그들과 한패라는 걸 나는 오래전부터 알고 있었다. 그걸 새삼 상기시킬 필요는 없었다.

"돌아가 주세요. 나눌 얘기가 없습니다."

여자는 어느새 현관으로 들어와 문을 닫고 내 앞에 바위처럼 버티고 섰다.

"요즘 약 안 드셨어요?"

심은옥이라고 자신을 밝힌 여자가 허락도 없이 신을 벗고 집 안으로 걸어 들어왔다. 나는 뒷걸음질을 치며 고개를 돌려 남편을 쳐다봤다. 그는 어느 사이 안방 책상 앞에 어린아이처럼 앉아 눈앞에서 벌어지는 일들을 묵묵히 바라보고 있을 뿐이었다.

"여보, 도망쳐! 이 여자가 당신을 데리러 온 거야! 빨리 도망쳐. 창문을 열고 새처럼 날아가 버려, 빨리!"

남편은 내 고함에도 아랑곳없었다.

"또 그 소리 하시네. 옥순 할머니! 할아버지는 30년 전에 먼저 가셨잖아요."

심은옥이 나를 할머니라 부르자, 내 손등은 순식간에 자글자글한 주름과 검버섯으로 더럽혀졌다. 나도 모르는 사이에 그녀가 내 팔뚝에 환각제를 놓았는지도 몰랐다.

"누가 할머니야? 여보, 뭐라고 말 좀 해봐, 어서!"

몇 초 전까지만 해도 책상 앞에 목각 인형처럼 앉아 있던 남편은 침대 위로 자리를 옮겼다.

"7년 전에 할머니가 우리 집에 뾰족구두 신고 찾아왔을 때부터 친구하기로 했잖아요."

"아줌마 대체 왜 이래요?"

심은옥은 부직포 쇼핑백에서 푸성귀 몇 가지를 꺼내더니 수돗물을 틀어 그것들을 씻기 시작했다.

"우리 옥순 할머니 정신 돌아올 때까지 여기서 놀아야겠다. 그러게 왜 말짱한 체를 하고 퇴원했어요. 퇴원하셨으면 약이라도 제때 드셨어야지. 자 여기 약부터."

그녀가 문갑 서랍을 열어 약봉지 하나를 뜯더니 냉수와 함께 내 턱 아래 받쳤다.

"시키는 대로 해. 좋은 사람이라니까."

어느새 방바닥으로 자리를 옮겨 앨범을 뒤적이던 남편이 내게 그걸 받아먹으라고 했다. 나는 심은옥의 손바닥에 굴러다니는 알약 몇 알을 홀린 듯 받아 삼켰다.

"돌아가시면 안 돼요. 제 얘기 들어줄 사람이라곤 세상에 할머니뿐이잖아요."

약을 삼키자 심하게 요동치던 심박동이 잦아드는 것 같았다. 심은옥은 호박을 썰고 감자를 깠다.

"오늘도 못된 짓을 했어요. 제 친부모를 바다 건너 먼 나라에 버리고 돌아와 남은 재산으로 흥청망청 사는 놈이었어요. 근데 놈을 죽여 달라고 한 건 부모가 아니라 그 동업자였죠. 재첩이 좋기에 사 왔는데 그걸로 국 끓일게요."

나는 침대에 걸터앉아 남편의 소맷자락을 움켜쥐었다. 하지만 내 손아귀에 남은 건 빛바랜 침대 시트뿐이었다. 남편은 어디에도 없었다. 그가 펼쳐 보던 앨범도 가지런히 책장에 꽂혀 있었다. 재떨이도, 거울도 모두 제자리에서 빛났다.

"이게 무슨 냄새야. 할머니 싱크대 서랍에 이게 다 뭐예요. 밥하고 반찬이 다 썩어버렸네. 진지를 다 남기셨으니 이렇게 기력이 없지. 하긴 이런 거 버린다고 자꾸 돌아다니시면 안 돼요. 근처에 연쇄살인 사건이 일어나고 있대요. 할머니야 워낙 집 안에만 계시는 분이니 별로 걱정은 안 하지만, 아무한테나 문 열어주지 마세요."

심은옥이 싱크대 서랍을 열어 새하얀 곰팡이가 올라온 잔반을 비닐에 담았다. 그녀의 두루뭉술한 뒤태가 점점 눈에 익어왔다. 그녀의 사근사근한 말투며 짧은 파마머리, 가끔 마른코를 삼키는 버릇마저도 익숙해졌다. 머릿속에 쨍, 하고 차갑고 날카로운 고드름 파편이 배긴 듯 정신이 번쩍 들었다.

"죽일 놈 죽인 거야, 잘했어."

"우리 옥순 할머니, 정신 돌아왔네. 아이, 예뻐라. 쌀만 씻어놓고 우리 화투 칠까요?"

심은옥이 과장된 몸짓으로 엉덩이를 휘둘러가며 흥을 냈다.

"10원짜리 화투가 무슨 재미야. 너는 니 자식들 안 돌보고 왜 여기 왔어?"

"품안에 자식이지, 다 크고 나니까 에미도 성가셔 하네요. 할머니는 무자식이라 상팔자겠어요?"

"이런 호랑말코 같은 년. 그걸 말이라고 해?"

"약만 제때 챙겨 먹는다고 약속하면 내가 양아들 찾아줄게요."

"새 시집가게 영감이나 구해다오."

비릿한 것이 심은옥이 사온 재첩 냄새인지, 심은옥의 손에 묻었던 피 비린내인지, 남편을 수십 년 동안 놀고먹게 한, 물에 빠진 제웅 냄새인지 알 수 없었다. 손거울을 들어 내 얼굴을 들여다봤다. 새댁은 사라지고 곶감처럼 쪼그라든 노파가 아무것도 들지 않은 입을 자꾸만 오물거렸다. 그 뒤로 반투명해진 남편이 청청한 젊은 시절 모습 그대로 주머니를 뒤져 담배를 찾는다. 에라, 이 한량 같은 인간아!

이순영

이모, 나보다 고작 열일곱 살 많은 우리 이모. 내가 여덟 살이 되던 해 어느 이른 아침, '네겐 하루 세 번 밥을 먹이고 아프면 병원에 데려갈 진짜 엄마가 필요해. 이 좁은 방에 갇혀 사는 게 너도 지겹지?' 묻던 이모, 가여운 우리 이모. 하얀 레이스 원피스에 빨강색 베레모를 쓴 내 손목을 붙잡고 집을 나서던 이모, 곱디고운 우리 이모. 도심의 혼잡한 시외버스터미널 대합실에 앉아 햇복숭아처럼 불그스레한 두 볼 가득 만두를 꼭꼭 씹어 먹던 이모, 나보다 더 어린애 같던 우리 이모. 훌쩍이는 내 귀뺨을 후려치려다 주위를 조용히 훑어보곤 식어빠진 고기만두 하나를 내 입에 넣어주던 이모, 스물다섯 살 우리 이모. 내가 이모처럼 만두를 꼭꼭 씹어 먹는 사이 아코디언 치맛자락을 휘날리며 구둣발 사이로 영영 숨어버린 이모, 꽃보다 더 예쁜 우리 이모.

이모가 사라진 곳을 향해 목을 빼고 막 울음을 터뜨리려던 찰나 그가 내게 왔다. 나는 어른들의 나이를 가늠하지 못할 만큼 어렸다. 그 역시 아이의 나이를 가늠할 수 없을 만큼 어렸는지, 혹은 늙어버렸는지 베레모를 쓰다듬으며 내게 몇 살이냐고 물어왔다. 나는 울음기 밴 목소리로 여덟 살이라 대답했다. 그의 고목처럼 단단한 팔이 내 엉덩이를 감싸 안아 번쩍 가슴팍으로 들어올렸다. 눈물로 아롱진 시야로 사람들의 정수리가 보였다.

그의 차는 온갖 잡동사니로 비좁았다. 나는 낡은 등산화와 배드민턴 라켓 사이에 몸을 웅크리고 잠이 들었다. 그가 잠든 나를 끌어안아 차와 다를 바 없이 비좁은 단칸방으로 옮기는 사이에도 나는 질척한 꿈에 빠져 헤어나지 못했다. 퍼덕이는 형광등 불빛에 겨우 눈을 떴을 때, 반지하인 그의 집 창문으로 조심성 없는 행인의 발짝이 흙탕물을 튕기고 있었다.

"우유 좋아하니?"

잠이 덜 깨 노곤한 내 몸을 일으켜 앉힌 그가, 어느 방향으로 세어보아도 삼면인 비닐 팩에 든 커피우유를 내밀었다. 내가 우유를 마시는 사이 그는 푸른 콩이 든 밥과 새우젓을 얹은 계란찜을 만들어 작은 상에 담아 내왔다.

"아저씬, 제가 아프면 병원에 데려갈 건가요?"

하루 세 번 밥을 먹이고 내가 아프면 병원에 데려갈 엄마, 이모가 찾던 엄마가 바로 그일지 모른다는 생각이 들었다.

"이모라는 사람 폰 번호 아니?"

이모의 휴대폰 번호는 자주 바뀌었고, 새로 바꾼 번호는 내게 알려주지 않았다. 이따금 이모는 누군가와 긴 통화를 하곤 심각한 표정을 지었다. 그러고는 두 번에 나눠 끓여 먹으라며 라면 한 개와 단무지 접시를 상 위에 올려놓곤 어딘가로 사라져 며칠 만에 돌아오곤 했다. "아무에게도 문을 열어줘선 안 돼. 이 골목 끝에는 애들만 노리는 변태 늙은이가 살고 있어. 그 늙은이가 방에 들어오려고 하면 젓가락으로 놈의 눈을 찔러. 어설프게 찔렀다간 죽도 밥도 안 되는 거야. 더 들어갈 수 없을 때까지 힘을 주어 깊이 후벼 파. 알았니? 이 혹 덩어리야." 칼도 도끼도 망치도 아닌 젓가락으로 과연 변태 늙은이를 물리칠 수 있을지, 매번 의아했다.

"알려드리고 싶은데 번호가 생각이 안 나요."

그건 작은 허세였다. 변태가 사는 골목의 허름한 판잣집에 이모와 단둘이 살았다는 걸 그에게 털어놓고 싶지 않았다.

"알려주지 않으면 넌 집으로 돌아갈 수 없어."

사실 돌아가고 싶지 않았다. 이모 역시 나를 기다리지 않을 거란 확신이 들었다. 전화번호만 알려주지 않는다면 그는 밥을 지어주고 열로 달뜬 이마에 차가운 물수건을 얹어가며 진짜 엄마로 영원히 내 곁에 남을 것만 같았다.

"계란찜이 왜 이렇게 짜요?"

그가 미지근한 보리차를 한 잔 따라주곤 자신의 머리칼을 쥐어뜯었다. 이틀째 되던 날, 그는 내게 주소를 물었고 나는 콩나물

무침이 싱겁다면서도 밥 한 그릇을 깨끗이 비웠다. 그는 따뜻한 물을 받아 내 머리를 감기고 선풍기를 틀어 젖은 머리카락을 속속들이 말려주기도 했다. 귀이개로 귀지를 파주고 칫솔에 딸기 맛 치약을 짜 내밀기도 했다.

"아저씨가 내 엄마죠?"

때 탄 레이스 원피스 대신 그는 옷장을 열어 근사한 분홍색 벨루어 드레스를 꺼내 입혔다. 품이 좁아 바듯하게 맞는 옷이었지만 부드러운 촉감과 옅은 비누 향이 배어나 기분이 좋아졌다. 나는 새 옷이 마음에 들어 콧노래를 부르며 그의 곁에 앉아 종이배를 접었다.

"너, 혹시 엄마가 없는 거냐?"

낮은 목침을 베고 누웠던 그가 일순 자리를 박차고 일어나 나를 바라보았다.

"네, 하지만 괜찮아요. 이제 아저씨가 있으니까."

불안하게 흔들리던 그의 눈동자가 내 입술에 붙들려 옴짝달싹하지 못했다.

"전화번호 생각 안 난단 것도 거짓말이지?"

"아저씨, 나 사실 버려졌어요. 그러니까 나를 돈하고 바꾸러 올 부모님이 없다고요."

내 손에서 막 꽃봉오리처럼 돛을 펼치던 종이배가 그의 손에 구겨졌다. 돌변한 그의 행동에 서러움이 복받쳤다. 아무리 울어도 동날 것 같지 않은 굵은 눈물이 쏟아졌다. 그는 더 이상 내게 계란프라이나 볶음밥을 만들어주지 않겠다고 했다. 울음을 달래주거나 머리를 감겨주지도 않았다. 그의 눈에서 푸른 불똥이 튀었다.

"너도 내가 어떤 놈인지 알고 있었구나? 나도 버려졌어. 너를 데려온 그 터미널에서 25년 전에. 난생처음 눈처럼 새하얀 운동화를 신고 새 셔츠에 새 반바지를 입었지. 배운 것 없는 내 부모는 부자들이 많이 산다는 동네의 터미널로 나를 데려갔지. 큰돈을 벌어 금의환향하는 졸부의 눈에 띄길 바란 걸 거야. 세상에 어떤 부자가 터미널에서 고속버스를 타고 고향엘 돌아갈까? 나는 나를 버린 부모와 다를 바 없는 거지에게 이끌려 10년을 그 터미널 바닥에 무릎 꿇고 앉아 동냥을 했어. 그런데 이제 보니 나 역시 그 멍청한 유전자를 물려받았지 뭐야. 거지가 들끓는 더러운 터미널에 고급 드레스를 입은 소공녀가 있을지 모른다고 믿었으니까."

악머구리처럼 울어대는 내 입에 목이 긴 양말을 재갈 삼아 물린 그는 텐트 천으로 만든 싸구려 옷장을 열었다. 그 안에는 사내아이의 것으로 보이는 남방과 긴 바지, 단화 두 켤레가 놓여 있을 뿐 다른 물건은 눈에 띄지 않았다.

"봤니? 네가 처음이 아니란 뜻이야. 첫 번째 아이는 여덟 살짜리 사내 애였지. 전화번호를 알아내 간신히 부모와 통화가 됐지만 곧바로 경찰이 공개수사를 시작해 포기했어. 두 번째 아이는 지금 너처럼 종일 울어대는 아홉 살짜리 계집애였지. 도통 울음을 그치지 않아서 포기할 수밖에 없었단다. 시끄러운 건 딱 질색이야. 그러니 당장 울음을 그쳐. 안 그러면……!"

그럼에도 불구하고 내가 울음을 그치지 않자 그는 내 원피스 목덜미를 잡아채 부엌으로 끌고 갔다. 가뜩이나 비좁은 부엌의 절반 가까이를 차지한 건 그의 허리 높이 정도로 보이는 항아리였다. 그가 항아리 뚜껑을 열어젖히고 김치를 정신없이 바닥으로 끄집어냈다. 그러고는 나를 들어 올려 항아리 안을 들여다보게 했다. 김칫국물이 채 걷히지 않은 두꺼운 비닐봉지 아래로 검붉은 무언가가 가득 들어차 있었고 김치 군내와 확연히 다른 악취가 풍겨났다.

"소금을 잔뜩 뿌려놨어. 쉽게 상하지는 않겠지만 곧 어디론가 옮겨야겠지. 너도 저 안에 들어가고 싶은 거야? 이래도 계속 울 거야?"

그가 바라는 대로 울지 않는 부자 아이가 되면, 그는 다시 내 엄마로 돌아와 줄까. 울지 않을 자신은 있었지만 부자 아이는 뜻대로 되는 것이 아니었다. 나는 주먹을 쥐어 눈물을 훔쳐냈다. 저녁이 다 되도록 다시 울음을 터뜨리지 않자 그가 조심스레 재갈을 풀어주었다.

"아저씬 왜 돈이 필요해요?"

점심과 저녁을 굶은 그가 가여웠다. 내게 전화번호와 주소를 물으며 머리를 쓰다듬던 부드러운 손길이 그리웠다.

"알 것 없어."

저녁 내내 미간을 찌푸리고 드러누워 천장만 바라보던 그가 날렵한 입술을 달싹였다.

"나를 죽일 건가요?"

"사람이니까. 사람은 누구나 사람을 죽일 수 있어."

"하지만 사람을 죽이면 감옥에 가요. 사형수가 될 거예요."

"사형이라고 거창하게 이름을 붙여놨지만 결국 합법적으로 사람을 죽이는 일일 뿐이야. 법은 사람이 만들었으니 사람이 사람을 죽이기는 마찬가지지."

그땐 이해할 수 없는 말이었지만 나는 고개를 주억거렸다. 그는 밤이 깊도록 여러 가지 이야기를 늘어놓았지만 왜 돈이 필요한지, 왜 내가 죽어야 하는지 설명하지는 못했다. 새벽녘이 되어서야 나는 선잠이 들었고, 이튿날 아침 눈을 떴을 때 밤사이 외출을 했던 그가 막 집 안으로 들어오는 게 눈에 들어왔다. 그의 손에는 큼지막한 여행 가방이 들려 있었다. 나를 번쩍 들어 옆구리에 낀 그가 항아리를 열고 한참 동안이나 안을 들여다봤다. 비닐봉지 안에는 두 명의 아이가 눈을 부릅뜨고 뒤엉켜 있었다. 둘 다 알몸이었고 계집아이의 긴 머리카락이 사내아이의 발목을 휘감고 있었다. 나는 그가 원하는 아이가 되기 위해 그 광경을 지켜보면서도 입술을 꼭 다물고 울음을 참아내야 했다.

"넌 특별한 아이구나."

그의 칭찬에 기분이 좋아졌다.

"너까지 넣기엔 가방이 너무 비좁아."

젖은 수건을 든 그의 손이 내 볼과 입술을 차례로 스치고 지나가자 망치로 머리를 맞은 듯 눈앞이 아찔해졌다.

“엄마.”

엄마, 정신을 놓기 전 나는 그를 엄마라고 불렀다. 그가 응, 이라고 대답했는지는 확실치 않았지만 나는 따뜻한 양수를 헤엄치듯 평온한 마음이 되어 그의 넓은 어깨에 몸을 내맡겼다.

쌉싸래한 흙이 씹혔다. 눈을 떴다고 생각했지만 감은 것과 마찬가지로 한 치 앞도 볼 수 없는 암흑천지였다. 그의 거친 호흡이 근처 어딘가에서 느껴졌다. 비가 왔는지 짙은 풀 냄새와 젖은 흙냄새가 악취와 뒤섞여 숨을 쉴 때마다 맹렬히 달려들었다. 몸을 뒤챘지만 두 손과 양 다리가 묶여 있었다.

“깨기 전에 끝냈어야 했는데.”

갑자기 머리 위가 훤해지며 그의 얼굴이 나타났다. 그 사이로 달빛이 새어들었다. 내가 웅크리고 있는 곳은 두 명의 아이가 뒤엉켜 있던 항아리 안이었다.

“비밀이 있어요.”

다시 항아리 뚜껑을 닫으려던 그의 얼굴이 달빛을 받아 창백하게 빛났다.

“좋아, 네가 비밀을 이야기해주면 나도 내 비밀 하나를 가르쳐주지.”

수북이 쌓인 흙더미에 등을 기댄 그가 불량배처럼 손바닥에서 담배 한 개비를 던져 입에 받아 물었다.

"이모는 내가 세상에 없는 아이랬어요. 아무도 내가 태어나길 바라지 않았대요. 나를 낳은 이모도 말예요. 전 이모가 낳았어요. 하지만 이모는 자길 엄마라고 부르지 못하게 했어요. 남자들은 애가 있는 여잘 싫어한대요. 이모는 내가 태어난 걸 아무에게도 알리지 않았어요. 난 예방접종을 한 적도 없고 유치원이나 학교에 다녀본 적도 없어요. 이모는 이름 대신 날 혹 덩어리라고 불렀어요. 냄새 나는 고름과 기름으로 뚱뚱하게 튀어나온 혹이 나래요. 그게 내 비밀이에요. 엄마의 아기가 아니라 이모의 못난 혹이요. 그래서 날 내다버린 거였어요."

그의 불붙지 않은 담배가 입술 사이에서 빙그르 돌았다.

"왜 돈이 필요하냐고 물었지? 나도 떼어내야 할 혹이 있었어. 평생 남의 주머니에서 떨어지는 동전만 바라보며 술에 찌들어 살다 죽을병에 걸린 노인네가 있었거든. 그 노인네 손에서 빠져나와 겨우 사람답게 살게 됐나 싶었더니 귀신같이 나를 찾아내 자기 몸뚱이를 파고든 암 덩어리를 떼어달라고 했지. 수술을 시켜주니 그때부터는 몸에 좋다는 건 뭐든 사달라고 졸라댔어. 차가버섯을 사서 물을 우리고, 느릅나무 줄기를 긁어 달이고, 꽃이 피지 않은 민들레를 가루 내어 닥치는 대로 입에 처넣더니 딱 2년을 더 살더라. 그러다 어이없이 오뉴월 감기로 죽고 말았어. 죽기 직전에 노인네가 그러더라. 너의 교활한 부모에게 매달 네가 벌어들인 돈의 절반을 부쳐주었다고. 이제야 다 말을 해버려 속이 시원하다고. 그러곤 지옥으로 떨어졌지. 나는 멍청한 얼굴로 어린 자식이 구걸한 돈을 또박또박 가로챈 부모를 찾기 시작했어. 겨우 그 뻔뻔한 작자들을 찾아내고 나니 복수할 길이 막막해졌지. 그래서 복수를 대신 해줄 사람을 찾아야 했어. 하지만 나는 빈털터리였고 복수를 하기 위해서는 돈이 필요했지. 근데 이제 그만하려고. 너를 여기 묻고 경찰서로 찾아갈 거야. 자식이 어린애 셋을 죽인 살인마라는 걸 알면 그 작자들이 어떤 표정을 지을지 참 궁금해."

두 아이를 담은 비닐봉지가 항아리 옆으로 툭 떨어지고 뚜껑이 닫혔다. 곧 무거운 어둠이 덮쳤지만 정신은 점점 또렷해졌다. 나를 혹 덩어리라 부르던 이모가 보고 싶었다. 그녀의 팔을 베고 누워 까르륵, 웃음을 터뜨리며 어리광을 부리고 싶었다. 머리 위로 스륵스륵, 흙이 겨울날 싸락눈 쓰는 소리처럼 들렸다.

배가 고팠다. 살기 위해서라면 뭐든 먹어치울 수 있을 것 같았다. 두 아이의 무른 몸이라도 씹어 삼킬 수 있을 거란 생각이 들었다. 하지만 사람은 음식만으로 살 수 없다. 공기, 공기가 필요했다. 잠들고 싶지 않았지만 어둠 속에서 나는 점점 떨칠 수 없는 잠에 빠져들었다.

"어? 살았다. 여기 애 하나 살아 있어. 사진 좀 그만 찍고 애부터 꺼내봐."

달이 지고 해가 뜬 모양이었다. 눈을 뜰 수 없게 밝은 빛이 항아리 안으로 스며들었다. 남자 둘이 내 겨드랑이 사이로 손을 밀어 넣어 세상 속으로 잡아끌었다.

"애, 너 괜찮아?"

어디에도 그의 모습은 보이지 않았다. 남자 하나가 아이들이 든 비닐봉지를 열었는지 지독한 악취가 야트막한 산 전체에 퍼져나갔다.

"너희 부모님 전화번호 좀 가르쳐줄래?"

그들도 그처럼 내게 전화번호를 요구했다. 나는 대답할 수 없었다. 차가운 새벽 공기를 깊게 한번 들이마시고 경찰차에 올랐다. 그들이 누군가를 기다리느라 서성거리는 사이, 나는 슬그머니 차에서 내렸다. 모르긴 해도 내가 세상에 알려지면 이모가 난처해질 테니까.

나는 달렸다. 밤새 참아두었던 숨을 한 번에 몰아쉬듯 씨근벌떡거리며 환삼덩굴과 쐐기풀에 종아리가 긁히는 줄도 모르고 달렸다. 남자들이 뒤늦게 내가 사라진 걸 깨닫고 이리저리 뛰며 고함을 쳤다. 나는 수풀 사이로 몸을 숨겨 가며 그들의 손아귀에 잡히지 않기 위해 안간힘을 썼다. 전화번호가 없는 아이는 어디서도 환영받을 수 없었다. 어서 빨리 여러 개의 전화번호를 갖고 싶었다. 하지만 여러 개의 전화번호를 갖기 위해서는 어른이 되어야 했다. 수풀을 헤집으며 나는 이모를 흉내 냈다. 이런 씨팔 조또 니미. 가슴이 후련해졌다. 조금 어른이 된 기분이었다.

그날 이후, 나는 죽은 두 명의 부자 아이와 함께 살게 되었다. 둘은 내가 도망이라도 칠세라 치맛자락을 붙들고 놓아주지 않았다. 밤이 되어도 나는 불을 켜지 않는다. 죽음처럼 깊은 잠에 빠졌던 그 항아리가 때때로 그리웠다. 어둠 속에서라면 그의 나직나직한 목소리가 들릴 것도 같았다. 그 사이 나는 이순영이라는 이름으로 살게 되었다. 그건 한강변, 컨테이너 박스에 사는 남자가 지어준 이름이었다. 운동선수처럼 큰 몸에 긴 머리를 말총처럼 하나로 묶은 남자, 웃는 법이 없는 그는 공중화장실 앞에서 비를 피하고 있던 내게 다가왔다. 남자는 아무것도 묻지 않았다. 자신의 컨테이너 박스에 나를 데려가 종아리에 오른 풀독을 보더니 입술을 동그랗게 모아 후후 불어가며 약을 발라주고 밥을 먹이고 어디론가 사라졌다 다시 돌아오곤 했다. 결국 이모와 나를 납치한 남자에 대해 먼저 털어놓는 수밖에 없었다. 이야기를 듣고도 남자의 표정은 변하지 않았다. 네 번의 계절이 바뀌고 남자는 내게 몇 권의 책을 내놓았다.

"앞으로 너는 혼자 살아야 해. 그러려면 공부를 해야겠지."

출생신고도 되지 않은 내가 공부를 해서 어디에 쓴단 말일까. 하지만 남자와 사는 동안 나는 그의 뜻에 따라 움직일 수밖에 없었다. 또다시 누군가로부터 내쳐지는 일을 겪고 싶지 않았다. 나가야 한다면 스스로 떠나고 싶었다.

"네 이름은 오늘부터 이순영이야. 이제 너는 세상에 없는 아이가 아니다. 받아라."

또다시 몇 번의 계절이 지나고 남자는 내게 열두 자리 숫자가 적힌 종이를 내밀었다. 그걸 내민 남자의 손에 채 지워지지 않은 붉은 혈흔이 남아 있었다. 그는 이순영이라는 소녀를 죽였을 터였다.

열두 자리 숫자는 주민등록번호였다. 이순영은 나보다 두 살이 많은, 세상에 죄지을 것 없는 나이의 소녀였다. 나는 소녀를 죽인 남자를 이해했다. 사람이니까 사람을 죽일 수 있는 것이다. 이로써 내게는 세 명의 엄마가 생겼다. 나를 낳은 이모, 나를 어른으로 만든 그, 나를 세상에 있는 아이로 만들어준 남자.

검정고시에 합격하자 그는 서울의 끄트머리에 작은 임대 아파트를 얻어주었다. 아파트는 열 평 남짓한 크기였지만 사는 데 필요한 모든 물건이 갖추어져 있었다. 화장대와 거울, 옷장과 침대, 한 번도 사용한 적 없는 식기와 주방용품이 오밀조밀 자리하고 있었다. 남자가 그것들을 직접 고르고 꾸몄다는 사실이 믿어지지 않았다. 자잘한 흉터로 성한 곳이 없는 두툼한 손, 사람을 마구잡이로 찔러 죽이는 데 사용했을 그 손으로 벽지와 장판을 고르고 가구와 식기를 들여놨다고 생각하니 억지스러운 코미디 같았다.

"취직을 해. 웹디자이너든 선생이든 은행원이든. 하지만 아무것도 죽여선 안 돼. 고양이나 비둘기도 안 돼. 내가 집을 비운 사이, 네가 저지른 일들을 난 알고 있어. 내 말을 어기면 용서하지 않고 찾아올 거야. 알겠니?"

지금껏 남자가 내게 한 말 중 가장 긴 이야기였다. 하지만 사람은 누구나 사람을 죽일 수 있다. 사람을 죽이려면 연습이 필요했다. 남자가 며칠씩 집을 비우는 것도 무언가 산 것을 해치고 오는 거면서 자신은 되고 남은 안 된다니, 공평치 않았다. 이의를 제기하기도 전에, 도배 풀의 시큼한 냄새로 가득한 새 집에 죽은 이순영의 삶을 소매치기한 나를 남겨놓고, 남자는 떠나버렸다.

나는 남자가 떠난 이후 한 번도 불을 켜지 않았다. 그의 말에 따라 직업을 찾는 일도 서두르지 않았다. 그렇게 이순영으로 산 시간이 20년이나 흘렀지만 그는 한 번도 나를 찾아오지 않았다. 다만 통장에 적지 않은 돈을 남겼고, 불규칙하지만 몇 달에 한 번 목돈이 입금되기도 했다. 나는 그 돈을 야금야금 찾아 쓰며 늙어갔다. 언제나 곁을 지키고 있는 두 명의 아이들은 내가 집 밖으로 나가는 걸 원치 않았다. 나는 집에 틀어박혀 아이들과 동요를 부르고 벽에 그림을 그렸다. 남자는 여전히 찾아오지 않았고 그저 자신이 살아 있다는 걸 알리기라도 하듯 신호탄처럼 얼마간의 돈을 입금하기만 했다.

"그 남자도 너를 버렸군."

사내아이였다.

"하지만 그를 돌아오게 할 방법을 알지."

이번엔 계집아이였다.

나는 여전히 하루 세끼 밥을 해주고 아프면 병원에 데려갈 엄마가 간절히 필요했다.

"그가 하지 말라는 일을 하면 돼. 그럼 남자는 네게 화를 내기 위해 돌아오겠지. 어때? 내 계획이."

계집아이의 말이 맞았다. 두 아이는 기괴한 모양으로 뒤엉켜 키득거리며 내 눈치를 살폈다.

"어떻게 하면 사람을 죽이지?"

한쪽 안구가 쏟아져 나올 듯한 사내아이에게 물었다.

"이모가 가르쳐줬잖아. 젓가락으로 놈의 눈을 찔러. 어설프게 찔렀다간 죽도 밥도 안 되는 거야. 더 들어갈 수 없을 때까지 힘을 주어 깊이 후벼 파. 알았니? 이 혹 덩어리야."

이모의 목소리를 흉내 내던 두 아이가 동시에 까르르, 웃음을 터뜨렸다. 아이들의 충고가 옳았다. 그를 부르려면 무엇이든 죽여야 했다. 나는 싱크대 서랍을 열고 젓가락 하나를 꺼내들었다. 그리고 아파트 입구로 걸어 나가 조심스럽게 목표물을 찾았다. 새벽 3시가 가까운 시간이었고 인적 또한 드물었다. 놀이터에서 밭은기침 소리가 들렸다. 발소리를 죽여 가며 방향을 틀어 모래밭에 들어서자 벤치에 누워 잠이 든 취객이 눈에 띄었다. 헝클어진 머리, 왜소한 체구, 흐트러진 양복과 낡은 구두, 취객은 간혹 기침을 할 뿐 깊은 잠에 빠져 있었다. 한 손에 스테인리스 젓가락을 들고 그에게 다가서 잠든 얼굴을 내려다보았다. 흘린 음식으로 얼룩진 와이셔츠와 밤사이 거뭇하게 자란 수염, 사십대로 보였다.

이모가 알려준 대로 그의 눈에 젓가락을 찔러 넣었다. 취객은 술과 잠에 취해 자신의 눈을 뚫고 들어온 낯선 금속 물질에 반항도 하지 못하고 깊은 숨을 들이마셨다. 나는 더 들어갈 수 없을 때까지 힘을 주어 깊이 젓가락을 밀어 넣었다. 한 뼘 가까이 되는 젓가락이 그의 눈과 그 뒤에 알코올로 마취된 뇌를 짓이기는 동안 나는 깊은 곳 어딘가에서 폭죽처럼 터져 오르는 참을 수 없는 환희에 자그맣게 환호했다. 피에 젖은 젓가락을 취객의 와이셔츠에 문질러 닦고 나서야 비로소 일생을 바칠 직업을 찾았다는 감격적인 사실에 눈물이 흘렀다.

취객의 시체는 이튿날 아침, 경비원에 의해 발견되었다. 하지만 남자는 나를 찾아오지 않았다.

"아저씨가 나를 용서한 걸까?"

계집아이의 긴 머리칼이 사내아이의 귓속으로 파고들었다.

"겨우 한 명을 죽였을 뿐이잖아. 그 아저씨가 화나려면 아직 멀었어."

사내아이가 간지럽다는 듯 어깨를 움츠리며 대꾸했다.

"감옥에 가면 사형수가 될 거야. 그럼 아저씨를 영영 만나지 못할지도 몰라."

"감옥에 가지 않으려면 더 넓은 곳으로 나가야 해. 여긴 너무 좁아."

"너희들은 빛을 싫어하잖아."

"그러니까 세상을 떠돌며 빛 없이 할 수 있는 일을 찾으란 말야."

두 아이는 서로를 간지럽히다 곤죽이 되어 공기 속에 흩뿌려졌다. 세상을 떠돌며 빛이 없는 곳에서 할 수 있는 일, 나는 병아리 감별사가 되기로 했다. 남자가 남긴 돈의 일부로 1년간 야간 학원을 다녀 얻은 일이었다. 어둠 속에서 둥근 트레일러가 돌아가면 개별 조명을 켜고 마스크와 흰 가운을 걸친 감별사들이 주변에 드문드문 섰다. 그리고 샛노란 병아리를 잡아채 불에 비춰 암수를 구별해냈다. 암수를 구별하는 방법은 생식기가 아니었다. 식장에 감별기를 집어넣는 방법도 있지만 시간이 오래 걸리고 병아리가 상할 수 있어 잘 사용하지 않았다. 감별사들이 가장 많이 쓰는 방법은 날개를 들어 올려 깃털의 배열을 살펴 성별을 나누는 것이었다. 그리고 암수에 따라 미끄럼틀처럼 생긴 분류기에 던져 넣으면 그만이었다. 암평아리는 항생제를 맞아가며 몸이 허락하는 한 평생 알을 낳아야 했고, 수평아리는 육계가 되거나 학교 앞에서 아이들의 장난감으로 팔려갔다. 병아리들에게 나는 운명을 좌우하는 냉혹한 결정권자였다.

병아리 감별은 일에 따라 전국 어디든 출장을 다녀야 했다. 보통 한 지역에 이삼 일을 머물게 되는데 그때마다 나는 출장 가방 안에 대여섯 개의 젓가락을 조심스럽게 찔러 넣었다. 일이 끝난 날이면 동료들은 근처에서 술을 마시거나 관광을 즐기지만 나는 조용한 산책로를 택해 목표물이 나타날 때까지 걸었다. 몸을 가눌 수 없을 만큼 취한 사람, 힘없는 노인이 그 대상이었다. 출장에서 돌아오면 제일 먼저 냄비에 물을 담아 팔팔 끓여 젓가락을 소독했다. 그리고 그 젓가락으로 밥을 먹었다. 하지만 남자는 여전히 돌아오지 않았다. 일거리가 많을 때는 한 달에 서너 번도 출장길에 올랐다. 그렇지 않으면 한 덩어리가 된 두 아이와 내내 집 안에 틀어박히는 나날이 이어졌다.

"넌 버림받았어. 아저씬 너를 잊었다고. 봐, 통장에 돈이 들어오지 않잖아."

"그렇지 않아. 바쁜 거야. 너무 바빠서 화가 날 틈도 없는 거야."

"네가 너무 게을러서 그래. 할 일이 얼마나 많은 줄 알아? 607호에 치매 할머니가 산다는 거 알고 있어?"

"이웃에게 그런 짓을 했다 들키면 어떡해?"

"한 번도 들킨 적 없잖아. 이번에도 그럴 거야."

이제 두 아이는 따로 말을 하는 법이 없게 되었다. 두 개의 입을 동시에 놀리며 나를 일으켜 세웠다.

나는 어둠 속에서 요리를 했다. 밀가루를 풀고 감자와 부추와 호박을 채 썰어 묽게 반죽했다. 가스 불을 켜고 프라이팬에 기름을 둘러 반죽을 한 국자 떠 넣었다. 굳이 맛있게 만들 필요는 없었다. 어차피 노인은 그걸 먹지 못할 테니까.

접시에 부침개 한 장과 젓가락 한 쌍을 챙겨 쟁반에 담았다. 사람들이 고향으로 빠져나간 세밑의 아파트는 조용했다. 밑창이 부드러운 운동화를 신고 조심스럽게 계단을 밟았다. 노인은 나만큼이나 집 밖에 나오지 않지만 가끔 큰 소동을 일으켜 아파트 내에서 유명했다. 그녀는 자신이 누군가로부터 감시를 받고 있다고 생각하며 타인을 겁냈다. 사람들은 노인의 말을 믿지 않았지만 어쩌면 그녀의 말이 사실일지도 몰랐다. 내게 죽은 두 명의 아이들이 들러붙어 온종일 조잘거린다고 고백해도 사람들은 믿어주지 않을 게 틀림없으니까. 흰 가운을 입은 운명의 결정권자가 수많은 사람들 틈에서 노인과 나의 겨드랑이에 감춰진 표식을 알아보곤 특별하고도 혹독한 시련의 컨베이어 벨트에 밀어 넣었는지 알 수 없는 일이었다. 나는 벨을 누르지 않고 현관문 손잡이를 돌려보았다. 잠겨 있었다.

"당신들 또 왔어?"

집 안에서 노여움이 깃든 노파의 목소리가 들렸다. 다행히 노파는 잠들어 있지 않았다.

"할머니, 도와드리러 왔어요. 문 좀 열어주세요."

어떻게든 저 문만 열리면 목표를 달성하는 건 어렵지 않을 것이었다.

"이 집엔 할머니가 없어요. 그러니 돌아가세요."

노파를 달래야 했다.

"아무도 감시하지 않는 곳으로 모셔 가려고 왔어요. 정말이에요."

부침개가 든 쟁반을 복도 한편에 내려놓고 젓가락만 힘주어 움켜쥐었다. 잠시 침묵이 흐르다 문이 열렸다. 눈동자가 회색으로 바랜 노파가 잠옷 차림으로 나를 올려다보았다.

"목소리 낮춰요. 다 듣고 있으니까."

노파가 입가에 검지를 들어 조용히 하라는 표시를 했다. 그녀를 따라 집 안으로 들어갔다.

"여보, 손님이 왔어."

빈 침대를 향해 노파가 나직이 속삭였다. 노파는 완전히 마음을 놓지 못한 듯 못에 걸린 카디건을 걸치고 몸을 움츠렸다. 노파가 먼저 밥상 겸 테이블로 쓰는 듯한 교자상 앞에 앉았다. 아망스러운 눈이 나를 유심히 훑었다.

"그 끔찍한 두 애들은 누구요? 많이 아파 보이는데."

노파의 눈동자가 내 치맛자락 근처에 멈춰 있었다. 두 아이들이 놀란 듯 등 뒤로 숨었다. 아이들을 본 사람은 노인이 처음이었다. 노파는 걱정스러운 눈길로 내 뒤에 숨은 두 아이를 보기 위해 눈을 찌푸렸다.

"몸은 아프지만 착한 아이들이에요."

아이들을 흘깃거리던 노파가 진저리치듯 몸을 가볍게 떨었다.

"여보, 아픈 애들이래. 딱하기도 하지."

이번에는 빈 의자에 대고 노파가 속삭였다.

"눈을 감으세요. 정신을 잃은 척하시면 그사이에 제가 모시고 나갈게요. 아무도 의심하지 않을 거예요."

노파가 빈 의자와 나를 번갈아 보고는 자리에 가만히 몸을 눕히고 눈을 감았다. 등 뒤에 숨긴 젓가락을 쓸 때가 왔다. 머리 뒤로 젓가락 든 팔을 뒤젖혀 가속을 붙였다. 그러나 나답지 않게 조준이 빗나갔다. 비닐이 한 꺼풀 일어난 장판 위로 젓가락 끝이 박히며 둔탁하고 짧은 소음을 만들어냈다. 이런 일은 한 번도 없었기 때문에 불안했다. 젓가락은 노파의 관자놀이 부근에 깊은 상처만 남겼다. 가늘고 날카로운 신음이 노파의 입에서 새어나왔다. 갑작스러운 통증에 노파는 눈을 뜨지 못했다. 도망을 갈 것인가, 다시 한번 찌를 것인가, 짧은 고민이 손을 머뭇거리게 했다. 어차피 치매인 노파는 나를 찾아내지 못할 터였다. 하지만 지금껏 쌓아온 경력에 흠집을 내고 싶지는 않았다.

"누구 왔어요? 웬 부침개야."

누군가의 목소리. 그 목소리의 주인이 현관문 손잡이를 비틀었다. 천천히 문이 열렸다. 자그마한 키에 통통한 몸집, 어디서나 마주칠 수 있는 아줌마 한 명이 현관에서 멀뚱히 나를 바라보았다. 그녀가 손에 든 비닐봉지를 떨어뜨렸다. 흐트러진 비닐봉지에서 김칫국물이 흘러나왔다.

"진섭 엄마, 이 여자 누구야?"

노파가 눈초리를 찌푸리며 고개를 들고 희미하게 말했다. 얼굴에 피를 흠뻑 뒤집어쓴 노파와 나를 번갈아 바라보며 입을 다물지 못하던 여자가 부직포 쇼핑백 안에서 뭔가를 꺼냈다. 신고를 하기 위해 휴대폰을 찾는 건 아닐까? 나는 노인에게 향했던 젓가락을 여자에게 조준해 달려들었다. 하지만 여자의 행동은 의외로 재빨랐다. 게다가 그녀가 쇼핑백 안에서 꺼낸 건 휴대폰이 아닌 반들반들 길이 든 수제 칼이었다. 그 칼이 한 치의 머뭇거림도 없이 내 아랫배를 파고들었다.

"당신이었군요."

여자는 바닥에 쓰러진 내게서 노련한 솜씨로 칼날을 빼냈다. 칼이 지나간 자리가 처음엔 서늘하더니 곧 불에 덴 듯 뜨겁게 달아올랐다. 여자가 내게서 빼낸 칼을 싱크대로 옮겨가 조심스럽게 닦았다.

"저예요. 지금 좀 와주셔야겠어요. 사고가 있었어요. 처리를 해야 할 것 같은데 혼자선 무리겠어요. 그리고 박 사장님이 저한테 물려주신 그 칼 말이죠. 방금 써버렸네요. 꼭 필요한 데 써야 한다고 당부하셨는데 죄송해요. 너무 급박한 상황이라 별 수 없었어요. 소중한 분한테 받았다며 아끼셨는데."

여자가 누군가와 통화를 했다. 가물거리는 의식의 끝에서 나는 칼 손잡이를 바라보았다. '昊'라는 글씨가 아로새겨져 있었다. 낯이 익은 글씨였다. 남자, 나의 세 번째 엄마의 칼에도 그런 글씨가 있었다. 나는 그 칼을 탐냈다. 사내가 집을 비울 때면 몰래 서랍을 열어 그 칼을 찾아내 넋을 놓고 바라보았다. 칼은 면도날처럼 날카로웠고 공기를 가르며 작지만 분명한 여자의 울음 같은 소리를 냈다. 나는 그 칼을 들고 한강 가에 나가 다리를 잃은 비둘기나 토사물을 핥는 고양이를 찔렀다. 그러곤 남자가 눈치채지 못하게 깨끗하게 닦아 다시 제자리로 돌려놓곤 했다.

남자는 약속을 지켰다. 자신의 말을 어기면 용서하지 않고 찾아오겠다는 그 메마른 약속을. 나는 죽어갔다. 내가 죽인 사람들처럼 말조차 잇지 못하고 헐떡이다 숨통이 끊어질 터였다.

"너도 우리랑 한 몸이 되는 거야. 너무 오래 기다리다 지쳤어."

천장에서 두 아이가 팔과 다리를 비틀고 꼬아가며 뚝 뚝, 검은 물방울을 내게 떨어뜨렸다. 시야가 점차 어두워졌다. 하지만 청력은 아직 남아 있었다. 얼마 지나지 않아 낯선 구둣발 소리와 사내의 목소리가 들렸다.

"심여사님은 다치신 데 없으세요?"

"전 괜찮은데 할머니가 조금 다치셨어요. 몇 바늘 꿰매야 할 것 같은데, 일단 이 여자부터 처리하죠. 산이 좋을까요? 강이 좋을까요?"

내가 선택할 수 있는 일은 아니지만 나는 강이 좋다. 이모와 내가 살던 토굴 같은 집에서도 강이 보였다. 참 보잘것없는 샛강이었다. "이모, 사람들 없을 때는 그냥 엄마라고 부르면 안 될까?" "기지배야, 그딴 소리 한 번만 더 하면 샛강에 처박아버린댔지?" 이모는 가끔 화장대 서랍에서 내 마른 탯줄을 꺼내 냄새를 맡았다. 그러고는 번진 마스카라를 고치고 전화를 기다렸다. 이모의 서랍 안에는 아직 마른 탯줄이 남아 있을까? 거기선 무슨 냄새가 나기에 이모를 울게 했던 걸까.

통증이 사라지고 몸이 가벼워졌다. 다시 시야가 트였다. 두 아이들이 내 앞에 서 있었다. 피와 고름으로 진창이 되고 팔과 다리가 흉측하게 꺾인 모습이 아니었다. 사내아이는 흰 남방과 감색 바지를 입었고 계집아이는 분홍색 벨루어 원피스를 말쑥하게 차려입었다. 그 옆에 선 나도 흰 레이스 원피스에 빨강 베레모를 썼다. 손에 들었던 젓가락을 바닥으로 던져버리자 몸은 공기보다 더 가벼워졌다. 숨이 빠져나간 초라한 몸이 멀어졌다. 우직하게 생긴 중년 남자가 그 몸을 비닐 포대에 옮겨 담았다.

"눈이 와서 산은 힘들겠고, 강으로 가야죠."

사내가 비닐 포대를 어깨에 걸머졌다. 병아리에게 내가 인생의 결정권자였듯 그가 내 죽은 육신의 결정권자가 되었다.

사내의 어깨에 얹혀 간다. 나는 간다. 강으로, 강으로.

최준기

할머니에게는 세 명의 혼혈 자식들이 있었다. 하루 종일 뭔가를 우물거리거나 철수세미처럼 오그라든 머리를 쥐어뜯는 이모는 흑인 혼혈이고, 별명이 빨간통인 우리 엄마는 백인 혼혈이다. 그리고 정확하지는 않지만 베트남 혼혈이 아닐까 싶은 삼촌이 있다. 가족이라곤 하지만 혈육은 아니었다. 할머니는 열여덟에 시집을 가 스물다섯이 되도록 애를 낳지 못해 지악스러운 남편과 헤어진 뒤, 지금의 복구타운에 자리를 잡았다. 딱히 궁금한 적 없는 복구타운의 유래를 친절하게 일러준 사람도 다름 아닌 할머니였다.

할머니는 가끔 소싯적 미군들에게 배운 영어를 실생활에 섞어 쓰곤 했는데, 그 영어라는 것이 대게 남녀의 성기나 섹스에 대한 은어들이라 내 짧은 영어 실력으로도 귀뺨이 새빨갛게 달아오를 정도로 남부끄러운 말뿐이었다. 어쨌거나 복구타운의 '복구'는 영어의 'Fuck'에서 온 말이었다. 복구타운은 1950년대부터 지금까지 우리나라 최고의 환락가로 꼽히며, D시를 전국에서 두 번째로 세금 많이 거둬들이는 부자 도시로 일으켜 세웠다. 지금이야 돈과 불알만 있으면 누구나 찾아오는 곳이 복구타운이지만 30년 전만 해도 외국인, 그중에서도 단연코 미군들이 왁자하게 들끓는 곳이었다고 했다.

할머니가 갓 소박을 맞아 친정의 천덕꾸러기 신세가 되었을 때만 해도 복구타운은 세 채의 기와집에 열두 명의 양색시가 사글세를 내며 영업을 하는 작은 골목에 불과했다. 할머니 말에 따르면 업주는 양색시들에게 소 한 마리 값의, 지금으로서는 무시할 수 없는 거금을 쥐어주었다고 했다. 비빌 언덕이라곤 친정밖에 없었지만 그나마 빚을 내 사들인 소가 자꾸만 밑이 빠져 큰 손해만 본 외할아버지는 할머니를 복구타운에 내놓았다. 하지만 선뜻 방을 내주겠다는 자가 나타나질 않았다. 키가 지게 작대기만도 못한데다 안색이 늘 술에 취한 사람마냥 불콰하고, 매섭게 찢어진 눈에 개발코를 가진 인물 때문이었다. 결국 할머니는 거대한 복구타운의 부엌데기가 됐다. 아가씨들의 속옷을 빨아 입히고, 방과 부엌을 걸레질하고, 군화를 닦는 일로 복구타운에 뿌리를 내렸다. 밤마다 암고양이처럼 교성을 지르던 양색시들은 정말 암고양이처럼 밤사이 소리 없이 아기를 낳아 내버리고 복구타운을 떠나곤 했다. 할머니는 그렇게 이모와 엄마, 삼촌을 거둬들이며 지금과 크게 다르지 않은 모습으로 복구타운을 지켜왔다.

나를 제외한 네 식구는 40년 넘게 복구타운에 살고 있다. 기와집을 무너뜨리고 신식 건물이 들어선 그곳에서 할머니는 '로즈메리 밀하우스'라는 가게를 하고 있다. 아가씨를 두고 손님을 받는 그런 가게가 아니라 오고 가는 손님들에게 라면과 김밥을 파는 분식점이다. 우린 새벽녘이면 숙취로 휘청거리는 사내들에게 뜨거운 국물과 싸구려 밥덩이를 비싸게 포장해 파는 일을 했다. 물론 온 가족이 그악스럽게 그 일에 매달린 것은 아니었다. 120킬로그램의 거구인 이모는 밀하우스 한 귀퉁이에 모로 누워 〈섹스 앤 더 시티〉 재방송을 보고 또 보는 게 일이었다. 삼촌은 택시운전을 했는데 버스 정류장과 기차역 앞에 대기했다가 두리번거리는 샌님들을 복구타운으로 실어 날랐다. 그리고 삼남매 중에서, 아니 복구타운 전체를 통틀어 가장 예쁜 우리 엄마 로즈메리는 김밥을 말았다. 엄마는 검은 머리카락에 검은 눈동자를 가졌지만 백자처럼 흰 피부에 붉은 입술과 깊고 애잔한 눈으로 복구타운에 드나드는 수많은 남자들의 마돈나가 되었다. 무엇보다 남자들의 눈을 사로잡은 건 엄마의……, 엄마의…… 몸매였다.

앞섶이 깊게 파인 티셔츠를 입고 가게 입구에 앉아 김밥을 말면 엄마의 젖가슴은 따뜻한 물풍선처럼 몸의 움직임에 따라 출렁였다. 조금만 날씨가 더워도 새하얀 피부가 벌겋게 달아오르는 살성 탓에 사람들은 엄마를 빨갛다와 빨통을 합친 말인 빨간통이라 부르곤 했다. 하지만 누구도 함부로 엄마에게 연애나 수

작을 걸지는 못했다. 그건 엄마의 혀 때문이었다.

“벼락을 쫓아가 나이대로 처 맞아 죽을 놈아! 그렇게 꼬나보면 브라자 속에 있는 내 젖꼭지가 네놈 눈보시 하라고 만세삼창 할 줄 알았냐? 못된 수캐 부뚜막에서 좆 깐다고, 어딜 감히.”

걸크러쉬.

우리 집에 부식을 대주는 김씨는 올 때마다 엄마에게 된 꾸지람을 들으면서도 늘 허허실실이었다. 엄마와 달리 할머니를 비롯한 가족 모두는 김씨를 좋아했다. 할머니의 칠순 잔치를 그가 치러주었기 때문이었다. 그것도 싸구려 뷔페 따위에서가 아니라 제법 번듯한 패밀리 레스토랑을 전세 내서 말이다. 엄마는 대번에 ‘쥐 씹에 말 좆’이라며 김씨의 오지랖을 맹비난했다. 하지만 잔칫날에 엄마는 그 어느 때보다 요란스럽게 차려입고 로즈메리 밀하우스를 드나들던 아가씨들과 그들의 보호자입네 하는 목 굵은 사내들의 손을 일일이 잡아가며 호스티스 노릇을 톡톡히 해냈다. 물론 신나게 술을 퍼마시곤 곧 정체를 드러낸 건 참 안타까운 일이지만 말이다.

기껏 찾아온 손님들에게 뱃대 밑에 바람 든 년이니, 계집 팔아 금빤스 해 입을 놈들이니 욕을 해대는 통에 결국 세 시간의 계약 시간도 채우지 못하고 손님들이 썰물처럼 빠져나가 버렸고, 엄마는 처량한 몰골로 심수봉의 노래를 관객 없이 열창했다. 그러곤 다시 남은 두 시간 동안 신나게 술을 퍼먹더니 김씨의 등에 업혀 그의 민머리 위로 그날 먹은 탕수육과 잡채가락을 토해냈다.

할머니는 엄마와 김씨가 살림을 합쳐야 내 인생이 구순해질 거라고 종종 말했다. 사실 난 엄마 때문에 최종 학력이 중졸로 머물게 되었다. 내가 중학교 졸업을 두 달 앞둔 겨울, 엄마가 사라졌다. 못 위에 사시사철 걸려 있던 밤색 카디건과 함께 말이다. 엄마와 한 방을 쓰던 이모의 증언에 따르면, 엄마는 잠을 이루지 못하고 밤새 몸을 뒤재다 새벽 3시경 이모에게 30억이 생기면 뭘 할 것이며, 그걸 가족에게 나눠줄 생각이 있냐고 물었단다. 그 말에 이모는 대답 대신 시원하게 콧방귀를 뀌어주었다고 덧붙였다. 삼촌은 엄마가 필시 로또에 당첨되었고 그 사실이 알려졌다간 당장에 로즈메리 밀하우스의 확장 개업과 자신의 개인택시 출고, 이모의 위 축소술 등의 출혈이 생길 것에 대비해 밤사이 토낀 것이라 단언했다.

일주일을 기다려봤지만 엄마는 돌아오지 않았다. 삼촌과 함께 실종신고를 하며 비로소 나는 엄마의 실명을 알게 되었다. 조분자. 1970년생. 경찰은 직업도 확실치 않은 중년 여자의 실종에 그다지 성의를 보이지 않았다. 처음에는 엄마의 무사귀환만을 빌던 가족들도 시간이 흐를수록 수십억을 쥐고 어디선가 부귀영화를 누릴 엄마에 대한 원망과 질투로 얼굴만 부딪히면 역정을 냈다. 엄마의 가출 소식을 전해들은 김씨는 자신이 엄마에게 로또 만 원어치를 사줬다며 애통한 울음을 터뜨리기까지 했다. 급기야 관절염이 심해진 할머니는 로즈메리 밀하우스의 임시 휴업을 선언했고, 덩달아 이모의 폭식증도 불이 붙어 한동안 주춤했던 체중이 다시 불기 시작했다. 삼촌은 엄마를 찾겠다며 회사 택시를 말없이 몰고 사라졌다가 차량특수절도죄로 붙잡히는 비극을 맞았다.

결국 엄마의 유일한 혈육인 나는 이 모든 사건의 원흉인 엄마를 찾아 나서기로 마음먹었다. 어차피 공부에는 취미도 소질도 없던 차에 어쩌면 잘된 일이라 자위하며 장판 아래 숨겨놓은 비상금 15만 원을 들고 서울행 열차표를 끊었다.

서울에 도착한 지 사흘째 되던 날, 당연하게도 비상금은 바닥났다. D시라면 하루 이틀 몸 붙일 곳이 없겠냐만, 서울은 달랐다. 사람이 사람을 믿지 못하는 도시였고, 그걸 뒤늦게 깨달은 촌뜨기가 오래 버틸 수 있는 곳도 아니었다. 서울역에 내리자마자 껌을 씹는 내 또래 여자아이에게 차비 조로 만 원을 꾸어주고 연락처를 받아 돌아서자 어느 노점상 주인이 여자아이를 향해 상습범이라며 손가락을 뻗쳤다. 첫날은 모텔에서 둘째 날은 여관에서 그리고 셋째 날부터는 여인숙에 묵었지만 곧 주머니가 비어버렸다.

돈이 떨어지자 뭘 어떻게 해야 할지 눈앞이 캄캄했다. 피로와 허기가 밀려들자 잠이 쏟아졌다. 해가 저물 즈음 역 앞 벤치에서 신문지를 덮고 잠을 청하는데 누더기를 걸친 술 취한 노숙자가 옆에 앉았다. 그는 친절하게도 나같이 어린 사내아이만 골라 다리를 잘라 앵벌이로 부려먹는 놈이 천지라고 일러주며 내 신문지를 빼앗아갔다. 나는 앵벌이나 노숙자가 되고 싶지 않았다. 엄마만 찾아내면 D시에 돌아가 할머니의 몹쓸 관절염을 해결해주고, 이모의 포대자루 같은 위도 댕강 잘라내 날씬한 몸으로 만들어놓고, 또 삼촌의 합의금을 대주고도 떵떵거리며 살게 될 귀하신 몸이니까. 하지만 일단 눈앞에 닥친 의식주를 해결해야 했다. 나는 서울에 온 첫날 묵었던 모텔로 향했다. 내가 모텔에서 나올 때, 내 또래로 보이는 진심부름꾼 사내아이가 제 아버지에게 귓불을 붙잡혀 끌려 나가는 걸 보았기 때문이다.

"사장님, 종업원 필요하시죠?"

모텔 사장인지 혹은 사장의 처남인지 조카인지 알 수 없는 사내가 내 추레한 몰골을 위아래로 훑어보았다.

"인마, 너 가출했지?"

"아뇨, 서울에 엄마 찾으러 왔어요. 그냥 밥만 주고 잠만 재워주시면 열심히 일할게요."

내가 제시한 조건이 마음에 들었는지 사내는 엄지손가락으로 잠시 턱을 괴더니 이내 고개를 끄덕였다.

"니가 말한 대로다. 우린 밥만 주고 잠만 재워줄 거야. 나중에 딴말하기 없기야. 경찰서나 주민센터 가서 이상한 소리하면 확 파묻어버릴 거야."

그날부터 나는 님보라모텔의 종업원, 그쪽 용어로 말하자면 조바가 되었다.

"밤 11시까지는 대실 손님 위주로 받고, 11시 넘으면 무조건 숙박이야. 세면 세트는 천 원 받고, 콘돔은 한 번만 무료, 더 달라고 하면 천 원 받아. 손님 나가면 휴지통 비우고 침대 시트 새로 씌우고 바닥에 대걸레질 한 번 하면 돼. 참, 냉장고에 에로하이바하고 웨스트카페 한 쌍씩 채워 넣는 거 잊지 말고. 그리고 말야, 누가 물어보면 스무 살이라고 하는 거 잊지 마. 가끔 임시 검문 오니까 이 주민번호 외웠다 대답해라. 그럼 난 사우나."

처음에 사장이거나 사장의 친척일 거라 생각했던 사내는 사장의 남편이었다. 그는 아내가 자리를 비운 틈이면 주로 성인 오락실이나 사우나로 달려갔다. 이따금 취객들이 소란을 피우기도 했지만 대부분은 우물처럼 습하고 옹색한 카운터에 앉아 손님을 기다리는 게 일이었다. 나는 일주일에 하루, 한가한 낮 시간에 엄마를 찾아다녔다.

"돈은 세상에서 가장 썩은 내를 풍기지. 어디 숨어 있어도 냄새를 따라가면 찾을 수 있을 거야."

사장은 내게 돈 많은 여자들이 자주 들락거린다는 서울의 요소 몇 곳을 알려주었다. 나는 엄마의 사진을 들고 다니며 나와 다를 바 없는 일을 하는, 하지만 좀 더 번듯하고 어딘가 기품이 흐르기까지 하는 업소의 종업원들에게 그걸 내밀었다.

"그렇게 사진을 들고 다닐 게 아니라 흥신소에 찾아가보는 게 어때?"

막 사우나에서 나왔는지 진한 스킨 냄새를 풍기는 사장의 남편이 훈수를 두었다.

"흥신소가 뭔데요?"

사장의 남편은 졸음이 가시지 않은 얼굴로 카운터 옆 야전침대에 몸을 던졌다.

"뭐든 해주는 곳이지. 사람도 찾아주고 떼인 돈도 받아주고."

나는 그에게 달려들어 비대한 허벅지를 안마해주며 대체 그 흥신소란 곳이 어디에 있으며 얼마면 엄마를 찾을 수 있는지 물었다.

"이 모텔 자리가 예전에는 회센터였어. 두 층을 더 증축해 모텔로 개조한 거지. 모텔 리모델링한 지 얼마 안 됐을 땐데 어떤 남자 하나가 불쑥 찾아와서는 5층 객실 하나를 빌려서 장기투숙을 하더라고. 예전에 그 자리가 회센터 옥상 정도일 거야 아마. 그러더니 나한테 회센터 사람들한테 인계받은 물건 같은 건 없냐고 묻더라고. 난 그 집 딸이 쓰던 고장 난 체중계가 창고에 있을 거라고 했지. 그랬더니 그 작자의 눈에 화색이 돌더라고. 남자가 체중계를 들고 저 문을 나서면서 혹시 새로운 물건이 발견되면 연락하라고 나한테 명함을 남겼어. 명함을 보니까 스마일 흥신소라고 적혀 있더라. 맨 마지막 서랍 열면 아직 있을 거야. 근데 다 고장 난 체중계는 왜 가져갔을까? 하긴 그 안에 마약이라도 숨겨놨을지 모를 일이지."

사장이 뭐라고 더 떠들어댔지만 나는 카운터 마지막 서랍을 열고 허섭스레기를 헤집어 명함을 찾았다. 명함은 파리 끈끈이에 붙어 있었다. 다행히 전화번호는 끈끈이에 상하지 않고 남아 있었다. 하지만 이름이 있어야 할 자리에 먼지 엉킨 파리 끈끈이가 눌어붙어 도저히 알아볼 수가 없었다. 우선 전화를 걸기로 했다. 체중계를 들고 사라진 정체불명의 흥신소 사나이가 아직까지 그 일을 하고 있기만을 바랐다. 벨이 스무 번도 넘게 울렸지만 받는 사람은 없었다. 이튿날도, 그 이튿날도 남자는 전화를 받지 않았다. 그리고 마지막이라는 마음으로 해가 뜨지도 않은 이른 새벽, 다시 한번 전화를 걸었다.

"스마일입니다."

낮고 거친 남자의 음성이었다. 갑자기 말문이 막혔다. 흥신소 사나이임을 확인할 수 있는 이름조차 알지 못했고, 용무를 보기엔 너무 이른 시간이기도 했다. 무엇보다 받지 않을 거라는 예상을 빗나간 것이 나를 벙어리로 만들었다.

"님보라모텔입니다."

겨우 꺼낸 말이 님보라모텔이었다. 그 남자라면 이 모텔을 기억할지도 몰랐다.

"새로운 물건이 발견됐나요?"

심장이 전력질주를 하고 난 다음처럼 펄떡였다.

"그건 아니지만, 부탁드릴 게 있습니다. 사람을 좀 찾아주세요."

남자는 대답에 뜸을 들였다.

"3번 버스를 타고 은행나무 사거리에서 내리세요. 5층 건물의 3층입니다. 이따 뵙죠."

드디어 엄마와 복권 당첨금을 찾아줄 사람을 찾아냈다. 나는 미친 듯이 객실을 대걸레질하고 음료를 채우고 카드를 단말기에 긁었지만 조금도 피곤한 줄을 몰랐다.

사장의 남편이 식은땀 흐르는 내 등 뒤에서 태평하게도 도로롱, 코를 골며 단잠을 잤다. 정오가 되어서야 잠에서 깬 사장의 남편은 내게 남자를 만나고 오라 흔쾌히 허락했다. 내게 외출을 허락하는 날은 내개 사장이 모텔에 들러 장부를 검사하는 날이었다. 사장의 남편은 카운터의 현금 일부를 제 주머니에 밀어 넣곤 가볍게 윙크하는 것도 잊지 않았다.

시간 약속을 한 건 아니지만 점심시간은 지나고 가는 것이 예의일 것 같아 건물 아래 붕어빵 수레에서 덜 익은 붕어빵 몇 개로 끼니를 때웠다. 시계를 보다 1시가 넘자 남자가 있다는 3층으로 올라갔다. 3층에는 사무실이 두 개였는데 그중 한 곳에 스마일 홍신소라는 간판이 걸려 있었다. 문을 밀자 경쾌한 차임벨 소리가 났다. 역광을 받고 앉아 있던 남자가 자리에서 일어나 나를 향해 걸어왔다. 키는 그리 크지 않았지만 단단한 체형이 검은 실루엣을 만들며 눈앞에 다가섰다.

"님보라모텔에서 왔는데요."

머쓱한 표정으로 그가 안내한 소파에 무릎을 모으고 앉았다.

"누굴 찾는다고 했죠?"

남자를 보자 왈칵 눈물이 쏟아졌다. 서울에서 내게 반말을 하지 않은 유일한 사람이었기 때문일 수도 있고, 그가 내놓은 커피가 너무 뜨거워서일 수도 있었다. 남자는 내 사연을 듣는 내내 고개를 끄덕이며 자신의 손등에 난 긴 흉터를 더듬었다.

"엄마를 찾아줄 수는 있지만 무료로는 곤란해요."

내가 이야기를 마치자 그가 단호한 어조로 말했다.

"얼마면 될까요? 당장은 돈이 없지만 고향에 연락을 하면 얼마쯤은 구할 수 있을 것 같은데."

"착수금과 진행비, 그리고 어머니를 찾으면 성공 사례비를 따로 받습니다. 기한에 따라 다르지만 학생이 쉽게 구할 수 있는 돈은 아닐 거예요."

남자는 점잖게 나를 타일렀다. 그건 거절을 뜻했다. 하지만 나는 거기서 굴할 수 없었다. 혼자 힘으로 엄마를 찾아낼 엄두가 나지 않았다.

"제게 회센터 물건이 더 있어요. 엄마를 찾아주시면 충분히 사례도 할 거고 또 제가 가지고 있는 물건도 드릴게요. 약속해요."

거짓말이었다. 내게 그런 게 있을 턱이 없었다. 하지만 땡전 한 푼도 없는 처지에 바위처럼 단단해 보이는 남자를 움직일 방법은 그것뿐이었다. 효과는 바로 나타났다. 시큰둥했던 그의 눈동자가 반짝이기 시작했다.

"어떤 물건인지 말해줄 수 있나요?"

"편지였어요. 우연히 창고에서 발견했고요. 엄마를 찾아주시면 바로 드릴 수 있어요. 그리고 여기 취직시켜 주시면 좀 더 빨리 드릴 수도 있고요."

나는 촌뜨기답지 않게 대담한 어조로 그에게 협상을 요구하고 있었다. 그는 옴팡한 눈에 힘을 주고 크게 한 번 고개를 끄덕였다. 승낙의 의미였다. 게다가 스마일 흥신소로 출근을 해도 좋다는 약속까지 받아냈다. 어차피 챙겨올 짐도 없었다. 나는 그날부터 님보라모텔의 조바를 때려치우고 스마일 흥신소의 직원이 되었다.

이튿날 스마일 흥신소의 남자, 그러니까 박태상은 엄마의 행적을 쫓기 위해 내 고향인 D시로 출장을 떠났다. 혹시 그가 생각보다 빨리 엄마를 찾아내면 전해주기로 한 편지는 어쩌나 하는 생각에 마음이 무거웠다. 돈은 세상에서 가장 썩은 내를 풍기니까 노련한 그라면 어렵지 않게 엄마를 찾아내 목덜미를 잡아끌고 홀연히 돌아올 것만 같았다.

걱정은 생각보다 빨리 해결되었다. 출장에서 돌아온 박태상이 내게 자신의 휴대폰을 들이밀었다.

"로즈메리 밀하우스에 전화해봐."

어느새 그는 내게 반말을 하고 있었다. 어쩐지 조금 화가 난 것도 같았다. 나는 어리둥절한 마음으로 고향 집에 전화를 걸었다. 전화를 받은 건 할머니였다.

"할머니, 나야, 준기."

"이놈아, 네 에미가 너를 얼마나 찾았는 줄 알아?"

"엄마? 엄마가 돌아왔어? 정말이야?"

이럴 수가 엄마가 돌아왔다니. 그토록 찾아 헤매던 파랑새가 사실은 자신의 집에 살고 있었다는 허무한 동화처럼 엄마는 로즈메리 밀하우스에 있었다.

“너 집 나가고 담날 거지꼴을 해가지고 들어왔단다. 복권 당첨금 3백만 원 들고 서울 가서 탕진하고. 염치가 없었던지 밀감 한 봉지 사가지고 왔더라.”

박태상이 자신의 휴대폰을 내게서 빼앗아 통화를 종료시켰다.

“이제 편지 내놓고 네 집으로 돌아가.”

집에는 관절염 걸린 할머니와 더 뚱뚱해졌을 이모, 김밥 옆구리가 터지게 욕을 퍼부을 엄마와 이제는 감옥에서 나왔을지 모를 삼촌이 기다릴 뿐이었다. 어쩌면 나는 돌아갈 마음이 처음부터 없었는지 몰랐다.

“싫어요.”

“약속은 지켜야지.”

“약속대로 하자면 사장님이 엄마를 찾은 게 아니니까 어차피 무효라고요. 편지는 아직 드릴 수 없어요. 여기서 열심히 일해서 할머니 인공관절 수술시켜 드릴 때까진 못 가요. 그리고 편지는 제가 여길 떠날 때 드릴 거예요. 섣불리 쫓아내시면 불태워버리겠어요.”

박태상이 골치가 아프다는 듯 자신의 의자에 몸을 맡기고 몇 시간 동안이나 눈을 내리깔았다.

지금도 생각한다. 그때 내가 스마일 흥신소에서 쫓겨나 D시로 돌아갔다면 어떤 어른이 되었을까. 37명 중에 37등을 해가며 겨우 특성화고를 졸업하고, 로즈메리 밀하우스에서 라면을 끓이다 성년을 맞았을지 몰랐다. 하지만 나는 지금 스마일 흥신소의 에이스가 되었다. 심여사가 나타나기 전까지만 해도 말이다. 그렇다고 심여사를 미워하거나 질투하지는 않았다. 오히려 나는 그녀를 존경했다. 심여사에게 실수란 없다. 자그마한 체구의 그녀가 입술을 앙다물고 개선장군처럼 사무실에 들어올 때면 칼은 예외 없이 피로 젖어 있었다. 그걸 바라보는 내 눈빛에 존경이 담겨 있다면 박태상 사장의 눈빛엔 두려움과 불안이 스며 있었다.

"우리 잠깐 볼까?"

박태상이 나를 불렀다. 그가 나와 별도로 면담을 요청하는 일은 극히 드물었다. 나는 걸레질을 하다 말고 그를 따라 회의실로 들어갔다.

"하실 말씀이라도 있으세요?"

불을 켜지 않은 회의실에서 그의 눈빛이 서늘하게 빛났다. 난 그의 눈빛이 좋다. 나를 처음 마주했을 때의 온화한 목소리나 표정과는 달리 그의 눈빛은 야행동물처럼 옅은 형광빛을 띠고 빛났다.

"우리가 함께 지낸 세월이 벌써 5년이구나, 그렇지?"

5년, 그 사이 박태상의 머리에도 드문드문 서리가 내렸다. 그 모습이 안쓰럽기보다 믿음직해 보였다.

"그러네요. 제가 스물한 살이니까."

"그래, 우린 가족이야. 그러니 서로 비밀이 있어선 안 돼."

나는 그에게 감추는 비밀 따윈 없었다.

"울 엄마 로즈메리를 걸고 사장님께 속이는 거 없습니다."

"네가 나를 속인다는 뜻이 아냐. 내가 네게 말하지 못한 비밀이 있다는 거지."

박태상의 표정이 사뭇 진지했다. 불을 켜려는데 그가 손을 들어 켜지 말라는 신호를 보냈다. 나는 엉거주춤 그의 맞은편에 앉았다. 내가 가지고 있다던 편지의 실체를 눈치 챈 건 아닐까 겁이 났다. 그러고 보니 나는 방금 거짓말을 했다. 울 엄마 로즈메리를 걸고 그를 속인 적이 없다고 큰소리 쳤으니.

"나는 심여사를 믿지 않아."

뜻밖의 말이었다. 매출의 일등 공신인 심여사를 믿지 않는다니. 내가 모르는 새 두 사람 사이에 어떤 갈등이 생긴 걸까.

"지난 내 생일날 기억하지? 갑자기 경찰이 들이닥쳤던 때."

"기억하죠. 그 일 때문에 우리 모두 몇 번이나 경찰서를 들락거렸는데요. 참 별일이죠?"

박태상의 눈꺼풀이 가볍게 떨리고 있었다.

"그날, 경찰이 아니었다면 나는 죽었을지 몰라. 심여사의 손에 말야. 여사님의 솜씨라면 그리 어려운 일도 아니었겠지. 술을 못하는 줄 알면서도 식당에 들어오자마자 소주를 시키더군. 아마 내가 술에 취한 틈을 타 조용하고 빠르게 처리하려 했던 모양이야."

심여사가 박태상을 죽일 이유가 있을까. 혹시 박태상이 심여사의 사례금을 가로챘다든가. 아니다, 그럴 리 없다. 내가 아는 박태상은 그런 사람이 아니었다. 내 월급의 일부를 나 몰래 적금 들었다가 지난 가을 할머니 인공관절 수술을 해준 그였다.

"갈빗집에서 심여사의 칼이 바닥으로 떨어지는 걸 나는 똑똑히 봤어. 처음엔 경찰이 나타났으니 행여 의심 받지 않기 위해 늘 들고 다니는 칼을 숨긴 거라 생각했지. 그런데 아니었어. 심여사가 경찰에서 조사를 받는 동안 갈빗집에 찾아가 의자 밑을 살펴보니 거기 떨어진 건 심여사의 칼이 아니었어."

"그럼 누구 칼인데요?"

"행복기획의 서명이 새겨져 있더구나. 해피 홍신소 알지? 나한철이 사장으로 있는. 난 그 칼을 다시 의자 밑에 놔두고 거길 나왔어. 왜 심여사가 해피 홍신소의 칼을 가지고 있는 건지 알 수 없었지. 좁은 바닥이야. 양분할 수 없을 만큼 비좁다고. 나한철의 눈에 내가 곱게 보일 리 없겠지. 하지만 난 아직 심여사를 믿고 싶구나. 그래서 말인데 네가 내 부탁 하나를 들어줘야겠다."

박태상의 추리대로 심여사는 나한철이 보낸 첩자일까. 혼란스러웠다. 하기야 인간백정이 선량하다는 건 말이 되지 않았다.

"무슨 부탁인데요?"

"여사님의 집으로 네가 들어가야겠다. 월세 보증금 문제로 집을 옮겨야 하는데 그 동안만 신세를 지자고 하는 거야. 네가 거기 있는 한 나는 안전해. 물론 내가 살자고 너를 보내는 건 아니다. 내 쪽에서 먼저 기습할 수도 있지만 나는 두 번 다시 칼을 들지 않기로 스스로 맹세했어. 그렇다고 네게 칼을 맡길 수도 없는 노릇이고. 일단 넌 거기서 심여사의 정체를 캐보도록 해. 기한은 한 달이다. 심여사가 해피 흥신소의 사주를 받은 게 사실이라면 이미 한 번 실패를 했으니 길게 끌지 않을 거야. 그 안에 진실을 밝히지 못하면 내 목숨은 장담할 수 없을지 몰라."

박태상이 자리에서 일어나 사무실로 걸어 나갔다. 나는 불 꺼진 회의실에서 두 팔에 고개를 묻고 잠시 생각에 잠겼다. 내가 지난 5년간 스마일 흥신소에서 해온 일이란 고작 전화를 받고 걸레질을 하고 의뢰인에게 수집한 자료를 건네거나 불륜 현장을 사진에 담는 정도밖에 없었다.

사람 목숨이 걸린 큰일을 정식으로 맡은 건 이번이 처음이었다. 나는 박태상을 실망시킬 수 없었다. 그건 좀 쑥스럽지만 부자 관계에서나 생길 법한 그런 감정일 거라 짐작했다. 다행히 내 사정을 가엾게 여긴 심여사가 고민 끝에 허락을 해주었다.

"방이 두 개뿐이라 우리 진아랑 내가 안방을 쓰고 비좁더라도 아들이랑 준기 씨가 한 방을 써야 할 것 같은데."

"저는 괜찮아요. 고작 한 달뿐이니까요. 그보다 아드님께 죄송하네요."

짐을 택시에 실어 심여사의 집으로 향하는 동안 나는 한껏 상기되었다. 거사를 앞둔 킬러의 심정이 이런 건가 싶었다.

"우리 아들도 이번에 새 알바 자리가 생기는 바람에 집에서는 잠만 자다시피 해. 가끔 외박도 하고. 동갑이니 서로 잘 지냈으면 좋겠네."

심여사의 집은 작지만 깨끗했다. 코바늘로 뜬 레이스가 김치냉장고와 식탁, 장식장 위를 덮고 있었다.

"얘가 이런 걸 함부로. 미안해."

뒤늦게 눈에 들어온 침대 위에 팬티스타킹 한 켤레가 널브러져 있었다. 벽거울 앞엔 빳빳하게 다려놓은 교복 블라우스가 선풍기 바람결에 흔들렸다.

"딸은 야간자율학습 끝나고 오면 10시 넘을 거고, 아들은 12시는 돼야 들어오니 그때까지 맘 편히 쉬어. 저녁으로 조기매운탕 어때?"

언제 들어도 삽삽하게 귀에 감기는 말투였다.

그날 저녁, 나와 심여사는 조기매운탕을 가운데 놓고 마주 보며 밥을 먹었다. 우린 함께 8시 뉴스를 봤고, 그 사이 누군가 찾아오거나 전화가 걸려오는 일도 없었다. 배가 부르니 몸이 노곤해졌다. 바짝 곤두섰던 긴장감도 무뎌졌다. 잠이 쏟아지려던 찰나였다.

"아유, 비린내. 창문 좀 열지 그랬어?"

현관문이 열리고 자그마한 여자아이가 단화를 벗었다. 목소리가 큰 건 아니었지만 또렷하고 정확한 발음이었다. 현관에 불이 들어오자 여자아이의 얼굴이 또렷이 드러났다. 체구만 봐선 중학생 정도였지만 야무진 얼굴에서 처녀티가 풍겼다. 언뜻 심여사를 닮은 것도 같았지만 피부가 몹시 희고 눈썹이 그린 듯 짙었다. 그 모습이 누군가를 닮았다. 아이돌이었나, 아니면 영화배우.

"진아야, 인사해. 오늘부터 한 달간 계실 거야."

초록색 체크무늬 교복이 조금 헐렁해 보이는 긴 생머리 소녀가 내게 고개를 까딱 숙였다.

"아 그 입주 과외 선생님? 안녕하세요, 김진아입니다."

입아귀가 올라가며 고른 치열이 드러났다. 검은 눈, 하얀 피부, 당당한 태도. 생각났다! 소녀가 닮은 사람은 아이돌이나 영화배우가 아닌 우리 엄마 로즈메리였다. 잠깐, 입주 과외? 선생님?

"옷 갈아입고 거실로 나와."

진아가 사라지고 심여사가 어쩔 줄 모르겠다는 표정을 지으며 내 귓가에 입술을 바짝 가져다 댔다.

"미안해. 당최 뭐라고 소개를 해야 할지 몰라서 말야. 그렇다고 사실대로 말할 순 없잖아. 준기 씨 학교 다닐 때 공부 잘했다며. 그냥 한 달 동안 눈 꼭 감고 가르치는 시늉만 하면 돼."

언제 했는지 가물가물하지만 전교 1등이니 영재니 하는 괜한 거짓말이 화근이었다. 전교 꼴찌한테 과외 교사를 맡기다니. 정말 미치고 팔짝 뛸 노릇이다. 우리 엄마가 이 자리에 있었다면 새 뒤집어 날아가는 소리라고 박장대소를 터뜨렸을 게 틀림없었다.

"걔, 공부는 잘해요?"

차라리 나처럼 꼴찌를 도맡아왔다면 덤벼볼 만했다. 어차피 서로 못 알아듣는 거 실컷 잘난 체만 해주면 그만이니까.

"10등 안에는 들어. 전교에서."

엿 됐다.

나는 심여사가 깎아온 사과를 벌레처럼 씹으며 진아의 옆모습을 힐끔거렸다.

"선생님, 어느 대학 나오셨어요?"

느닷없는 질문에 목이 메었다.

"진아야, 그런 게 뭐 중요하다고 그래? 선생님 오늘은 쉬셔야 해."

심여사가 진아를 나무랐지만 그 애의 검은 눈동자가 내 입술을 뚫어지게 바라보고 있었다.

"저는 외국에서 대학을 다니다 잠깐 나온 거라 말해도 잘 모를 거예요."

제법 잘 둘러댄 것 같다.

"그럼 영어도 잘하시겠네요? 신난다. 마침 영어 리스닝 좀 테스트 해보고 싶었는데."

새 됐다.

"미국이 아니라 과…… 과테말라요. 아시죠? 과테말라."

"그럼 에스파냐어 쓰시겠네요."

과테말라는 과테말라어를 쓰는 게 아니었단 말인가. 우리가 대화를 나누고 있는 사이 심여사가 사라졌다. 그녀가 베란다에서 어눌한 손동작으로 휴대폰을 누르고 있었다.

"위치 추적 중일 거예요. 오빠가 새 알바 시작하고부터는 걱정이 돼서 만날 저러세요. 요즘 같은 세상에 딸보다 아들 걱정이 더 큰 엄마는 우리 엄마밖에 없을 거예요."

진아가 입 안에 공기를 가득 채우고 뾰로통한 표정을 지었다. 정말 아들의 위치를 추적하기 위해 휴대폰을 누르고 있는 것인지는 아직 알 수 없었다. 장성한 아들이 무슨 걱정이란 말인가. 스무 살 이후로 우리 가족들은 내가 매달 송금하는 푼돈 외에 내 안부 따윈 그리 궁금해하지도 않는데. 그나마 올 초 엄마가 김씨 아저씨와 재혼을 한 뒤부터는 명절에도 만나기 힘들어졌다. 심여사가 다급히 휴대폰을 주머니에 넣고 거실로 들어와 우리들 틈에 끼어 앉았다. 곧이어 현관문이 열리고 키가 큰 청년이 들어왔다.

"다녀왔습니다."

청년은 고개를 들지 않고 운동화를 벗더니 바로 욕실로 들어갔다.

"보셨죠? 오빠가 아파트 근처에 온 거 확인하고 모르는 척. 그렇게 아들이 좋을까?"

진아가 목소리를 낮추어 속삭이곤 심여사를 곱게 흘겼다.

"진아야, 숙제하고 어서 자. 피곤하겠다."

심여사가 아직 사과 몇 쪽이 남은 접시를 얼빠진 사람처럼 들고 가 싱크대에 담갔다. 진아가 내게 안녕히 주무시라는 인사를 남기고 기지개를 켜며 사라지자 나도 거실에 남아 있어야 할 이유를 찾지 못했다.

"여사님, 저도 방에 들어가겠습니다. 아드님이랑은 방에서 통성명할게요."

심여사의 눈빛이 어쩐지 불안해 보였다. 마치 나를 이곳에 보낸 박태상의 눈빛과 닮아 있었다.

"우리 진섭이 잘 부탁해, 준기 씨."

방으로 들어가기 위해서는 청년이 들어간 화장실 앞을 지나쳐야 했다. 찰그랑 찰그랑 귀에 익은 소리가 욕실에서 들려왔다. 쇳소리였다. 얇고 단단한 쇠붙이가 서로 몸을 부딪칠 때 나는 소리. 그 소리가 어째서 욕실에서 나는 걸까. 벨트 버클이 부딪치는 소리와는 확연히 달랐다. 걸음을 지체했다가는 의심을 살 수도 있다는 생각에 얼른 방으로 들어가 욕실과 맞닿은 벽에 귀를 밀착시켰다. 얇고 단단한 쇠붙이라면 칼밖에 연상되지 않는다. 이어 샤워하는 소리가 들렸다. 하지만 요란한 물줄기 속에서도 나는 고른 마찰음을 듣고 있다. 스윽, 스윽 쇠가 뭔가에 몸을 뉘여 마모되는 소리였다. 잠시 후, 물소리가 그치고 청년이 욕실을 나서는 소리가 들렸다.

"저녁은 먹었니?"

심여사의 측은한 목소리가 기다렸다는 듯 청년을 맞이했다.

"네, 먹었어요. 피곤하실 텐데 주무세요."

"아침에 말했던 손님 오셨다. 인사드리고 잘 지내."

나는 벽에서 귀를 떼고 얼른 의자로 몸을 옮겨 아무 일 없었다는 듯 청년을 맞았다. 진아처럼 흰 얼굴에 귀티가 흐르는 이목구비였다. 그가 손에 든 검은 가죽 가방을 조심스럽게 방바닥에 내려놓았다. 꽤 묵직해 보였다.

"김진섭입니다. 동갑이라고 들었어요. 진아 잘 부탁합니다."

진섭이 내게 손을 내밀었다. 그의 오른손 엄지와 검지 사이에 붉은 물집이 여러 개 잡혀 있었다.

"최준기라고 해요. 한 달간 잘 지내봅시다. 침대는 진섭 씨가 쓰세요. 어차피 바닥에서 자는 게 익숙하거든요."

진섭이 윗옷을 벗고 반팔 셔츠로 갈아입었다.

"동갑이니 말 놓기로 하죠."

머스크 계열의 향이 풍기는 스킨을 얼굴에 바르던 진섭이 사람 좋게 웃어 보였다. 웃는 입매가 심여사를 닮아 있었다. 자식은 부모에게 많은 것을 물려받게 되어 있다. 내가 딸이었다면 엄마의 미모를 물려받았을지 모르지만 안타깝게도 나는 한때 불같이 사랑을 하고 물같이 흘러가버렸다는 아버지를 닮아 보잘것없는 얼굴에 발바리처럼 짧은 다리를 가졌다. 유전이란 지금 내 앞에서 몸을 웅크리고 앉아 손톱을 깎고 있는 저 청년에게도 해당될 터다. 그 역시 자신의 어머니에게서 웃는 입매만을 물려받지는 않았으리란 생각이 들었다.

사나이 최준기, 진짜 좆 됐다.

김진아

그 여름의 해수욕장은 이상 기후로 부쩍 늘어난 해파리 탓에 입수가 금지되었다. 오빠와 나는 허리에 튜브를 걸치고 서서 모래톱에 부딪히는 포말을 바라보며 손등에 녹아 흐르는 딸기맛 아이스크림을 아쉽게 핥았다. 태어나서 처음으로 떠난 피서였지만 엄마는 텐트와 코펠이 담긴 거대한 배낭을 등에 지고 땀범벅인 얼굴을 잔뜩 구기며 해수욕장 관리인과 다툼을 벌이고 있었다. 해수욕도 할 수 없는 해수욕장에 자릿세 명목으로 하룻밤 이만 원은 말이 되지 않는다며 보얗게 바른 파운데이션 위로 개미굴처럼 고불고불한 땀 길을 만들어냈다. 엄마의 집요한 설득과 윽박지르기에 두 손을 든 관리인은 결국 만 원만 받고 한 걸음 물러났다.

그가 사라지자마자 모래에 폴대를 박고 텐트를 치는 일부터 누군가 곯아서 내버린 수박의 속을 파내 간이 요강을 만드는 일까지 엄마는 땡볕 아래 쉬지 않고 움직였다. 같은 시각 아빠는 여대생 셋의 저녁 식사에 초대 받아 낙조를 바라보며 기타를 튕기고 있었다. 엄마는 참치통조림과 야채, 김치를 숭덩숭덩 썰어 넣은 찌개로 저녁을 차리고 버려진 폴대를 주워 텐트 지붕 위에 세운 뒤 미피 그림이 그려진 내 빨강색 수영복을 걸었다. 아빠가 어디서든 그걸 보고 찾아올 수 있게 조치한 것이었다. 삼박사일 내내 아빠는 어디론가 쏘다니느라 정신이 없었고, 엄마는 해수욕 대신 간이 풀장으로 우리 남매를 데려가 벌겋게 화상 입은 등을 식혀주었다. 하지만 돌아오는 그날까지 아빠를 향해 화를 내는 일은 없었다. 그저 아빠가 무사히 돌아온 것만으로, 또 서울에 돌아온 뒤 그 누군가로부터 전화나 편지가 오지 않은 것만으로도 만족하는 눈치였다.

아빠에 관한 일이라면 엄마는 좀처럼 역정을 내거나 볼멘소리를 늘어놓지 않는 방임주의자였다. 아빠에 대한 엄마의 유일한 시위는 보란 듯이 문지방에 걸터앉아 흠집 난 스테인리스 주발에 찬밥을 담아 뜨거운 물을 붓고, 퉁퉁 분 밥알을 씹어 삼키는 거였다. 그때마다 엄마의 눈가는 흠뻑 젖어 있었다. 눈물은 볼을 따라 흐르다 콧방울께에서 한데 모여 인중을 타고 콧물처럼 흘러내렸다. 아빠 역시 엄마의 침묵 시위에는 미미하게나마 반응을 보였다. 그래 봐야 귤이나 생과자를 사들고 평소보다 겨우 한 시간 정도 일찍 귀가를 하는 것뿐이고, 그나마도 대화 없이 TV

를 보다 잠이 드는 건 마찬가지였다. 엄마는 그런 남자를 왜 사랑했던 걸까.

고등학교를 졸업하자마자 술 배달을 했던 아빠는 오래전부터 데면데면한 사이였던 할아버지의 갑작스런 사망으로 약간의 유산을 물려받게 되었다. 엄마의 소망은 많지도 않은 유산을 이리저리 찢어발길 것이 아니라 나와 오빠의 학자금으로 은행에 맡겨놓고 계속 술 배달을 하는 것이었다. 하지만 아빠는 엄마와 일절 상의도 없이 유산 전부를 탈탈 털어 정육점을 차렸다. 먹는장사만큼 경기를 타지 않는 일도 없다며 내린 독단이었다.

정육점에는 작은 방과 그보다 더 옹색한 부엌이 딸려 있었다. 뜨거운 물을 쓰기 위해서는 가스레인지처럼 레버를 돌려 점화를 하는 순간온수기를 켜야 했다. 매일 아침 타다다닥, 하는 온수기 점화 소리에 잠이 깨면 아빠가 부엌에서 러닝셔츠 바람으로 어푸어푸 세수를 하고 있었다. 엄마는 아빠가 남긴 따뜻한 비눗물이 식기 전에 걸레와 양말을 빨아 널고, 정작 자신이 세수를 하거나 머리를 감아야 할 때는 타다다닥, 온수기 소리 대신 위이이잉, 수도 모터 돌아가는 소리만 남겼다.

간판도 없는 정육점이었지만 동네 사람들은 우리 가게를 '반공일정육점'이라고 불렀다. 그 이유는 아빠 때문이었다. 비닐 앞치마에 정육용 칼을 들고 있지만 않다면, 아빠는 방금 멜로 영화에서 뛰어나온 주인공처럼 헌칠하고 멀끔했다. 그러다 보니 아빠를 보기 위해 매일같이 가게를 드나드는 극성팬도 여럿 생겼다. 아빠의 팬들은 대부분 심심한 주부들로, 정육점 앞 평상에 퍼져 앉아 하릴없이 빈둥거리며 잡담을 나누었다. 비닐봉지에 든 튀밥을 입 안에 털어 넣고 살비듬이 허옇게 일어나도록 허벅지를 긁으며 아빠를 향해 아련한 눈빛을 던지다 까르륵, 웃음을 터뜨리던 여자들. 그녀들은 노골적으로 엄마의 투박한 외모와 무뚝뚝한 성격에 대해 쨍고 까부르며 반나절을 보냈다. 그러다가도 아이들이 학교에서 돌아올 시간이 되거나 새벽일을 나갔던 서방이 낮잠이라도 자러 들어오겠다 싶으면 찌개거리를 사들고 썰물처럼 빠져나갔다. 하루의 절반은 손님으로 북적이지만 나머지 절반은 토요일의 학교 운동장처럼 여자들이 남기고 간 과자 부스러기와 짧게 부서진 머리칼만 남아 쓸쓸히 뒹구는 곳, 반공일정육점이었다.

매주 수요일은 소를 잡는 날이었다. 물론 우리 가게에서 소를 잡는다는 뜻은 아니다. 도축장에서 매주 한 번 소를 잡는데 그날이 수요일이고, 수요일만큼은 육회감이며 천엽이나 생간을 내놓을 수 있었다. 그날만큼은 엄마도 새벽같이 일어나 화장을 하고 머리를 매만졌다. 소 잡는 날을 빌미로 뻰질나게 드나들 팬들로부터 아빠를 사수하기 위해서였다.

엄마는 새벽부터 고기를 부위별로 닥달해놓고 연마봉을 세워 무뎌진 칼을 벼렸다. 오빠와 나는 그 기척에 부스스 눈을 뜨고 방문을 조금 열어 엄마의 뒷모습을 바라보곤 했다. 걸을 때마다 쌔액, 쌔액 숨찬 소리를 내뱉는 낡은 빨강색 플라스틱 슬리퍼, 18리터 대용량 식용유 통에 담긴 검붉은 선지, 피곤한 엄마의 눈꺼풀처럼 파르르 떨리는 쇼 케이스의 붉은색 형광등, 새빨간 비키니를 입고 모래밭을 뛰는 서양 미녀가 프린트된 달력, 문 밖은 온통 붉은색뿐이었다. 눈이 시리게 붉은 세상에서 역시 빨간 립스틱을 바른 엄마가 고개를 돌리고 아빠를 불렀다. 아빠가 순간온수기를 기동해 세수를 하고 머리를 감는 사이 엄마는 부엌에 쪼그리고 앉아 소반에 찬을 꺼내놓고 갓 지은 밥을 소복이 퍼 올렸다.

"숙희 고모가 어제 당신을 봤다던데. 역전사거리에서."

건더기가 드문 된장찌개를 뒤적이던 아빠의 얼굴이 굳어졌다. 며칠 전부터 기르기 시작한 콧수염이 제법 자리를 잡아 아빠의 옆모습은 〈바람과 함께 사라지다〉의 클라크 게이블을 닮아 있었다. 아빠가 숟가락을 던지듯 내려놓고 성난 얼굴로 자리에서 일어나 가게로 나갔다. 그도 그럴 것이 오래전부터 기차가 다니지 않아 이름만 역전인 사거리는 주점과 성인 나이트 두 곳, 그리고 여관이 즐비한 향락가였다. 때문에 그 근처를 서성거렸다는 건 불륜을 의심한다는 것과 다르지 않았다. 엄마는 불안한 표정으로 아직 몇 숟가락 뜨지도 않은 아침상을 거둬 아빠를 뒤따라 나섰다. 오빠와 나는 심상치 않은 기운을 감지하고 무사히 하루가 지나가기를 바라며 다시 이불 속으로 기어들어가 서로의 겨드랑이에 찬 손을 끼워 넣고 얕은 잠에 빠졌다.

숙희 고모는 엄마보다 두 살이 많은 이웃 처녀였는데 역전 민속주점의 카운터에서 일했다. 엄마는 차라리 그녀가 가게에 들르지 않고 출근하기를 바랐지만 숙희 고모는 여느 날과 다름없이 가게 문을 열었다.

"사장님, 굿모닝!"

온기가 식은 구들장을 견디지 못하고 보일러를 켜야겠다고 오빠가 내복 바람으로 방을 나섰다. 그 틈으로 숙희 고모가 요구르트 하나를 핸드백에서 꺼내 아빠에게 내밀며 단풍잎처럼 손을 흔드는 게 보였다.

"목격자 증언 좀 들어봅시다."

이 사이가 벌어지고 인중이 밋밋한데다 납작코인 숙희 고모는 언뜻 미련한 인상이었지만 돈을 만지는 사람답게 눈치가 빠르고 잇속이 밝았다. 그녀는 엄마를 향해 눈짓을 보냈고 엄마는 고개를 흔들며 울상을 지었다.

"오늘은 날이 아닌갑네. 저도 지금 출근길이니까 다음에……"

"긴 얘기 아닙니다. 한 가지만 확인해주시면 됩니다. 어제 저를 역전에서 보셨다는데 확실합니까?"

당황한 기색의 숙희 고모가 잠시 숨을 가다듬더니 짧은 순간 엄마에게 미안하다는 표정을 지어 보였다.

"사장님이 역전엘 왜 오시겠어요. 진아 엄마 아니라고 말 좀 해봐. 내가 언제 그런 말을 했니?"

숙희 고모는 약삭빨랐다. 어기차지 못한 엄마의 성격을 만만히 보고 자신만 살고 보겠다는 심보로 거짓말을 하는 게 틀림없었다. 오빠는 학교에 가서 못 들었지만 집에서 색칠공부를 하던 나는 전날 오후, 숙희 고모의 호들갑스러운 고자질을 똑똑히 엿들었다. 숙희 고모가 뜨거운 물이라도 뒤집어쓴 것처럼 서둘러 가게를 빠져나가자 엄마는 찬물 세례를 받은 양 자리에 얼어붙어 고개를 숙였다.

"당신이 의부증 있는 건 진작부터 알고 있었지만 없는 얘기까지 지어낼 줄은 꿈에도 몰랐어."

그날 점심, 동네 여자들은 아빠의 몫으로 삼선짬뽕을 주문해 평상으로 불렀고, 엄마는 문지방에 걸터앉아 물에 만 밥을 퍼먹었다.

시간이 흘러, 엄마의 결백은 증명이 되었다. 아빠가 역전사거리 여관을 드나드는 모습이 동네 여자들에게 자주 목격됐던 거였다. 엄마만큼이나 아빠의 비행에 실망한 여자들은 콜레스테롤 높은 고기보다 싸고 몸에 좋은 총각네 채소를 먹자며 하나 둘 등을 돌리기 시작했다. 그 바람에 반공일정육점은 온공일정육점이 되었고 엄마의 수심도 날로 깊어갔다. 하지만 엄마나 동네 여자들이 상상했던 것처럼 아빠의 비행은 흔해빠진 외도가 아니었다. 그게 밝혀진 건 세월이 한참 흐른 뒤였다.

아도니스처럼 영원한 미소년일 것 같던 아빠의 인물도 흐르는 세월을 이기지 못했다. 더구나 할아버지가 남긴 유산 중 하나인 당뇨가 심해지며 눈에 띄게 몸이 여위고 인물이 시들더니 곧 어느 한 곳 번듯한 구석 없는 거무튀튀한 중년 사내로 늙어갔다. 아빠에 대한 엄마의 미움이나 원망도 서서히 잦아들던 그 무렵, 가게가 경매에 넘어갔다는 최고장이 등기로 배달되었다. 본인 외 개봉 금지라고 붉은 글씨가 적힌 봉투를 엄마는 임금님께 진상이라도 하듯 손을 떨며 아빠에게 넘겼다. 이제 더 이상 미남도, 존경받는 가장도 아닌 아빠가 얼빠진 표정의 엄마를 뒤로하고 미지근한 소주를 들이켰다.

그간 하루가 멀다 하고 사거리 여관을 들락거린 이유는 화투 때문이었다. 한때 아빠의 팬이었던 여자들에게 노름을 위해 조금씩 융통한 돈을 갚지 못해 그 빚이 눈덩이처럼 불어난 건 둘째 치고, 온공일이라는 비아냥거림 속에서도 푼돈이나마 보탬이 되었던 가게가 하루아침에 사라지게 된 거였다. 그리고 집행일 하루 전날 아빠는 소주를 컵에 따라 벌컥벌컥 들이켜고 우리 가족의 마지막 재산이었던 낡아빠진 자동차를 몰고 나가 역전사거리 호프집을 들이받아 즉사했다. 엄마는 아빠 몰래 들어놓았던 보험증서와 적금 통장을 꺼내놓았다. 만기를 한 달 남긴 적금을 해약해 아빠가 주저앉힌 호프집의 수리비와 장례 비용을 댔다. 부조금으로 이웃들에게 진 빚을 갚고, 우리는 방 두 개짜리 임대 아파트로 쫓기듯 도망쳤다. 묵은 살림과 귀 떨어져나간 가구들을 매만지며 눈가를 훔치던 엄마가 가장 마지막으로 정육점에서 챙겨 나온 건 세 자루의 정육용 칼이었다. 우리는 칼이 부딪히는 소리에 발을 맞춰 밀림 같은 세상을 향해 어깨를 늘어뜨리고 걸어나가야 했다.

엄마나 오빠에게 한 번도 이야기한 적은 없지만 아빠에게 소주를 사다준 사람은 바로 나였다. 그날은 어버이날이었고 선생님은 종례 시간에 부모님을 기쁘게 해드릴 선물 한 가지씩을 준비하라고 했다. 집으로 돌아오는 길, 주머니에는 오백 원짜리 동전이 찬밥처럼 굴러다니고 있었다. 나는 무작정 슈퍼마켓에 들어갔지만 오백 원으로 살 수 있는 선물은 쉽게 눈에 띄지 않았다. 때마침 젊은 날의 아빠처럼 키가 큰 사내 하나가 소주 박스를 등에 지고 슈퍼마켓 안으로 걸어 들어오더니 진열대 앞에 내려놓고는 박스에 빈 소주병을 채워 되가져갔다. 그걸 보고 있자니 용돈을 마련할 방법이 떠올랐다. 나는 부리나케 집으로 달려가 녹슨 육절기 아래 쌓아놓은 빈 소주병을 시장바구니에 담아 네 차례에 걸쳐 슈퍼마켓으로 가져가 팔았다. 빈 병을 판 돈과 가지고 있던 오백 원을 합치자 소주 한 병과 엄마 몫의 초콜릿 한 개를 살 수 있는 돈이 모였다.

나는 초콜릿과 소주에 각각 카네이션을 붙이고 '진아를 키워주셔서 고맙습니다'라고 적어 냉장고 가운데 칸에 보란 듯이 넣어놓았다. 하지만 그날 밤, 아빠는 내내 잠만 잘 뿐 냉장고를 열어볼 체를 하지 않았다. 빚을 수습하러 낮 동안 어딘가를 쏘다니다 돌아온 엄마 역시 곧바로 녹초가 되어 쓰러지는 통에 아무도 기뻐하지 않는 어버이날이 지나갔다.

이튿날 저녁, 광택이 사라진 검고 거친 피부에 반백의 머리카락이 몇 뭉텅이로 갈라진 아빠가 목침에서 일어나 휘청휘청 냉장고로 걸어갔다. 마치 벗어놓은 옷처럼 축 늘어지고 흐느적거리던 아빠는 힘없이 냉장고 문을 열고 손을 더듬어 차갑게 식은 소주를 꺼내더니 내게 고맙다는 말 한마디 없이 뚜껑을 돌려 따 유리컵에 따랐다.

"거기 누구야?"

술을 단숨에 들이켠 아빠가 벽을 향해 혼잣말처럼 물었다. 나는 괜한 서러움에 눈물이 북받쳐 입술을 비죽거리며 벽에 붙어 코를 훌쩍였다.

"아빠가 죽기라도 했냐? 왜 눈물바람이야. 울지 마라. 어서 뚝 그쳐. 이제 엄마한테는 너랑 느이 오빠밖에 없는데 아무 때나 울고 짜면 못 써. 안 울겠다고 약속하면 아빠가 용돈 줄게, 이리 온."

이리 온, 하고 부르는 아빠의 목소리는 고드름이 녹아 토닥토닥 떨어지는 초겨울의 처마처럼 아스라하고 고아했다. 나는 눈물로 얼룩진 얼굴을 아빠의 단내 나는 셔츠에 문지르며 어린아이처럼 칭얼거리다 단잠에 빠졌다. 눈을 떴을 때, 아빠는 없고 대신 손에 세 번 접힌 천 원짜리 여덟 장과 500원짜리 두 개가 쥐어져 있었다.

세월이 흘렀지만 우리 세 식구는 여전히 방 두 개짜리 임대 아파트에 살고 있다. 엄마는 여러 가지 아르바이트를 하며 나와 오빠를 뒷바라지하고 있다. 얼마 전엔 마트의 정육 코너에서 근무를 했고, 또 최근에는 찜질방 청소를 한다고도 했다. 하지만 나는 그 말을 곧이곧대로 믿지 않는다. 최저임금제에 따르면 시급은 9,620원이고 월 209시간 월급은 2,010,580원이다. 이보다 두 배의 급료를 받는다 하더라도 엄마가 벌어들이는 돈으로는 내게 입주 과외를 시킬 여력이 없다.

몇 달 전부터 형편에 어울리지 않게 메이커 운동화를 사주거나 마블링이 끝내주는 구이용 쇠고기, 빌려 보라던 참고서 따위를 선뜻 사주며 인심을 쓰기에 수상쩍다 여겼는데 이번엔 유학파 출신의 입주 과외 교사를 붙였다. 모른 척하고는 있지만 요즘 들어 엄마가 새벽이 다 되어서야 집에 들어오는 것도 영 수상쩍었다. 게다가 살이 쪄서 손가락을 파고들어도 빼놓지 않던 결혼반지가 엄마의 약지에서 사라졌다. 뭔가 심상치 않은 일이 벌어지고 있는 게 확실했다.

엄마 또래의 잘 가꾼 여자들 중에는 아직 허리가 잘록하고 굵은 주름이 잡히지 않은 사람도 더러 있다. 하지만 지금 거실에 앉아 라디오를 들으며 마늘을 까는 우리 엄마 심은옥은 고목 같다. 굴곡 없는 몸매하며 거뭇하게 오른 기미로 일찍 사위어버린 피부, 옹이처럼 손가락 마디에 돋아 오른 거친 살이 죽은 나무 같다. 그런데 그 나무에 꽃이 피었다. 가지마다 눈이 부실 지경으로 여린 초록의 잎사귀가 돋더니 사마귀 같은 망울에서 연분홍 꽃잎이 앞다투어 만개해버렸다. 그건 마치 가랑비로 시작한 장마가 폭우와 홍수를 몰고 온 것처럼 나를 불안하고 안타깝게 만들었다. 나는 엄마의 그런 변신이 괜히 싫다.

화장품이라곤 7년 전인가, 엄마의 생일에 오빠와 함께 화장품 가게에서 사드린 파운데이션이 전부였다. 그마저도 내 성화에 못 이겨 한 번 찍어 발라본 후, 줄곧 화장대 맨 아래 서랍에 얌전히 모셔놓았었다. 그런 엄마가 화장을 하기 시작했다. 찜질방에서 불법 시술받았다는 아이라인 문신을 파운데이션으로 덮고, 핫핑크색 립스틱을 바른다. 이 모든 게 마트를 그만둔 직후부터 시작됐다. 여전히 촌스럽긴 하지만 매일 옷을 갈아입고 때로 밤이 깊어서야 집에 돌아왔다. 무슨 일을 하느냐 물으면 찜질방에서 카운터를 맡았다고도 하고, 빌딩의 청소 일을 한다고도 했다. 하지만 엄마에게선 찜질방의 싸구려 스킨 냄새도, 걸레를 헹궈냈을 락스 냄새도 나지 않았다. 밤이 늦도록 엄마가 돌아오지 않는 날이면, 나는 베란다에 서서 어두운 버스 정류장을 지켜보았다. 요즘은 뜸하지만 아파트 놀이터에서 취객이 살해당하는 사건이 일어나 주민들의 간담을 서늘하게 한 후 생긴 버릇이었다.

오빠가 아르바이트를 시작한 지 얼마 지나지 않은 밤, 그날도 나는 엄마를 기다리며 창문 밖 버스 정류장을 눈으로 더듬었다. 자정이었고 막차가 정류장에 섰을 때도 엄마는 내리지 않았다. 그러고도 한참이 지나서야 아파트 앞에 은색 소나타 한 대가 섰다. 어둠 속에서 엄마의 하얀 이가 보였다. 웃고 있었다. 승용차에서 내린 듬직한 체구의 사내가 엄마를 향해 허리 숙여 인사를 했다. 나는 서둘러 불을 끄고 이불을 끌어당겨 덮고는 잠이 든 척 연기를 했다. 잠시 후, 귀에 익은 엄마의 발소리가 현관 근처에서 멈추고 도어락 열리는 소리가 들렸다. 살금살금, 바닥을 딛는 엄마의 발소리에서 조심스러움이 느껴졌다. 이튿날 엄마는 내게 석 달 치의 학원비를 한꺼번에 내놓았다.

친구들 중에는 부모가 이혼을 하거나 사별을 한 경우가 드물지 않았다. 그들의 편부나 편모는 자식들이 모를 거라 믿으며 연애를 한다. 그 연애의 끝이 늘 좋은 건 아니다. 때로 몇 년을 모은 돈이 통째로 통장에서 빠져나가기도 하고, 수련회를 다녀오면 휴지통에 얼룩진 휴지나 피임 도구가 버려져 있기도 하다. 서로 얼굴 붉히기 싫어 애써 모른 체할 뿐이다. 엄마가 사내에게 사업 자금을 빌려주거나 집으로 끌어들이지 않는다는 것만은 확실하다. 오히려 엄마의 통장에는 돈이 쌓여가고 집안일에 소홀해지며 물건들이 제자리를 찾지 못해 어수선한 날이 더 많아졌다. 하지만 세상에 대가 없는 돈은 없다. 그건 고등학생인 나도 안다. 엄마의 통장에 쌓이는 돈이 사내가 준 거란 가정을 한다면, 엄마는 단순히 연애를 하고 있는 게 아닐지 모른다.

"선생님, 수업은 언제부터 해요?"

저녁을 먹고 TV에 정신이 팔려 있던 선생님이 내 질문에 엄마를 힐끔거리더니 헛기침을 하고 일어섰다. 입주한 지 일주일이 다 되어가지만 아직까지 선생님은 교재도 일러주지 않고 내가 집에 돌아올 때면 잠에 빠져 있기 일쑤였다.

"진아야, 선생님은 낮에도 아르바이트를 하셔서 피곤하시대. 주말에 하면 어떨까? 엄만 그게 좋을 거 같은데?"

선생님은 살그머니 방으로 들어가 몇 초 만에 코 고는 소리까지 냈다. 엄마나 선생님의 태도는 분명 석연치 않은 구석이 있었다. 가끔 욕실에 있으면 둘이 나누는 대화가 흘러들기도 했는데, 그때마다 둘은 이미 잘 아는 사이처럼 친근한 목소리로 은밀하게 소곤소곤 이야기를 나누었다. 그러다 내가 욕실에서 나오는 기척이 들리면 대화는 여지없이 뚝 끊기곤 했다. 또 대학생이라면서 얼마 전 선생님은 러시아의 수도를 푸틴이라고 하더니, 어제는 내 핸드폰으로 '학교 잘 갇다 와. 세상이 험하니깐 끈나면 고짱 집으로 고고씽! 오케?'라는 문자메시지를 보내기도 했다. 그때까지만 해도 나는 선생님의 그런 행동이 썰렁한 유머이겠거니 믿어왔다. 하지만 오늘 벌어진 사건만은 내 상식으로는 도저히 이해할 수가 없었다.

과외는 주말에 하는 게 어떠냐는 엄마의 말대로 나는 일주일간 선생님에게 물어야겠다고 마음먹은 문제들이 적힌 스프링노트를 들고 건넌방 문을 노크했다.

"열까지 세고 들어올래?"

방 안에서 다급하게 뭔가를 치우고 있는 움직임이 느껴졌지만 나는 순순히 열을 센 뒤 '저 들어가요' 하고 방문을 열었다. 선생님은 발끝으로 얇은 잡지 더미를 침대 아래로 밀어 넣으며 어색하게 미소 지었다.

"무슨 일일까? 우리 진아."

엄마는 마트에 갔고 오빠는 아르바이트 때문에 아직 돌아오지 않은 초저녁이라 은근히 긴장이 되었던 나는 잠시 미적거리다 노트를 내밀었다.

"수열, 순열, 지수 중에 안 풀리는 게 한 개씩 있어요. 개념은 이해하겠는데 응용이 잘 안 돼요."

잠시 내 얼굴을 빤히 쳐다보던 선생님이 손으로 턱을 괴고 생각에 빠지는가 싶더니 홀연히 침대에서 일어나 전등 스위치를 내렸다. 가뜩이나 이색한 사이에 어둠이 들어차자 어색하기가 이를 데 없었다.

"우리 진아도 그런 고민을 할 나이가 왔구나. 일단 여기 앉아보렴."

더럭 겁이 났지만 딱히 거절할 이유를 찾아내지 못한 나는 어정쩡하게 침대 끝에 걸터앉았다.

"수열, 순열, 지수라고 했던가?"

"네."

"내 추측이 맞는지 궁금하구나. 우선 이름으로 봐서는 수열과 순열은 형제일 거야. 어쩌면 쌍둥이일 수도 있겠지. 둘 중 하나는 공부도 일등, 운동도 잘하는 먼치킨인 데다 학교에서 여학생들에게 인기도 장난 아닐 거고, 다른 하나는 학교도 잘 안 나가면서 빽하면 주먹질에 친구라곤 바이크뿐인 반항아적 기질의 아웃사이더겠지. 그런데 두 형제가 지수라는 여자애를 놓고 대립하게 된 거야. 지수라는 애도 대단한 미인이거나 엄청난 부잣집 딸은 아니지만 악바리에 밝고 씩씩한 소녀 가장 캐릭터지. 근데 네 고민은 이 셋을 가지고 응용이 안 된다는 거잖아. 그렇다면 내가 빌린 이 책이 너에게 도움이 될지 모르겠구나. 반납일이 오늘까지지만 천천히 읽어도 돼. 연체료는 내가 쏜다."

선생님이 내민 것은 침대 머리맡에 쌓아놓은 『두근두근 첫사랑 삼각함수』라는 제목의 만화책이었다. 표지에는 수수깡에 눈만 붙여놓은 것 같은 얼굴의 쌍둥이 남학생 둘과 역시 머리만 길 뿐 둘과 별반 다를 바 없이 생긴 여학생이 어깨동무를 하고 있었다.

"쌤, 장난해요? 우리 엄마랑 오빠가 얼마나 힘들게 돈 벌어서 제 뒷바라지하는 줄 알기나 하냐고요? 이런 장난 하나도 재미없어요. 나 오늘부터 과외 안 할래!"

어리둥절한 표정의 선생님에게 야멸치게 쏘아 붙이고 일어서려는데 그가 내 손목을 잡았다.

"너 뭔가 눈치챈 거야?"

선생님의 그 한마디가 날 자리에서 옴짝달싹하지 못하게 했다.

"선생님, 울 엄마에 대해 뭔가 알고 있죠? 말해 봐요."

그가 어둠 속에서 짧은 한숨을 내쉬었다. 그때 현관문이 열리는 소리가 들렸다.

"김진아, 짐 옮기는 것 좀 도와줄래?"

엄마였다. 나는 뭔가 고민에 빠진 듯 말없이 머리를 긁적이는 선생님을 남겨두고 현관에서 짐을 부리는 엄마에게 다가갔다.

"뭘 이렇게 많이 샀어?"

엄마는 초록색 망에 담긴 배추 세 통, 양파 한 망, 햇마늘 두 접과 비린내가 풍기는 검은 비닐, 우유와 잡다한 생필품이 든 종이

상자를 복도에서 하나씩 현관 안으로 밀어 넣었다.

"이번에 계 탄 기념으로 모레부터 이박삼일간 친구들하고 온천 여행 가기로 했어. 그래서 김치 담가놓고 밑반찬도 좀 해놓으려고."

어떻게 된 일인지 엄마가 배추를 절이고 고등어를 조리고 메추리알 장조림을 하는 동안 선생님은 방 밖으로 한 발짝도 나오지 않았다.

"엄마는 준기 씨나 너를 믿지만 그래도 젊은 남녀가 어른도 없이 한 집에서 며칠씩 보내는 게 썩 내키지는 않아. 그러니까 모레부터는 오빠 들어올 때까지 독서실에서 공부하고 같이 들어와. 엄마 말 이해하지?"

나는 눈에 들어오지도 않는 수학 참고서를 들여다보는 시늉을 하며 건성으로 대답했다. 과연 엄마는 진짜 온천 여행을 떠나는 것일까? 여행이 사실이라면 동행하는 사람이 진짜 계원들이기는 한 걸까? 애써 지우려 했지만 그날 밤 몰래 훔쳐보았던 중년 사내의 검은 실루엣이 눈에 어른거려 지워지지 않았다.

이튿날 12시가 다 되어 집에 돌아왔을 때, 엄마는 깨끗이 정돈된 부엌에서 곰국을 끓이고 있었다.

"엄마, 곰국 끓여?"

엄마가 끓인 곰국을 유리 밀폐용기에 담았다. 눈 헤아림으로도 상당한 양이었다.

"뭐 하러 그렇게 많이 끓여. 난 좋아하지도 않는데."

집에는 선생님도 오빠도 없었다. 나는 오랜만에 편한 마음으로 침대에 벌렁 드러누웠다.

"김진아, 너 김치 담글 줄 알아?"

"아니, 난 나중에 도우미 두고 살 거야. 그러니 걱정 마셔."

엄마의 표정이 평소와 달리 차갑게 굳어 있었다. 엄마가 내 발치에 깨알 같은 글씨가 적힌 종이 몇 장을 내려놓았다. 몸을 일으켜 종이에 쓴 글씨를 읽어보니 김치와 밑반찬의 레시피였다.

"엄마, 나 대학 졸업반이 아니라 고3이거든? 이런 게 다 무슨 소용이야."

"너 그거 버리지 말고 책상 앞에 딱 붙여놔. 엄마가 나중에 검사할 거야."

살림은 시집가서 얼마든지 할 테니 공부만 열심히 하라던 엄마였다. 괜한 서러움이 복받쳤지만 내색하지 않으려 엄마에게서 시선을 피했다.

"너 공부 좀 한다고 세상 다 네 거 같지? 아니야. 여잔 시집가야 어른 되고 자식 낳아봐야 사람 되는 거야. 까불지 마, 이것아!"

엄마에겐 대체 무슨 일이 벌어지고 있는 걸까? 혹 온천 여행을 떠난다곤 하지만 그 중년 사내와 아주 먼 곳으로 기약 없이 사라져버리는 건 아닐까 겁이 났다.

"미안해. 엄마가 미안해."

갑자기 풀썩 내 곁에 주저앉는 엄마의 코끝이 새빨개졌다.

그날 밤 아주 오랜만에 엄마가 내게 팔베개를 해줬다. 우리는 한 이불을 덮고 누워 말없이 숨결과 체온을 나누었다. 그리고 깊은 밤 잠결에 내 이마를 적시는 뜨뜻한 물기를 느끼고 나도 엄마의 팔뚝에 같은 것을 흘려보내고야 말았다. 엄마는 희뿌연 새벽부터 여행 짐을 꾸리느라 분주했다.

"너 학교 안 가?"

오빠였다. 오빠는 요새 부쩍 수척해졌다. 제대한 후 줄곧 아르바이트를 하는 통에 집에서 얼굴을 마주 보는 날이 드물었다. 크는 동안 내내 상대방이 더 가진 것에 시기하며 다툼도 많았지만 불과 3년 전만 해도 이렇게 어색한 사이는 아니었다. 오빠는 점점 말수가 줄었고, 한자리에 모여서도 나와 엄마의 눈길을 피하는 날이 잦아졌다.

"괜찮으면 욕실 먼저 써도 돼?"

오빠는 내 대답을 기다리지 않고 목에 수건을 걸치고 욕실로 향했다. 선생님은 어제 저녁, 약속이 있다며 집을 나가 돌아오지 않았다. 지금 생각하면 엄마가 과외 교사를 알고 있다는 것도 이상했다. 더구나 낯선 사람을 함부로 대하지 않는 엄마 성격에 그에게 반말을 하는 것도 예사롭지 않았다.

엄마보다 더 이상한 건 오빠였다. 요즘 들어 오빠는 욕실에 들어가면 30분 이상을 나오지 않는다. 나는 발끝을 들고 건넌방에 들어갔다. 단정하게 개킨 이불, 정돈된 책상 그리고 얇은 감색 점퍼 한 벌이 걸린 옷걸이가 눈에 들어왔다. 한동안 오빠를 만나지 못했기 때문에 그 점퍼가 오빠의 것인지 선생님의 것인지 분간

할 수는 없었지만 일단 수상쩍은 물건이 있는지부터 살피기로 했다. 점퍼 주머니에 손을 넣어 더듬어보니 가죽 반지갑이 집혔다. 지갑을 열자 오빠의 주민등록증과 학생증이 보였다. 입대하기 전에 찍은 오빠의 증명사진은 조금 바래 있었다. 지갑을 덮어 다시 주머니 안에 넣으려는데 구겨진 종잇조각이 손에 잡혔다. 고딕체로 '행복기획'이라고 쓰인 명함이었다. 상호와 전화번호 외에 아무것도 인쇄되지 않은 명함은 처음 보았다. 오빠가 아르바이트를 한다는 곳이 행복기획인지 모르겠다는 생각이 들었다.

그날 저녁, 나는 엄마의 부탁대로 독서실에 들러 공부를 했다. 글이 눈에 들어오지 않아 폰 게임을 하며 시간을 때우다 오빠에게 언제 집에 들어갈 것인지 묻는 메시지를 보냈다. 그때 등 뒤에서 낯선 기척을 느꼈다. 돌아보니 오빠가 서 있었다. 오빠는 입모양으로 '나가자'라고 말했고, 나는 가방을 챙겨 앞서가는 오빠를 뒤따랐다.

"아빠 돌아가시던 날 기억나?"

집까지는 내 발걸음으로 걸어서 20분 거리였다. 오빠와 나는 서로의 걸음에 맞추느라 한쪽은 평소보다 재게, 한쪽은 평소보다 느리게 걸었다.

"오빤 기억나?"

"중간고사 기간이어서 늦게까지 학교에 있었는데 담임선생님이 나를 데리러 왔던 게 생각나. 나는 그때까지만 해도 엄마한테 큰일이 난 줄 알았어. 전날 밤에, 엄마가 냉장고를 열고 소주를 꺼내서 초콜릿을 안주 삼아 드시는 걸 몰래 훔쳐봤거든. 엄만 빈 소주병에 맹물을 채워 넣곤 피곤한 얼굴로 주무셨지. 생전 엄마가 술 마시는 걸 본 건 그때가 처음이었어. 그래서 큰 탈이라도 일어난 건 아닌가 내내 조마조마했는데 막상 병원에 도착해보니 엄마는 말짱한데 정작 탈이 난 사람은 아빠였지."

새로운 사실이었다. 나는 지금껏 내가 사온 소주를 마시고 아빠가 음주운전을 하다 사고를 내 돌아가신 줄로만 알고 있었다.

"그럼, 음주운전이 아니었어?"

"당뇨였잖아. 아빠는 그때쯤 시력을 잃었어. 눈먼 사람이 운전을 하는데 사고가 안 나는 게 신기한 일이지. 아빤 자살이었어."

아빠의 죽음이 자살이라는 건 내게 용돈을 쥐여 준 일로 조금은 짐작했지만 그게 당노로 시력을 잃고 벌인 사고였다는 건 상상치 못한 일이었다. 나는 소주병을 더듬는 아빠를 곁에 두고 코를 훌쩍이던 소녀로 돌아가 가슴 깊이 웅크리고 있던 되직한 설움을 몇 방울 눈물로 흘려보냈다.

희미한 가로등 아래서 올려다본 오빠의 얼굴이 아빠와 무척 닮아 있었다. 여자에게 꽤 인기가 있을 것 같지만 도무지 속내를 드러내지 않는 성격 때문에 어쩌면 외톨이가 아닐까 하는 짐작도 들었다.

"그땐 네가 어렸으니까 그런 걸 시시콜콜 다 이야기해줄 수 없었던 거야. 이젠 너도 곧 대학생이 될 거고, 모범생이니까 원하는 인생을 살게 되겠지. 돈만 있다면 말야."

오빠의 단호한 어조가 나를 불안하게 만들었다.

"대학에 들어가면 나도 과외든 서빙이든 열심히 아르바이트 해서 내 몫은 할 테니 오빠 걱정이나 해."

괜스레 퉁명스럽게 쏘아붙이고 앞서 걸으려는데 오빠가 내 손목을 붙잡았다.

"넌 뭐든 잘해낼 애라는 거 알고 있어. 하지만 살아가려면 최소한의 비용이라는 게 필요해. 살 집이라든가, 먹을 음식, 입을 옷이나 차비 같은 거 말야. 그런데 그 최소한의 비용이 엄마에게는 큰 짐이 되겠지. 그걸 엄마한테 다 떠맡길 수는 없잖아. 그래서 앞으로는 내가 돈을 벌기로 마음먹었다."

오빠가 말을 멈추자마자 도로변 펜스에서 종종 뛰어다니던 배가 노란 곤줄박이 두 마리가 후두둑, 어둔 하늘로 날아올랐다.

"이 통장 안에는 우리 세 식구에게 당장 필요한 최소한의 비용이 들어 있어."

아침에 주머니를 뒤졌던 감색 점퍼에서 오빠가 꺼낸 것은 내 장학자유저축통장이었다. 중학교에 입학하면서 학교에서 단체로 만들게 했지만 몇 번인가 불입하곤 여의치 않아 서랍 깊숙이 넣어두고 모른 체했던 그게 어찌된 영문인지 오빠 주머니에 있었다. 나는 오빠가 내민 통장을 열어 잔액을 확인해보았다. 내가 부었던 5만 2천원을 제외한 잔액은 정확히 3천만 원이었다.

"오빠, 이러지 마. 무서워."

오빠의 눈빛이 내게 마지막 용돈을 쥐어주던 아빠를 연상시키자 손에 식은땀이 배어나고 숨이 가빠왔다.

"걱정하지 마. 네가 겁낼 만큼 위험한 일은 아니야. 엄마가 붉은 등 아래서 하루 종일 고기를 썰고 계단을 걸레질하는 것보다 쉽고 간단해. 사실 내가 하는 일도 엄밀히 말하자면 청소 같은 거거든. 이건 계약금이고 곧 더 많은 돈을 벌게 될 거야. 하지만 그때까지 이 통장과 내 알바에 대해선 엄마한테 비밀로 해야 해. 길어도 한 달이면 끝나. 내가 돌아올 때까지 네가 잘 보관해야 돼. 넌 똑똑한 놈이니까 내가 더 말하지 않아도 이해할 거라 믿어."

오빠의 주머니 안에서 휴대폰 진동음이 울렸다.

"집에 돌아가면 우선 문부터 걸어 잠가. 최준기라는 사람한테는 내가 연락해서 오늘내일 잘 곳을 마련해볼게. 조심히 들어가라."

오빠는 자신이 해야 할 말만 재빠르게 쏟아놓고 차가 뜸한 도로를 가로질러 사라져갔다. 이제 초겨울인데 오빠의 점퍼가 너무 얇은 것 같아 마음이 저렸다. 스물한 살 예비역 청년에게 현금 3천만 원을 쥐어준 청소 일이란 게 뭘 뜻하는 것일까. 막연한 두려움이 목을 죄어왔다. 오빠가 등에 똬리를 튼 커다란 용을 짊어지고 곰처럼 커다란 체구의 사내들과 불량스럽게 상소리를 주고받으며 유흥가를 걷는 상상을 했다. 하지만 샌님처럼 보얀 얼굴에 키는 크지만 낭창낭창한 몸매의 오빠가 그런 일에 뛰어들었으리라곤 믿어지지 않았다.

"이렇게 늦은 시간에 여학생 혼자 다니는 건 위험해."

한참을 선 채로 오빠가 사라져간 도로를 무연히 바라보던 내게 말을 건 사람은 뜻밖에도 선생님이었다.

"그거부터 가방에 넣고 따라와."

선생님의 눈길이 닿은 곳은 오빠가 건넨 통장이었다. 나는 마치 통장이 아니라 현금 뭉치를 들키기라도 한 듯 가방을 열어 깊숙이 통장을 집어넣었다. 오빠와 통화를 하지 않은 모양인지 그의 발걸음은 집으로 향하고 있었다.

"쌤, 오빠가 오늘하고 내일 주무실 데를 알아봐준댔으니까 집에는 저 혼자 갈게요."

제법 야무지게 쏘아붙였지만 선생님의 발걸음은 도통 느려질 기미가 보이지 않았다.

"알아. 너희 어머니는 온천 여행 가셨고 오빠는 알바 중이겠지. 그리고 통장 안에는 몇 천만 원쯤 되는 거금이 들어 있을 거야. 그걸 모두 아는 사람이라곤 나 하나뿐인데 무슨 오해를 사려고 너 혼자 있는 집에 따라 들어가겠어. 그냥 바래다주는 거야."

처음 만나서 일주일이 흐른 지금까지 선생님이 내게 보인 태도 중에 가장 어른스럽고 믿음직한 모습이었다. 하지만 내가 여전히 경계의 끈을 늦추지는 않는 이유는 오빠의 아르바이트나 거액이 든 통장은 나나 오빠가 말하기 전에는 누구도 알 수 없는 비밀이라는 점 때문이었다.

"그런데 어떻게 쌤이 그런 걸 다 알고 있죠?"

점점 아파트가 가까워오자 굳었던 마음이 조금 풀어졌다.

"네 오빠랑 같은 알바를 하는 사람이니까."

드디어 아파트 입구에 섰을 때, 단단히 굳은 표정의 선생님이 내 눈을 똑바로 쳐다보며 아주 작은 목소리로 속삭였다.

"아직은 아무것도 확신할 수 없어. 하지만 내가 생각하고 있는 게 맞다면 너희 가족은 큰 위험에 빠진 걸지도 몰라. 너희 어머니의 온천 여행이 예상보다 길어지면 네 통장 안에는 지금보다 두 배는 많은 돈이 입금될 테고, 예상한 날짜에 돌아오신다면 네 오빠는 알바를 그만두고 영영 돌아오지 못할 수도 있어. 내 말을 모두 이해할 수는 없겠지만 어쨌든 너도 조심하는 게 좋아."

선생님의 눈빛이 가로등 아래서 아주 따스하게 빛났다.

"어서 올라가. 문은 꼭 걸어 잠그고 통장은 너만 아는 곳에 잘 숨겨놔. 무슨 일이 있으면 제일 먼저 내게 연락해. 그리고……."

"그리고?"

"그리고, 꼭 무슨 일이 없더라도 밤에 무서우면 전화해."

풀리지 않는 수학 문제를 끙끙대다 못해 공부 잘하는 우등생의 답안을 커닝한 낙제생처럼 선생님은 부끄러운 듯 두 볼을 붉히고 무어라 대꾸할 틈도 주지 않은 채 아파트 단지를 벗어나고 있었다. 나는 두 손을 모아 나팔처럼 만들어 입가에 대고 그를 향해 소리 질렀다.

"쌤!"

그가 발걸음을 멈추고 나를 돌아보았다.

"왜?"

"진짜 과외 선생님 아니죠?"

다시 배에 힘을 주고 목청을 돋웠다.

"그래, 나 선생님 아냐!"

잠시 뜸을 들이다 나처럼 손을 펼쳐 입가에 모으고 그가 대답했다.

"그럼 이제 쌤이라고 안 불러도 되죠?"

그가 아무 대답 없이 달리기 시작했다. 그의 모습이 점점 작아지더니 이내 괴괴한 어둠만이 남았다. 엘리베이터에서 내려 엄마가 기다리지 않는 집을 향해 내키지 않는 몇 걸음을 떼었을 때, 메시지가 도착했다.

'김지나! 아자아자 하이팅. 오늘 밤은 다 있고 존 꿈 꺼.'

김진아! 아자아자 파이팅. 오늘 밤은 다 잊고 좋은 꿈 꿔, 라는 '준기 오빠'의 메시지였다.

나한철

손톱은 일주일에 한 번 깎는다. 이발은 2주에 한 번, 코털 제거는 열흘에 한 번. 풀린 수도꼭지를 참지 못하고 어두워지기 전 일찍 켠 가로등도 견디지 못한다. 옷에 붙은 머리카락 실보무라지, 이 사이의 고춧가루, 삐딱한 액자와 가구 아래의 먼지, 세상에는 내가 참지 못하는 것들이 너무나 많다. 하지만 유감스럽게도 나는 화장실에서 태어났다.

열 달을 채우고도 어머니는 산기를 느끼지 못했다. 맹꽁이처럼 말갛게 부른 어머니의 배를 보며 사람들은 필시 뱃속에 든 아기가 죽은 걸 거라 입을 모았다. 어머니 역시 산기가 없는 배를 어루만지며 사람들의 말을 곧이곧대로 믿었고 평생을 맹꽁이 같은 배로 살아가야 할지 모른다 여겼다고 한다.

나는 정확히 열한 달 만에 태어났다. 식구들이 모두 논과 밭으로 나간 어느 아침, 어머니는 싸르르 아파오는 배를 부여잡고 두꺼비처럼 어기적거리며 화장실로 걸어 들어갔다. 좌르륵 쏟아지는 것이 보통의 물찌똥과 뭔가 달랐다. 그러고도 배는 여전히 아프고 무언가 좌르륵 쏟아지는 소리가 자꾸 들려 더럭 겁이 난 어머니는 밑을 들여다볼 엄두를 내지 못했다. 자꾸 아랫도리에 힘이 들어가고 얇은 뱃가죽 아래로 아이가 똬리를 틀듯 몸을 꾸무럭대자 어머니는 놀란 마음에 화장실 문고리를 잡고 일어섰다. 밑이 빠질 듯 뻐근한 통증에 다리가 후들거렸다. 겨우 몸을 일으킨 어머니는 다리 사이로 뜨거운 무언가가 버둥거리는 걸 느꼈다. 어머니가 기겁을 하고 화장실 문을 박차고 뛰어나오는데 등 뒤에서 아기 울음이 터졌다. 새뜻하게 울어젖히는 어린 짐승은 막 변기통 안으로 떨어지기 직전이었다. 어머니는 지금도 말씀하신다. 노르족족하게 황달기로 뒤덮인 내가, 똥구덩이의 나락으로 떨어지지 않기 위해 스스로 탯줄을 부여잡았노라고.

태어나자마자 피투성이인 채로 탯줄을 부여잡던 그 손에는 아직도 핏기가 가시지 않았다. 나는 남자들의 세계에 살고 있다. 철이 들면서 줄곧 그래왔다. 밤새 치열하게 남자들과 술을 마시고 또 그들과 함께 훌훌 벗고 사우나를 즐겼다. 즐긴다는 표현은 틀렸다. 그건 전장의 휴식이요, 작전 회의였다. 상하간의 서열이 칼 같은 그 세계에서 우두머리의 눈에 들 수 있는 비교적 거칠지 않은 기회였다. 나는 늙은 남자들의 발톱을 깎고 문신으로 뒤덮인 어깨와 등허리를 주무르며 그들이 내일 맞이할 총알 없는 전쟁에 끼어들기 위해 애썼다. 아무리 먹어도 몸이 불지 않는 체질인 나는 그들의 세계에서 주눅 들지 않기 위해 칼로리가 높다는 개 사료를 남몰래 씹었다. 가죽 구두 속에서 퉁퉁 분 우두머리의 발바닥 굳은살을 앞니로 벗겨내준 적도 있다. 남보다 기운이 세거나 박력이 있지는 못했지만 결국 나는 홀로 살아남았다.

내게는 마흔한 명의 아우들이 있다. 그들 중 자질구레한 죄목으로 자리를 비우는 인원을 제외한다면 늘 곁에 서른 명 안팎의 아우들이 남아 있다. 그들은 구획을 나누어 업소를 관리한다. 영화 속 한 장면처럼 각목이나 잭나이프를 들고 업소 주인을 협박하거나 푼돈을 뜯어내느라 드잡이를 하지는 않는다. 업소들을 총 세 구획으로 나눠 상인회를 만들고 그 회장 자리에 믿음직한 아우 셋을 심어놓았다. 업주들은 매달 일정액의 회비를 낼 뿐이다. 내지 않는다고 기물을 때려 부수거나 금전적 불이익을 주지는 않는다. 우리는 대가만큼 일을 한다. 그들이 낸 회비의 일부는 업소 홍보비로 할당했다. 신장개업을 하는 업소에는 도우미를 풀어 흥을 돋워주고 각종 쿠폰과 전단을 만들어 부수입을 창출해냈다. 그야말로 기업인 셈이다. 세 개의 상인회를 움직이는 건 해피 흥신소다. 그리고 해피 흥신소의 사장이 나, 나한철이다.

"사장님, 노세노세 노래빠에서 방금 전화가 왔는데 지난번 그 일, 스마일에서 해결했답니다. 죄송하다고, 양주 한 병 보내겠다는데요."

노세노세 노래빠의 업주는 그 자리에서만 17년을 장사해온 토박이였다. 블랙로즈 스텐드빠, 세계미녀 단란주점을 거쳐 살아 남은 이름이다. 이 바닥에서는 드물게 보도방 아가씨를 쓰지 않고 직접 면접을 보고 호스티스를 고용한다. 얼마 전, 업주가 오랫동안 데리고 있던 아가씨 다섯 명이 동시에 한 남자로부터 거액을 사기 당했다. 학력과 이력을 조작해 감쪽같이 가짜 인생을 살게 해주겠다는 달콤한 꼬임 탓이었다. 그녀들은 가짜를 진짜로 믿어줄 순진하고 잘생긴 남자를 만나 평범하게 살아가고 싶다는 꿈을 꾸었다. 그러나 그는, 어쩌면 너무나 당연한 일이겠지만 진짜 사기꾼이었다. 다섯 중 한 명이 업소의 빈 방에서 목을 매었다. 업주는 손수 장례를 치르고 나를 찾아왔다. 그간 아가씨들이 벌어들인 자신의 몫 (중에서) 일부를 떼어 위로금조로 내밀었지만 그녀들은 받지 않았다고 했다. 대신 사기꾼을 잡아 뱃가죽에 바람구멍을 내는 데 써달라고 했단다. 하지만 미적대는 사이 우리를 못 미더워하던 업주는 스마일 흥신소로 의뢰를 넘긴 모양이었다.

"사장님, 이번 달에 페널티 좀 먹일까요?"

페널티란, 호객행위를 금지하도록 우리가 정한 강제 규율이었다. 삐끼를 내세운 호객 행위는 매상과 직결되어 있어 업주들이 가장 두려워했다. 나는 고개를 저었다. 모든 게 스마일 흥신소의 사장 박태상을 선불리 퇴물 취급한 내 탓이었다. 최근 그에게는 새로운 칼 한 자루가 생긴 것 같다. 해피 흥신소의 일이 줄어든 것도, 의뢰인을 날치기당하기 일쑤인 것도, 모두 스마일 흥신소 때문이다. 박태상이 지금 와서 다시 칼을 잡았을 리는 없다.

그는 킬러 출신의 정통 칼잡이였고 나는 기세 좋은 건달이었다. 그와 나는 성장 과정이 다른 만큼 같은 지역에서 살아가며 서로의 영역을 침범하지 않기로 암묵적인 규칙을 정했다. 규칙을 깬 건 나였다. 청부 살인에는 손을 대지 않기로 했지만 워낙 큰 건이었고, 의리가 달린 문제였다.

한때 내가 형님이라 부르던 사람의 양부를 살인 의뢰 받은 게 사건의 발단이었다. 어린 시절, 양부는 술만 취하면 그를 호되게 때렸다. 모진 학대는 그의 어머니가 시집 와 두 해 만에 정신을 놓고 광녀가 되어 동네를 휘저으면서부터 시작됐다. 그는 어린 의붓아들이 제 아비를 닮아 피부가 검고 눈이 매섭다는 이유로 피가 배어나도록 온몸을 때수건으로 밀었고, 남의 집 자식처럼 일찌감치 객지에 나가 밥벌이를 못 한다며 허리띠를 풀어 휘둘렀다. 입이 짧은 게 다 배가 덜 고파 그런 거라며 입을 강제로 벌려 짜디짠 조선간장을 들이부었고, 종래에는 더러운 욕정마저 그에게 풀어냈다. 결국 그는 참지 못하고 중학교를 중퇴하고 서울로 도망쳤다. 앵벌이부터 시작해 소매치기를 거쳐 청년이 된 그는 양부에게 단련된 맷집으로 조직에 뛰어들었고 아홉 개의 전과를 갖기까지 무수히 많은 주먹을 주고받으며 '펀치'라는 별명을 얻게 되었다.

펀치는 조금만 더 매를 맞고 두어 번만 더 전과를 달게 되면 조직에서 벗어나 제 이름의 가게를 차리고 싶어 했다. 시골에서 여전히 자신처럼 펀치볼이 되어 있을 어머니를 모셔다 정신과 치료도 받게 하고, 병이 다 나으면 가게의 카운터에 앉혀 아침저녁 돈 세는 기쁨을 선사하고 싶어 했다. 그런데 펀치의 꿈은 어머니의 죽음으로 산산조각이 났다. 그의 미친 어머니는 벌거벗은 몸으로 달려오는 기차에 뛰어들어 온몸이 조각나 화장조차 할 수 없었다고 했다. 펀치는 비장한 표정으로 나를 찾아왔다.

나는 거절할 방법을 몰랐다. 그가 아니었다면 나는 일찌감치 노숙자가 되었거나, 잡범이 되어 교도소를 전전했을지도 몰랐다. 나는 대답 대신 펀치에게 좋은 칼 한 자루를 구해달라고 부탁했다. 만 하루도 지나지 않아 펀치는 쓰게라는 이름의 단검을 가져왔다. 청회색의 칼날에는 물결 같은 잔무늬가 일렁이고 적당한 무게감에, 견고하면서 미끈하게 뻗은 칼끝이 아름답기까지 했다.

그걸 품고 나는 홀로 기차에 올랐다. 싸움 중에 상대방에게 큰 상처를 입혀 결국 그 상처가 덧나 죽은 경우는 있었지만 작정을 하고 사람의 목숨을 빼앗은 적은 한 번도 없던 시절이었다. 기차는 냉방이 지나치게 잘 되어 추울 지경이었고, 나는 심장 가까이에서 서늘하게 잠들어 있는 칼을 느끼며 몸을 떨었다.

새벽에 출발했지만 역에 도착했을 때는 정오가 지나 있었다. 택시를 불러 펀치가 전한 주소로 찾아가 보니 모서리가 떨어져나간 슬레이트 지붕을 얹은 볼품없는 집이 나타났다. 녹슨 대문의 한쪽은 아예 간 데 없었고 요즘 드물게 마당 한가운데 수도 펌

프가 있었다. 그리고 수돗가 가장자리에 칠십대 노인이 발을 닦고 있었다. 그는 왜소하기 짝이 없는 몸에 천식까지 앓는지 숨소리가 고르지 못했다. 등에서 바람 빠지듯 쌔액쌔액 하는 소리가 들리고 가끔 달걀 노른자 빛깔의 가래를 뱉기도 했다. 귀가 어두운 모양인지 그는 내가 온 줄도 모르고 털이 듬성듬성한 다리와 발을 천천히 정성들여 닦았다. 단칼에 노인을 살해할 수도 있는 기회였다. 하지만 그때 나는 깨달았다. 대야에 일렁이는 물결 속에 내가 선연히 비치고 있다는 것을. 노인은 내가 온 걸 알면서도 뒤를 돌아보지 않고 있었다.

"웅만이가 보냈소?"

대야에서 발을 뺀 노인이 물을 화단에 끼얹고는 낡아 떨어지기 직전의 슬리퍼를 신었다. 누렇게 찌든 티셔츠 위로 노인의 등뼈가 고스란히 드러났고 허리를 숙여 걸어가는 뒷모습에서 앙상한 고관절이 눈에 들어왔다.

"보리밥 했는데, 이거라도 먹고 볼일 봐."

노인은 부엌으로 보이는 여닫이문을 열어 통탕통탕 뭔가를 꺼내고 늘어놓는 소리를 내었다. 나는 칼이 든 가방을 손에 꼭 쥐고 노인의 다음 행동을 잠자코 기다렸다. 잠시 후, 노인이 푸성귀와 된장 뚝배기를 올린 밥상을 힘겹게 들고 툇마루에 앉았다.

"비벼서 한 숟가락 떠. 무슨 일로 왔는지 다 아니까 염려 마. 나 도망 안 가."

나는 노인에게 내 속셈을 들켜버린 것만 같아 얼굴이 화끈거렸다. 노인이 빈 양푼에 밥그릇을 엎었다. 무덤처럼 동그란 보리밥 위로 된장을 끼얹고 몇 가지 푸성귀를 올려 비비더니 내게 내밀었다. 나는 그의 앞에 마주 앉아 그 풋내 나고 지린 보리비빔밥을 먹기 시작했다.

"곧 죽을 늙은이가 하는 말이니 그냥 흘려들어."

내가 맛도 없는 보리밥을 정신없이 퍼먹는 동안 노인은 혼잣말처럼 이야기를 늘어놓았다.

"웅만 애비는 근방 50리 안에서 제일가는 깡패였어. 난봉꾼이었고 사기꾼이었지. 나이가 찬 처녀들이 웅만 애비를 피해 서울로 도망치듯 취직을 해버렸을 정도니까 말 다 했다고 보면 돼. 내가 막 경찰이 돼서 여기로 부임했을 때 웅만 에미를 만났지. 그땐 처녀였고 참 고왔어. 웅만 에미 집에서도 나를 사위 대접 해줬더랬지. 참 좋은 시절이었어. 그때 웅만 애비가 아홉 살짜리 여자아이에게 몹쓸 짓을 하는 바람에 나는 그 잡놈의 손모가지에 수갑을 채울 수밖에 없었다오. 그게 사달이었어. 놈이 감옥에서 나오자마자 웅만 에미를 납치해서 도망을 친 거야. 나는 경찰을 때려치우고 놈을 찾느라 전국 팔도를 이 잡듯 뒤졌어. 5년 만에 웅만 에미를 찾아냈을 때, 놈은 약쟁이가 되어 있었지 뭐요. 나는 놈을 경찰에 신고했어. 근데 한, 달포나 지났을까? 놈이 그 안에서 죽어버렸지 뭐야. 그때 본 어린 웅만이의 새카만 눈이 기억나. 난 단박에 그 녀석이 내 아들이란 걸 알아차렸어. 하지만 끝내 밝히지 못했지. 제 여자와 자식도 변변히 지켜내지 못한 바보 같은 애비가 되긴 싫었거든. 웅만이는 클수록 엇나갔어. 그러더니 턱에 수염이 돋자마자 집을 나가버렸지. 그때 난 제정신도 아닌 여편네를 버려두고 자식만 찾으러 다닐 엄두를 내지 못했어."

노인이 싸구려 잎담배를 꺼내 피웠다. 그의 옆모습이 문득 내게 살인을 의뢰한 편치와 닮은 듯도 했다.

"당신이 형님에게 몹쓸 짓을 했다고 들었어. 난 그 말만 믿어."

노인이 주전자에서 물을 따라 내게 건넸다.

"평생 나를 원망할 거야. 제 친애비를 감옥에 처넣은 게 나라고 믿으니까. 비겁하게 사실을 말하지 않은 죄가 크지. 죽어도 싸. 이제 웅만 에미도 갔으니, 더 살아 뭐 하겠어. 내가 나타나지 않았더라면 웅만이가 저 지경이 되지 않았을지 모르잖아. 지난주에 밭 쬐끔하고 논 몇 마지기 있는 거 팔아서 장롱 위에 올려놨어. 그게 내 목숨 값이야. 웅만이 주머니 알기지 말고 그거 가져가. 그리고 일부러 오늘 아침에 화단에 심어놓은 아욱이랑 상추도 말끔히 뜯었어. 죽거든 거기 묻으면 될 거야. 웅만이한테는 아무 말 말아. 평생 바보로 사는 건 나 하나로 족하니까."

나는 노인을 죽이지 못했다. 급히 먹은 보리밥이 체해 트림을 해대며 기차를 타고 서울로 올라왔다. 내게 아버지를 죽여 달라고 했던 그가 이미 사무실을 박살낸 후였다. 나는 어질러진 사무실을 뒤져 작은 반짇고리를 찾아냈다. 그리고 그 안에서 가장 가늘고 짧은 바늘 하나를 뽑아 엄지손톱 아랫부분에 피를 냈다. 짐승의 울음처럼 길고 서글픈 트림이 흘러나왔다.

며칠 후 박태상에게 그 의뢰가 돌아갔다는 소문이 들려왔다. 그는 최고의 칼잡이였고 나처럼 미적대다 목표물을 풀어주는 일이 없는 프로였다. 나는 그 길로 노인의 집으로 자동차를 몰았다. 아들이 아버지를 죽이는 패륜만큼은 보고 싶지 않았다. 노인만큼이나 낡고 허름한 집 앞에 도착해 마당으로 뛰어 들어갔을 때, 박태상은 화단의 흙을 다독이고 있었다.

"실수했어, 당신."

박태상은 석고상처럼 변함없는 표정이었다.

"지켜야 할 룰을 깬 건 당신이야."

화단 가장자리에 노인의 손가락 하나가 새싹처럼 비죽 솟아올라 있었다. 박태상이 뒤늦게 그걸 발견하곤 봉분처럼 솟아오른 흙무덤을 밀어내 덮었다.

"노인네는 펀치의 친아버지야."

나는 선 채로 마치 순진한 시골 소년이 전국 어린이 웅변대회에 나와 떠드는 것처럼 한참을 정신없이 이야기했다. 그리고 숨을 헐떡이며 고개를 들어 박태상을 보았다. 그는 자신의 칼을, 노인의 피가 번들거리는 그것을 믿을 수 없다는 눈빛으로 쏘아보았다.

"안녕."

얼빠진 표정의 박태상이 대문을 나섰다. 그리고 한동안 그의 모습을 볼 수 없었다. 아버지를 죽인 아들은 그가 남긴 재산을 슬롯머신에 퍼붓고 이내 알거지가 되었다. 몇 년 만에 돌아온 박태상은 후덕한 몸매에 복덕방 주인 같은 인상을 풍겼다. 그는 스마일 흥신소를 차리고 사장이 되었다.

"사장님, 스마일 흥신소에 새로운 칼잡이가 나타났다는 게 뜬소문만은 아닌 모양입니다."

손에 식은땀이 흘렀다. 박태상의 솜씨를 물려받은 킬러라면 업계를 주름잡을 만하다. 이런 식으로 고객들을 빼앗길 수만은 없었다.

"누군지 파악됐어?"

직원이 머뭇거렸다.

"애 하나 붙여 알아봤는데 작년부터 스마일에 새로 드나드는 사람은 심은옥이란 아줌마뿐이라는데. 설마, 아니겠죠?"

심은옥. 직원의 입에서 튀어나온 그 이름에 숨이 턱 막혔다. 내가 아는 심은옥도 이제 쉰한 살이 되었을 터다. 웃으면 하얀 치열이 덜 여문 여린 옥수수처럼 가지런히 드러나던 그녀. 내 친구의 애인, 그리고 그의 아내가 되어버린 첫사랑.

내가 막 남자의 세계에 뛰어들었을 때, 달호를 만났다. 그는 쌍꺼풀이 깊고 피부가 희어 언뜻 혼혈로도 보이는 미남자였다. 그도 나도 햇병아리였던 시절이었다. 맥주 박스를 등짐 져 나르던 달호의 단단한 어깨는 보기 좋게 그을려 있었다.

"한쪽만 그을려. 운전을 할 때 왼팔을 차창에 걸치는 버릇이 있거든."

그는 맥주 배달이 끝난 어스름이면 내게 숨겨둔 양주를 건네기도 했고, 동전을 던져 앞뒤를 맞히게 한 다음 내가 맞으면 사무실까지 트럭으로 태워다주기도 했다. 얼마 지나지 않아 나는 달호가 자취하는 옥탑방에 놀러가게 됐다. 거기서 심은옥을 처음 만났다. 그녀는 인물 빼곤 보잘것없는 달호를 세상에서 가장 행복한 사나이로 빛나게 해주었다. 심은옥은 내가 오자 뜨거운 계란국과 오징어숙회로 술상을 차리곤 달호의 옆에서 부끄럽다는 듯 고개 숙이고 입을 가려 미소 지었다.

새카만 단발머리의 심은옥은 나보다 두 살 위였다. 하지만 수줍음 많고 앳된 외모 탓에 오히려 동생으로 보일 지경이었다. 나는 주말이면 달호와 심은옥을 데리고 월미도며 한강고수부지를 쏘다녔다. 제철 과일이나 간식 부스러기를 사들고 달호의 옥탑방에 들렀을 때, 심은옥이 나타나지 않으면 의기소침해지기도 했다. 어쩌면 달호 때문이 아니라 심은옥을 보기 위해 옥탑방에 드나들었는지도 몰랐다. 그러던 어느 날, 달호는 심은옥과 결혼을 하겠다고 선언하듯 말했다.

“은옥이 자취방 보증금 빼면 조그만 전세 하나 얻겠더라고. 축하해주라.”

나는 달호가 내민 손을 맞잡고 억지로 웃었다. 그러곤 참담한 마음을 달랠 수 없어 밤새워 혼자 술을 퍼마시고 새벽녘에 심은옥이 일한다는 방직공장으로 찾아갔다. 스카프를 머리에 두른 심은옥이 버스 정류장을 향해 종종걸음 치며 다가오고 있었다. 나는 취기를 방패 삼아 그녀 앞을 가로막았다.

"한철 씨 아니세요?"

"맞습니다. 나한철."

심은옥이 반가움과 놀람이 엇갈리는 표정을 짓다 이내 다정한 눈길을 건넸다.

"여긴 웬일이세요?"

"은옥 씨, 건달이 싫으면 건달 그만두겠습니다. 나한철, 이름이 싫으면 이름도 갈겠습니다. 제가 달호보다 못한 게 뭐가 있습니까? 뭐든 시키는 대로 할 테니 내게도 기회를 달란 말입니다."

그날 심은옥은 내 뺨을 후려치지 않고 근처 분식집에 데려가 따뜻한 국물을 먹이고 땟국 흐르는 손등을 물수건으로 꼼꼼히 닦아주었다.

"지금껏 나는 복도 지지리 없는 여자인 줄 알고 살았는데, 꼭 그렇지만도 않네요. 하지만 달호 씨와는 벌써 결혼을 약속한 걸요. 친구로 남아주세요. 우리 집들이에도 오고 아기 돌에도 오세요. 우리도 그렇게 할 테니."

그 길로 못난 나는 심은옥의 고운 손을 뿌리치고 진눈깨비 내리는 거리로 뛰어나갔다. 달호가 청첩장을 보냈지만 가지 않았다. 그는 얼마 지나지 않아 맥주 배달을 하지 않게 되었고, 연락도 없이 자취를 감추었다. 서울 어디선가 달호와 심은옥이 아기를 낳고 집을 사고 싸움을 하며 살아간다는 생각을 하면 질투심이 불길처럼 치솟았지만, 그뿐이었다. 나는 그들을 찾아내 첫사랑을 쟁취할 용기가 없었다. 능력도 없었다. 나는 여전히 햇병아리였고 풋내기였다.

서른이 넘어 나는 장가를 들었다. 구역 내 유일한 미용실에서 근무하는 미용사였다. 심은옥과는 조금도 닮지 않은 치렁치렁한 긴 머리에 덧니가 난 스물두 살 아가씨였다. 그녀는 미용사가 되지 않았더라면 무용수가 되었을 거라며 처음 만난 날 내 앞에서 탱고를 추었다. 그녀에 대한 여러 소문이 나돌았지만 나는 괘념치 않았다. 심은옥을 제외한 모든 여자는 비슷했다. 우린 만난 지 석 달 만에 삼겹살집을 전세 내어 약식으로 결혼을 했다. 양가 모두 하객이 없는데다 결혼식 비용으로 방을 얻다 보니 조촐해진 식이었다. 고기 익는 냄새를 맡으며 아내, 홍미숙이 울었다. 마스카라가 번져 팬더처럼 눈가가 짙어졌다.

아내는 미용실이 기반을 잡자 흥신소를 접으라고 했다. 피 묻은 셔츠를 빠는 일도, 일 년이 멀다 하고 싸야 하는 이삿짐에도 신물이 난다 했다. 하지만 나는 그녀의 간청을 들어주지 못했다. 내게 이 일은 달호와 심은옥을 동시에 잃은 슬픔을 주체하지 못하던 시절부터 시작된 일종의 극기였다. 그건 단추를 잘못 끼워 어긋나버린 셔츠를 고집스레 입기 위해 끝없이 새로운 단추를 다는 일처럼 무모한 체벌이었다. 그런데 이제 와 나는 두렵다. 이 일이 다 끝나고 나면 수만 개의 단추를 매단 구렁 같은 셔츠가 나를 휘감아 질식시켜 죽이는 건 아닐까 겁이 났다. 아내의 청을 들어주기에 너무 늦은 것 같다.

나는 스마일 흥신소로 향했다. 심은옥이라는 아줌마의 실체가 궁금해서이기도 하지만 무엇보다 내가 아는 심은옥인지 궁금해서였다. 차를 몰아 스마일 흥신소가 있는 은행나무 사거리로 달렸다. 길 건너편에 차를 세우고 차창을 내렸다. 경비실이 제일 먼저 눈에 띄었다. 늙은 경비가 꾸벅꾸벅 졸다 망원경을 눈에 대더니 거리 여기저기를 살폈다. 그러고는 전화기를 집어 들어 누군가와 짧은 통화를 나누었다. 잠시 후 3층 스마일 흥신소의 불이 꺼졌다. 경비가 스마일 흥신소를 전담하는 것도 아닐 테니 낯선 자의 차가 길 건너편에 섰다고 그걸 보고할 것 같진 않았다.

손목시계를 보니 5시 반이 다 되어갔다. 어쩌면 퇴근을 준비하는지도 모를 일이었다. 30분, 1시간이 지나도록 아무도 건물 밖으로 나오지 않았다. 사거리가 보행 신호로 막히자 그 끝에 박태상의 자동차가 보였다. 뒷문으로 빠져나온 모양이었다. 심은옥은 어디로 갔을까. 나는 차를 건물 쪽으로 움직이려다 경비가 자리에서 벌떡 일어서는 모양을 보고 주춤했다. 미니스커트에 짙은 화장을 한 여자가 경비를 향해 손을 흔들었다. 삼십대 후반에서 사십대 초반 정도로 보였다. 내가 아는 심은옥이 아니었다. 잠시 후, 쇼핑백을 든 키가 자그마한 초로의 부인이 걸어 나오자 경비가 다시 경례를 올려붙였다. 나는 차에서 내려 길을 건넜다.

"심여사님은 뒷구멍으로 안 도망가셨네?"

심은옥이 당황한 기색으로 경비를 흘겨보았다.

"왜 정문 놔두고 뒷구멍으로 가요. 아저씨도 참."

심여사라 부르는 걸 보니 저 여자가 심은옥인 것 같았다. 하지만 내가 찾는 심은옥과는 거리가 멀었다. 안경을 콧등에 걸치고도 눈을 찌푸리는 것이 일찍 노안이 찾아든 모양새였고 두꺼운 목덜미며 기미 낀 얼굴, 신산한 표정까지 그녀와 닮지 않았다. 게다가 천막처럼 헐렁한 자주색 원피스는 내가 아는 심은옥이라면 절대로 선택하지 않을 스타일이다. 비록 내가 아는 심은옥이 아니라 해도 저 여자가 새로운 킬러라면 뒤를 밟을 필요가 있다고 생각됐다.

동명이인 심은옥이 버스를 탔다. 나는 그녀가 탄 버스를 조심스럽게 뒤따라 임대 아파트 단지까지 쫓았다. 그녀가 노점에서 애호박 하나와 팽이버섯 세 개 들이 한 봉지, 완두콩 한 되를 사는 걸 숨죽여 지켜보았다. 심은옥은 아파트 입구에서 엘리베이터를 탔다. 나는 고개를 들어 새로 불이 켜지는 집을 확인했다. 저 나이에 혼자 사는 경우는 드문 일이니 이미 자식이나 남편이 불을 켜놓았을 수도 있었다. 하지만 가능성은 항상 열어두는 게 좋다. 6층 세 번째 집의 불이 몇 번 깜빡이다 환해졌다. 어룽대는 그림자, 빨래를 걷는 손길, 베란다 창문을 열고 걷은 빨래를 터는 모습을 보고 심은옥의 집이란 걸 확인했다.

"엄마, 우유 사갈까요?"

심은옥을 몰래 지켜보던 내 곁에서 미루나무처럼 늘씬한 청년 하나가 손나팔을 만들어 아파트를 향해 외쳤다. 심은옥도 청년처럼 손나팔을 만들었다.

"우유 남았어. 그냥 와, 아들."

청년은 심은옥의 아들이었다. 베란다 창문이 닫히고, 청년이 아파트 입구로 걸어갔다. 나는 다급히 그를 쫓았다.

"실례지만 몇 살인가요?"

청년이 의아한 표정을 지으며 나를 내려다보았다.

"그건 왜 물으세요?"

할 말을 찾아야 한다. 일단 급한 마음에 말을 붙였지만 도통 이어갈 말이 생각나질 않았다.

"마침 알바생을 구하고 있는데, 대학생인가 싶어서요."

다급히 꾸며낸 임기응변이었다. 청년의 표정이 밝아졌다. 그는 갓 제대를 했는지 머리카락이 짧은 스포츠형이었다. 인상이 유순하고 눈에는 총기가 들어찼다. 임기응변이 아니라 해도 청년은 꽤 쓸 만해 보였다.

"스물하나요. 지금 편의점 알바하는데, 조건 맞으면 옮길 생각도 있고요. 무슨 일을 하는 덴데요?"

순진한 청년이었다. 낯선 사람이 취직을 제안할 때는 경계를 해야 한다. 세상엔 어린아이와 여자들에게만 덫이 있는 게 아니다. 나는 어느 순간 청년을 걱정하고 있었다.

"사무도 보고 외근도 조금 있죠. 연락처 주면 내가 전화할게요."

청년이 가방에서 볼펜과 메모지를 꺼내 전화번호를 적어주었다. 나는 청년이 남긴 전화번호를 입으로 소리 내어 읽으며 그의 인사를 받고 차에 올랐다. 청년을 사로잡을 수만 있다면 심은옥이라는 여자에 대한 많은 정보를 쉽게 캐낼 수 있을 거였다.

나는 집으로 돌아가는 대신 피시방에 들렀다. 일부러 관리 구역을 벗어난 곳을 찾았다. 걷어 올린 셔츠 소매를 풀어 단추를 꿰었다. 검붉게 그을린 왼쪽 팔뚝에는 흉물스런 자국이 남아 있다. 스무 살에 문신이 지나간 자리였다. 마흔이 되어 그걸 지우기 위해 레이저 시술을 받았고 쉰 가까운 지금은 화상 같은 흉터만 남았다.

피시방에 들어서 가장 후미진 자리를 찾아 컴퓨터를 부팅시켜 놓고 헤드셋을 썼다. 그리고 눈을 감고 잠을 청했다. 먼 기적 소리처럼 컴퓨터가 만들어낸 기기묘묘한 소음들이 들려왔다. 그곳에서 사람들은 내가 아닌 컴퓨터 화면을 바라보며 자판을 두드렸다. 나는 지금 이 순간이 편안했다. 아무도 나 따위를 신경 쓰지 않는 이 공간과 시간이 아늑하게 느껴졌다. 나를 바라보는 눈길은 늘 두 가지였다. 하나는 존경과 경멸이 교차하는 눈, 다른 하나는 제발 한 번만 봐달라는 눈. 나는 둘 다 싫었다. 그저 지금처럼 아무도 나를 바라보지 않길, 아무도 아무것도 원치 않기를 바랐다.

시간을 마냥 허비할 수 없어 며칠 후, 청년에게 전화를 걸었다. 그는 두 시간 만에 해피 흥신소를 찾아왔다. 겁을 집어먹은 듯, 어두운 표정이었다.

"흥신소라고 해서 남의 구린 냄새를 찾아 셔터를 누르는 곳만은 아니에요."

청년은 사방을 두리번거리며 커피를 홀짝였다.

"원한다면 새로운 세상을 구경시켜줄 수도 있겠지만 우린 단순히 전화를 받고 사무실을 청소하고 스케줄을 관리해줄 매니저가 필요한 겁니다. 급료는 지금의 두 배 정도가 될 거고요."

청년의 이름은 김진섭이었다. 추측대로 제대한 지 두 달여밖에 되지 않았고 복학을 준비하며 아르바이트 중이었다고 했다. 그는 아랫입술을 버릇처럼 자근자근 깨물다 제안을 수락했다.

"가족들한테는 비밀로 하고 싶어요."

그의 바람에 나는 고개를 끄덕여주었다. 이튿날 진섭은 주민등록등본을 들고 출근했다. 세 명의 이름, 심은옥, 김진섭, 김진아만이 눈에 들어왔다.

"아버지는 작고하셨나?"

일순 진섭의 표정이 어두워졌다. 단순한 병사가 아닐지도 모른다.

"네, 돌아가셨어요. 제가 가장인 셈이죠. 생계는 어머니가 책임지고 계시지만요."

심은옥이 킬러라는 가정을 한다면 그녀의 소행이라는 추측도 가능해진다. 골칫덩이 남편을 화끈하게 해치운 뒤, 화려하게 킬러계에 입성했다는 그런 가정 말이다.

"실례지만 어떻게 돌아가셨는지 물어봐도 될까?"

진섭이 당황한 듯 헛웃음을 지으며 엄지손톱 옆에 돋아난 거스러미를 만지작거렸다.

"오랫동안 당뇨를 앓아오셨어요. 젊어선 주류업을 하셨는데 굉장히 건강하셨다고 들었어요. 그러다 서른이 넘어가며 고질병이 생겼죠. 줄곧 어머니 혼자 정육점을 운영하며 저와 동생을 키우셨어요."

심은옥의 남편이 주류업을 했다니. 진섭의 얼굴이 낯설지 않게 느껴졌다.

"한 가지만 더 묻고 싶은데, 아버지 함자가?"

지난날, 수없이 내 몸을 스쳐갔던 칼자국에 다시 핏물이 고이는 것처럼 사지가 욱신거렸다.

"김 달자, 호자입니다."

내 친구 김달호는 망자가 되었다. 단발머리 고운 처녀 심은옥은 킬러가 되었다. 그리고 둘의 아들 김진섭은 내 수하가 되었다. 나는 무엇이 되어야 할까. 진섭을 당장 내쫓는 게 옳을까.

문득 나와 김달호, 심은옥이 함께 윤중로 벚꽃 축제에 갔던 날이 필름처럼 지나갔다. 튀긴 과자를 들고 종이 모자를 쓰고 우린 인파 속에서 서로의 손을 놓치지 않기 위해 애썼다. 고수부지에 꾸려진 가요 프로그램 생중계를 구경하느라 달호가 앞서 걷고 그 뒤를 내가 따랐다. 걸음이 느린 심은옥이 주춤거리다 사람들 속으로 사라져버렸다.

나는 물살을 거슬러 오르듯 옷과 머리칼을 구겨가며 심은옥을 찾으려 애썼다. 때마침 인기 가수가 가요프로그램 무대에 올랐다. 함성이 터지며 꽃구경을 하던 인파가 순식간에 고수부지를 향해 파도처럼 밀려갔다. 그제야 심은옥이 눈에 들어왔다. 사람들에게 시달려 잎사귀도 꽃잎도 남지 않은 왕벚나무 아래서 나를 발견한 심은옥이 단숨에 뛰어와 거침없이 손을 포개었다. 울 것 같던 얼굴이 말갛게 개었다. 그때 내가 심은옥의 손을 놓아서는 안 되는 것이었다. 당황스런 마음에 부러 손을 놓고 인파로 뛰어드는 것이 아니었다. 명백한 판단 오류요, 실수였다. 그리고 지금 내게 처한 시련이 그 대가다.

심은옥을 옭아매고 있는 박태상에 대한 원망이 불티가 되어 가슴에 따끔하게 박혔다. 나는 진섭에게 창가 자리를 내주었다. 그는 손놀림이 잼다. 그냥 빠른 것이 아니라 자로 잰 듯 깔끔하고 정확하고 능숙하게 자리 정리를 마쳤다.

"일찍 돌아가신 아버지를 원망하니?"

"자살을 옹호하는 입장은 아니지만, 사람은 누구나 자기 몸에 대한 권리가 있잖아요."

"이런……, 내가 괜한 얘길 꺼냈구나."

김달호가 자살로 생을 마감했단 사실을 알게 되었다.

"괜찮습니다. 아버지 얘기하는 거 좋아해요. 어머니도 가끔 옛날 얘길 해주세요. 부모님이 결혼하기 전에 아버지의 친구가 어머니를 몹시 좋아했대요. 그 사람은 티를 내지 않으려고 애썼지만 어머니나 아버진 모두 그걸 알고 있었다고 들었어요. 어느 날 아버지가 어머니에게 그랬대요. 친구가 좋으면 따라가라고. 어머니는 그런 아버지를 흠씬 두들겨 팼대요. 사랑과 동정도 구분

못 하느냐고 화를 내면서 말이죠. 두 분은 결혼을 한 후에도 그리 살가운 편은 아니었지만 어머니는 아버지를 택한 걸 후회하지 않으셨어요. 아버지가 돌아가시고 어머니가 그러시더라고요. 아버진 무뚝뚝한 척했지만 평생 어머니가 떠날까 안절부절못하다 결국 다 늙어 아무도 주워가지 않게 돼서야 마음을 놓고 떠난 거라고. 어머니는 아버지를 택하길 잘했대요. 깡패의 자식을 낳아 옥바라지를 하며 늙느니 정육점에서 칼을 드는 편이 낫다고 말씀하셨죠."

사랑과 동정. 나는 김달호와 심은옥에게 사랑을 받았을까, 동정을 받았을까. 아마도 사랑을 원했으나 동정을 받았을 것이다. 그리고 내가 깡패였기 때문에 자식이 없는지도 모른다. 차갑게 식었던 가슴에 불길이 일었다. 심은옥 또한 나와 같은 감정이었을 거라 믿은 건 아니었지만 적어도 자신을 좋아했던 남자를 더러운 깡패로 자식에게 소개했다는 게 실망스러웠다.

김달호와 심은옥은 함께 사는 내내 나를 잊지 않았다. 잊기는 커녕 조폭 영화나 드라마를 보면 자연스럽게 나를 떠올리며 비웃음을 터였다. 나한철이라는 비열한 악당의 인생이 개가죽처럼 오그라들기만을 기다렸을지도 몰랐다. 김달호를 죽였는지 김달호가 죽었는지는 알 수 없지만 심은옥은 나보다 더 더러운 시궁창에 뿌리를 내렸다. 그녀는 내가 해피 흥신소의 사장이라는 걸 알고 있는 게 아닐까. 그렇다면 그녀는 예전에 내가 알던 심은옥이 아니다. 꽉 다문 입술 사이로 빠드득, 어금니 갈리는 소리가 내 귀에도 선명히 들려왔다.

"조금만 노력하면 아주 큰돈을 만질 수도 있단다. 어머니를 쉬게 하고 새집으로 이사를 가고, 평생 호화로운 삶을 누릴 수 있는 기회가 있어. 궁핍하고 평범한 삶과 치열하지만 화려한 삶 중에 한 가지를 골라라. 20년 후에 후회하지 않을 걸로 딱 하나만."

첫 월급 날, 나는 진섭에게 새로운 제안을 했다. 어리둥절한 그의 얼굴 속에 김달호와 심은옥이 섞여 있었다. 그의 입술이 무어라 움직였다. 잘 들리지 않는다. 좀 더 크게 말하라고 소리쳤다. 진섭이 붉게 상기된 표정으로 또 무어라 말했다. 나는 그가 전자를 택하길 바랐지만 그의 선택은 후자였다. 사람은 누구나 자기 몸에 대한 권리가 있다. 그의 말이 맞다.

김상호

김상호 결혼연구소는 88서울올림픽이 열리던 1988년, 서울 답십리하고도 답십리 사거리에 서른여덟 살 노총각 김상호와 언죽번죽 남의 일 참견하기 좋아하는 동갑내기 한병팔이 뜻을 모아 개원하였습니다. 제가 결혼에 대해 연구를 시작한 건 갓 서른을 넘긴 어느 초겨울부터였습니다. 그때 저는 대학가 앞에서 하숙을 치는 어머니께 하루 천 원씩의 용돈을 받아가며 하숙생들의 방구들에 연탄을 갈아주는 중차대한 업무를 맡고 있었습니다. 연탄 갈기가 뭐 그리 어렵다고 피붙이에게 돈까지 받아 챙기며 생색이냐 하실 분도 계시지만 그건 연탄 갈기의 치열한 세계를 경험해보지 않은 글방 서생들이나 하시는 말씀이지요. 연탄이란 게 한번 꺼지면 다시 살리기 위해서는 번개탄이라는 부재료가 필요합니다. 하루 다섯 번 연탄을 갈아야 하는 저로서는 새벽부터 어머니의 불호령에 졸린 눈을 치뜨고 연탄 광을 드나들어야 했습니다. 그런데 어영부영 이불을 마누라 삼아 개개다 30분만 늦게 일어나도 방 열두 개가 얼음장이 된다, 이겁니다. 그럼 총 열두 개의 번개탄이 필요한데, 그걸 준비하기도 전에 밤새 만화책과 성인 잡지에 심취했다, 까무룩 새벽잠에 빠졌던 하숙생들이 한기를 참지 못하고 마루로 하나둘 걸어 나오기 시작하는 겁니다.

"형, 또 탄불 꺼뜨렸어요? 이틀에 한 번씩이네. 연탄보다 번개탄을 더 많이 때겠다."

이렇게 지청구를 늘어놓는 경우는 그나마 점잖은 축입니다.

"아이씨, 왜 다른 집보다 2만 원이나 싼가 했더니 사계절 냉방가동 중이네. 형씨는 프로 정신이 없어. 프로 정신이."

사실 찾아보면 한두 개 정도 탄불이 산 방도 있어, 여차하면 이웃방의 밑탄을 뽑아오는 것도 방법이라 할 수 있겠지만 일단 밑탄을 뺀 방은 두어 시간 냉골일 수밖에 없습니다. 결국 카드처럼 돌려막기를 하다간 동이 틀 무렵쯤 되면 일찌감치 번개탄을 지피는 게 나았다는 걸 깨닫게 됩니다.

추위와 창문으로 스며드는 햇살에 새벽잠을 설친 나머지 하숙생들이 러닝셔츠 아래로 배를 득득 긁으며, 혹은 사타구니를 주무르며 마루로 기어 나오기 시작합니다. 염치없는 저로서는 그들의 원망스런 눈길을 뒤통수로 묵묵히 감내할 수밖에 없었습니다. 열두 개의 눈이 저의 일거수일투족을 놓치지 않고 바라보는 것이 머리꼭지 위로 빳빳하게 느껴지지만 저는 연탄불을 꺼트린 대역죄인입니다. 할 말이 없는 게 당연하지요. 연탄집게에 번개탄을 걸친 후 라이터 불을 붙이고 처마 아래서 하염없이 흔들고 섰다 보면 난데없이 코끝이 아려오곤 했습니다. 그게 매캐한 번개탄 연기 때문인지, 하숙생들이 기상나팔 불듯 저마다 하나씩 꼬나물은 담배 연기 때문인지 알 수 없었지만 말입니다.

14인분의 밥과 국을 끓여야 하는 어머니는 늘 하얀 광목천을 머리에 쓰고 파자마 바람으로 부엌에 나오셨습니다. 사납기가 인왕산 호랑이 같던 우리 어머니는 화가 나면 작은 눈이 세모지게 변하며 어금니를 아득바득 갈곤 했습니다. 투덜거리기 좋아하는 하숙생들도 어머니의 눈이 변한다 싶으면 슬슬 제 방으로 기어 들어가 미적지근한 방바닥에 이불을 뒤집어쓰고 김상호의 무사귀환을 염원해주곤 했지요. 눈물을 찔끔대며 번개탄에 불을 지펴 입방 순서대로 넣느라 중뿔난 저를 쳐다보던 어머니가 들고 있던 쌀뜨물을 끼얹으며 '에라, 두엄에 코 박고 죽을 새끼야' 라고 일갈하셨습니다. 차가운 쌀뜨물을 흠뻑 뒤집어쓰는 건 참을 만했지만 이제 막 불이 붙어가는 열두 번째 번개탄이 맥없이 제풀에 꺼져버린 건 저를 절망의 구렁텅이로 밀어넣는 비극의 전조였습니다. 하나 남은 번개탄이었거든요. 가게가 문을 열려면 두 시간은 기다려야 하고 다른 방들도 이제 막 번개탄과 연탄이 자웅 붙기 시작할 즈음이니 열두 번째 방은 앞으로도 두서너 시간이 지난 후에야 온기가 돌게 생긴 겁니다.

저는 수건으로 쌀뜨물을 훔쳐내며 열두 번째 방문을 노크했습니다. 거긴 지난달 입방한 과묵한 예비역의 방이었습니다. 자신을 예비역이라 소개한 적은 없었지만 머리카락이 짧은 점, 아직 복학을 하지 않았는지 집에만 처박혀 있는 점 등으로 미루어 예비역일 거라 제멋대로 추측한 거죠.

"잠깐 들어가도 되겠습니까?"

예비역이 방문을 열었습니다. 방에서는 금연이 원칙이었지만 그는 이제 막 담배에 불을 붙인 듯 볼을 꺼뜨려가며 필터를 깊게 빨아들이고 있었습니다.

"들어오세요. 방이 춥습니다만."

가시 돋친 그의 말에 잔뜩 주눅이 든 제가 한참을 머뭇거리다 그의 방 안으로 조심스럽게 발을 들여놓았습니다. 이사 들어올 때 그의 형제인 듯 이목구비가 비슷비슷하게 생긴 장정 둘이 종이상자 여러 개를 쩔쩔매고 옮기더니 그게 모두 책이었던 모양입니다. 방 안에는 책장도 없이 방바닥부터 천장을 가득 메운 책이 켜켜이 들어차 있었습니다. 그가 누울 자리, 이인용 소반, 그리고 재떨이 놓을 손바닥만 한 공간을 빼고는 사방이 책으로 가득 들어찬 방이었습니다. 제목이 전부 한자로 씌어 있어 제가 읽고 이해할 수 있는 건 거의 없다시피 했지요.

"형씨, 미안하게 됐시다. 입방 순으로 탄불을 붙이다 보니 딱 한 개가 모자랍디다. 넓은 마음으로 이해 부탁하오."

얼굴로 보아 저보다 대여섯 살은 아래로 보였지만 초장부터 말을 놓는 건 하숙집 주인의 직계로서 할 짓이 아니었죠. 어머니 체면도, 그리고 고시 준비생이라는 제 타이틀에도 말입니다. 예비역은 저를 올려다보며 담배 연기로 도넛을 만들고 있었습니다.

"응당한 대가를 지불한다면 얼마든지 이해해드리죠."

그는 이불을 몸에 둘둘 말고는 제가 듣든 말든 빼엉, 시원하게 방귀를 뀌었습니다. 그의 무례가 못마땅했지만 지은 죄가 있는 저로서는 화를 낼 수도 없는 노릇이었습니다. 말이 고시 준비생이지 예비역의 방에 들어찬 책 표지에 적힌 한자 제목조차 읽지 못하는 한심한 주제에 괜히 가르치려 들었다가 망신이나 당할까 두렵기도 했고요.

"응당한 대가란 게 뭐요?"

예비역이 꽁초가 무성한 재떨이에 담배를 비벼 끄곤 히죽 웃었습니다.

"다른 사람들 방은 이제 한두 시간 후면 절절 끓을 텐데 나는 이렇게 추우니, 춥지 않게 해달란 말이오."

"원한다면 내 방에 가도 좋습니다."

예비역이 이불 솔기에서 실 한 오라기를 끊어내, 이 사이에 밀어 넣곤 이똥을 훑어냈습니다. 절로 눈살이 찌푸려지는 광경이었죠.

"싫습니다. 난 여기가 좋단 말입니다. 내가 원하는 건 체온이오. 이 이불 속에 들어와 내 몸을 노곤노곤하게 녹여줄 36.5도씨의 따뜻한 육체."

저는 그의 말이 농일 거라 생각하고 소리 내어 웃었습니다. 한참을 웃다 예비역을 바라보니 그의 눈빛이 샛별처럼 성스럽게 빛나고 있었습니다. 그는, 그는 진심으로 저의 몸을 원하고 있었습니다.

그날 새벽, 어머니가 '밥 먹어라 이 호로 자식들아!' 하고 목청을 돋울 때까지 저는 예비역의 품에 안겨 서로의 체온을 나누고 있었습니다. 그렇다고 이상한 상상은 금물입니다. 우린 서로의 몸을 더듬는다거나 야릇한 대화를 나눈 게 아니거든요. 그는 제 뒤통수를, 저는 그의 재떨이를 바라보며 여자에 대한 고찰을 나눴을 뿐입니다.

"형씨는 여자가 뭐라고 생각하십니까?"

그의 뜨거운 숨결이 가마를 간지럽혔습니다.

"한 달에 한 번씩 3일에서 7일간 철학자가 되는 동물이오."

제가 생각한 여잔 정말 그랬습니다. 대학 시절 갑작스럽게 히스테리를 부리는 여자 동기 뒤에서 '재 오늘 그날 아냐?'라고 남학우들끼리 수군대곤 했죠. 그녀들은 히스테리만 부리는 게 아니었습니다. 그날을 자신의 다이어리에 빨간 동그라미까지 쳐가며 기념하는가 하면, 간첩 접선하듯 작은 주머니 따위를 들고 어디론가 사라졌다 뾰로통한 표정이 되어 다시 돌아오기도 했습니다. '볼링이나 치러 갈까?' 하고 물으면 '왜 사니?'라는 알쏭달쏭한 답변을 남기곤 피곤한 표정으로 저희 여성 동지들끼리 총총히 몰려가버리곤 했습니다. 왜 사냐는 건 철학자 아니면 그날인 여자들만 하는 질문 같았습니다.

남자들은 1년 365일 왜 사는지 고민하지 않습니다. 물론 핸드백도 없거니와 그 핸드백에 노상 넣고 다닐 만한 작은 주머니나 빨간 동그라미 쳐진 다이어리도 없습니다. 오늘은 누구와 당구를 칠까. 내일은 명동에 나가 헌팅을 할까? 그냥 술이나 처마시자, 정도가 고민이라면 고민이겠죠. 적어도 제가 대학 다니던 시절엔 그랬단 말입니다.

"난 말이오, 여자란 믿지 못할 동물이라고 생각합니다. 소크라테스도 말했습니다. 여자의 눈물을 믿지 말라. 왜냐하면 마음대로 되지 않을 때 우는 것이 여자의 천성이기 때문이다. 형씬 여자의 눈물을 믿습니까?"

저는 여자가 우는 걸 본 적이 있나, 잠깐 생각해보았지만 도무지 떠오르지 않았습니다. 연애라곤 고작 두 달 사귄 한 살 연상의 과 동기뿐이었는데 엄청난 주당에 술만 마시면 쉬지 않고 웃다 까무러치는 괴짜였습니다. 까무러친 그녀를 여인숙에 잠시 모시고 갔다 무릎이 까지게 얼차려를 받고 팬티 바람으로 쫓겨난 후, 학교 전체에 그 소문이 퍼져 진지하게 여자를 사귈 기회조차 박탈당했거든요.

"여자한테 차이기라도 했소?"

그가 제게 건넨 질문들은 하나같이 여자들의 가식적인 눈물과 끝을 알 수 없는 내숭, 남자의 경제력과 여자의 애정이 비례한다는 연구 결과 등이었습니다. 모든 걸 종합해보면 그는 최근에 실연을 당했거나 짝사랑 상대에게 야멸치게 뺨이라도 맞은 게 틀림없다 싶었지요. 그래서 여자의 보드라운 살결이 그리워, 해를 못 봐 허여멀건한 저를 대타로 끌어들였는지도 모릅니다.

"이성 간의 사랑은 인간에게 거세되어야 할 감정입니다. 그것 때문에 지금 이 시간에도 세계 각지에서 전쟁이 터지고 살인이 일어나고 친구나 형제간에 드잡이가 오가는 것 아니겠습니까? 사랑 없이도 번식은 충분히 가능한데 왜 불필요한 감정을 낭비하냐 말입니다."

예비역의 말이 아주 틀린 건 아니라고 생각했습니다. 까짓 사랑만 사라진다면 진정한 세계 평화, 더 나아가서는 우주 평화까지 가능할 것 같았습니다. 사랑이 없다면 결혼도 없을 테고 결혼이 없다면 어머니에게 '이런 미련팔푼이 같은 자식을 어느 골빈 년이 주워갈까? 에라 등신 같은 놈, 에라 화톳불에 데여 부랄 터질 놈' 같은 상욕을 듣지 않아도 될 터입니다.

"형씨 말대로 사랑이나 결혼 따윈 없는 게 나을지 모르겠소."

"나는 사랑이 불필요한 감정이라고 했지 결혼을 부정한 적은 없습니다. 결혼은 사랑하는 사람들끼리 해야 한다고 믿는 고정관념을 버리시오. 결혼은 불완전한 인간을 완전하게 만들어주는 제돕니다. 함께 벌어 공동의 목적을 이루고 자식을 낳아 세대를 이어가고, 다만 사랑만은 하지 말자는 거죠. 사랑이 배제된 결혼이야말로 진정 아름다운 결합이란 말입니다."

예비역의 목소리는 웅변가처럼 작은 방 안을 쩌렁쩌렁 울렸습니다. 그의 다리털이, 셔츠 자락이 올라간 제 등허리에 닿자 그와 나눈 대화들이 마치 꿈처럼 느껴졌습니다.

"밥 먹어라, 이 호로 자식들아!"

그와 저는 멋쩍게 고치처럼 돌돌 말린 이불을 헤치고 나와 식당으로 걸어갔습니다. 담배를 피우지 않는 제게서도 시큼하고 퀴퀴한 담뱃내가 나는 것 같았습니다. 밥을 먹으며, 번개탄을 사오며, 연탄불을 갈며, 오줌을 갈기며 저는 예비역의 말을 곱씹었습니다. 그의 말은 씹으면 씹을수록 달큰한 맛과 향이 감도는 여린 찔레 순 같았습니다. 저는 여자와 사랑, 그리고 결혼에 대해 연구하기로 마음먹었습니다. 마치 저 넓은 우주에서 새로운 행성을 발견한 천문학자처럼 신이 나 미칠 지경이었습니다. 이제 제게도 연탄불 갈기보다 더 위대한 일이 생겼으니까요. 그렇게 저는 방구석에서 하릴없이 늙어간다는 죄로 하루에도 몇 차례씩 등허리를 철썩철썩 갈기는 어머니에게 대항할 구실이 생겼음을 알리게 되었습니다. 하지만 변한 것은 없었습니다. 저는 여전히 하루 다섯 번 연탄불을 갈고 이틀에 한 번씩 번개탄에 불을 붙이며 틈이 날 때마다 예비역의 방을 두드리고 들어가 끝말잇기나 다름없는 지루한 궤변과 언쟁을 일삼게 되었을 뿐입니다.

그날도 저와 예비역은 여자의 유방 크기와 모성애의 상관관계에 대해 설전을 벌이고 있었습니다. 저는 유방이 클수록 모성애가 깊다고 주장했고 그는 그렇게 따지자면 서양 여자들의 모성애가 월등하냐며 열을 올리고 있었죠.

"한병팔, 이 쓰레기 같은 새끼 거 있는 거 다 알아! 어서 나오지 못 해?"

마당에서 누군가 고함을 치고 있었습니다. 저는 방문을 열고 고함의 주인공이 누구인지 확인해보기로 했습니다. 제 또래 정도 된 사내가 낮술을 걸쳤는지 불콰한 낯으로 말라비틀어진 화분에 발길질을 하고 있었습니다.

"형씨, 한병팔이란 사람 모른다고 하시오. 이사, 그래 이사 갔다고 해주시오."

마치 독립군처럼 예비역이 목소리를 낮추고 애면글면 제게 사정했습니다. 예비역의 이름이 한병팔이었던 모양입니다. 사정이 어찌 되었든 저는 예비역의 간곡한 부탁을 거절할 수 없었습니다. 매무새를 고치고 슬리퍼를 갈아 신은 저는 '한병팔 나와!'를 부르짖는 사내에게 다가갔습니다.

"거 술이 과하셨구랴. 한병팔이란 자는 벌써 보름 전에 여길 떴수다. 괜한 헛고생 말고 돌아가시오."

사내의 초점 비뚤어진 눈동자가 저의 허름한 트레이닝복을 훑나 싶더니 솥뚜껑 같은 손을 치켜들어 멱살을 움켜쥐었습니다. 저보다 머리 하나는 더 큰 거구의 사내가 다짜고짜 덤벼드는데 이건 도무지 당해낼 재간이 없었습니다. 저는 지푸라기 허수아비처럼 그의 손아귀에서 이리저리 흔들리다 마당 한가운데 들어앉은 수돗가로 나동그라지고 말았습니다.

"오호라, 네가 한병팔이로구나? 얌전하고 세상 물정 어두운 내 동생을 꼬여낸 가짜 대학생 한병팔. 내가 다 알고 찾아왔어. 잘 걸렸다, 이 새끼야.”

고함을 치는 사내의 입에서 시금털털한 막걸리 냄새가 지독하게 풍겨났습니다. 예비역은 대학생이 아니었습니다. 대학생도 아닌 주제에 대학가 앞에 하숙방까지 잡아놓고 어리바리한 여자를 꼬드겨 더럽게 놀아난 모양이었습니다.

“선생님, 전요, 이 하숙집 주인의 아들로 한병팔이라는 자와는 전혀 별개의, 아주 모르는 사입니다.”

좀 구차한 변명이긴 했지만 어쩔 수 없었습니다. 아무 말 않고 버티다간 꼼짝 없이 사내의 여동생을 후리고 도망친 용의자 한병팔로 덤터기를 쓰게 될 판이었으니까요. 하숙생 대부분은 학교에 가고 수업이 오후인 몇몇 학생들만이 낮잠을 즐기던 조용한 하숙집에 사내의 성난 고함은 돌팔매질이나 다름없었습니다. 짜증스런 표정의 학생 몇이 방문을 열고 고개를 내밀어 제가 수세에 몰린 꼴을 물끄러미 바라보았습니다. 저는 간절한 표정으로 아군이라 믿어 의심치 않는 학생들과 사내의 시뻘건 얼굴을 번갈아 바라보았지만 그 어느 쪽도 제게 동정의 눈빛으로 화답하는 이는 없었습니다.

“내 동생 옥자는 머리를 빡빡 깎이고 집 안에 갇혀 한병팔, 한병팔 이름만 부르며 누워 있다. 여잘 건드렸으면 책임을 져야 할 것 아냐, 책임을!”

사태가 예사롭지 않게 흘러간다 싶었습니다. 사내는 스테인리스 대야에 엉덩이를 담그고 두 손으로 얼굴을 가린 저를 향해 막 발길질을 내지르려던 참이었습니다. 마침 시장을 보고 돌아오신 어머니가 그 광경을 대문가에 서서 묵묵히 지켜보고 계셨습니다. 태어나서 어머니가 그렇게 반가워보긴 그때가 처음이었던 것 같습니다. 저는 물에 푹 젖어 무거워진 바지가 흘러내리는 줄도 모르고, 어머니를 향해 달려갔습니다. 사내를 향한 어머니의 눈이 서서히 세모꼴로 변해가고 있었습니다.

"변사또 좆물 받아 양치질할 놈의 자식이 여기 또 있네. 너 여기가 어딘 줄 알고 목에 핏대를 세우냐? 눈을 똑바로 뜨고 이 자식을 한번 쳐다봐라. 니 눈엔 이 자식이 계집이나 박력껏 자빠뜨릴 허우대로 뵈냐? 내 그런 날이 오면 수건에 이 망할 자식 이름을 새겨 동네잔치를 하고 말 것이다. 이 춘향이 경수 받아 세수할 놈아!"

어머니는 파와 콩나물과 이름 모를 푸성귀들을 수돗가에 팽개치고 사내의 허리띠를 잡아 흔들었습니다. 사내는 어머니의 흐드러진 욕 세례에 정신을 놓았는지 방금 전 저처럼 어머니의 손아귀에 몸을 맡기다 결국 제가 자빠졌던 스테인리스 대야 위로 엉덩이를 처박고 말았습니다.

"한병팔이 이 개잡놈 나와!"

이제 사내 대신 어머니가 한병팔을 부르기 시작했습니다. 닫힌 방문이 아주 조금 열리고 그 사이로 한병팔의 까만 눈동자가 반짝였습니다. 사내는 술기운이 올라오는지 헛구역질을 하며 사태를 주시했습니다. 마지못해 한병팔이 방문을 활짝 열었습니다. 까치집 지은 더벅머리에 침을 발라가며, 조촘거리는 걸어오는 한병팔의 모습은 가히 볼 만한 구경거리였습니다.

"아주머니, 오셨어요?"

대뜸 마루에 무릎을 꿇고 앉아 머리를 조아리는 한병팔의 머리 위로 어머니가 던진 얼갈이배추 한 다발이 내려앉았습니다.

"듣자하니 네놈이 꼴에 계집질을 하고 입을 닦은 모양인데 육실하기 전에 사실을 고해라."

사태가 클라이맥스에 달하자 하숙생들이 방문을 활짝 열고 마루로 기어 나와 앞으로 벌어질 흥미진진한 일을 관전하기 시작했습니다.

"잠깐 사귀다 헤어진 게 답니다. 아시다시피 저란 놈이 지금 장가들 처지도 못 되고 더 좋은 남자 있으면 찾아가라고 놔준 거죠. 그 있잖습니까? 사랑해서 헤어진다, 그거였어요."

엉덩이가 펑 젖은 사내가 어느 결에 몸을 일으켜 한병팔을 향해 달려들었습니다. 이미 제 몸조차 가눌 수 없는 그는 한병팔이 석고대죄하고 있는 마루까지 두 번이나 무릎을 찧어가며 기다시피 다가가 겨우 멱살잡이 비슷한 것을 할 수 있게 되었습니다.

"뭐? 의댈 다닌다고? 알아보니까 너 이 새끼 재수 삼수도 모자라 오수생이더구나. 하도 꼴통 짓만 골라 하니 니 부모가 강제로 군대에 보낸 모양이던데 내 동생한테는 뭐라고 했다지? 공중보건의?"

생각해보니 한병팔의 나이를 직접 들어본 적은 한 번도 없었습니다. 하기야 이름도 모르고 그저 형씨, 형씨 하던 사이였으니까요. 그는 저와 동갑내기였습니다. 게다가 허구한 날 철학자 이름을 들먹이기에 막연히 철학과에 다니나보다 했더니 그 역시 잘못된 추측이었습니다. 그날 한병팔은 사내를 자신의 방에 뉘여 재우게 되었습니다. 기울 녘이 돼서야 잠에서 깬 사내는 어머니가 끓여온 콩나물해장국으로 속을 달랜 후, 한병팔을 작신작신 두들겨 패고 돌아갔습니다.

얼마 후 한병팔은 이옥자라는 배부른 처녀와 결혼을 하게 되었습니다. 그는 야비하게도 이옥자가 임신 사실을 알리자 모 국립대학 앞의 하숙집에서 밤 보따리를 싸 이곳으로 도망을 쳤던 것입니다. 한병팔은 자신의 소신대로 사랑 없는 결혼에 성공했습니다. 하지만 그의 말대로 세계와 우주 평화를 위해 사랑이라는 감정을 배제하고 결혼하자는 당초의 연구 목표는 흐지부지되고 말았습니다. 박소화라는 또다른 여자 때문이었죠.

우리 하숙집에는 여자가 없었습니다. 공과로 유명한 대학을 마주 바라보고 있던 터라 학생 대부분이 남자였고, 간혹 여자가 있다손 치더라도 시커먼 남자들만 우글대는 하숙집보다는 기숙사나 여성 전용 하숙집을 택하기 마련이었습니다. 그런데 한병팔이 떠난 자리에 소화가 찾아왔습니다.

"방이 너무 작아요. 그런데다가 천장에선 겨가 쏟아지고 외풍도 심하네요. 이런 방이 8만 원이라니 말도 안 돼요. 7만 원만 받으세요."

학기 중엔 거의 방이 나가지 않는데다 간만에 찾아온 여자 객에 놀란 어머니는 얼결에 그녀의 제안을 받아들였습니다. 물론 다른 하숙생들 모르게요. 저는 소화의 곁에 붙어서 짐 가방을 져 나르고 방바닥을 걸레질 쳤습니다. 그 꼴을 지켜보던 어머니가 나지막이 혀를 차고 돌아선 것이 아직도 기억납니다.

"옷은 제가 알아서 챙길 테니 거기 교과서들이나 옮겨주세요."

짐 가방에서 꺼낸 교과서들은 『복식문화의 연구』, 『패션의 정의』 같은 의류 관련 서적이 대부분이었습니다. 복식디자인 전공자는 처음 봤어요.

"이봐요, 도와주지 않을 거면 나가줄래요?"

저는 그녀의 두툼한 교과서를 다시 짐 가방 안에 넣고는 헐레벌떡 방을 나왔습니다. 그녀의 목소리에는 거부할 수 없는 힘이 깃들어 있었거든요.

밤이 깊자 한병팔이 제 방문을 두드렸습니다. 그는 걸어서 십 분 거리의 옥탑방에 신접살림을 차려놓고 낮이면 하숙집 툇마루에 앉아 이옥자가 끓여 바치는 커피와 깎아 들이미는 과일을 받아먹으며 하숙 생활을 하던 때와 다름없이 지냈습니다.

"노크할 것 없다. 들어와라."

우린 그 사이 이름을 부르고 말을 놓는 사이로 발전해 있었습니다. 대체 뭘 해서 생계를 이어가는지 몰라도 한병팔은 이맘때쯤 되면 맥주 두 병과 쥐포를 사들고 찾아오는 것이 일이었습니다. 이로 병마개를 따다 앞니에 금이 간 후, 한병팔은 제 책상 다리에 검정 고무줄을 묶어 그 끝에 병따개를 달아놓았습니다. 매일 맥주를 마시다 보니 그때마다 컵을 가지러 가는 일도 귀찮아 마신 컵은 늘 휴지를 덮어두었습니다. 한병팔이 휴지를 입김으로 불어내고 맥주를 따라 건넸습니다.

"말했잖아. 결혼은 사랑하는 사람끼리 해선 안 된다니까. 그건 불행의 씨앗이라고. 몇 달을 연구하고서 아직도 몰라? 날 봐. 사랑하지 않는 여자와 결혼했기 때문에 이렇게 자유로운 영혼으로 남을 수 있는 거라고."

여전히 그의 말은 설득력을 잃지 않았지만 사랑이란 게 어디 내 맘대로 됩니까? 저는 맥주를 마시며 쥐포를 뜯어 먹으며 소화의 수수하고 기품 있는 얼굴을 떠올렸습니다.

"여자 하숙생 하나 왔다고 얘가 정신 못 차리네. 너 너무 오래 굶어서 그런 거야. 여잔 세상에 널리고 쌓였단 말야. 절대 사랑에 빠져선 안 돼. 쿨하게 즐기기만 하라고."

"난 너 같은 속물이 아냐. 사실 나, 로맨티스트야. 진지하게 대쉬해볼 거야."

내 대답에 한병팔은 대꾸 없이 남은 맥주를 한 입에 털어 넣어버리고 집으로 돌아갔습니다. 저는 책상 위의 빈 병을 밀어내고 그 앞에 정좌했습니다. 저의 불타는 마음을 편지에 담아 그녀에게 건네려는 심산이었습니다. 예나 지금이나 글 쓰는 재주는 젬병이다 보니 편지는 반 장도 넘기지 못하고 구겨지기 일쑤였습니다. 내용보다 저의 끔찍할 지경의 악필이 더 문제였습니다. 일단 미사여구는 없이 제 마음을 담담히 적어 내려가기 시작했습니다. 일기를 쓰듯, 그녀의 옷차림이나 헤어스타일, 같은 비누를 쓰면서도 유난히 고결한 향기를 머금은 체취 등을 찬사해나갔습니다. 그렇게 며칠의 고투 끝에 투박하지만 제법 진심이 느껴지는 장문의 편지가 완성되었습니다. 저는 그 편지를 들고 이 하숙집에서 최고참에 속하는 국문과 안경잡이 학생의 방문을 두드렸습니다.

"형이 웬일이세요?"

저는 연탄갈이 해서 번 돈을 돌돌 말아 안경잡이에게 내밀었습니다.

"부탁이 있어서. 글씨 잘 쓴다고 소문이 자자하던데."

안경잡이는 난처한 표정으로 제가 건넨 돈을 헤아리더니 마지못해 제 부탁을 수락했습니다. 두 시간 후, 안경잡이는 제게 한눈에 보아도 여자가 반할 만한 달필로 써내려간 편지를 내놓았습니다. 이제 남은 건 그녀에게 이 편지를 건넬 절호의 찬스와 용기뿐이었죠. 하지만 처녀의 방에 함부로 드나들 수도 없는데다 등하교 시간도 일정치 않은 그녀를 대문 밖에서 무작정 기다릴 수도 없는 노릇이었습니다. 결국 편지를 손에 쥐고도 수일이 흘러버리고 말았습니다.

"사랑 때문에 흥한 자, 사랑 때문에 망한다."

한병팔은 장가를 든 후 점점 총기를 잃어가는 듯했습니다. 대체 이 상황에 맞기나 한 말입니까? 사랑 때문에 흥해본 적도 없는데 사랑 때문에 망한다니, 세상에 그런 악담이 어딨단 말입니까. 어쨌든 한병팔이 묘안을 제시했습니다. 그녀가 학교에 간 사이 방문 틈에 편지를 끼워놓고, 그날 저녁 소화가 돌아오면 데이트를 청하란 것입니다.

저는 소화가 학교에 간 사이 문틈으로 편지를 꽂아놓고 세탁소로 달려갔습니다. 교복 같은 이놈의 러닝셔츠 대신 근사한 신사복을 빌려 입을 요량이었거든요. 세탁소에는 주인이 찾아가지 않은 꽤 고급스런 양복이 여러 벌 있었습니다. 세탁비와 약간의 대여료를 내자 주인은 흔쾌히, 그러나 은밀한 표정으로 양복을 빌려주었습니다. 제 몸에는 조금 컸지만 검은 바탕에 은색 스트라이프 줄무늬가 새겨진 멋스러운 버킹검 양복이었습니다. 그녀와의 첫 데이트를 성공적으로 치르기 위해 집에 돌아오자마자 바람둥이로 소문난 선후배들에게 전화를 걸었습니다. 덕수궁 돌담길을 걸으면 깨진다는 속설부터, 돈가스가 맛있기로 유명한 경양식집, 생맥주와 칵테일을 파는 분위기 좋은 카페, 미터 요금 3천 원 이상이면 콜비를 받지 않는 택시 회사 등을 알아두었습니다. 그리고 소화가 돌아오기만을 학수고대했죠.

우리 하숙집 저녁 식사 시간은 7시였고 한 시간 내로 귀가하지 않는 학생에겐 식사가 제공되지 않았습니다. 그날 소화는 8시가 넘도록 돌아오지 않고 있었습니다. '결론은 버킹검'이라는 유명 카피를 수도 없이 읊어대며 양복을 입고 거울 앞에 서서 온갖

폼을 다 잡았지만 그녀가 나타나지 않는 이상 양복은 무용지물이었습니다.

소화는 그날 밤 10시가 넘어서야 비틀거리며 돌아왔습니다. 단정한 모습은 간데없고 호탕하게 웃어가며 갈지자 걸음으로 겨우 제 방에 찾아들어가는 것 같았습니다. 저는 대들보 뒤에 몸을 숨기고 그녀가 저의 편지를 발견하는지 훔쳐보았습니다. 소화가 방문을 기세 좋게 열어젖히자 문틈에 끼어 있던 편지가 바닥으로 툭 떨어졌습니다. 그녀의 희고 고운 손이 편지를 집어 들었습니다. 그러곤 고개를 돌려 하숙집을 빙 둘러보더니 이내 방 안으로 사라져버리고 말았습니다. 시간은 이미 너무 늦었고 데이트는 후일로 미루자 생각하며 제 방으로 돌아왔습니다. 한병팔이 기다리고 있더군요.

"악연도 인연이다."

혼자 맥주를 마시던 그가 선웃음을 치며 자리를 내주었습니다.

"소크라테스가 지하에서 노하실라."

저는 양복을 벗어 옷걸이에 걸었습니다. 한병팔은 뭐가 좋은지 연신 실실 웃어가며 '나는 연애한다. 고로 머저리다' '사랑은 불행의 아버지다' 따위의 흰소리를 늘어놓았습니다.

"방금 소화가 내 편지를 들고 방으로 들어갔어."

저는 미적지근한 맥주를 컵에 따라 단숨에 들이켰습니다. 그녀를 기다리느라 빈속이었던 저는 맥주 한 잔에도 머리가 어질해지는 것 같았습니다.

"행과 불행이 오늘 밤 안으로 결정 나겠군. 불행을 바라네, 친구."

누군가 마루를 서성이는 소리가 들렸습니다. 혹시 소화일까 하는 마음에 방문을 열어보니 안경잡이였습니다. 그는 가끔 마음이 동하면 마루에 나와 한껏 겉멋을 잡아가며 바이런이나 예이츠의 명시를 읊곤 했습니다.

"제목 어떤 사람에게. 지은이 바이런. 단 한 번만 용기를 내서 당신을 보기 위해 눈을 들었다. 그리고 그날부터 하늘 아래 내 눈은 다른 어떤 것도 볼 수 없었다."

안경잡이의 낭랑한 목소리가 한밤의 정적을 깨웠습니다. 남자인 제가 들어도 녹아내릴 듯한 연시를 왜 하필 소화의 방 앞에서 읊는 건지 당장이라도 달려 나가 안경잡이의 입을 틀어막고 싶은 심정이었습니다.

"내가 그대 사랑하기를 그칠 줄 아느냐? 아니, 영원히 그만두지 않으리라. 나의 생명인 그대, 나는 그대를 사랑한다."

시 낭송이 끝나자 안경잡이는 감동의 여운이 남았는지 두 눈을 지그시 감고 심호흡을 했습니다. 그때 안경잡이를 바라보던 사람은 저뿐만이 아니었습니다. 소화, 아름다운 나의 뮤즈도 그 광경을 지켜보고 있었던 겁니다. 소화는 방문을 열고 나와 안경잡이 앞에 섰습니다. 안경잡이가 슬며시 눈을 뜨고 소화와 눈을 맞췄습니다.

"이 편지, 그쪽이 쓴 거죠? 글씰 본 적이 있어요. 식당에 붙어 있는 '하숙생에게 고함'이라는 안내문도 그쪽이 썼잖아요."

그 편지는 분명 안경잡이의 솜씨였습니다. 하지만 그녈 향한 절절한 마음은 저, 김상호에게서 나왔단 말입니다. 저는 안경잡이의 인간성을 믿어보기로 했습니다. '이 편지는 하숙집의 맏형이자 후계자인 김상호 씨의 부탁으로 대필하게 된 겁니다'라고 말해라, 어서! 마음속으로 외치면서요.

"이런 들켰군요. 쑥스러운데요."

안경잡이가 그녀의 어깨 위에 손을 얹었습니다. 그 순간 한병팔의 손도 제 어깨 위에 올라왔습니다.

"사랑은 쓰다. 그리고 그 열매도 쓰다."

그날 밤, 저는 한병팔을 죽지 않을 만큼 패주고 또 그에게 죽지 않을 만큼 얻어맞았습니다. 이른 아침, 시퍼렇게 멍든 눈으로 세탁소에 가려는데 소화의 방문을 열고 안경잡이가 살금살금 기어 나오는 것이 목격됐습니다. 저는 재빠른 동작으로 그의 앞길을 막아섰습니다.

"파렴치한 새끼."

저의 갑작스런 출현에 몹시 놀란 듯 안경잡이는 균형을 잃고 마루에 엉덩방아를 찧었습니다.

"형, 우리 말로 합시다, 네?"

저는 그와 한마디 말조차 섞기 싫었습니다. 가래침을 녀석의 안경 위에 멋지게 뱉어주고 집을 나서 하염없이 걸었습니다. 갑작스레 비가 쏟아졌고 손에 든 양복에 흙탕물이 얼룩졌습니다.

세탁소 주인은 제게 2천 원의 세탁비를 추가로 요구했습니다. 흙탕물은 웬만해선 잘 빠지지 않는다는 그다지 설득력 없는 이유를 가져다 붙이면서 말이지요.

"연구한답시고 개지랄 떨더니 왜 요즘은 천둥에 개 뛰듯 밖으로만 나도냐? 연애 걸었어?"

아들이 소리 없이 실연당한 줄도 모르는 어머니의 억측엔 대꾸도 하지 않았습니다. 소화와 안경잡이가 공식 커플로 자리 잡자 저는 집 밖으로 나돌 수밖에 없었습니다. 둘은 서로의 숟가락 위에 맛있는 반찬을 골라 올려주고 가끔 한밤중에 서로의 방을 드나드는 듯도 했습니다.

한병팔의 아내는 그 사이 사내아이를 출산했습니다. 그가 지금껏 놀고먹은 이유는 아내인 이옥자의 집이 부유한 덕이었습니다. 우리 집 마당에서 난동을 부렸던 이옥자의 오빠는 남자 잘못 만나 굶어죽게 생긴 동생이 가여워 다달이 생활비와 쌀이며 고기를 사 나르는 눈치였습니다. 애아버지가 되었지만 한병팔은 정신을 차리지 못하고 저와 함께 거리를 쏘다니며 시간을 때웠고 아이의 이름조차 기억하지 못해 한무명이라는 애칭으로 아들을 부르곤 했습니다.

이옥자는 한무명이가 걸음마를 뗄 즈음 친정으로 돌아갔습니다. 옥탑방 전세금까지 빼간 탓에 한병팔은 제 방으로 허름한 짐보따리 하나를 들고 찾아와 다시 하숙을 시작하게 됐지요. 그 무렵 저는 실연의 상처가 조금씩 아물고 있었습니다. 다시 집 안에 들어앉아 한병팔과 함께 인류를 구원할 진정한 결혼에 대한 연구에 매진했습니다. 그날도 세계의 명언집을 펼쳐놓고 주요 단어들을 사랑이나 결혼으로 치환해 말도 안 되는 새 명언을 지어내고 있었습니다.

"상호야, 우체국 가서 전보 좀 치고 와라."

웬일로 욕 한마디 섞이지 않은 어머니의 목소리가 문 밖에서 들려왔습니다. 다급한 목소리에 상황이 심상치 않음을 느끼고 저는 자리에서 일어났습니다.

"어디다 뭐라고 찍으면 되는데?"

어머니는 전화번호부에서 찢은 듯한 종이를 제게 건넸습니다. 전남 해남이 주소였고 받는 사람의 이름은 박철곤이었습니다.

"소화가 죽었단다. 어제 저녁 먹을 때 배가 슬슬 아프다고 하더니만 학교 갔다 오는 길에 맹장이 터졌대. 지 애인이 요 앞 병원으로 데려갔더니 복막염이래서, 아까 점심 때쯤 대학병원으로 옮겼는데 수술실도 못 들어가 보고 죽었단다. 불쌍해서 어쩌냐?"

다 아물었다고 생각했던 실연의 상처가 그녀의 터진 맹장처럼 가슴속에서 아프게 벌어지는 걸 느꼈습니다. 장례는 집 앞 대학병원에서 치러졌습니다. 소화의 아버지는 어부였습니다. 어부라고 자신을 소개하지는 않았지만 새까맣게 그을린 피부와 마디진 손이 그걸 말해주었고 그가 흘리는 눈물에서 바다 비린내가 풍겼습니다.

"형, 저 큰일 났어요."

장례식이 끝난 후 화장터에서 안경잡이가 제 등 뒤에 바짝 붙어 섰습니다.

"지금은 힘들어도 시간이 해결해줄 거다."

최대한 점잖게 안경잡이를 위로했습니다.

"그게 아니라 소화네 아버지가 영혼결혼식을 하자고 며칠째 사정인데 매몰차게 거절할 수도 없고. 전 이제 어쩌죠?"

안경잡이는 정말 눈물 콧물을 줄줄 흘려가며 제게 조언을 구했습니다. 저는 그 순간 비로소 제가 가야 할 길을 찾았습니다. 살아 있는 사람들은 사랑 없이 결혼을 해 인류의 발전을 도모하고, 죽은 후에 비로소 자신의 짝을 찾아 어울렁 더울렁 살아가는 겁니다. 죽은 후엔 전쟁도 분쟁도 없을 테니 그때 하는 사랑이야말로 상처도 눈물도 없는 진정 평화로운 어울림 아니겠습니까.

"하면 되잖아?"

"싫다고요. 귀신이랑 결혼을 어떻게 해요. 난 이렇게 멀쩡히 살아 있는데. 생각만 해도 끔찍하다고요."

충분히 이해할 수 있었습니다. 살아 있는 사람에게 죽은 이와의 결혼은 부조화입니다. 하지만 안경잡이가 죽는다면 이야긴 달라지겠죠. 죽은 자와 죽은 자의 공평하고 조화로운 결합이니까요.

한 달 뒤, 안경잡이는 취직의 희소식을 전하기 위해 고향집에 돌아가다 기차에서 몸을 던졌습니다. 물론 조화로운 결합을 위한 저와 한병팔의 적극적인 지지와 도움이 필요했지요. 안경잡이에게는 섬진강이 보고 싶어 동행한다 말했고, 그는 길동무가 생겨 내심 반기는 눈치였습니다. 한병팔이 담배를 한 대 청하며 열차 연결칸으로 안경잡이를 불러내었습니다. 그 시절만 해도 창문을 열 수도 있었고 승하차 개폐구도 마음대로 조작이 가능했던 때였습니다. 안경잡이의 몸은 수천 개로 조각조각 나뉘었습니다. 흰 옷을 입은 사람 두어 명이 나와 핀셋으로 그의 살점들을 비닐팩 안에 담았고 그중 가장 큰 조각을 안경잡이의 부모에게 내밀었습니다. '이게 아드님의 겨드랑이가 맞지요?' 하고 묻자, 안경잡이의 부모님은 아들의 겨드랑이인 걸 확신했는지 동시에 기절을 해버리고 말았답니다. 안경잡이와 소화는 그해가 다 가기 전 조용한 사찰에서 영원의 가약을 맺었습니다. 참 슬프고도 아름다운 해피엔드였지요.

사고라고는 하지만 두 명의 청춘이 죽어나간 하숙집은 점점 쇠락해가기 시작했습니다. 그 무렵 어머니의 무릎도 말썽이었고 자취를 선호하는 학생들이 늘어가며 하숙집의 인기가 시들해졌습니다. 그 기회를 놓치지 않고 저는 어머니께 달려들어 하숙집을 처분하고 사업 자금을 대 달라고 졸라댔습니다. 대망의 올림픽이 열리던 1988년 여름이었습니다. 하숙집은 생각보다 많은 돈을 안겨주었습니다. 그 돈으로 왕십리에 작은 평수의 신축 아파트를 마련하고 김상호 결혼연구소를 개원하게 된 겁니다.

처음에는 손님이 없어 매일 한병팔과 마주 앉아 전화기만 쳐다보고 있었습니다.

"야, 이거 큰일이다. 미숙이한테 기찬 사업이라고 운 좀 띄워 놨더니 요즘 이만저만 닦달이 아니다."

그 사이 한병팔은 두 번째 장가를 들었습니다. 정확히 말하자면 동거녀가 생긴 것이지요. 이옥자만큼 부자는 아니었지만 얼굴도 예쁘장하고 나이도 우리보다 열두 살이나 어렸지요.

"우리도 광고 좀 해볼까?"

저는 빠듯한 예산이었지만 신문 귀퉁이에 우리 김상호 결혼연구소를 홍보할 만한 광고를 내보는 게 어떠냐, 한병팔의 의중을 물었습니다.

"인마, 뭐라고 광고할 건데? 불귀의 객이 된 댁의 자녀에게 천생연분을 찾아드립니다. 사귀던 사람이 말을 안 듣는다고요? 김상호 결혼연구소에서 쥐도 새도 모르게 해결해드립니다. 이럴까?"

"그게 어때서?"

"어때서라니, 그건 결혼연구소 광고가 아니라 청부 살인 광고라고. 쇠고랑 찰 일 있냐?"

짜장면을 시켜 먹고 낮잠을 자고, 다시 짜장면을 시켜 먹고 집으로 돌아가는 내내 우리는 입을 꼭 닫고 있었습니다. 문만 열면 오늘은 중신 좀 섰냐고 묻는 어머니에게 딱히 드릴 말씀도 없어 가슴이 답답했습니다. 아들이 산 사람 중매가 아니라 죽은 사람 중매를 하고 있다는 걸 어머니가 아시면 지금껏 해온 육갑도 모자라 지랄 가통을 하고 있다며 밥주걱을 날리실 것이 뻔했기 때문입니다.

"맨투맨 마케팅이다. 방법은 그것뿐이야."

명색이 기획홍보실장인 한병팔이 가던 길을 되달려와 제게 선언하듯 외쳤습니다.

"뭘 어떻게 하자고?"

"장례식장은 너무 번잡해서 상주를 만나기가 어려워. 그러니까 납골당으로 찾아가는 거지. 보통 요절하면 매장은 잘 안 하잖아. 거기서 처녀 총각들의 부모를 직접 만나는 거야. 이대로 보내면 몽달귀신 된다, 부모가 돼서 그 한을 못 풀어주면 천추의 한이 된다, 이렇게 말야."

다음 날부터 저와 한병팔, 그의 동거녀 홍미숙은 납골당을 찾아다니기 시작했습니다. 다짜고짜 죽은 자식의 연분을 찾아주겠다고 장광설을 늘어놓다간 미친놈 취급당하기 십상이니 먼저 분향을 하고 근심 어린 표정으로 상주에게 슬며시 명함을 건네는 겁니다.

"애인이 누구인지 이름과 주소만 알려주시면 사십구재까지 확실히 책임지겠습니다."

다행스럽게도 자식을 여읜 사람들은 입이 무겁습니다. 서로가 한 조각씩의 비밀을 나눠 갖는 셈이 되는 거죠. 처리는 깔끔합니다. 한병팔의 동거녀 홍미숙이 나한철이라는 건달을 구워삶았기 때문입니다. 홍미숙은 미용실 보조였는데 자기 구역입네 하며 드나들던 나한철의 칼 솜씨가 제법이라는 걸 어디선가 주워들었던 것이지요. 얼마 지나지 않아 홍미숙이 나한철을 꼬드겨 해피 흥신소라는 간판을 내걸게 하고 김상호 결혼연구소와 제휴를 맺었습니다.

한병팔은 홍미숙이 나한철과 그렇고 그런 관계가 된 것 같다며 다른 흥신소에 둘의 관계를 의뢰하겠다고 설레발쳤지만 사업만 잘된다면 그게 어디 대숩니까. 어차피 사랑 같은 건 필요악이란 걸 하루 빨리 한병팔도 깨달아야지요. 그가 맡은 대부분의 사건들은 사고로 처리되지만 드물게는 살인 사건으로 일이 커지기도 했습니다. 하지만 염려하실 것 없습니다. 알리바이는 믿음직한 해피 흥신소에서 빈틈없이 만들어드릴 테니 부모님께서는 경치 좋은 사찰이나 알아보러 다니십쇼.

하도 염려를 하셔서 제 하찮은 과거까지 들먹이게 되었는데, 이제 믿고 맡기시는 일만 남았습니다. 싫다고요? 이런, 어쩌나. 거절하시면 비밀 유지가 안 될 텐데. 잠시만요, 전화 한 통만 넣고요. 네, 나 사장님이세요? 접니다, 상호. 잠깐 와주셔야겠는데. 하하, 거마비는 따로 드린다니까요. 아, 안 오셔도 되겠네요. 고객께서 마음을 바꾸신 것 같습니다. 미숙 씨한테 안부나 좀 전해주십시오. 그럼 조만간 발주 넣겠습니다. 네, 네. 고맙습니다.

홍미숙

빨래는 세탁기, 설거지는 식기세척기의 몫이다. 청소는 사나흘에 한 번 도우미를 부를 수도 있지만 투구게를 닮은 로봇청소기를 돌리는 편이 마음 편하다. 복잡다단한 인간보다 스스로 생각할 줄 모르는 기계가 좋다. 기계는 주인의 사생활을 떠벌릴 입도 없을 뿐더러 버튼만 눌러주면 군소리 없이 제 할 일을 마치고 얌전히 돌아가 침묵할 줄 안다. 하지만 이번 일엔 반드시 사람이 필요하게 생겼다. 나는 남편을 죽이기로 결심했다.

남편은 아이를 원하지 않았다. 그는 늘 바빴고, 집에 돌아와서도 무언가에 쫓기는 사람처럼 불안해했다. 그는 청부 살인 업자다. 때문에 주말과 휴일이 따로 정해져 있지 않았고, 한 장소에 오래 머물 수도 없었다. 그와 함께 산 17년 동안, 나는 스물두 번의 이삿짐을 꾸려야 했고, 열두 개의 생명보험에 가입해야 했다.

아이는 내게 희망이었다. 아이만 생기면 더 이상 남편의 피 묻은 셔츠를 빨 일도 없을 거라 믿었다.

"아이가 생기면 어디서고 몸을 사리게 되겠지. 살기 위해 몸을 사리면 결국 죽게 마련이야."

굳이 남의 목숨을 노리며 살아야 할 이유가 뭘까. 나는 제법 기반이 잡힌 미용실을 운영하고, 통장에는 우리가 사치를 하지 않는 한 죽을 때까지 써도 바닥을 드러내지 않을 만한 액수의 저금이 있었다. 나는 그에게 아양과 협박, 눈물과 한숨으로 불임 클리닉에 함께 가줄 것을 호소했다. 하지만 그는 묵묵부답이었다.

"다음 주 화요일로 예약했어."

긴 출장에서 돌아온 남편이 재킷 주머니에서 명함 한 장을 꺼내놓았다. 명함엔 불임 클리닉 상호와 함께 원장의 사진이 들어 있었다. 신문을 뒤적이듯, TV 채널을 돌리듯 특별할 것 없는 말투였다.

"왜 마음이 바뀌었어?"

그가 볼 안에 사탕이라도 든 것처럼 잠시 우물거리다 입을 열었다.

"2년 전에 이유 없이 가출한 아내를 찾는 남자를 만났어. 아내를 찾아달라더군. 근데 그리워서 찾으려는 게 아니었어. 단지 청소기 전원 버튼도 끄지 못한 채 집을 떠난 이유가 뭔지 궁금했대. 오늘 김해에서 남자의 아내를 찾아냈어. 임신 5개월째에 돌쟁이가 탄 유모차를 밀고 있더라. 여자는 꽤 행복해 보였어. 가출한 이유를 물어보니 남자의 불임 때문이었대. 여잔 아이를 원했고 자길 임신시킨 가난한 정부를 따라 숨어버린 거지.”

남편이 출장을 떠나 허탕을 치는 일은 없었다.

“그래서 누굴 죽였어?”

“아무도.”

“왜?”

“의뢰인이 원치 않았거든.”

“사례금은 돌려줬어?”

남편은 피곤한 듯 미간을 찌푸리며 캔 맥주를 들고 욕실로 향했다.

“일 얘기 그만하자. 나 퇴근했잖아.”

어떤 이유에서건 그가 아이를 갖는 데 동의했다는 사실이 기뻤다. 이튿날 우리 부부는 불임 클리닉에 들러 여러 검사를 받았다. 그러고 한 주가 지나 너무나 근엄하게 생겨서, 평생 섹스 따윈 안 하고 살아왔겠구나 싶은 주치의에게 결과를 들었다.

“검사결과 아내 분은 다낭성 난소 증후군이 있고 남편 분은 정자량과 운동성에서 문제가 발견됐습니다. 여러 가지 방법이 있지만 체내 인공수정을 먼저 시작할 겁니다. 인공수정이라고 해서 100퍼센트 임신으로 이어지는 건 아니에요. 첫 번째 시술에 성공률은 10~20퍼센트 사이고 횟수를 더할수록 성공률이 높아지긴 합니다만, 끝내 결실을 보지 못하는 분도 없지는 않습니다.”

주치의의 설명에 남편이 살그머니 고개를 떨어뜨리곤 내 손을 감싸 쥐었다. 수없이 많은 맘카페 글로 어느 정도 예상했던 결과였다.

배란유도제를 복용하고 3일째 되는 날, 배란을 확인한 후 인공수정이 이루어졌다. 가느다란 빨대 같은 것이 달린 기구를 자궁에 밀어 넣고 특수 처리한 남편의 정자를 주입하는 시술이었다. 양과 운동성이 부족한 남편의 정자가 좀 더 쉽게 난자에 도달하게 하기 위한 방법이었다. 아랫배와 허벅지를 뻐근하게 짓누르는 통증과 불쾌감 그리고 이런 노력에도 불구하고 임신이 되지 않으면 어쩌나 하는 불안이 속을 메스껍게 했다.

나는 시술이 끝나자마자 간호사의 하얀 유니폼에 노란 위액을 토해놓고 회복실에 들어가 소리죽여 울었다. 결과는 실패였다. 그 후로 이어진 두 번의 실패 끝에 주치의는 방법을 바꿔보자고 했다. 나는 처방 받은 약을 8일에 걸쳐 나누어 먹고 간호사가 설명한 대로 작은 볼펜처럼 생긴 주사기로 과배란을 유도하는 피하주사를 맞았다. 주사를 맞고 한꺼번에 여러 개 배란된 난자와 남편의 정자를 체외에서 수정해 주입하는 시험관 아기 시술이었다.

주치의는 총 열한 개의 건강한 난자를 채취했다고 전했다. 우리는 열한 개 중 상급인 세 개의 수정란을 자궁에 주입하고 착상을 기다렸다. 그리고 아홉 번의 초음파 검사 끝에 두 개의 수정란이 정상적으로 착상해 쌍둥이가 되었다는 소식을 듣게 되었다. 나는 손으로 얼굴을 감싸고 소리 내어 울었다. 아이야말로 우리 부부가 평범해질 수 있는 유일하고도 확실한 방법이라 믿어 의심치 않았기 때문이었다.

임신을 확인하자마자 나는 유기농 순면 원단을 끊어 배냇저고리를 지었고, 남편은 흑호두나무를 길들여 만든 단단하고 널찍한 쌍둥이용 아기 침대를 주문했다. 쌍둥이는 잘 커갔다. 처음에는 작은 두 개의 점에서 시작해 곧 심장이 뛰고 뼈와 근육이 만들어지며 부쩍부쩍 살피를 늘려갔다. 남편은 정기 검진일을 놓치지 않기 위해 애썼지만, 부득이한 경우에는 함께 일하는 직원을 보내 동행시켰다. 직원은 호빵처럼 새하얀 얼굴에 늘 웃는 표정의 중년이었다. 저런 선량한 얼굴로도 사람을 죽일 수 있다는 게 믿어지지 않았다. 이현승이라고 자신을 소개한 중년은 나를 조수석이 아닌 뒷자리에 앉히고 운전석 의자를 당겨 다리를 펼 수 있게 배려했다. 여러 차례 거절했지만 그는 남편의 부탁이라며 진료실 안까지 따라 들어와 초음파 화면 속의 작고 여린 생명을 신기한 눈으로 바라보았다.

"누굴 닮았을까요?"

이현승이 초음파 사진을 손바닥에 올려놓고 매만졌다. 초음파 사진 속 아기는 사람의 형태라기보다 털 뽑힌 생닭을 연상하게 했다.

"이마가 넓을 거예요. 대개 아이는 부모의 외모 중 특이한 구석을 닮아 태어나잖아요. 그인 이마 넓은 게 특징이니까."

남편을 닮아 이마가 넓고 나를 닮아 입술이 얄팍한 아기가 아날로그 전화벨 소리처럼 짜랑짜랑 우는 모습이 그려졌다.

"초음파 사진 말인데요, 제가 가져도 될까요?"

차에 시동을 걸던 이현승이 내게 물었다. 부모도 아닌, 남편의 사무실 직원에게 아이의 초음파 사진을 줄 이유가 없었다.

"아뇨. 이런 거 갖고 있음 와이프한테 오해 받죠."

내가 그의 손에서 초음파 사진을 뺏자 이현승의 표정이 금세 머쓱해졌다. 그가 썩 마음에 드는 건 아니었지만 가끔 남편과 함께 아기용품을 사들고 집을 찾아올 때면, 내내 가족도 없이 객지 생활을 전전해온 남편에게 형제가 생긴 것 같아 고마웠다. 하지만 초음파 사진까지 원하는 그의 태도는 도를 넘어섰다.

"꿈에 커다란 나무를 봤어요. 뭔가 주렁주렁 열렸기에 다가가 보니 커다란 알밤과 복숭아가 매달려 있더라고요. 한 나무에 말이죠. 분명 사모님 뱃속의 쌍둥이는 남매일 거예요."

이현승의 말대로 임신 21주가 되었을 때, 주치의는 파란색과 분홍색 배냇저고리를 준비하라며 태아가 남매임을 귀띔했다.

"쌍둥이가 40주를 채우는 경우는 드뭅니다. 산모의 몸에 무리가 가기 때문에 37주를 넘어서도 진통이 없으면 촉진제를 맞거나 제왕절개로 출산을 하게 되죠. 이제 35주니까 이슬이 비치거나 배가 규칙적으로 아프면 언제든 내원하세요. 특별한 이상이 없으시면 37주째 되는 날 진료실에서 만나죠."

마지막 진료를 마치고 집에 돌아오는 길에 남편과 나는 병원과 마주한 스튜디오에서 기념 촬영을 했다. 맹꽁이처럼 말갛게 부른 배를 자랑스럽게 앞세우고 남편과 포옹을 하며 찍은 사진이 일주일 후, 우편으로 배달되었다.

나는 쌍둥이가 태어나면 그 애들이 자라는 동안 찍은 사진을 보관할 앨범을 펼쳐 맨 앞장에 그걸 꽂았다. 앨범을 책장에 꽂고 돌아서려는데 아랫배가 싸르르 아파오기 시작했다. 통증이라고 하기엔 너무나 미미했기 때문에 나는 쌍둥이의 겉싸개와 속싸개, 작고 앙증맞은 모자와 양말을 빨기 위해 세탁기가 있는 베란다로 나갔다. 그때 다시 한 번 아랫배가 서늘해지며 팽팽하게 늘어난 자궁이 한 덩어리로 뭉치는 느낌이 들었다. 임신 36주째였고 더군다나 쌍둥이기 때문에 언제 출산을 한다 해도 이상한 일은 아니었다. 나는 무릎걸음으로 거실에 나와 남편에게 전화를 걸었다. 배 전체와 등허리까지 쥐어짜는 통증이 점점 밭아졌다.

"빨리 와줘. 우리 아가들이 나오려고 해."

기어들어가는 목소리를 억지로 짜냈다. 그는 대답 대신 긴 숨을 몰아쉬며 전화를 끊었다. 남편의 사무실과 집은 아무리 짧게 잡아도 한 시간은 족히 걸릴 거리였다. 진통이 뜸한 사이 서둘러 외투를 걸치려던 그때 좌르륵, 원피스 앞자락을 적시고 바닥으로 떨어지는 붉은 물기를 보았다.

산모수첩에는 분명 양수의 색깔이 무색이거나 노르스름할 수 있다고 했지 피처럼 붉다고는 어디에도 적혀 있지 않았다. 호주머니에서 휴대폰을 꺼내는 동안에도, 119에 구조신고를 하는 동안에도, 붉은 물은 쉬지 않고 다리 사이에서 쏟아졌다. 그리고 채

오 분이 지나지 않아 오렌지색의 유니폼을 입은 사내 셋이 집에 당도할 때쯤 내 배는 절반 가까이 꺼져 있었다. 구급요원들에게 출산할 병원의 위치를 설명하며 나는 정신을 잃지 않기 위해 아랫입술을 피가 나도록 몇 번이고 깨물었다. 뱃속의 내장까지 휩쓸려 나올 것 같은 격렬한 진통이 영원히 끝날 것 같지 않았다.

사산이었다. 전치태반이 이유였다. 태반이 자궁 출구를 막고 있다 출산이 임박하자 출혈을 일으켰다고 했다. 입원실로 옮겨졌을 때, 침대 위에는 누군가 가져다놓은 하얀 국화 다발이 올라와 있었다. 그때까지만 해도 꽃다발을 가져다놓은 사람이 남편인 줄만 알았다. 하지만 그는 밤이 깊어가고 새벽이 밝도록 찾아오지 않았다.

항생제와 진통제 때문에 입맛이 썼다. 병원에서 제공되는 미역국은 지나치게 싱거웠고, 시든 국화 다발에 날파리가 꼬였다. 이튿날도 그 이튿날도 남편은 오지 않았다. 나는 어쩌면 그가 죽었을지 모른다는 생각을 했다. 나와 쌍둥이를 보기 위해 곡예 운전을 한 건 아닐까 염려스러웠다. 하지만 가장 큰 가능성은 위험한 대상을 죽이려 덤벼들었다 외려 제 가슴에 칼이 꽂혔을지 모른다는 거였다.

"꽃 배달 왔습니다."

남편은 오지 않았지만 사흘째 국화 다발이 병실로 배달되고 있었다.

"누가 보낸 건지 알 수 있나요?"

이제는 낯이 익은 배달원이 수첩을 꺼내 뒤적였다.

"이현승 씨가 보내셨네요."

나는 휴대폰 전화번호부를 뒤져 그의 이름을 찾아냈다. 통화 버튼을 누르고 그가 받기를 기다렸다.

"여보세요."

낮게 가라앉은 목소리가 전화를 받았다.

"우리 남편은 어디 있죠?"

이현승의 고른 숨소리만이 들려왔다.

"그 사람 죽었나요?"

긴 한숨.

"아뇨, 그건 아니에요. 하지만 연락하실 순 없습니다."

"왜죠?"

다시 긴 한숨.

"아기들이 태어난 줄 아세요."

"그게 무슨 소리예요. 아기들이 태어난 줄 아는데 왜 숨은 거죠?"

그가 죽지 않은 건 다행이었다. 하지만 아기들이 태어난 줄 아는 사람이 어째서 꽁꽁 숨어버린 건지 알 수 없었다. 수술실에 들어가면서 나는 동의서에 서명을 한 기억이 없었다. 줄곧 그가 나 대신 서명을 한 걸로 생각해왔다.

"말할 수 없습니다."

나는 전화를 끊고 주치의를 찾아가 수술 동의서 열람을 요청했다. 동의서에는 남편의 서명 대신 남편 이름을 흉내 낸 낯선 글씨가 흘려 쓰여 있었다. 나는 다시 이현승에게 전화를 걸었다.

"당신이죠? 동의서에 남편 대신 서명한 사람. 말해요! 왜 그랬는지."

남편은 아이를 원치 않았다. 언제든 객사하거나 형무소에 갇힐지 모를 무책임한 자신에게 새로운 멍에를 씌우고 싶지 않았던 것이다. 이해한다.

"나 사장님이 집 나간 아내를 찾아줬어요. 그런데 아내는 이미 다른 사람이 되어버렸더군요. 제가 원하기만 하면 아내든, 아내를 빼앗은 남자든, 얼마든지 죽일 수 있었어요. 하지만 아내의 행복한 얼굴을 보자 마음이 바뀌었죠. 제게도 아이가 생기면 저런 표정을 지을 수 있을까 궁금했어요. 나 사장님은 아주 오래전 정관수술을 받았다고 했어요. 그걸 알 리 없는 사모님은 아기를 원했고요. 우린 원하는 게 같았어요. 나 사장님이 아닌 제 정자로 쌍둥이들이 생겼죠. 기르진 못하더라도 아빠가 된다면 아내처럼 행복해질 줄 알았거든요……."

나는 전화를 끊었다. 그리고 제사상의 향내를 닮은 국화 다발을 집어던졌다. 나와는 아무 상의도 없이 자신의 생식 능력을 내던져버린 남편을 이해할 수 없었다. 이현승에게 받은 사례비로 그의 아이를 아내 자궁에 임신시킨, 남편은 냉혈동물이다.

생각해보면 남편에게 나는 임플란트 같은 존재였다. 필요에 의해 자리를 채워 넣었지만 영영 남의 살처럼 거북스럽고 닿을 때마다 혀끝을 거둬들이게 하는 가짜. 나는 아무렇지 않은 얼굴로 그 자리를 지켰지만 속으로는 천천히 곪아들고 있었다. 끔찍한 결혼 생활을 유지시킨 건 남편에 대한 애정이나 의리 때문이 아니었다. 작은 물집으로 시작해 종래에는 목숨을 위협하는 뿌리 깊은 농창, 그게 내 목적이었다. 나쁜 남편은 용서해도 나쁜 아버지는 용서받을 수 없다. 어느 순간부터 남편의 얼굴이 22년 전 나의 아버지를 닮아가고 있었다.

22년 전 나는 거지가 구더기처럼 끓는 지하 차도에 내던져졌다. 아버지 때문이었다. 그는 하루 반나절 만에 두 개의 봉분이 보기 좋게 솟아 오른 선산과 이제 수확만 남겨둔 포도밭을 도박으로 탕진했다. 판마다 연신 오줌을 지리면서도 아버지는 본전을 찾으려는 욕심에 낯선 외지인들이 만든 판에서 일어서지 못했다. 아버지는 곧 남은 땅 몇 마지기와 집, 그리고 한창 물이 오른 두 딸의 몸뚱이까지 내놓게 되었다. 그들이 놓은 올가미에 보기 좋게 걸려든 것이다.

"이제 보니 그 잡놈들이 작정을 하고 사기 친 게 틀림없어. 난 그런 줄도 모르고."

모든 일은 일사천리로 진행되었다. 행여 우리 가족이 야반도주라도 할세라 아버지 뒤를 밟은 도박꾼은 아직 새벽 단잠에 빠져 있던 언니와 나를 일으켜 세워 흙먼지가 뽀얗게 앉은 지프에 실었다. 엄마는 맨발로 뛰어나와 하염없이 울기만 했다. 선 자리에서 동동거리던 아버지가 우리를 차에 싣고 막 시동을 걸려는 도박꾼 앞에서 무릎을 꿇었다. 사냥꾼처럼 동물의 풍성한 꼬리가 달린 모자를 쓴 도박꾼이 피식 웃었다.

"하따, 저 성님, 똥줄깨나 타는 모양이네. 샛똥 빠진 소리 집어치우구 아까 적어드린 계좌로 2천만 원만 입금하면 고이 보내준당게요. 더 잡고 있으래도 귀찮아서 우린 못 해. 좀 인나소. 애기들 앞에서 그러면 되려 내가 죄 지은 놈 같잖아."

우리는 시내의 여인숙으로 잡혀갔다. 일당으로 보이는 사내 둘이 맥주를 마시며 아버지에게서 가져온 것이 틀림없는 지폐를 세고 있었다. 언니와 나는 맨발에 원피스 잠옷 차림으로 그들이 펴놓은 요 위에 무릎을 꿇고 앉았다. 우리를 끌고 온 도박꾼이 일당 중 가장 나이가 많아 아버지 또래였고, 두 사내는 갓 마흔 정도로 보였다. 셋은 킬킬거리며 중국음식과 맥주를 시켜, 먹고 마시며 밤새 저희들끼리 다시 판을 벌였다. 수북한 돈다발과 상소리가 오갔다. 사내들은 우리가 울거나 말거나 세륙이니 장사니 갑오 같은 알아들을 수 없는 말을 주고받으며 화투장을 들었다.

이튿날 부모님은 나란히 서까래에 목을 맸다. 화투판에서 재산을 탕진하고 두 딸을 근저당 잡힌 아버지와 뒤늦게 그 사실을 깨달았지만 일가도 친척도 없는 홑껍데기 촌무지렁이인 엄마는 달리 살 이유를 찾지 못했다. 도박꾼은 빚 독촉을 하기 위해 우리 집에 찾아갔다 내외가 가을날 곶감처럼 처마에 대롱대롱 매달린 걸 보고 흠칫 놀라 그 길로 줄행랑을 쳤다. 나와 언니를 여인숙에 몰아넣고 감시하던 도박꾼의 수하가 골치 아픈 일이 벌어졌다며 욕을 퍼붓더니 염색한 군용 륙색에 짐을 꾸리고 우리를 차에 실었다.

"이년들이 아까부터 정신 사납게 쌍나팔을 부네. 그만해라. 계속 싸이렌 울리면 오빠 화낸다. 오빠 화나면 얼마나 무서운지 니들 모르지?"

사내가 차를 모는 동안 언니와 나는 무책임하게 딸들을 버리고 서둘러 세상을 뜬 부모를 원망하며 소매에 얼굴을 묻고 소리죽여 울음을 삼켰다. 구불구불한 도로를 내처 달리다 정오쯤이 되어서 사내는 시골 한적한 가게 앞에 차를 세우고 요깃거리를 사러 들어갔다. 만 하루 동안 굶은 데다 흠뻑 운 뒤라 어지럽고 속이 메스꺼웠다. 사내가 셈을 치르고 가게 문턱에 서서 기세 좋게 빵 한 입을 베어 무는 걸 보며 나는 옆에 앉은 언니의 어깨에 고개를 기댔다. 귓가에서 꼴딱꼴딱 물 넘기는 소리가 들렸다. 마실 게 없는 차 안에서 언니는 규칙적으로 뭔가를 삼키고 있었다. 나는 눈을 비비고 고개를 들어 언니를 바라보았다. 창백한 언니의 입술 양 끝에 새빨간 핏물이 고여 있었다.

"언니, 지금 뭐 먹어? 나 몰래 뭐 먹고 있냐고? 언니, 너 미쳤어?"

언니의 하얀 손이 아주 천천히 내 팔을 타고 올라와 어깨에서 잠시 머물다 힘겹게 볼에 닿았다. 찬 기운이 선뜩하게 묻어나는 손길이었다. 개개풀린 눈동자가 내 얼굴에 잠시 머물렀다. 나는 언니의 어깨를 뒤흔들며 비명을 질렀다. 한가롭게 빵과 우유를 번갈아 먹던 사내가 뒤늦게 뛰어와 차문을 열어 젖혔다. 그러나 이미 언니의 눈동자는 빛을 잃은 뒤였다. 벌어진 입 안으로 너덜너덜하게 갈라진 혓바닥이 드러났다. 지독스런 언니는 어느 순간부터 제 혀를 짓씹어놓고 거기서 흘러나오는 피를 꼴딱꼴딱 삼켰던 거였다. 사내의 얼굴에 당황한 기색이 역력했다. 그는 반쯤 남은 빵과 우유를 집어 던지고 거친 숨을 몰아쉬며 운전석에 앉았다. 손가락으로 운전대를 불안하게 두드리던 사내가 시동을 걸고 다시 도로를 달리기 시작했다.

"너나 나나 재미없게 생겼다."

나는 언니를 뉘여 내 무릎에 머리를 괴었다. 언니의 몸은 금방 차갑게 식더니 곧 뻣뻣하게 굳기 시작했다. 유난히 멋 내기를 좋아하던 언니에게서는 늘 좋은 냄새가 났다. 다 써서 동전처럼 얇아진 세숫비누를 모아 종이로 감싸 옷장에 넣어두면 향이 옷에 밴다고 알려준 것도 언니였다. 세 가닥으로 머리를 땋는 법 말고도 네 가닥 다섯 가닥으로 머리를 땋고 아카시아 가지로 고불고불 파마 효과를 내는 법을 알려준 것도 언니였다.

"너 빨리 옷 벗어."

사내가 한적한 길에 차를 세우고 운전석에서 내려 뒷좌석으로 걸어왔다. 그가 소매를 힘껏 끌어당겨 손을 감싸더니 언니를 내 무릎에서 밀어냈다. 언니가 통나무처럼 퉁, 소리를 내며 바닥에 떨어지자 나는 외마디 비명을 질렀다.

"빨리 벗으라니까!"

사내가 거친 손길로 잠옷의 단추를 단숨에 뜯어냈다. 트렁크에서 야전삽을 꺼낸 사내가 도로변 숲길에 땅을 파기 시작했다. 언니의 몸이 들어갈 만한 구덩이를 파는 동안 해가 뉘엿해졌다. 사내는 그 사이 내가 도망이라도 칠 까봐 강제로 옷을 벗긴 것이었다. 9시가 다 되어서야 사내가 만족할 만한 구덩이가 완성되었고 거기에 마네킹처럼 희고 단단하게 굳은 언니의 몸이 내던져졌다. 그 위로 내 찢어진 옷가지가 덮였다. 사내는 온몸에서 허연 김을 뿜어내며 언니를 묻고 긴 한숨을 내쉬었다.

생각해보면 그때 사내가 나를 언니와 함께 묻어버릴 수도 있었겠다 싶다. 하지만 그는 다시 차에 올라타 서울을 향해 달렸다. 밤이 깊었고 그 역시 나 못지않게 불안해 보였다.

사내는 몇 번이나 머뭇거리다 공중전화 부스 앞에 차를 세우고 동전을 헤아렸다. 누군가에게 전화를 걸어 도움을 청해보려는 심산일 테지만 오늘 일어난 일로 인해 이미 그는 일당에게 버림을 받았는지도 몰랐다. 초조한 기색의 사내가 전화 부스에 걸어가 주머니를 뒤져 종이 한 장을 꺼내더니 신중하게 번호를 돌렸다. 도심 한가운데였지만 늦은 시간인데다 진눈깨비마저 내려 거리는 음산했다.

사내는 누군가와 통화가 연결되었는지 눈빛에 힘이 실렸다. 언니가 앉았던 자리에 피 몇 방울이 말라 굳어 있었다. 핏방울을 손으로 쓰다듬자 밀가루 풀처럼 진득한 그것이 지문 아래 음각으로 남았다. 더 이상 머뭇거릴 수 없었다. 나는 그의 눈치를 살피며 문손잡이를 조심스레 당겨보았다. 딸칵, 문이 열리는 게 손끝에 느껴졌다. 사내가 공중전화에 머리를 쿵쿵 찧으며 표정을 일그러뜨렸다. 문을 활짝 열어젖히고 온 힘을 다해 가까운 지하차도를 향해 내달렸다. 전화 부스에서 심각한 표정으로 어깨를 움츠리던 사내가 뒤늦게 나를 발견하고 쫓아왔지만 지하도 아래 웅크린 거지들과 드물게 오가는 행인을 둘러보고 고통스러운 비명을 내질러야 했다.

거지들은 알몸의 처녀를 눈앞에 두고도 그게 생시일 리 없다고 생각했는지 졸린 눈을 비비며 스티로폼과 종이상자로 만든 잠자리에 파고들었다. 나를 거둔 건 거지들에게 무료로 아침 식사를 제공하는 외국인 노신부였다. 사내가 기다리고 있을지 모른다는 생각에 계단 위로 나갈 엄두도 내지 못한 나는 양손으로 박박 비벼 부풀린 신문지를 덮고 선잠이 들었다가 두런두런 말소리와 음식 냄새에 눈을 떴다. 신부 그리고 수녀 둘과 신도로 보이는 사내 하나가 얼굴이 벌게지도록 용을 쓰며 들고 내려온 국밥을 플라스틱 식판에 나누어주었다. 콧수염이 입술을 뒤덮은 거지 하나가 신부를 붙잡고 무어라 이야기하며 나를 향해 손가락질을 해 보였다.

노신부가 수십 장의 신문지에 뒤덮인 나를 향해 걸어왔다. 가까이 다가온 그의 초록색 눈동자에는 놀라움과 동정심이 가득 들어차 있었다. 노신부가 다급히 사제복을 벗어 내게 내밀었다. 아직 온기가 가시지 않아 따뜻한 사제복으로 몸을 가린 내가 수녀들의 부축을 받으며 햇빛 쏟아지는 지상으로 걸어 올라갔다. 계단 위에 사내는 없었다. 대신 유리창마다 커다란 십자가 그림이 붙은 승합차 한 대가 고양이처럼 갸르릉거리며 나를 맞았다. 얼음처럼 차가운 보도블록의 감각이 점점 열어지고 허기가 느껴지더니 아랫배가 아파왔다. 내게 승합차 문을 열어주던 수녀 한 명이 작게 탄성을 지르며 광목 손수건으로 내 다리 사이를 닦았다. 흰 손수건에 금세 선혈이 번졌다. 늦은 초경이었다.

성년이 될 때까지 성당에 머문 나는 본래 무용수가 되고 싶었다. 하지만 무료로 미용 기술을 가르쳐준다는 말에 기숙사가 달린 미용실에 취직했다. 말이 기숙사지 미용실에 좁아터진 살림방이 하나 붙어 있어 지방에서 올라온 보조 미용사 네 명이 뒤엉키다시피 잠을 청하는 고시원이었다. 자격증이 없는 나는 영업이 끝나면 세탁기로 수건을 빨아 널고, 파마약이 묻은 도구를 헹궈 물기 없이 말린 후 크기별로 정리해야 했다. 거울을 닦고, 비질을 하고, 손님들 머리를 감기다 보면 초저녁 무렵엔 녹초가 되어 나가떨어지기 일쑤였다. 그러나 방에 돌아오면 불과 며칠 전만 하더라도 내가 하고 있는 일을 나누어 맡았던 보조 미용사 넷이 퉁퉁 부은 다리를 베개에 올려놓고 국수나 라면을 끓여오게 했다.

아침에는 가장 먼저 일어나 밤새 마른 수건을 차곡차곡 개어 선반에 쌓고, 손이 많이 가는 파마약을 미리 배합하거나 원장의 취향에 맞춘 커피를 준비했다. 낮 시간에는 단골손님의 손톱 큐

티클을 벗겨주거나, 뒷목을 마사지했다. 오후 손님을 받기 위해 틈틈이 머리카락을 쓸고 커피 잔을 부시는 고단하고 지루한 일상이 이어졌다.

본격적으로 손님들이 들이닥치는 건 오후 5시 이후였다. 미용실을 가운데 두고 앞 뒤, 양 옆으로 룸살롱이 줄을 잇고 있었는데 그곳에서 일하는 아가씨들은 미용실에 들러 출근을 하기 전에 머리를 만지며 저녁 식사를 해결했다. 나는 커트나 파마는 할 수 없었지만 손이 모자랄 때 세트를 말거나 고데를 하는 정도의 단순한 일은 도울 수 있었다.

미용실에 드나드는 아가씨들은 지역별로 그룹을 나누어 친분을 유지했는데 호남파, 영남파, 충청과, 강원파, 드물게 해외파도 있었다. 그들은 평소에 표준어를 쓰다가도 미용실에서 같은 파일원을 만나면 무서운 기세로 돌변해 사투리를 썼다. 지방색을 드러내지 않는 아가씨는 단 한 명이었는데, 무척이나 앳된 외모에 말수가 적고 수줍음을 많이 타 언뜻 여대생처럼 보이는 여자였다. 본명을 알 수는 없었지만 한 달 치를 모아서 계산하는 결제장부에는 그녀의 이름이 마리아라고 적혀 있었다. 그건 노신부가 내게 지어준 세례명이기도 했다. 마리아가 미용실에 들어서면 아무리 급한 일이 있더라도, 설령 원장이 마실 커피를 타던 중이라 해도 일손을 멈추고 그녀를 향해 눈인사를 했다.

마리아는 몸에 꼭 맞는 원피스를 좋아했지만 결코 야하거나 천박하지 않았다. 그녀가 우아하게 스커트 자락을 흩날리며 거울 앞에 앉으면 나는 따끈한 밥에 간장과 김을 뿌려 뭉친 주먹밥을 들고 다가섰다. 시간에 쫓겨 세면실에 서서 주먹밥을 먹는 나를 보고 마리아가 백일홍 같은 입술을 달싹이며 그건 무슨 맛이에요, 물어왔다. 이튿날부터 나는 마리아가 요란한 사투리의 다른 아가씨들과 뒤섞여 라면이나 수제비를 후룩거리지 않게 주먹밥을 내놓았다.

마리아는 수다스럽지 않았다. 특정한 스타일을 요구하거나 불만을 표현하는 일도 없었다. 언제나 꿈꾸듯 먼 곳을 바라보는 눈동자에 우수가 깃들어 꿈 많은 여고생처럼도 보였다. 내가 옅은 갈색 머리카락에 드라이어를 대고 원통형 빗으로 부드러운 컬을 만드는 동안 그녀는 만두피처럼 얇고 섬세한 눈꺼풀을 내리깔고 손뜨개질을 했다. 그해, 나는 아이보리색 머플러와 벙어리장갑을 끼고 미용사 자격 시험을 보러 갔다.

"미숙 씨, 내가 비밀 하나 알려줄게. 이 뜨개질 가방 안에 돈을 모으고 있어. 언젠가 이걸로 우리 이름을 딴 미용실을 차리자."

마리아는 약속을 지키지 못했다. 내가 두 번째 적금을 타던 여름, 마리아는 여행 가방에 담겨 자신이 근무하던 룸살롱 냉동고에서 발견되었다. 그녀를 살해한 건 그녀 자신이었다. 골목의 모든 소식에 정통한 원장의 말에 따르면 마리아는 마약중독자였다. 지금껏 마리아에게 마약을 판 사람은 다름 아닌 그녀가 일하던 룸살롱 사장이었다. 약에 취해 주걱턱의 수염 많은 사십대 사내와 뒤엉켜 침대 위를 뒹굴었을 마리아를 떠올렸을 때, 나는 무릎이 꺾여 머리카락 투성이인 미용실 바닥에 주저앉고 말았다.

룸살롱 사장은 자신과 함께 투약을 하다 마리아가 쇼크로 급사하자 더럭 겁을 집어먹고 여행 가방에 작고 앙상한 몸을 구겨 넣은 다음 유통기한이 훌쩍 지난 냉동 닭과 햄이 쌓인 냉동고에 던져버렸다. 마리아의 차가운 몸은 주방장에 의해 보름 만에 발견되었다. 필리핀에서 골프를 치던 사장은 경찰에 붙잡혔지만 단순 마약사범으로 집행유예를 선고받았다. 마리아 사건으로 가장 큰 피해를 입은 건 룸살롱 사장이 아닌 미용실 원장이었다. 원장의 미국인 남편이 마약 공급책이었고, 원장은 지금껏 남편이 이웃의 룸살롱 사장에게 전해주라며 미제 파마약 틈에 끼워 보낸 물건이 시가나 원두커피가 아니었다는 걸 뒤늦게 깨달았다.

마리아의 유품은 유일한 친구였던 내게 전해졌다. 유품이라고 해봐야 작은 사이즈의 원피스들과 뜨개질 가방뿐이었다. 뜨개질 가방 안에는 색색의 털실 외에 랩으로 감싼 하얀 가루 뭉치가 있었다. 가루 뭉치의 정체를 알 만했다. 나는 그 무렵 만나기 시작한 나한철에게 가루 뭉치를 가져갔다. 며칠 만에 그는 휘청거리는 미용실을 인수할 만한 거금을 들고 나타났다. 마리아의 마지막 선물이었다.

쌍둥이를 잃고 난 후, 주치의는 내게 다시는 아기를 가질 수 없을 거라 단언했다. 나는 여전히 피 묻은 셔츠를 빨거나 이삿짐을 싸며 늙어갔다. 변한 게 있다면, 남편과 나는 여전히 한 집에 살면서도 서로를 호명하지 않게 된 것이다. 그리고 중요한 또 하나, 내게 옛 애인이 찾아왔다는 사실이다. 미용실에선 아무도 내가 살인 청부 업자의 아내라는 사실을 모른다. 내겐 남편을 대신해줄 정부 한병팔이 있었다.

그는 내가 처음 근무했던 미용실의 단골이었다. 한 번의 이혼 전력이 있었고, 툭하면 사랑과 결혼에 대한 궤변을 쏟아내는 괴짜였지만 속이 말갛게 들여다보이는 어린아이 같은 사람이었다. 그때 난 헬륨처럼 가벼운 한병팔보다 납덩이처럼 차고 무거운 나한철에게 끌리고 있던 참이었다. 한병팔은 영혼 결혼을 중매하는 사업을 벌였다 고전을 면치 못하고 있었는데 그 모습이 안쓰러워 내가 지금의 남편을 소개해 둘은 사업 파트너가 되었다. 하지만 결혼을 하자 한병팔과의 관계는 자연스럽게 청산되었다. 그 사이 많은 것들이 바뀌었다. 무엇보다 남편을 향한 신뢰가 오래된 흉터처럼 흔적만 남기고 사라져버렸다. 아이를 잃은 뒤 나는 모든 일에 시큰둥한 사람이 되었고 스스로에 대한 보상처럼 한병팔을 다시 정부로 맞아들였다. 그리고 오늘 기적처럼 잃어버렸던 아이가 다시 나를 찾아왔다.

의사는 초음파 기계의 볼륨을 올려 태아의 심장 소리를 들려주었다. 폐쇄되었던 우물에서 갑자기 샘이 터져 나오듯 쿨럭, 쿨럭 힘찬 심장 소리가 나를 당혹스럽게 했다. 콧등이 시큰했다. 진료실에서 나오자마자 이 소식을 들으면 가장 기뻐할 사람에게 전화를 걸었다.

"나 병원이야."

며칠째 소화가 되지 않고 신물이 넘어와 제때 식사를 하지 못하자 병원에 가볼 것을 종용한 사람이 한병팔이었다.

"내가 맞혀볼까? 역류성 식도염? 아니면 위궤양?"

"아니, 임신이래. 내년 1월 7일이 출산 예정일."

그가 대답 없이 긴 한숨을 몰아쉬었다.

"이제 어쩌지?"

그가 걱정하는 건 남편 나한철이었다.

"어쩌긴 없애야지."

"낙태하겠다고?"

"아니, 없어져야 할 건 나한철이지."

나는 전화를 끊고 남편을 없애줄 만한 사람을 찾아 나섰다. 살인 청부 업계에서는 스마일 흥신소의 박태상만 한 사람이 없지만 그는 이미 손을 씻은 지 오래였다. 대신 그의 수하에 아줌마 킬러가 있다는 소문을 들었다. 칼 다루는 솜씨며 깔끔한 뒤처리, 자물통 같은 비밀 유지가 그녀의 장기였다. 하지만 이름도 얼굴도 모르는 그녀를 어떻게 찾아야 할지 몰랐다. 나는 스마일 흥신소 길 건너편에 차를 세우고 누군가 나오기를 기다렸다.

3층 흥신소의 불은 좀체 꺼지질 않았다. 남편의 귀가 시간이 늘 들쭉날쭉한 것처럼, 저들도 퇴근 시간이 정해져 있지 않을 터였다. 의사가 처방해준 엽산제 한 캡슐을 입에 털어 넣었다. 이 여린 생명을 어떻게든 지켜내야 했다.

경비실에 앉아 있던 늙은 경비가 자리에서 벌떡 일어나 누군가에게 경례를 붙였다. 듬직한 체구의 중년 남자, 박태상일 터였다. 그 뒤를 따라 중년 여자 둘이 팔짱을 끼고 나왔다. 한쪽은 쉰을 훌쩍 넘긴 초로의 부인으로 자그마한 키에 촌스러운 나일론 티셔츠와 바지를 걸쳤다. 마흔 살 안팎의 다른 한 쪽은 긴 파마머리에 짧은 미니스커트를 입고 있었다.

둘 중 누가 진짜 킬러일까. 아무래도 젊은 쪽에 자꾸 눈이 갔다. 나이 든 여자가 먼저 버스에 올라탔다. 나는 차를 유턴해 정류소에서 버스를 기다리고 있는 여자에게 다가갔다. 여자가 핸드백에서 껌 하나를 꺼내 입에 구겨 넣었다. 붉은 립스틱이 앞니에 묻어 있었다. 여자 앞에 차를 세우고 창문을 열었다.

"방향이 같으면 합승하시죠."

여자가 주위를 둘러보며 내가 말을 건 사람이 자신임을 다시 한 번 확인했다.

"전 하나로마트 가는데요."

내가 고개를 끄덕이자, 여자가 헤죽헤죽 웃으며 조수석 문을 열었다. 의외로 여자는 사람을 잘 믿는 것 같았다. 킬러는 의심이 많다. 매사에 신중하다. 그래서 골치가 아프다. 남편처럼.

"스마일에서 일하시죠?"

딱딱 소리 내어 껌을 씹던 여자가 히뜩 놀라 나를 바라봤다.

"누구세요?"

누구라고 설명을 해야 할까. 미용사? 임신부? 나한철의 바람난 아내?

"의뢰인이라고 해두죠."

여자의 눈동자가 흔들렸다.

"아, 알겠다. 남편 뒷조사하시려는 거죠? 그런 거라면 낮에 사무실로 한번 나오세요."

남편은 내 뒷조사를 한 적이 없을까. 있다면 아내에게 정부가 있다는 사실을 모를 리 없다. 아직 내가 살아 있을 리도.

"우리 남편을 죽여주세요."

오래도록 입 안을 맴돌던 말이 생각보다 쉽게 흘러나왔다.

"……우린 그런 일 안 해요."

여자가 상체를 가로지른 안전벨트를 꾹 쥐었다.

"소문 듣고 어렵게 찾아왔어요. 대시보드 열면 착수금이 들어 있어요. 성공하면 그 열 배를 드릴게요. 작은 아파트 한 채는 구입할 만한 금액이에요."

남편 앞으로 들어놓은 생명보험금을 모두 합산하면 아마 작은 섬 하나쯤은 살 수 있을 터였다. 거기서 나는 생기는 대로 많은 아기를 낳으리라. 이삿짐을 싸지도, 생명보험을 들지도 않는 느긋하고도 평화로운 여생이 그 섬에 있다.

"글쎄, 우린 그런 일 안 한대도요."

대답과 달리 여자가 내 눈치를 살피면서 대시보드를 열어 착수금이 든 봉투를 열어 보았다.

"여기에 열 배요?"

여자의 입이 벌어졌다. 그사이 차는 하나로마트 앞에 도착했다.

"기다릴 시간이 없으니 서둘러주세요."

나는 남편의 신상을 명세한 종이 다발을 여자에게 건넸다. 종이 다발과 착수금 봉투를 핸드백에 집어넣은 여자가 침을 한 번 꿀꺽 삼켰다.

"호락호락한 사람 아니에요. 실패하면 당신이나 나도 위험해질 수 있어요."

여자가 두 눈을 끔뻑이며 머뭇거렸다.

"정말 열 배 맞죠? 나도 되게 무서운 사람이에요. 그니까 구라면 너도 죽고 나도 죽고……."

협박치곤 말끝이 흐렸다. 차에서 내리는 여자의 발목이 균형을 잃고 꺾였다. 여자가 마트의 인파 속으로 섞여들었다. 어딘가 어수룩한 구석이 있는 여자였다. 하지만 지금으로선 그녀를 믿고 기다리는 수밖에 달리 방법이 없다.

벨이 울렸다. 한병팔이었다.

"아직 멀었어?"

"지금 출발했어. 30분이면 도착할 거야 그 동안 보쌈 하나만 주문해놓을래? 먹고 싶어."

마트 안으로 임신부가 남편의 손을 잡고 걸어 들어가는 게 보였다.

"아니, 그러지 말고 우리, 마트 가자."

낯선 사람들 속에 섞이면 나도 저 여자처럼 평범한 임신부로 보일 수 있을까. 꼭 다문 입술 속에 거짓말을 머금고 깊이 여민

옷깃 속엔 예리한 칼날을 숨긴 나 같은 여자도 그렇게 보일 수 있을까, 문득 궁금해졌다.

박현석

영화 〈첩혈쌍웅〉의 부제는 살인자(The Killer)였다. 중학교에 들어가기 전까지 나는 〈첩혈쌍웅〉에 나오는 킬러가 막연히 사람을 죽이고 대가를 얻는 사람이라는 건 눈치로 알았지만, 그 뜻이 살인자라는 건 미처 몰랐다. 당연한 것이, 그때까지 나는 알파벳은 물론이거니와 조금 어렵다 싶은 한글 맞춤법조차 틀리기 일쑤인 성적 불량의 문제아였기 때문이다.

교사에게 학생이란 대단한 노력 없이도 성난 이빨과 풀 몇 포기만 있으면 다루기 쉬운 한 무리의 양떼 같은 존재였다. 품과 길이가 어이없게 큰 교복을 걸쳐 입고 온종일 무언가를 읽고 외우고 풀어내거나, 틈만 나면 식어빠진 튀김 따위를 입에 욱여넣는 군청색 양떼들에게는 저마다 번호가 매겨져 있었다. 하지만 교사들이 제아무리 잘나봐야 그들 역시 양떼를 지키는 멍청한 목양견에 불과했다. 종이 울리면 벤치에 모여 앉아 인스턴트커피를 홀짝이다 다시 종이 울리면 자신들의 양떼가 기다리고 있는 방으로 들어가 빈자리가 있는지, 졸거나 시건방지거나 되바라진 녀석이 숨어 있는 건 아닌지에만 관심이 있었다.

나는 1학년 1학기가 시작된 지 얼마 지나지 않아 담임선생의 조례가 끝나기 무섭게 책상과 걸상을 어깨에 짊어지고 화장실로 향했다. 한심하게도 교사들은 빈 책상이 눈에 띄지 않으면 결석생이 없다고 철석같이 믿는 바보들이었다.

그날도 나는 청소 비품을 모아놓은 마지막 칸에 책상과 걸상을 밀어 넣고 우리를 탈출하기 위해 세상과 통하는 담벼락 앞에 섰다. 담벼락은 갓 초등학교를 졸업한 나 따위가 뛰어넘기에 녹록치 않은 높이였다. 회색 벽돌로 차곡차곡 쌓아올린 담은 이 미터는 족히 넘었고, 그 끝에는 가시철사가 용수철처럼 둥글게 말려 얹힌 데다 군데군데 깨진 유리병까지 박아놓은 모양이 제법 경비가 삼엄한 교도소를 닮아 있었다. 하지만 내게는 든든한 선배들이 있었다. 물론 나는 한 번도 선배들과 대면하거나 그들의 피 튀기는 무용담을 들은 적은 없었다. 그럼에도 그들이 든든하다 느껴지는 건 담벼락 아래 난 통로 때문이었다.

어느 해에나 나 같은 돌연변이는 있기 마련이었다. 그들은 자신이 다른 양떼와 같지 않음을 일찍부터 눈치챘을 테지만, 초식동물답게 선량한 눈을 가진 부모의 기대를 저버릴 수 없었을 것이다. 하는 수 없이 양의 탈을 쓰고 메에, 가짜 울음을 내며 노력

해보았을 테지만 종말에는 이런 젠장 목만 아프잖아, 버럭 소리 지르고 탈을 벗어버렸을 게 틀림없다. 그리고 자신을 위해, 혹은 뜻하지 않았으나 수년 후에 자신과 같은 처지가 될 가짜 양들을 위해, 한 삽 한 삽 경건한 마음으로 담벼락 밑을 퍼냈으리라.

후문에서 열두 발자국 위, 갓 꽃망울이 터진 철쭉 군락을 헤치고 들어가면 누군가 널판지로 막아놓은 구멍이 있었다. 나는 어깨에 둘러멘 가방을 구멍 안으로 밀어 넣고 뒤이어 교복 재킷과 허리띠를 풀어 가슴에 끌어안았다. 그러곤 천천히 몸을 놀려 술과 영화, 담배를 입에 문 여자아이들이 기다리는 세계로 빠져나가기 위해 애썼다. 하지만 여느 날과 달리 구멍은 세상과 연결되어 있지 않았다. 힘껏 밀어 내던졌다고 생각한 가방이 스르륵 밀려 내려와 정수리에 떨어졌고 빛 한 점 없는 어둠 속에서 쌉싸래한 흙 맛이 느껴졌다.

"두더지 한 마리 잡았네."

목소리만으로 영어선생임을 알 수 있었다. 나는 밖으로 나가지도 못하고, 목소리가 기다리고 있는 학교 안으로 들어오지도 못한 채 한참이나 담벼락에 깔린 꼴로 머뭇거려야 했다. 차라리 허리를 깔고 앉은 이 담벼락이 주저앉아 나를 뎅강 반 토막 내준다면, 그리하여 반 토막의 나라도 이 환장할 현실을 빠져나갈 수 있다면, 얼마나 좋을까 상상하고 있었다. 그러나 지나치게 튼튼한 담벼락은 도무지 무너져줄 것 같지 않았다. 영어선생의 우악스러운 손길에 바지춤을 붙들리는 통에 나는 하는 수 없이 학교로 되돌아왔다.

"월요일 1교시부터 배짱 한번 좋네. 입 다물고 머리 박아."

체벌이 일상이던 시절이었다. 대머리를 감추기 위해 옆머리를 길러 정수리에 널듯 펼쳐놓은 선생의 머리칼 위로 햇살이 부서졌다. 고사상의 돼지머리처럼 작은 눈이 더욱 매섭게 찢어졌다. 팥죽색 입술에서 침 거품이 튀었다. 탈출이 발각된 이상 뾰족한 수가 없었다. 나는 그의 발치에 머리를 박고 뒷짐을 지었다. 지금 생각해보면 개구멍은 가짜 양뿐 아니라 영어선생에게 역시 유일한 탈출구였던 것 같다. 그는 오래전부터 후문과 인접한 곳에 문제아들이 들락거리는 개구멍이 있단 걸 알고 있었으리라. 그리고 자신이 감당해야 할 스트레스가 한계점에 다다랐을 때 그 개구멍은 만만한데다 말랑말랑하기까지 해 자신이 퍼붓는 온갖 횡포를 소음 없이 흡수해줄 쿠션들을 조달해주는 고마운 탈출구였을 것이다.

"너 이 새끼, 지금 뭐라 그랬어? 선생한테 개새끼?"

맹세컨대 그때 나는 입술을 꾹 다물고 그의 스트레스 해소용 쿠션으로서의 역할을 묵묵히 수행하고 있었다. 마음속으로야 수도 없이 개새끼라고 지껄였지만 입 밖으로는 뜨겁고 거친 숨만 뿜어낼 뿐이었다. 그는 하지도 않은 말을 트집 잡아 내 옆구리를 발길로 걷어찼다.

"아뇨, 그런 말 안 했는데요."

물오른 철쭉의 거친 줄기가 얼굴에 스치자 그 자리가 금세 벌겋게 부풀어 올랐다.

"그럼 내가 없는 말을 지어낸다는 거야? 너 오늘 임자 만난 줄 알아."

내가 정말 욕을 했다면 그는 나를 곤죽이 되게 두들겨 패지 않았을 것이다. 멱살을 움켜쥐고 교무실로 달려가 담임선생 앞에 멋지게 패대기치고는 교칙에 나온 대로 합당한 처벌을 하면 그만일 테니까. 설령 그 처벌이 지나치게 과하다 한들 누구 하나 가난한데다 전체 평균만 갉아먹는 문제아의 미래 따윈 걱정하지 않았을 것이다. 하지만 영어선생의 행동은 무성영화의 주인공처럼 지나치게 과장되어 있었다.

질퍽거리는 화단에서 굳이 발을 버려가며 자신의 싸구려 지압 슬리퍼를 벗어 내 뺨을 후려치고 애처롭게 널어놓은 머리를 채신머리없이 펄럭이며 성을 내던 그가 돌연 코로 가느다란 핏줄기를 흘리며 뒤로 넘어갔다. 그의 입술이 오른쪽으로 밀려가 규칙적으로 씰룩거리더니 부릅뜬 두 눈에 핏발이 섰다. 멀리서 빗자루질을 하던 수위가 한달음에 뛰어와 영어선생을 들쳐 업었다. 비대한 몸의 영어선생에 비해 수위의 몸은 지나치게 야위어 있었다.

"이 양반 풍 맞았구먼. 어쩌다, 어쩌다가……."

후문에서 교무실까지는 불과 일 분여의 거리였지만 노쇠한 수위의 무릎이 몇 번이나 꺾이며 시간이 지체되고 있었다. 그 사이에도 영어선생의 몸에는 두 번의 경련이 더 찾아왔고 근육이 풀렸는지 소변이 바짓단을 타고 흘러내렸다.

“아버지, 제가 업을게요.”

수위는 내 아버지였다. 뒤축이 닳을 대로 닳아 걸을 때마다 호두알 부딪히는 소리가 나던 아버지의 구두가 걸음을 멈췄다.

“뭘 잘못했기에 멀쩡하던 양반이 풍을 맞냐? 현석아, 무조건 잘못했다고 빌어라, 무조건.”

영어선생은 죽었다. 아버지의 바람대로 무조건 잘못했다고 빌었지만 그는 받아주지 않았다. 사인은 급성뇌경색이었고 구급차 안에서 어눌한 발음으로 나를 향해 킬러라 발음한 것이 그의 유언이 되었다.

영어선생의 아내는 나를 원망하지 않았다. 교감 승진에서 미끄러진 날 벌어진 일이었으므로, 조문을 온 교장의 멱살을 몇 차례 힘없이 쥐어뜯다 조의금이 든 봉투를 받아들고는 화장실로 향했을 뿐이다. 영어선생의 젊고 성성한 일가친척과 제자들을 제치고 장례식장에서 가장 빛을 발한 건 아버지였다. 육개장과 홍어무침, 소주 등속을 담은 쟁반을 쉬지 않고 들어 나르며, 문상객이 함부로 벗어놓은 신을 고쳐놓는 동시에 바닥에 굴러다니는 나무젓가락 포장 비닐과 담배꽁초를 주워 담느라 가뜩이나 굽은 허리가 곱사등이 되었다. 수백 병의 음료와 소주가 아버지의 손에 의해 채우고 비워졌으며 짬이 날 때마다 영어선생의 아내에게 다가가 비굴한 표정을 지어 보이는 것도 잊지 않았다.

나는 일주일 근신 처분을 받았다. 처음에는 근신이라고 해서 학교에 가지 않아도 되는 줄 알고 기뻐했지만 곧 근신 기간 동안도 등교를 해야 하며 '깨달음의 방'이라고 불리는 작고 옹색한 공간에 갇혀 같은 내용의 반성문을 반복해서 써야 한다는 걸 알게 되었다. 정학이 아닌 근신으로 처벌 수위가 낮아진 건 아버지의 노력 덕분이었다. 교장이 이 학교에 부임할 때부터 수위로 근무했던 아버지는 틈날 때마다 그의 자동차를 세차하고 구두를 닦았다. 교장의 일가가 입다 싫증난 옷이며 살림살이 역시 모두 우리 가족 차지였으므로 집 안은 언제나 교장 부인의 취향인 잔꽃무늬로 가득했다.

교장은 영리했다. 내가 영어선생의 죽음에 결정적인 역할을 했다는 걸 알고 있었지만 아버지의 석 달 치 봉급을 삭감하고 일 년에 두 번 아무렇게나 방치해놓은 제 부모 묘소의 벌초를 약속받고는 두 눈을 꾹 감아주었다.

화장실 가는 시간과 아버지가 가져다주는 도시락 먹는 시간을 제외하고는 깨달음의 방을 드문드문 드나드는 선생들에게 머리를 쥐어 박히거나 반성문을 쓰는 게 전부인 시간이 흘러갔다. 가끔 선생들이 놓고 간 신문에서 틀린 그림 맞히기라도 할라치면 귀신같이 알아채고 누군가 뛰어 들어와 학생수첩이나 출석부로 등허리를 내리치며 그럴 시간에 참된 반성을 하든가 책이라도 한 자 보라며 나무라기 일쑤였다.

나는 반성문 쓰기에 질려 책장에 꽂힌 책들 중 국어사전을 들춰보았다. 그리고 한동안 잊고 지냈던 킬러라는 단어를 찾아보기로 했다. '킬러killer 〔명사〕 배구에서 주로 공격을 하는 세 사람' 어쩐지 영어선생이 남긴 마지막 말로는 어울리지 않는 말이었다. 나는 다시 영어 사전을 펼쳐 killer라는 단어를 찾아내었다. 그리고 거기 적힌 뜻인 멋진 세 음절을 소리 내어 발음해보았다. '살인자'였다.

부모님이 구멍가게를 하는 경수에게는 매달 한 장의 영화표 교환권이 공짜로 생겼다. 가게의 유리문에 포스터를 붙여주는 대가로 얻게 되는 부수입이었다. 경수는 간혹 교환권을 반값에 팔아 용돈을 챙기기도 했는데, 때마침 나는 돈도 없는 주제에 시내에 새로 들어온 영화 〈첩혈쌍웅〉에 온 정신이 팔려 있었다. 새카만 선글라스를 쓴 주윤발이 장총을 들고 누군가를 겨누고 있는 포스터가 눈을 감아도 아른거렸다. 18세 이상 관람가 영화였지만 경수의 부모는 하루 종일 구멍가게에 틀어박혀 파리를 잡기에도 바빴고, 그 애의 큰형 역시 18세가 되지 않기는 마찬가지였다. 그때 나는 고작 열세 살이었다. 아무리 노력을 해도 중학생 이상으로는 보일 리 없었지만 어떻게 해서든 교환권만 손에 넣으면 그걸 볼 수 있을 거란 기이한 믿음이 있었다. 결국 〈첩혈쌍웅〉에 대한 열망은 점점 불타올랐고, 마치 그걸 보지 않으면 아무리 포경수술을 하고 고추에 털이 난다 해도 어른이 될 수 없을 거란 믿음까지 생겼다.

나는 어머니가 다락에 숨겨놓은 인삼주를 소주병에 던 다음 빈 공간만큼 물을 채워 넣고 경수를 찾아가 영화표와 맞바꾸는 모험을 감행했다. 나는 경수가 몰래 훔쳐온 형의 항공모함 같은 농구화에 한창 유행이었던 파랑 줄무늬 운동복을 입었다. 아직 코밑에 수염이 돋지 않았던 때라 검은 칠을 할까도 생각했지만 발각되면 더 큰 망신이라는 생각에 야구 모자를 눌러쓰는 걸로 만족했다. 혹 매표원이나 경비에게 쫓기게 될 걸 대비해 거치적거리는 가방 같은 건 챙기지 않았다. 상황에 따른 온갖 마음의 준비를 하고 극장에 찾아갔지만 매표원은 내 나이 따위엔 관심이 없었다. 그녀는 부채꼴 모양의 아크릴 문 안에 앉아 껌을 짝짝 소리 내어 씹으며 교환권을 영화표로 바꾸어주었다. 검표원 역시 제 또래의 여자애에게 눈이 팔려 표조차 확인하지 않고 들어가라는 손짓을 해보였다.

나는 두근거리는 마음을 달래며 관객이 열 명 안팎인 극장의 맨 뒷자리에 앉아 〈첩혈쌍웅〉을 관람했다. 역시 주윤발은 멋있었고 엽천문은 청순했다. 모터보트를 타고 총격을 벌이는 장면에서는 두 손에 땀이 흥건할 정도였고, 쌍권총을 들고 성모마리아 상이 굽어보는 가운데 머저리처럼 총알받이가 되는 악당들을 지켜볼 때는 나도 모르게 환호성이 터졌다. 아직까지도 잊히지 않는 애절한 그 이름 아쫑, 아쫑이 울려 퍼지고 지나치게 말끔한 얼굴의 주윤발이 숨을 거둘 때는 창피한 줄도 모르고 어깨가 들썩일 정도로 흐느껴 울기까지 했다.

그해 겨울 〈영웅본색 3〉이 나오고 몇 년 뒤 〈첩혈쌍웅 2〉가 개봉했지만 나는 여전히 열세 살 여름에 보았던 〈첩혈쌍웅〉에 매료되어 있었다. 콧수염이 나기 시작하면서 어른이 되면 청부 살인을 직업으로 삼는 것도 괜찮겠다고 생각했다. 훗날 몇 번이고 〈첩혈쌍웅〉을 비디오로 본 뒤에는 그게 마치 일생의 커다란 사명처럼 느껴지기까지 했다.

출근하기 전 나는 거울을 보고 혼잣말을 한다.

"신을 믿나?"

"아니, 하지만 조용해서 좋아."

킬러인 아쏭과 그의 의뢰인이 나눈 대화였다. 하지만 현실에선 어떤 의뢰인도 이런 질문을 하지 않는다. 모두 누군가를 죽여 달라고 죽는소리를 할 뿐이다. 그 이유란 게 개개인에게는 뼈에 사무치는 원한이거나 넘기 힘든 방해물일 테지만 킬러에게는 대수롭지 않은 일상에 불과하다. 그건 마치 물건의 흠을 잡아 환불을 요청하는 까다로운 고객의 투정과 다르지 않다. 환불은 이미 기정사실이고 그 이유 같은 거야 상담원의 입장에서는 거추장스러운 사전 의례일 뿐이니까. 하지만 킬러에게 환불은 없다. 묵묵히 그들의 투정을 받아들이고 철저한 사전조사와 완벽한 작전을 통해 임무를 완수해야 한다. 만약 실패하면 모든 증거를 인멸하고 선배들이 파놓은 구덩이로 숨어들거나 죽음을 택할 수밖에 없다. 나는 후자를 택하는 한이 있어도 다시는 개구멍으로 파고들지는 않을 것이다. 의뢰인들이 치르는 비용 안에는 내 목숨에 대한 값어치도 포함되기 마련이다.

신참은 감이 좋았다. 그는 발소리만으로 뒤에서 다가오는 사람이 누구인지 정확히 꿰고 있었다. 다가오는 상대에 따라 김이 오르는 커피를 건네거나 외투를 받아들 자세를 취했다. 누굴 흠씬 두들겨 패보거나 담벼락 아래 개구멍을 통과해본 적 없는 말끔한 어린 양의 얼굴이었다.

"그 애 형이 맡아. 곧 쓸 데가 있으니까."

사장인 나한철의 당부였다. 그는 얼마 전부터 말수가 부쩍 줄었다. 반백에 가깝도록 센 머리를 염색하지도 않았다. 평소 강박적인 성격과는 걸맞지 않은 행동이었다. 나한철의 변화에는 스마일 흥신소의 새로운 킬러가 한 몫을 차지했을 터였다. 스마일 흥신소에는 사장인 박태상을 제외하고 청년 하나와 중년 여자 둘뿐인데, 그중 가장 나이가 많은 심은옥이라는 여자가 업계에 발을 들여놓은 후부터 해피 흥신소의 매출이 뚝 끊기다시피 했다.

얼마 전까지만 해도 매출 저하의 원흉이 아줌마 킬러일 거라고는 약삭빠른 나한철도 알아채지 못했다. 뜬소문에 따르면 스마일 흥신소의 새로운 킬러가 박태상의 귀환이라고도 했고, 그가 어딘가에서 낳은 딸이 아버지의 피를 이어받아 냉혈 킬러가 되어 돌아왔다고도 했다. 하지만 발 빠른 아우들의 귀띔과 해피 흥신소의 단골이었던 애꾸눈으로부터 새로운 킬러가 아줌마라는 사실이 누설되었다. 나한철의 귀밑머리가 센 것도 그 무렵부터였다.

신참에게 가장 먼저 가르친 건 칼을 고르는 일이었다. 칼날을 접어 넣을 수 있는 폴딩류는 휴대가 간편하지만 목표물의 저항

이 심할 경우 아차 하는 순간에 칼날이 접혀 일이 틀어지는 경우가 있다. 그래서 킬러들은 휴대가 불편하지만 안정감 있는 픽스드 나이프를 사용한다. 하지만 부엌칼을 제외하곤 취미나 장식용이라 하더라도 칼날의 길이가 15.2센티미터가 넘으면 도검 소지 허가증 없이 구입할 수 없다. 때문에 특별한 용도로 칼을 구입하기 위해서는 정해진 장소와 시간에 맞춰 황을 찾아가야 한다.

황은 한쪽 눈의 시력을 완전히 잃은 반맹인이다. 그는 월남전에서 베트콩의 포로가 되어 서바이벌 나이프에 오른쪽 눈을 잃었다. 미군에 의해 전세가 역전되어 목숨만은 부지할 수 있었던 그는 고국으로 돌아와 유명한 맹인 침사를 찾아가 수제자를 자청했다. 그리고 얼마 지나지 않아 스승의 대문이 마주 보이는 자리에 깍마이라는 이름의 침술소를 차리고 돈을 그러모았다.

"할 줄 아는 말이 깍마이밖에 없었어. 깍마이가 뭐냐고? 지랄하고 자빠졌네."

그는 30살 연하의 여자와 살았다. 여러 채의 건물과 고급 승용차도 소유하고 있었지만 그를 가장 기쁘게 해주는 건 유리 쇼케이스 안에서 요요하게 빛나고 있는 칼들이었다. 서바이벌 나이프가 그의 오른쪽 눈이 마지막으로 바라본 세상의 전부였고, 오직 그것만이 황의 반쪽뿐인 세상에서 유일하게 온전한 모양으로 빛나고 있다 했다.

"걸음이 아주 묵직하구나. 냄새도 좋네. 갓 올라온 죽순 같은 냄새야. 괜찮은 아이를 데려왔어."

황이 손잡이와 날이 자신이 쓰고 있는 선글라스만큼이나 새카만 단도를 조심스럽게 닦고 있었다.

"풋내깁니다. 적당한 걸로 골라주세요. 버크나 거버 정도로."

둘 다 보급형 단도가 많이 나오는 회사로 재질이 고급스럽지는 않지만 저렴한데다 꽤 쓸 만했다. 나한철이 황에게 데려가 처음으로 내 이름을 새겨준 칼 역시 그들 중 하나였다.

"첫 친구를 잘 사귀어야지. 이 아이 어떤가?"

미국의 전설적인 칼 장인이 만들었다는 명검이 황의 손에 들려 있었다.

"만져 봐도 돼요?"

갓 입학한 초등학생처럼 두려움과 경이로움이 깃든 표정으로 신참이 칼을 향해 손을 뻗었다.

"아직 잡는 법도 모르는 애예요."

고가의 명검을 풋내기에게 맡길 수는 없었다.

"너 말하는 본새가 꼭 선생 같구나. 나 사장이 주라고 했어. 그러니 어서 받고 돌아가. 골이 쑤시거든. 고엽제 후유증이겠지."

황은 칼에 기름칠을 하고 가죽 칼집에 넣어 내밀고는 관자놀이를 지압하며 라디오를 켰다. 우리는 라디오 DJ의 요란스러운 웃음소리에 쫓기듯 황의 가게를 나왔다.

"이거 어마어마한 칼 맞죠?"

신참이 칼을 넣어둔 안주머니를 손바닥으로 툭툭 치며 수선을 떨었다. 엉겁결에 값비싼 칼을 손에 넣기는 했지만 나한철에게 뭔가 비밀스러운 꿍꿍이가 있지 않은 이상 아직 솜털도 가시지 않은 애송이에게 고가의 명검을 주었을 리 없다.

"다룰 줄 모르는 애송이한테 과도랑 뭐가 다르겠어."

흥신소로 돌아와 나는 신참에게 칼 쥐는 법부터 가르쳤다.

"그렇게 검지를 세웠다간 네 손가락까지 잘리는 수가 있어. 쥘 때는 약지에 힘을 빼고 찌를 때는 검지에 밀듯 힘을 줘야 해. 허리 기럽ᄂ 세우고, 팔은 곧게!"

처음치고는 자세가 제법 잘 잡혔다. 저 상태로 팔의 각도만 조절한다면 신체의 어느 장기든 바람처럼 파고들 수 있을 터였다.

"날에 끊어진 근육이 들러붙어 빼는 게 쉽지 않을 거야. 칼을 조금 틀어 공간을 만들고 들어간 방향으로 빼라."

처음 나한철에게 칼 쓰는 법을 배울 때, 우리는 갓 도축된 돼지 한 마리를 앞에 두고 있었다. 나한철이 팔짱을 끼고 서서 식은땀 뻘뻘 흘리는 신참인 내게 돼지의 심장을 꺼내라고 시켰다. 나는 돼지의 옆구리를 찔러 가죽을 벗기고 살을 열고 뼈를 부숴 간과 췌장 따위를 꺼내는 데 성공했지만 끝내 심장을 찾아내지는 못했다. 나한철은 내게서 칼을 빼앗아 돼지의 목을 챙 돌려 절제하고 다시 앞다리 아래까지 칼집을 냈다. 그리고 팔뚝까지 소매를 걷어붙이고는 앞다리 부근 살 속으로 손을 밀어 넣었다. 나처럼 닥치는 대로 살을 파헤치거나 뼈를 부러뜨리지 않고도, 단숨에 주먹 두 개만 한 심장이 그의 손에 감겨 나왔다.

"봐봐, 형. 형이 돼지에게 한 짓을. 고작 심장 하나 찾자고 온몸을 으깨고 난도질했어. 이게 사람이었다면 지금쯤 형은 온몸에 피를 뒤집어쓰고 경찰에 둘러싸였겠지."

신참이 벽 아래서 졸고 있었다. 그는 소리 나지 않게 걷는 법, CCTV와 경범 장치를 해제하는 법 등을 배우느라 며칠째 집에 돌아가지 못하고 있었다.

"저런 햇병아리에게 공을 들이는 이유가 뭡니까?"

나한철이 그런 신참을 물끄러미 바라보고 있었다.

"박 사장을 겨눈 칼이니까."

박 사장이라면 박태상을 의미했다. 그는 전설적인 킬러였다. 만약 나한철보다 박태상을 먼저 알았더라면 나는 그의 수하가 되어 있을지도 몰랐다. 박태상은 내 오랜 동경의 대상이었고 바래지 않는 우상이었다.

"이제 막 칼 쥐는 법을 배운 초짜잖아요."

"적의 손에서 칼을 가져오려면 주인의 손목을 자르는 수밖에 없지 않겠어? 저 친구도 이미 수락한 일이야. 두고 보자고."

박태상에게는 심은옥이란 좋은 칼이 있었다. 그걸 빼앗을 방법으로 박태상을 제거하려는 의중일까? 하지만 어째서 그런 일에 신참을 내보내야 하는지는 알 수 없었다.

"신참 깨면 박태상에 대한 정보부터 캐내라고 해. 어디에 사는지, 누구와 사는지, 어디서 밥을 먹고 어떤 사람과 어울려 어떻게 사는지까지 세세하게."

나한철이 사무실을 나가자 신참이 부스스 잠에서 깨어났다.

그의 볼에 칼 손잡이 모양의 자국이 남아 있었다. 나는 신참에게 나한철이 시킨 일들을 전달하고 칼 대신 교통카드를 내주었다. 신참은 배달된 바지락 칼국수를 허겁지겁 먹고 박태상을 뒷조사하기 위해 사무실을 나섰다. 해가 기울어서야 오늘은 사무실에 돌아오지 못할 것 같다는 전화가 왔다. 이튿날 같은 시각에도 그는 돌아오지 못했다. 사흘째 되는 날 아침, 드디어 신참이 서류뭉치를 들고 돌아왔다.

"지역 광고에 난 스마일 흥신소 사업자등록번호로 노동사무소에 가서 조회하니 주민등록번호가 나오더라고요. 그런데 무슨 이유에선지 자기 이름으로 사업자등록을 낸 게 아니었어요. 육십대의 오길수라는 사람이 사업자 대표더라고요."

오길수가 누구인지는 모르지만 박태상이 자신의 이름으로 스마일 흥신소를 차리지 못한 이유는 짐작할 만했다. 대부분의 킬러는 가족과 오랜 기간 인연을 끊고 지낸 탓에 사망 처리된 경우도 있었고, 행려자의 시신을 주워 제 이름으로 장례를 치른 후 사망신고를 하는 경우도 있었다. 어떤 방법이건 지문 조회를 피해 운신의 폭을 넓히려는 속셈은 매한가지였다. 어쩌면 세간에 알려진 박태상이란 이름도 그의 본명이 아닐지 몰랐다.

"그게 다야?"

고작 그 정도로 뒷조사를 마친 걸 나한철이 알면 퍽 실망할 터였다.

"스마일 흥신소에서 나오는 쓰레기를 뒤져봤어요. 대부분은 쓸모가 없었지만, 영수증 몇 장을 찾았어요. 보세요. 식료품은 주로 두리모아 마트에서 사는 것 같고, 가끔 낚시용구나 책을 산 영수증이에요. 근데 말이죠, 액수가 큰 게 하나 나왔어요. 박태상이란 사람한테 자식이 있는 거 같아요."

자식? 그건 처음 듣는 이야기였다. 소문에는 지독한 실연 이후 여자를 기피하다시피 해 적적하게 혼자 산다는 소문만 파다했다.

"근거는?"

신참이 구깃구깃한 종이를 내게 건넸다. 445만 원이 일시 지불된 카드 영수증이었다.

"대학등록금을 카드로 냈더라고요. 저도 이 대학 휴학 중인데 다음 학기 등록금과 액수와 비슷해요. 나이로 보면 대학 다닐 만한 자식이 있을 수도 있잖겠어요?"

박태상에 대해 알려진 건, 젊은 날 잠시 횟집 주방에서 일을 하며 칼 잡는 법을 배웠다는 것뿐이었다. 이십대 시절, 그의 행적에 대해서는 알려진 게 전무했다. 자식이 있었다면 아내도 있었을 텐데, 킬러에게 가정이란 거추장스러운 족쇄나 다름없다. 그건 나한철에게도 마찬가지였다. 나한철에게는 아내 홍미숙이 있지만 둘 사이에 아이는 없다. 홍미숙은 미용사로 번화가에 두 개의 미용실을 운영하고 있는데, 둘 사이가 소원해진 건 오래전이었다.

"다른 건 없어?"

"미행도 시도해봤지만 차도 없고, 교통카드로는 도저히 안 되겠더라고요. 뭣보다 눈치챌까 겁도 났고요."

신참의 눈가가 검푸르게 그늘져 있었다. 지난 며칠간 제대로 먹고 자지 못한 눈치였다.

"오늘은 일찍 들어가도록 해. 그리고 내일 나올 때는 연습용 칼들까지 시퍼렇게 갈아와. 단칼에 종이가 베어지지 않으면 고달플 줄 알아."

신참은 가죽 칼집을 제 가방에 넣고는 꾸벅 인사를 하고 돌아갔다.

오후 내내, 나는 박태상이 숨겨놓았다는 자식에 대한 생각에 골몰했다. 어쩌면 진짜 자식이 아니라 나한철처럼 철없는 대학생을 킬러로 고용했거나 가난한 고학생의 학비를 대주고 있는지도 몰랐다.

"오늘도 신참은 소식 없어?"

저물녘에야 나한철이 사무실에 출근했다.

"퇴근시켰습니다. 그런데 그 아이, 이상한 얘길 하더군요."

나한철에게 신참이 캐온 정보를 전해주었다.

"불가능한 것도 아니겠지."

나한철은 그다지 놀라는 눈치가 아니었다. 따로 짚이는 구석이 있는지, 표정의 변화 없이 신참이 가져온 카드 영수증을 들여다봤다. 그는 나를 퇴근시키고 불 꺼진 사무실에 홀로 남았다. 나는 집으로 돌아가 중국음식을 시켜 먹고 〈첩혈쌍웅〉을 보려던 계획을 접었다. 대신 스마일 흥신소 쪽으로 발길을 돌렸다. 〈첩혈쌍웅〉의 주인공으로는 나한철보다 박태상이 더 어울렸다. 킬러답지 않게 아무나 죽이지 않는 성품이 남달랐다. 아쑹이 "난 나쁜 짓을 한 놈들만 죽였어. 그것도 잘한 일은 아니지만" 했던 것처럼. 그런 박태상의 비밀이 무엇인지 궁금했다.

나는 그를 미행하기로 결심했다. 그에게 대학에 다니는 자식이 있는지, 있다면 정말 결혼을 한 건지, 아파트에 사는지 단독주택에 사는지, 한 달 융자금은 얼마고 몇 년 상환인지, 캐낼 수 있는 모든 걸 알고 싶었다.

스마일 흥신소가 있는 은행나무 사거리에 도착했을 때, 마침 박태상이 건물에서 나와 자신의 차에 올라탔다. 그 뒤로 중년의 여자 둘과 청년 하나가 정답게 인사를 하곤 버스 정류장으로 걸어갔다.

나는 박태상의 뒤를 바짝 따랐다. 차는 시내를 지나 교외로 빠져들고 있었다. 아파트가 밀집된 위성도시에 이르자 그는 두리모아 마트에 들러 몇 가지 물건을 사고 다시 차를 몰았다. 차는 아파트 숲을 지나고도 한참을 더 달렸다. 국도변에는 드물게 집이 보였지만 야트막한 산과 논두렁만 이어졌다. 길은 어느새 비포장도로로 바뀌었고, 그 끝에는 야산이 가로막고 있었다. 문득, 박태상이 차를 세우고 비상 깜박이를 켰다. 돌아 나가려면 후진을 하는 방법밖에 없었다. 뒤늦게 함정에 빠졌다는 걸 알아차렸다. 차에서 내린 박태상이 나를 향해 손짓을 했다. 어둠 속에서 후미등이 깜박일 때마다 박태상의 손짓이 끊겨 보였다.

"한철이가 보냈나?"

그게 아니란 걸 꼭 말하고 싶었다. 킬러에게 있어 살인이란 개인적인 목적일 때가 없다. 오직 고객의 청탁만이 칼을 휘두르게 할 뿐이다. 아무리 나한철이 나를 고용했기로, 청탁 없이 그의 칼이 되지는 않는다.

나는 차에서 내렸다. 그리고 박태상이 손짓하는 곳을 향해 걸어갔다.

"아닙니다. 개인적으로 찾아왔습니다. 박현석이라고 합니다."

후미등이 깜박이는 사이 박태상의 입술이 조금 비틀렸다.

"이유가 뭐지?"

박태상의 차에서 네 박자짜리 트로트 음악이 흘러나왔다.

"당신에 대해 알고 싶었습니다."

"왜?"

"멀리서나마 동경해왔으니까요."

사실이었다. 나는 그를 동경했다. 현실에서는 만날 수 없는, 영화에서도 죽어 사라진 아쏭처럼. 그가 잡힐 듯 내게 다가왔다.

"나도 궁금한 게 있던 참인데 잘 됐군. 알고 싶은 게 뭔가?"

어디에서 누구와 어떻게 살며, 왜 킬러가 되었는지 묻고 싶었지만 입이 떨어지지 않았다. 나한철을 만나지 않았더라면 당신에게 칼을 배우고 싶었다는 그 말이 모래알처럼 부서져 입 안을 거칠게 맴돌았다.

"기회를 주었는데 묻지 않는군. 그럼 내가 물어도 될까?"

나는 고개를 끄덕였다.

"나한철이 나를 죽이고 싶어 하는 이유가 뭐지?"

어떻게 된 일인지 박태상은 자신이 나한철의 표적이 된 사실을 알고 있었다.

"아마도 구역을 양분하기 싫어서가 아니겠습니까?"

나한철에게 다른 이유가 더 있는 건 확실했지만 그게 뭔지는 정확히 알 수 없었다. 나는 내가 알고 있는 사실만을 말했다.

"단지 그 이유 때문이라면 먼저 협상을 청해왔겠지. 공동으로 수주를 받아 배분하는 방식도 나쁘지 않으니 말야. 그런데 킬러를 보내왔어. 그것도 업계에서 최고로 꼽히는 킬러를 말야."

이미 박태상은 신참의 정체까지 꿰고 있는 걸까. 눈앞이 아득해졌다. 나는 박태상에 대해 좀 더 자세히 알고 싶었을 뿐, 해피 흥신소의 대변인이 될 깜냥은 못 되었다.

"그저 신출내기일 뿐입니다. 이제 겨우 칼 잡는 법을 배웠고, 실전에 투입된 적도 없는 풋내깁니다."

박태상의 얼굴에 그림자가 생겼다. 한쪽 눈썹이 일그러졌다.

"신출내기라고 했나? 해피 흥신소의 신출내기?"

나는 주머니에 손을 넣어보았다. 잭나이프가 잡혔다. 만약을 위해 그걸 바짝 감아쥐었다. 그러나 박태상은 나보다 빨랐다. 그의 단단한 팔뚝이 이미 목을 조여 왔다. 나는 그의 품에 안긴 모양새로 두 다리를 버르적거리며 숨을 쉬기 위해 안간힘을 썼다.

"그 애 이름을 말해!"

잭나이프를 꺼내 휘둘러보았지만 이미 숨통을 조인 박태상은 노련하게 칼을 피하며 팔에 힘을 더해왔다.

"김…… 김진섭이라고 했습니다."

그는 이미 자신을 죽이려는 킬러가 누구인지 알고 있는 듯했지만 김진섭이라는 이름이 나오자 나지막이 신음했다. 그러곤 나를 끌고 자신의 차로 가 마트에서 사 온 짐이 든 봉투를 뒤적이더니 작은 송곳 하나를 꺼냈다. 그사이 잭나이프가 박태상의 왼쪽 팔뚝에 상처를 입혔지만 그는 미동도 하지 않았다.

"심여사가 아니라 심여사의 아들이었다고……."

이건 무슨 이야기란 말인가. 박태상은 지금까지 자신을 죽이려는 킬러가 심은옥인 줄 알았던 걸까. 더 놀라운 건 심은옥의 아들이 김진섭이라는 것이다. 나한철은 그 사실을 알고도 박태상을 겨눌 칼로 신입을 썼다는 뜻이 된다. 눈앞이 캄캄해졌다. 그건 단지 어둡기 때문이 아니었다. 박태상이 쇄골 아래에 송곳을 내리찍었기 때문이었다.

박태상이 내 차 운전석 문을 열고 탔다. 그러곤 시동을 걸어놓고 연료 주입구를 열더니 가느다란 천 조각을 주입구에 밀어 넣고 그 끝에 불을 댕겼다. 피를 흘리며 흙바닥에 팽개쳐진 나는 차가 곧 폭발할 거란 걸 직감했다.

비슬비슬 웃음이 났다. 신입이 이토록 노련한 박태상을 죽일 수 있을까. 이미 신입의 정체를 박태상이 알아버렸으니 쉬운 일은 아닐 터였다. 나는 킬러로 살면서 한 번도 죽음에 대해 심각하게 생각해본 적이 없다는 걸 깨달았다. 그런데 생각 외로 죽음은 두려운 미래였다. '더 이상'이란 게 남아 있지 않은, 구멍 난 주머니 같은 것이었다.

아버지는 내가 서울에서 교사가 된 줄만 알고 있다. 아니 그렇게 속는 척해주고 있다. 교사가 되려면 마땅히 가야 할 대학에 입학한 적도 없고 온몸에는 늘 크고 작은 상처를 달고 다녔으니까. 아버지는 내 진짜 직업이 무어냐고 물은 적이 없었다. 방학이라며 몇 달씩 고향집에 내려가 방문을 닫고 있어도 못 본 척 밥상만 밀어 넣을 뿐이었다.

내가 나온 학교는 재단의 비리로 문을 닫았다. 무릎과 어깨가 성치 않은 아버지는 교장이 운영하는 오리구이 집에서 숯불을 지피며 살아가고 있다. 사람들에게 교사가 된 아들을 자랑하며, 연기 때문인지 두 눈에 눈물을 흠뻑 담고.

눈앞이 캄캄해진 지금, 뒤축이 낡아 떨어지게 생긴 헌 구두 대신 새 구두를 사드리지 못한 게 미안했다. 하지만 어쩌랴, 나는 진짜 교사도 아니고 아버지에게는 새 구두를 신고 찾아갈 곳도 없는 것을.

머릿속에서 누군가 지껄였다. "해가 뜨고 질 때마다 수많은 사람들이 죽어가지만, 오늘은 그게 우리 차례일 뿐이야." 〈첩혈쌍웅〉의 대사였다. 나는 입술을 달싹여 그 말을 따라해봤지만 소리는 말이 되지 않고 붉은 피만 왈칵 쏟아낼 뿐이었다.

심은옥

해피 흥신소의 노련한 킬러, 박현석의 자동차가 도심을 빠져나가 국도로 접어들었다. 그가 쫓고 있는 건 스마일 흥신소의 박태상이고 또 그 뒤를 쫓는 건 나와 준기다.

"미행이란 게 그래요. 상대방의 눈에 띄면 안 되니까 최대한 거리를 유지하되, 가시권 안에는 잡아둬야 하거든요. 주로 바람난 배우자 뒷조사할 때 자동차 미행을 하는데, 전 이제 이골이 났어요."

내 짐작이 맞다면 박태상은 이미 자신을 미행하는 박현석의 존재를 눈치챘을 터였다. 다시 말해 그는 자신을 미끼로 쓰고 있단 얘기다. 박태상은 박현석의 가시권 안에서 벗어나지 않기 위해 필요 이상으로 속력을 줄이며 후미진 야산으로 방향을 틀었다. 준기가 길가에 차를 세우고 손등으로 턱을 괴었다. 잠시 후,

그들이 사라진 산그늘 아래에서 불길이 치솟았다.

"사장님답지 않은데요."

노련한 강태공처럼 월척을 낚은 박태상이 유유히 현장을 빠져나오고 있었다. 폭발음에 놀란 산새들이 후드득 날아올랐다.

진섭이는 독특한 버릇이 있다. 그 애는 거짓말을 하면 상대에게 자신이 소중히 여기는 물건을 선뜻 내놨다. 어느 날부터인가 보이지 않게 된 지우개나 연필깎이, 게임팩의 행방을 추궁하다 보면 진섭이는 고개를 들지 못하고 친구에게 생일 선물로 주었다고 했다. 처음엔 진섭이가 학교에서 따돌림을 당하거나 힘이 센 아이에게 물건을 빼앗긴 줄만 알고 화가 났다. 그러나 이튿날 아침, 내 머리맡에 놓인 진섭이의 돼지저금통을 보고 나는 깨달았다. 그 애는 친구의 생일선물로 물건들을 나눠준 것이 아니라 거짓말로 인한 죄책감을 떨치기 위해 아끼는 물건을 내놓았던 것이다. 그 일로 내게 호된 꾸지람을 들은 뒤부터 진섭이는 지나치게 정직한 아이가 되었다.

그걸 요긴하게 이용한 건 진섭이의 담임선생들이었다. 뭐든 진실만을 말하는 진섭이에게 누가 친구들의 비행을 물으면 그 애는 숨기지 않고 털어놓았다. 때문에 진섭이에겐 친구가 없다시피 했지만 뭐든 혼자 하길 좋아하는 그 애는, 그리 외로워하지 않는 눈치였다. 그런데 최근 들어 진섭이의 태도가 수상쩍었다.

전역을 하고 난 다음부터 도통 집에 붙어 있질 않고 밖으로만 겉돌았다. 그 애는 새 알바를 구한 뒤 출퇴근 시간이 일정치 않았고 외박을 하는 날도 늘어갔다. 더구나 특별한 날도 아닌데 자신이 아끼던 스마트밴드나 사용 기한이 한참 남은 기프티콘을 진아와 내게 선물했다.

불안했다. 진섭이가 내게 뭔가를 숨지고 있는 게 틀림없었다. 그 애 또래의 청년들이 한껏 멋을 부리고 환락가를 배회하는 걸 보면서 젊고 싱그러운 몸이면 쉽게 돈을 벌 수 있는 세상이 되었다는 길 새삼 깨달았다. 진섭이도 그런 청년들처럼 어디선가 옳지 못한 일을 하고 있는 건 아닌가 두려웠다. 하지만 나는 그 애를 꾸중할 명분이 없었다. 살인을 저지르고 번 돈으로 쌀을 사고 김치를 담그는 주제에 누구를 나무랄 수 있겠는가.

그 사이 나는 네 건의 촉탁 살인을 해결했다. 순정을 다한 애인을 버리고 장가간 남자의 목을 땄고, 한 가족을 파산으로 몰고 가 결국 자살하게 만든 다단계 업체 사장의 배를 갈랐다. 무혐의로 풀려난 성폭행범도, 악덕 사채업자도 맥없이 내 손에 죽어나갔다. 그런 날이면 집에 돌아와 오래도록 손을 씻었다. 어디에도 핏자국이 남아 있지 않다는 걸 알면서도 나는 때타월로 손바닥을 문지르고 헌 칫솔로 손톱 틈새까지 박박 닦아냈다. 그러고도 쌀을 씻을 땐 고무장갑을 꼈다. 아이들에게 먹일 음식 속에 살육의 흔적을 남기고 싶지 않았다.

진섭이는 새 알바를 시작하며 집에서 밥 먹는 날이 드물어졌다. 새벽녘에 돌아와 고작 다섯 시간 남짓 머물렀다 다시 허둥지둥 집을 빠져나갔다. 잠이 모자랄 텐데도 그 애는 하루 두 번 샤워를 잊지 않았다. 그것도 아주 오랜 시간 공을 들여 몸을 씻는지 새벽에 학교에 가야 하는 진아와 실랑이를 벌이는 일이 점점 늘어났다.

"뭐야? 샤워한 거 맞긴 해? 머리도 안 젖었는데?"

오랜만에 세 가족이 모인 일요일 아침 진아가 제 오빠를 향해 볼멘소리를 했다. 진아의 말대로 진섭이의 머리는 버석하게 말라 있었다. 진섭이가 퍼뜩 놀란 눈으로 들고 있던 수건을 들어 머리를 가렸다. 수건이 머리로 올라가자 그 아래 숨겨져 있던 가죽 가방이 눈에 띄었다. 그리고 찰나였지만 분명한 쇠 마찰음이 가죽 가방 안에서 들려왔다. 쇠와 쇠가 맞부딪히는 소리. 작지만 아주 익숙한 소리였다. 그건 매일 아침, 아이들이 집을 나서면 하루를 시작하기 위해 욕실에서 내가 내는 소리와 같았다. 칼을 숫돌에 마찰시키고 눈부시게 푸르른 칼날을 바라볼 때마다, 아무리 오랜 시간이 흐른다 하더라도 결코 좋아할 수 없는 물건이란 생각에 등골이 서늘해지곤 했다. 진섭이는 쭈뼛거리며 가죽 가방을 등 뒤로 숨기더니 휑하니 돌아섰다. 그런 아이를 넋 놓고 바라보는 사이 달걀프라이 세 개가 검은 연기를 내며 타들어가고 있었다.

진섭이는 지금껏 속 썩인 적 없이 착실하게 자라준 아들이었다. 재수를 하지 않고 명문대에 합격해 나를 기쁘게 해주었고, 입학 첫해부터 줄곧 알바로 용돈을 벌어 썼다. 살가운 편이라고 할 수는 없지만 퇴근이 늦은 날이면 버스 정류장에서 나를 기다렸다가 말없이 함께 돌아오는 보호자 같은 아들이었다. 아들을 의심하는 일이 내게는 그간 저지른 살인에 대한 징벌처럼 느껴졌다. 이 모든 것이 오해이기를, 배운 것 없어 무식한데다 의심까지 많은 어미의 기우이기를 바랐다. 하지만 진섭이의 행동은 나를 점점 더 불안하게 했다.

진섭이의 검지 안쪽에는 수저를 쥐기 힘들 만큼 삭은 물집들이 도도록하게 솟아 있었다. 이미 터졌다 아물어가는 물집이며 자잘한 상처들이 아이를 바라보는 내 가슴을 내려앉게 했다. 그건 칼을 처음 잡는 사람에게서 흔히 나타나는 증상이었다. 수상한 건 그뿐이 아니었다. 밝은색을 좋아하던 진섭이가 아르바이트를 시작한 후로는 내내 짙은색 옷만 골라 입었다. 또 무더운 날씨에도 외출을 할 때면 가죽 장갑을 챙겨 넣는 걸 잊지 않았다. 어느 것 하나 예사로 보아 넘길 것이 없었다.

내키지 않는 일이지만 나는 진섭이의 뒤를 밟아보기로 했다. 의심을 피하기 위해 진섭이보다 먼저 일어나 아파트 재활용 창고 뒤에 몸을 숨겼다. 진섭이는 해가 뜰 즈음 야구 모자를 깊이 눌러쓰고 집을 나섰다. 거리로 나선 그 애는 어딘가 낯선 분위기를 풍겼다. 순하다고만 여겨왔던 눈매가 매섭게 빛났고, 근육이 적고 왜소한 탓에 늘 연약한 느낌을 주었던 팔다리가 힘 있게 움직였다. 아파트 입구를 서성이던 진섭이 앞에 선팅이 짙은 자동차 한 대가 섰다. 노안이 일찍 찾아온 탓에 번호판을 보기 위해선 안경이 필요했다. 나는 다급히 가방 속에서 다초점 안경을 찾았지만 그걸 코에 걸쳤을 때는 이미 자동차가 사라진 뒤였다.

아르바이트 학생을 집까지 데리러 오는 고용자는 흔치 않다. 그간 내가 의심한 일들이 사실이라면 진섭이는 목숨을 내건 아르바이트에 뛰어들었으리라. 목숨을 담보로 거액의 사례를 받을 수 있는 일, 매일 아침 서슬 퍼렇게 칼을 벼려야 하는 일, 손가락 마디마다 말간 물집이 잡히는 일.

대부분의 흥신소는 청부 살인을 하지 않는다. 그야말로 심부름에 가까운, 내가 하기엔 체면이 안 서고 그렇다고 무시하기엔 종기처럼 내내 마음 한 편을 쓰리게 하는 일들이 그들의 밥줄이었다. 박태상의 말에 따르면 전국에서 우리와 같은 일을 하는 사람의 수는 손가락으로 꼽을 만큼 적다고 했다. 이유는 한번 덜미를 잡히면 고구마처럼 가까운 줄기까지 달고 올라오는 탓에 일이 넘쳐나도 정작 욕심을 내고 뛰어들 사람이 없다는 것이었다. 그 탓에 킬러가 되려면 혼자 일을 해야 하고 다양한 경우의 수를 치밀하게 계산할 줄 알아야 한다고 했다. 그런 면에서 유일하게 박태상과 견줄 만한 라이벌은 해피 흥신소의 사장이었다. 그를 본 적은 없지만, 근거리에서 스마일 흥신소와 경쟁하며 꾸준히 세력을 넓히고 있다는 것만은 안다. 언젠가 외근을 나갔다 돌아오는 길에 해피 흥신소 앞에서 잠시 차를 멈추고 씁쓸한 미소를 짓는 박태상을 본 적이 있었다.

나는 들쑤시는 무릎에 패치 몇 장을 붙이고 해피 흥신소로 향했다. 버스를 두 번 갈아타고 땡볕 아래를 한참 걸어 도착한 해피 흥신소 앞에는 새벽녘 아파트 입구에서 보았던 선팅이 짙은 자동차가 주차돼 있었다. 등에서 식은땀 한 줄기가 서늘하게 흘러내렸다. 어렴풋이 실체를 파악했다고 해도 다짜고짜 해피 흥신소로 난입할 수는 없었다. 결정적인 증거가 필요했다. 나는 건물 앞 포장마차에서 어묵을 사먹으며 흥신소를 드나드는 사람들을 관찰하기 시작했다.

"아줌마, 저기 해피 흥신소 사람들 여기서 오뎅도 사먹고 그래요?"

내 또래의 여자가 골 깊은 주름을 만들어내며 웃었다.

"오뎅도 사먹고 떡볶이도 사가고 하지요. 꼭 아침나절에 한 번씩 찾아와서 떡볶이 사가는 청년이 있어요."

여자가 말하는 청년이란 게 혹 진섭이는 아닐까.

"어떻게 생겼어요? 그 청년."

여자가 종이 상자 안에서 조미료를 꺼내 한 국자 듬뿍 떠 떡볶이에 넣었다.

"젊은 앤데 잘생겼지 뭘. 아줌마, 뒷조사 맡기러 왔죠? 여기 그런 사람 많이 찾아와요. 근데 뭐 하러 인물을 따져요. 미남이면 더 잘 찾나?"

나는 고개를 끄덕이며 어묵 한 꼬치를 더 집어 들었다.

"해피 총각 오늘도 왔네."

포장마차 주인이 떡볶이를 휘저으며 반색을 했다. 내 옆에 진섭이가 꿈처럼 서 있었다.

"너 여기서 뭐 하니?"

진섭이가 놀란 표정으로 나를 바라봤다.

"그러는 엄마는요?"

뭐라고 대꾸를 해야 할까. 나는 말문이 막혀 반쯤 남은 어묵을 한 입에 집어넣었다. 어묵 국물보다 뜨거운 눈물이 볼을 타고 흘러내렸다.

"포장마차 좀 해볼까 하고 왔어. 여기 어묵이 맛있다기에."

여자가 마뜩치 않은 표정으로 나를 흘겼다.

"전 심부름 왔어요, 알바하는 데가 근처거든요."

진섭이의 귓불이 새빨개졌다.

"떡볶이 3인분에 오뎅 다섯 개 포장하면 되지? 해피 흥신소는 단골이니까. 순대는 서비스."

포장마차 주인이 순대를 설렁설렁 썰었다.

"너 알바한다는 데가 흥신소였어?"

진섭이의 표정에 당혹감이 묻어났다. 나는 입 안에 떠도는 어묵을 맛도 모른 채 씹고 또 씹었다.

"전 심부름만 해요. 정말 심부름만. 생각처럼 나쁜 데 아니에요, 엄마."

나쁜 일은 있어도 나쁜 사람은 없다. 그렇게 믿고 싶었다. 저 아이도 나를 그렇게 여겨주기를 바라며. 진섭이의 허리춤에 집에서 보았던 검정색 가죽 가방이 매달려 있었다. 칼집일 터였다. 그동안 아침에 눈을 뜨면 아들이 칼을 갈고, 그 숫돌에 내가 칼을 갈아왔던 것이다.

"그래. 우리 아들이 나쁜 일을 할 리 없지. 엄만 이제 들어가려고. 오늘도 늦니?"

포장마차 주인이 음식이 든 비닐을 진섭이에게 건넸다. 굳은 표정으로 한참 동안이나 주머니 속 돈을 헤아리던 진섭이 쭈뼛거렸다.

"오늘 못 들어가요. 막내니까 어쩔 수 없어요. 숙직실 있으니 걱정 마세요."

진섭이 내 주머니에 구겨진 만 원권을 밀어 넣었다.

"엄마 돈 있어."

진섭은 내가 자신의 거짓말을 용서할 때까지 돈을 거두지 않을 거였다. 받지 않으면 끝나지 않을 사과였다. 나는 말없이 그 애의 손에서 만 원권을 받아 들었다. 진섭은 자꾸 뒤통수를 긁으며 아랫입술을 깨물다, 해피 흥신소 건물 안으로 사라졌다.

침착해야 했다. 우선 해피 흥신소에서 진섭이 하는 일을 알아내야 한다. 철물점에서 빗자루와 쌀 포대를, 편의점에서 마스크와 머릿수건을, 옷가게에서 작업복을 구입했다. 그리고 편의점 파라솔 아래서 건물 안에 사람이 뜸한 저녁 시간까지 기다리기로 했다. 청소부를 가장해 사무실로 들어가기만 한다면 그들이 지금 꾸미고 있는 일을 캐내기 쉬울 터였다.

해피 흥신소를 제외하고는 독서실과 학원이 주를 이룬 건물인 덕에 학생을 제외하면 누가 들고 나는지 알아보기 쉬웠다. 5시를 넘기자 단단한 인상의 중년 남자가 건물 밖으로 나왔다. 안경을 바투 써도 얼굴을 구분하기 힘들었지만 어차피 해피 흥신소의 사장과는 안면이 없으니 추측만으로 가늠할 뿐이다. 7시 반, 이번에는 말끔한 정장을 차려입은 남자가 건물을 나섰다. 선팅이 짙은 자동차에 오르는 걸로 봐서 그가 오늘 새벽 진섭을 데리러 온 사람일 터였다.

8시까지 기다려봤지만 수업이 끝나고 독서실을 찾은 학생 무리만이 눈에 띌 뿐이었다. 2층 해피 흥신소의 불은 아직 꺼지지 않았다. 나는 편의점 화장실에서 준비한 작업복을 갈아입고 마스크와 머릿수건을 썼다. 그러곤 떨어지지 않는 발걸음을 달래가며 해피 흥신소 건물로 들어섰다. 찢어진 빙과류 봉지와 휴지 조각이 어지럽게 널린 계단을 올라 간판도 없는 해피 흥신소 앞에 서자 가슴이 쿵쾅거렸다. 심호흡을 하고 흥신소 문을 열었다. 헤비메탈 음악이 쏟아졌다. 회전의자에 앉아 책상에 두 발을 올려놓고 있던 진섭이가 황급히 자세를 고쳐 앉았다. 그의 손끝에서 날렵한 단도가 바닥으로 떨어졌다. 진섭이가 얼른 칼을 주워 서랍에 밀어 넣었다. 나는 정체가 탄로 나지 않게 고개를 숙이고 최대한 몸을 웅숭그린 채로 '청소요' 자그맣게 외쳤다. 칼을 들킨 것 때문인지 진섭이는 내내 나를 쳐다보지 못했다.

내가 찾는 건 생각과 계획의 배설물인 쓰레기였다. 책상마다 하나씩 놓인 쓰레기통을 뒤집어 내용물을 쌀 포대에 엎었다.

"쓰레기는 아침에 제가 비울 텐데."

두 번째 쓰레기통을 뒤집었을 때, 진섭이가 내게 다가왔다. 더 이상 거리를 좁혔다간 발각될 위기였다. 진섭이의 곁에 놓인 쓰레기통까지 비우고 싶었지만 지체할 겨를이 없었다. 나는 그 애가 더 다가오기 전 몸을 돌려 해피 홍신소를 빠져나왔다. 문 안에서 진섭이가 무어라 외쳤지만 3층 독서실로 향하는 학생들의 수다에 묻혀 사라졌다.

놀란 탓인지 한동안 잠잠했던 요실금이 다시 도지고 말았다. 작업복 아랫도리가 축축이 젖어 있었다. 뒷목이 뻣뻣하고 얼굴도 화끈거렸다. 벽에 몸을 기대고 어정어정 계단을 빠져나와 힘없이 손을 뻗었다. 택시 한 대가 곁에 다가왔다가 쓰레기 포대를 옆에 낀 청소부인 걸 확인하곤 다시 액셀러레이터를 밟고 가버렸다. 하는 수 없이 지친 몸을 이끌고 집보다 가까운 스마일 홍신소로 향했다. 거기라면 혈압약도 있고, 진아의 의심을 사지도 않을 터였다.

마을버스를 타고 은행나무 사거리에 내렸을 때, 마침 박태상이 퇴근을 하려는 참인지 건물 입구에서 경비원의 경례를 받고 있었다. 뒤늦게 나를 발견한 박태상이 한걸음에 달려 나와 쓰레기가 들고 있던 포대를 받아들었다.

"연락이 안 돼서 걱정했어요."

한때 세상을 쥐락펴락했었다는 사내로 보이지 않는 다정한 말씨였다.

"잠복을 좀 했어요. 연락 못 드려서 죄송합니다. 전 사무실에서 확인할 게 있는데, 먼저 들어가세요."

진섭이의 일을 들키고 싶지 않았고 젖은 바지도 신경 쓰였다. 박태상이 포대를 사무실 앞까지 옮기고 불을 켜주었다.

"안색이 안 좋습니다. 내일은 쉬세요."

그가 목례를 하고 사무실을 나섰다. 책상 서랍을 열고 혈압 약을 꺼내 물 없이 집어 삼켰다. 의자에 앉아 심호흡을 하고 나니 현기증이 조금씩 수그러들었다. 식은땀을 소매로 훔치고 포대를 끌어와 바닥에 쏟았다. 대부분은 특이할 것 없는 쓰레기였지만 영수증과 휘갈겨 쓴 메모도 섞여 있었다. 그중 스프링노트를 찢어낸 듯한 구겨진 종이가 눈에 띄었다. '박태상 처리 규정'. 진섭이의 글씨체였다.

1. 칼 다루기에 능하므로 약물 등의 전 처치 필요
2. 가족 및 직원의 동태 파악
3. 만약의 경우에 대비해 러시아제 총기 준비
4. 처리 즉시 직속상관에게 바로 보고(휴대폰 사용 금지)
5. 일신상가 번영회 하계 야유회 일정 확인

정신이 아득해졌다. 메모에 적힌 처리라는 건 박태상의 살해를 뜻하는 게 뻔했다. 칼이라곤 면도할 때 외엔 만져본 적도 없을 아이가 노련한 킬러를 어떻게 처리한단 말인가. 더구나 이 처리 규정엔 중요한 것이 빠져 있었다. 처리에 실패했을 경우 신변을 보호할 수 있는 방법, 그게 없었다.

킬러가 작업에 실패했을 때는 대부분 도피를 시도한다. 가족이나 동료를 지키기 위해서라도 가급적 사람들의 눈에 띄지 않는 섬이나 사찰로 몸을 숨기게 되어 있다. 하지만 킬러가 킬러를 살해하려다 실패했을 경우엔 이야기가 다를 터였다. 박태상이라면 무슨 수를 써서든 진섭이를 찾아내 자신에게 칼을 겨눈 대가를 치르게 하리라. 하지만 진섭이를 말릴 용기가 나지 않았다. 그 애에게 내 정체를 고백하고 손을 털라고 말했다간 영원히 가족이란 울타리 밖으로 내쳐질 것 같은 두려움이 앞섰다.

아들을 살인자, 혹은 도망자로 만들지 않을 방법이 있기는 했다. 그건 내가 진섭이보다 먼저 박태상을 처리하는 것이다. 더 소중한 사람을 지키기 위해 비교적 덜 소중한 사람을 해쳐야 할 운명 앞에서 왈칵 울음이 터졌다. 책상 위에 놓인 휴지를 집는데 손끝에 종이 한 장이 달려 올라왔다. 박태상이 남긴 메모였다. '일부러 본 건 아니고, 아드님 등록금 고지서가 눈에 띄기에 지난 주 납부했습니다.' 메모지 아래엔 등록금 영수증이 남아 있었다.

일을 시작한 지 얼마 되지 않았을 때, 박태상은 내게 언제까지 이 일을 하겠냐 물은 적이 있었다. 나는 아들이 대학을 졸업하면 뒤도 돌아보지 않겠노라 대답했다. 물론 그사이 진아가 대학생이 될 테고 이후엔 둘 다 제 짝을 찾아 결혼을 시켜야 하겠지만, 몇 년 후라면 빚 없이 작은 가게 하나쯤은 개업할 수 있지 않겠냐며 씽그레 웃어 보였던 게 생각났다. 그런 나를 보며 태연한 척

했지만 박태상은 미안한 마음을 숨기지 못했다. 자신의 손에 피를 묻히지 않기 위해 또 다른 누군가를 킬러로 만들어야 하는 죄책감이 그를 주눅 들게 만들었을 터였다. 박태상은 내게 고마운 사람이지만 그보다 소중한 자식을 지키기 위해서는 달리 방법이 없었다.

마음이 조급해졌다. 우선 대리점에 찾아가 내 명의로 개통된 진섭이의 휴대폰 위치 추적을 신청했다. 또 진섭이가 집에 들어와 샤워를 하는 동안 그 애의 가죽 가방을 열어 칼의 종류와 서명을 따로 적어두었다. 누가 봐도 박태상을 처리한 사람은 진섭이여야 했다. 나는 칼을 구입하고 그 끝에 해피 홍신소를 뜻하는 幸福企劃(행복기획)을 명조체로 새겨 달라 주문했다. 그러나 나는 아직 박태상에 대해 모르는 것이 너무 많았다. 그가 어디에서 누구와 사는지, 왜 이 일을 그만두지 못하는지조차도. 고작 아는 것이라곤 진짜인지 아닌지 모를 생일뿐이었다.

평소 박태상은 친구를 만나거나 유흥을 즐기지 않았다. 그건 빈틈을 노리기가 쉽지 않다는 걸 의미했다. 나는 생일파티를 빙자해 술을 마시게 한 뒤, 뒤를 밟아 박태상을 제거할 계획을 세웠다. 의심 받지 않기 위해 틈틈이 직원들과 부업을 해 비용을 마련했다. 그러나 박태상의 생일엔 뜻밖의 손님이 찾아들었다. 경찰이었다. 그들은 무슨 정보를 듣고 왔는지 중무장을 하고 식당에 난입해 소동을 피웠다. 나는 몸수색에 대비해 의자 아래로 준비해간 칼을 내려놓아야 했다.

박태상은 만만한 상대가 아니었다. 내가 품은 살기가 어쩌면 이미 그에게 전달되었는지도 모를 일이다. 뜻밖에 준기가 한 달간 더부살이를 하겠다며 내게 부탁을 해온 걸로 미루어 짐작했다. 잠자리가 필요하다면 사무실의 소파나 고시원을 이용할 법도 한데, 준기는 집요하리만치 우리 집에서 하숙을 청했다. 거절하는 편이 더 의심을 살 것 같아 나는 그에게 방을 내주고 조용히 동태를 관찰하기로 했다.

"심여사님, 다 알고 계시죠?"

자정을 넘긴 시각에도 아직 돌아오지 않는 진섭이를 기다리고 있던 새벽, 욕실로 향하는 발걸음을 준기의 목소리가 막아섰다.

"아유, 놀래라."

최대한 침착을 유지해야 했다.

"아드님이 뭘 하는지 아시잖아요."

준기는 킬러가 되고 싶어 했지만 박태상은 그에게 칼을 내주지 않았다. 아무리 떼를 쓰고 아양을 떨어도 박태상의 마음은 바뀌지 않았다. 그때 어렴풋이나마 준기를 향한 박태상의 마음이 부정(父情)과 닮아 있다는 걸 느꼈다. 비록 킬러가 되진 못했지만 준기는 성실하고 눈치 빠른 조사원이었다. 실력자 준기라면 진섭이 뭘 하는지쯤은 어렵지 않게 유추해냈을 거였다.

"준기 씨가 무슨 얘길 하는지 난 모르겠네. 늦었는데 자."

"해피 흥신소에 새로운 킬러가 들어왔다는 얘긴 얼마 전에 들었어요. 아시다시피 그 킬러가 진섭이고요. 문제는 진섭이가 노리는 사람이 박 사장님이라는 거잖아요."

추측이라기엔 너무나 정확했다. 나도 모르게 탄성이 터져 나왔다.

"그거 박 사장님도 알고 있어?"

"박 사장님은 여사님이 자길 노리는 줄로 아세요."

적어도 진섭이의 정체는 탄로 나지 않은 모양이었다. 다행이었다.

"부탁이야. 진섭이 얘긴 하지 말아줘!"

어느 순간 나는 무릎을 꿇고 두 손을 모아 비비고 있었다.

"왜 이러세요, 여사님! 진아 깨면 어쩌려고. 제게 확실한 방법이 있어요. 박 사장님을 살리면서 진섭이도 구할 수 있는 방법이요."

준기가 펄쩍 놀라 내게 다가와 두 손을 꽉 그러쥐었다.

"그게 뭔데? 뭐든 말해봐!"

"백 사장 아시죠? 큰 건 하나를 가져왔어요. 아마 내일 조회 시간에 발표하시겠지만 스마일과 해피에 경쟁을 붙이기로 했나 봐요. 야유회를 빙자해서 섬으로 떠나는데 거기서 아마 해피 흥신소와 맞닥뜨리게 될 거예요. 우리가 먼저 선수를 치는 거예요. 심 여사님이 나 사장을 제거하면 진섭이도 구하고 박 사장님도 살고. 안 그래요?"

어째서 그 생각을 미처 하지 못했던 걸까. 해피 흥신소의 사장만 없다면 소중한 두 사람을 지킬 수 있었다. 나는 어둠 속에서 준기를 끌어안았다. 자신에겐 아버지 같은 박태상을 한때나마 죽이려 한 나를 용서하고 응원해주는 착한 청년이 내 등을 토닥토닥 두드려주었다.

여느 날과 다를 바 없이 우리는 회의실에 모여 내가 싸온 도시락으로 아침을 해결하고 있었다. 다르다면 모두들 입을 꾹 다문 채 자신이 비워야 할 그릇만 묵묵히 쳐다볼 뿐이라는 거였다.

"백 사장님께 의뢰가 들어왔습니다. 대상은 일신상가 번영회 회장이라는데 일주일 뒤 보덕도로 야유회를 떠난답니다. 좀 난처한 일이긴 합니다만, 백 사장님이 스마일뿐 아니라 해피에도 발주를 해 경쟁을 붙였습니다. 먼저 성공하는 쪽에게 사례를 하겠다는군요. 여사님, 장거리 여행인데 괜찮으세요?"

제일 먼저 식사를 마친 박태상이 내게 물었다.

"괜찮아요. 준비하겠습니다."

그의 얼굴에 그늘이 깊었다. 박태상은 휴지로 입을 닦고 사무실을 나섰다. 전화도 뜸한 오후가 되자 이성란이 졸기 시작했고 준기와 나만이 눈빛을 주고받으며 내일을 각오했다. 6시를 넘기자 외근을 나갔던 박태상이 사무실로 돌아와 자리를 정리하고 영수증을 이성란에게 넘겼다.

"자, 퇴근합시다."

박태상이 재킷을 걸치고 자리에서 일어났다.

"사장님! 저는 안 따라가나요?"

이성란이 손을 반짝 들고 퇴근하는 박태상을 멈춰 세웠다.

"미즈 리 씨는 사무실을 지켜주셨으면 하는데요. 전화 문의가 있을지도 모르고."

그녀는 자신도 출장에 합류하는 줄 알았는지 실망한 표정으로 핸드백을 어깨에 멨다. 함께 퇴근을 하는 날이면 종종 나를 집까지 바래다주던 박태상이 건물 앞에서 가볍게 고개를 숙여 인사를 하곤 자신의 차에 올라탔다. 준기와 함께 버스 정류장으로 향하는데 그가 내 옆구리를 가볍게 쳤다.

"왜?"

그의 눈길이 선팅이 짙은 자동차에 가 닿았다.

"해피 흥신소의 킬러예요. 박 사장님이 차에 타자마자 시동을 걸었어요. 미행하려나 봐요. 우리도 따라붙어보죠."

누군가와 통화를 하느라 홀로 앞서 걷는 이성란을 내버려두고 준기와 내가 다시 건물로 향했다. 그는 경비실로 뛰어가 김석봉을 불렀다.

"아저씨, 오케이 단란주점 사장님 차 좀 잠깐 쓰면 안 될까요?"

김석봉이 안경을 고쳐 쓰곤 미간을 찌푸렸다.

"그랬다가 나중에 뭔 소릴 들으려고? 그건 내 권한 밖의 일인데."

김석봉이 단호히 거절했다. 박태상의 차가 천천히 은행나무 사거리를 벗어나는 게 보였다. 마음이 달았다.

"특별기동팀장이 그 정도 부탁도 못 들어주세요? 지금 추적 중이란 말예요!"

스마일 흥신소의 정체를 아는 유일한 이웃인 김석봉은 몇 달 전 협박에 가까운 생떼로 박태상으로부터 특별기동팀장이라는 직함을 얻고 약간의 수고비를 받고 있었다.

"진즉 말하지 그랬어. 그런 일이라면 내가 협조를 해야지."

작은 사명감에 김석봉은 허둥대며 서랍 안에서 차 열쇠 하나를 꺼내 내밀었다.

"사공공 에쿠스. 내 모가지 걸렸으니까 제발 조심해서 몰아!"

그의 당부를 뒤로하고 준기와 내가 자동차에 올랐다. 박태상의 차는 이미 사라진 뒤였지만 그를 쫓는 해피 흥신소 킬러의 차는 아직 사거리를 벗어나지 못하고 있었다. 준기가 대시보드에서 오케이 단란주점 사장의 선글라스를 꺼내 눈을 가렸다.

오랜 경험으로 단련된 준기의 미행 솜씨는 뛰어났다. 우리는 트럭과 버스 뒤에 차를 숨겨 가며 두 사람을 쫓았다. 그리고 교외 산자락에서 200미터쯤 떨어진 자리에 차를 세우고 해피 흥신소 킬러의 차가 폭발하는 것을 바라보았다. 준기의 선글라스 위로 불티가 얼비쳤다.

"해피 흥신소 사장은 어떤 사람이야?"

멀리서 사이렌 소리가 울리는 걸 들으면서 준기는 오던 길을 되돌아갔다. 나는 그간 궁금했던 해피 흥신소의 나 사장에 대해 물었다.

"저도 잘은 몰라요. 건달 출신이라고 하는데 생긴 건 깍두기 같지 않나 봐요. 어어, 좌회전."

"그 킬러, 나 사장이 보낸 거겠지?"

"그거야 알 수 없지만 확실한 건 박 사장님이 뭔가 눈치를 챘고, 움직이기 시작했다는 거죠."

준기의 표정이 침울했다.

차가 아파트 입구에 도착했을 땐, 이미 늦은 밤이었다. 준기가 불 꺼진 아파트를 올려다보곤 긴 한숨을 내쉬었다. 나는 그를 돌려보내고 힘없이 엘리베이터에 올랐다. 계획이 실패한다면 다시 밟지 못할 길이었다.

보덕도 야유회 일정이 다가올수록 나는 부지런을 떨어댔다. 미뤄두었던 이불과 커튼 빨래를 하고, 창문틀까지 티끌 한 점 없이 닦아냈다. 집이 깨끗해질수록 마음은 점점 어수선해지는 나날이었다. 그리고 약속한 그날이 하루 앞으로 다가왔다. 과외를 끝낸 진아는 12시가 다 되어서야 돌아왔다. 축 늘어진 딸의 어깨가 가여웠다.

"엄마, 곰국 끓여?"

끓인 곰국을 유리 밀폐용기에 담았다. 모두 스물여덟 개였다. 두 아이가 하루 한 끼 하나씩 꺼내 데워먹는다 해도 거의 한 달 가까이 먹을 수 있는 분량이었다. 운이 나쁘면 진아 혼자 먹어야 할 테지만 그런 일은 없어야 했다. 달아오르는 눈자위를 손으로 비비고 밀폐용기를 냉동실에 차곡차곡 담았다.

"뭐 하러 그렇게 많이 끓여. 난 좋아하지도 않는데."

진아가 블라우스를 벗어 세탁 바구니에 집어넣고 침대에 벌렁 누웠다.

"김진아, 너 김치 담글 줄 알아?"

스타킹을 벗고 헤어밴드를 한 아이의 얼굴이 말갰다.

"아니, 난 나중에 도우미 두고 살 거야. 그러니 걱정 마셔."

나는 김치 담그는 법과 멸치 볶는 법, 된장찌개 끓이는 법 등을 적어놓은 종이를 진아에게 건넸다.

"엄마, 나 대학 졸업반이 아니라 고3이거든? 이런 게 다 무슨 소용이야."

"너 그거 버리지 말고 책상 앞에 딱 붙여놔. 엄마가 나중에 검사할 거야."

입술을 비쭉대며 내 말을 듣는 둥 마는 둥 하던 진아가 기지개를 켰다. 바싹 마른 어깨가 도드라졌다. 나는 진아가 웨딩드레스 입은 모습을 상상해 보았다. 쉽게 그려지지 않았다. 요즘 세상엔 비혼으로 사는 것도 나쁘지 않으니 괜찮았다.

"너 공부 좀 한다고 세상 다 네 거 같지? 아니야. 여잔 시집가야 어른 되고 자식 낳아봐야 사람 되는 거야. 까불지 마, 이것아!"

내가 하고 싶은 말은 그냥 네가 행복하면 그걸로 된다는 건데, 왜 이리 꼰대 같은 소리가 튀어나온 건지. 솔직히 잘 모르겠다. 시집도 가고 자식도 낳은 내가 어른이고 사람인지. 확신할 수 없는 말들이었다. 진아의 눈자위가 금세 붉어졌다. 아이의 야윈 어깨를 끌어안았다. 품안에 든 진아가 작은 새처럼 파르르 떨었다.

"미안해. 엄마가 미안해."

오랜만에 진아에게 팔베개를 해줬다. 잠이 오지 않았다. 진섭이가 첫 걸음마를 떼어놓던 순간, 진아가 학생회장이 되었던 날이 떠올랐다. 그땐 그게 행복인 줄 몰랐다. 알았다면 좀 더 기뻐했을 텐데, 아쉬웠다. 생각이 꼬리에 꼬리를 무는 사이 먼 동이 터오고 있었다. 어둠 속에 가려졌던 집안의 가구와 살림살이들이 조금씩 실루엣을 찾아가기 시작했다. 이제라도 도망치고 싶었다. 아무에게도 칼을 겨누고 싶지는 않았다. 하지만 내가 실패하면 진섭이의 목숨 또한 보장받을 수 없었다. 겨우 목숨을 건진다 하더라도, 사지가 멀쩡하리라는 기대는 말아야 할 터였다.

나는 진아를 깨워 아침을 먹이고 청소를 했다. 아이들이 좋아하는 밑반찬 몇 가지를 만들어 냉장고에 넣어놓고 화분에 물을 주었다. 옷을 갈아입으려다 말고 샤워를 해야겠다는 생각이 들었다. 누군가 내 몸을 부검할 때 불쾌감을 주고 싶지는 않았다. 하긴, 고기가 더럽다고 정육점 주인이 불쾌할 이유는 없지만. 그래도 나는 천천히 오래도록 몸을 씻었다. 작년 생일에 진섭이에게 선물 받은 새 속옷을 입고 진아가 골라준 회색 투피스를 입었다. 그리고 나를 위한 마지막 배려로 택시를 잡아탔다.

김진섭

킬러 박현석이 죽었다. 뉴스에 따르면 그는 시 외곽의 산자락 아래서 자동차 폭발 사고를 당했다. 시신은 누린내 나는 검은 숯덩이나 다름없었지만 대시보드에서 그의 유서가 발견되며 신원이 확인되었다. 그러나 서류상 박현석은 해피 흥신소의 직원이 아니었으므로 경찰의 수사는 그의 비좁은 원룸과 고향의 가족들을 맴돌다 종결되어 버렸다.

"유서가 나왔다면 자살일까요?"

자살을 하는 사람들은 주변인들에게 무언의 메시지를 남긴다고 들었다. 하지만 조금 들떠 보였을 뿐, 사고 당일까지 박현석의 행동이나 말투는 심상하기 그지없었다.

"언제 죽을지 모르는 일을 했으니 유서를 품고 다니는 것도 그리 놀랄 만한 일은 아니지."

새치 돋은 머리카락이 초봄 산소 위의 떼처럼 짧고 촘촘하게 솟아오른 나한철이 읽던 신문을 내려놓았다. 그의 눈자위가 발그레했다.

"그럼 원한 때문에 살해됐을 가능성은요?"

나한철은 아무런 내색이 없었지만 밤사이 부석해진 얼굴과 눈자위로 보아 그의 마음을 미루어 짐작할 수 있었다.

"그걸 캐내는 건 경찰이 할 일이야. 그보다 현석이 형 빈자리가 클 테니, 네가 바짝 긴장해야 할 거다. 이번 백 사장 건이 네 데뷔 무대가 되겠지."

즉답을 회피하는 걸로 보아 나한철은 박현석을 살해한 범인이 누구인지 짐작하는 눈치였다. 그의 속내가 나와 같다면 박현석의 살해범은 스마일 흥신소의 새 킬러일 터였다. 오십대 아줌마라고 알려진 스마일 흥신소의 킬러는 소문만 무성할 뿐, 그 실체에 대해선 누구도 내게 말해주지 않았다.

박태상의 뒷조사를 하느라 은행나무 사거리에 있는 스마일 흥신소 앞을 여러 번 찾아갔지만 오십대 아줌마라곤 요구르트 판매원과 청소부, 잡상인밖에 본 적이 없었다. 어쩌면 그들 중에 킬러가 섞여 있을지 모르지만 아직 풋내기인 내 눈에는 분간이 되질 않았다. 아무리 아줌마라고 해도 명색이 킬러라면 나한철이나 박현석처럼 서릿발 선 눈빛이나 단단하고 날렵한 몸집의 소유자일 거라 막연히 상상만 하고 있다. 하지만 내게 오십대 아줌마의 이미지는 작달막한 키에 수천 개의 용수철 같은 컬을 헬멧처럼 뒤집어쓴, 우리 엄마밖에 떠오르지 않는다.

하늘이 두 쪽이 나도 아침은 챙겨 먹어야 하고, 단지 편하다는 이유로 욕실용 슬리퍼를 신고 마트를 누비고, 귀한 물건이나 거금은 지퍼가 달린 팬티 주머니 속이 가장 안전하다 믿는 아줌마, 우리 심은옥 여사. 그 순간 나는 엄마가 꽃무늬 치마를 주섬주섬 들어 올리고 속옷에서 쌍권총을 끄집어내 겨누는 모습을 상상하곤 피식 웃음을 더뜨렸다.

"웃을 일이 아냐. 실수하면 다시는 돌아오지 못할 수도 있어. 선금이나 받아둬."

나한철이 금고를 열고 그 안에서 통장과 도장을 꺼내 내게 내밀었다. 통장 안에는 3천만 원이 들어 있었다. 백 사장 건은 본래 박현석의 주도로 진행될 예정이었다. 그의 갑작스런 죽음 끝에 남은 건 한 통의 유서만이 아니었다. 거액의 통장. 그건 내 목숨을 담보로 얻은 융자나 마찬가지였다.

"이런 거금을 받아도 되는 건지."

다시 신문을 펼치려던 나한철이 멍하니 서 있는 나를 흘끔 쳐다보았다.

"겁이 날 거야. 아무렴, 겁이 나기도 하겠지."

석 달 전, 나한철은 일당 5만 원의 급료로 내게 알바를 제안했다. 나로선 마다할 이유가 없었다. 고작 서류를 정리하고 전화 응대를 하는 정도의 대가치고는 후했기 때문이었다. 공사장에서 등짐을 지고 나르는 일처럼 고되지도 않았고, 하루 종일 선 채로 손님들에게 시달리는 편돌이처럼 진력 나는 일도 아니었으니까.

첫 한 달 동안은 그가 지시한 대로 전화를 받고 뒤엉킨 서류들을 분류하여 철하는 일에만 매달렸다. 나한철과 박현석은 대부분 아침에 출근했다 바로 외근을 나갔기 때문에 사무실은 늘 비어 있는 것이나 다름없었다. 내가 그들과 같은 일을 하겠다고 결심한 날은 첫 월급이 나온 두 달 전 금요일이었다.

나는 좋아하는 헤비메탈 음악을 들으며 느긋하게 서류에 타공을 하고 노끈을 꿰어 넣었다. 월급을 받으면 엄마와 동생을 데리고 집 근처의 돼지갈비집에라도 갈 생각으로 마음이 들뜬 날이기도 했다. 5시가 넘어 사무실에 돌아온 나한철의 겨드랑이 사이에 세컨드 백이 끼어 있었다. 그는 내게 커피 한 잔을 청한 다음 금고를 열고 세컨드 백을 밀어 넣었다. 그러곤 벽시계를 흘끔거리며 말끔하게 정리된 책상 위에 손가락을 튕겼다. 뭔가 기다리는 눈치였고 꽤 불안해 보였다. 정각 6시가 되었을 때, 그는 도저히 참지 못하겠다는 듯 자리에서 벌떡 일어나 출입문 쪽으로 걸어갔다. 그의 손이 출입문 손잡이를 잡으려는 찰나 문이 열렸다. 박현석이었다.

"늦었군."

나한철이 머리를 긁적이며 멋쩍은 표정을 지었다.

"트렁크에 짐 좀 싣느라 늦었습니다."

나는 어서 빨리 나한철이 우리에게 급료를 지불하고 퇴근시키기만을 기다렸다. 박현석의 말에 나한철이 고개를 끄덕이더니 금고를 열었다. 나는 박현석 몫의 커피를 그가 앉은 소파 앞 탁자에 내려놓고 옆 빈자리에 앉았다. 나한철이 우리가 앉은 소파로 다가왔다. 그는 소파에 앉지 않고 빠른 손놀림으로 세컨드 백을 열어 황금빛 광채가 흐르는 작은 물건을 박현석에게 내밀었다.

“신입도 있는데…….”

박현석이 선뜻 손을 내밀지 못하고 나와 나한철을 번갈아 바라보았다. 나한철이 손에 든 것은 금괴 두 개였다.

“뭐 어때. 얘도 이제 우리 식군데.”

박현석이 나를 흘깃거리며 금괴를 건네받아 늘 들고 다니던 가죽 가방 안에 조심스레 찔러 넣었다. 고작해야 남의 뒷조사나 하고 사람이나 찾으러 다니는 줄 알았던 박현석에게 한 달 치 급료로 두 개의 금괴를 지불한다는 사실이 놀라웠다. 나는 입을 다물지 못한 채 박현석의 가죽 가방을 넋 놓고 바라보았다.

“이건 진섭이 몫.”

나한철이 세컨드 백 안에서 지폐 다발을 꺼내 세지 않고 내게 건넸다. 세어보지 않아도 백만 원 남짓한 금액일 터였다. 나는 고개를 수그리고 손을 내밀어 그가 건넨 돈을 받아들었다.

“하는 일에 따라 급료가 차이 나는 걸 이해해줬으면 해. 하지만 약속한 금액보다 조금 더 될 거야.”

대체 박현석이 하는 일이란 게 뭘까 궁금했다. 뒷조사나 사람 찾는 일이라면 나도 얼마든지 할 수 있다. 물론 그 대가로 금괴를 바라지도 않는다. 그저 우리 세 식구가 빚 걱정 없이 먹고 입을 정도의 금액이라면 뭐든 해낼 자신이 있었다.

"저, 선배님이 하는 일 말인데요. 저도 배워보면 안 될까요?"

선 채로 커피 잔을 비운 나한철이 생각에 잠긴 듯 움직임을 멈췄다. 마른침을 삼키는지 그의 목울대가 꿀렁거렸다. 잠시 후 나한철은 내게 뿌리치기 힘든 제안을 했다.

"안 될 것 없지. 기회는 공평해. 조금만 노력하면 아주 큰돈을 만질 수도 있단다. 어머니를 쉬게 하고 새집으로 이사를 가고, 평생 호화로운 삶을 누릴 수 있는 기회가 있어. 궁핍하고 평범한 삶과 치열하지만 화려한 삶 중에 한 가지를 골라라. 20년 후에 후회하지 않을 걸로 딱 하나만."

나한철은 친절한 말투로 내게 선택의 기회를 주었다. 금괴가 박현석의 목숨 값이라는 걸 깨달았을 때는 이미 되돌아가기엔 너무 늦은 시점이었다. 그들의 비밀을 알아버린 이상 말을 뒤집고 흥신소를 그만둘 수도 없는 노릇이었다. 유능한 두 명의 킬러 앞에서 나는 순식간에 인생을 저당 잡혀버렸다.

킬러라는 직업에 대해 깊이 알아갈수록 후회는 점점 더해갔다. 하지만 어디선가 새벽부터 늦은 밤까지 휜 허리를 펴지 못하고 일하고 있을 엄마를 생각하면서 주춤거리는 마음을 다잡았다. 나한철과 박현석의 말에 따르면 청부 살인의 목표물은 대부분 죽어 마땅한 사람들이라고 했다. 죄를 짓고도 법의 사각지대안에 숨어버린, 그리하여 누군가의 조치가 없는 한 평생 당한 자를 비웃으며 흥청망청 살아갈 비겁한 자들을 처리하는 게 우리의 몫이라고 했다. 그리고 오늘 밤 나는 진짜 킬러가 될 것이다.

백 사장이라는 자는 지역의 유지였다. 그는 해피 흥신소가 세 든 건물을 비롯해 지역 내에 열다섯 개의 빌딩을 소유하고 있었다. 그중 하나인 일신종합상가는 쉰아홉 개의 매장이 성업 중인 복합쇼핑몰로 최근 백 사장이 군침을 흘리는 지역의 노른자였다. 그러나 일신종합상가의 번영회 회장이자 알부자로 소문난 정일수가 업주들을 선동해 터무니없는 가격을 제시하며 백 사장의 매입을 가로막았다. 백 사장은 자신이 소유한 빌딩의 업주들과 일신종합상가 업주 그리고 번영회를 이끌고 오늘 아침 보덕도로 야유회를 떠났다. 그곳에서 보란 듯 정 회장을 제거해주면 가장 의심받기 쉬운 자신의 알리바이는 따로 증명할 필요도 없는 데다 업주들이 동요해 쉽게 일신종합상가를 손에 넣을 거란 의뭉스런 속셈이었다.

"백 사장은 의심이 많은 사람이야. 스마일 흥신소와 우리 중 잔금은 성공하는 쪽에만 지급하겠다고 못을 박았어. 아마 박태상과 그가 데리고 있는 또 다른 킬러가 합동 작전을 펴겠지. 그들을 당해내지 못할 수도 있어. 하지만 우리의 목표는 따로 있다. 네가 쫓아야 할 사람은 정 회장이 아니라 박태상이야. 알지?"

나한철이 백 사장 건을 받아들인 건 스마일 흥신소 때문이었다. 그의 목표는 박태상이었다.

"실례가 아니라면, 왜 박태상을 죽여야 하는지 알 수 있을까요?"

나한철의 말대로라면 의뢰인은 킬러에게 반드시 죽여야 할 이유를 설명한다고 했다. 물론 그 이유 때문에 킬러가 움직이는 것은 아니지만, 최소한 대낮에 선글라스를 쓰지 않고 거리를 활보할 수 있을 만큼의 양심은 지켜준다는 게 설명을 들어주는 이유였다.

"죽여야 할 이유라…… 박태상의 잘못이라면 세상 물정 모르는 여자를 킬러로 만든 것이겠지."

"사장님은 아줌마 킬러가 누군지 아세요?"

나한철의 눈이 청동처럼 어둡고 차갑게 빛났다.

"박태상은 살인자야. 게다가 선량한 사람에게 살인의 기술을 전수했지. 그것만으로도 죽어야 할 이유가 충분한 거 아니겠어? 더구나 좁은 바닥이니 선수 치는 쪽이 살아남는 게 마땅해. 어차피 슬퍼할 가족도 없으니 안타까울 것도 없고. 네가 이번 일을 잘 처리한다면 그 아줌마 킬러에게도 타격이 클 거야. 영원히 이 바닥에 돌아오지 못할 테지. 어쩌면 세상 어디에도 남아 있기 힘들지 않을까."

나한철의 말은 주어를 바꾸기만 한다면 바로 자신에게 퍼부어도 이상할 것이 없는 독설이었다. 그 자신 역시 킬러인 동시에 선량한 청년에게 살인의 기술을 가르친 장본인이니까. 어쩐지 씁쓸했다. 나한철이 진짜 복수하고 싶은 사람은 박태상이 아닌 그 아줌마 킬러가 아닐까, 하는 생각까지 들었다.

"주제넘는 말이지만 실력만 좋다면 박 선배 대신 그 아줌마 킬러를 영입하는 건 어떨까요?"

"나는 믿을 수 없는 사람과는 일하지 않아."

뭔가 더 이야기를 하려다 나한철이 황급히 입을 닫아버렸다.

짐을 챙기기 위해 집에 돌아갔다. 진아의 책상 서랍에서 자유저축통장을 찾아냈다. 진아의 통장은 겨우 잔액 5만 2천 원을 끝으로 2년 전에 멈춰 있었다. 나는 저축통장을 들고 은행에 찾아가 안주머니에 넣은 통장의 돈을 모두 진아 앞으로 옮겨놓았다. 만에 하나 내가 보덕도에서 돌아오지 못할 경우를 대비한 거였다. 빈 통장을 문서 파쇄기에 넣어 파기한 후 나는 진아가 다니는 독서실로 걸음을 옮겼다.

안주머니에 넣은 진아의 통장이 가슴에 닿을 때마다 몸이 움찔거렸다. 태어나서 처음으로 가져보는 거금이었다. 엄마는 오늘 아침 친구들과 온천 여행을 떠났다. 집에 남은 건 동생 진아와 한 달간 우리 집에 기숙하게 된 과외 선생뿐이다. 과외 선생은 외국 명문대 재학생이라고 자신을 소개했지만 말투며 행동이 진아 또래에서 멈춘 듯, 어수룩하기 짝이 없었다. 게다가 진아를 바라보는 눈빛도 예사롭지 않은 터라 엄마도 없는 빈집에 둘만 내버려두는 게 영 내키지 않았다.

독서실에는 반들거리는 단발머리를 정수리에 방울처럼 당겨 묶은 진아가 휴대폰을 들여다보고 있었다. 무심코 고개를 돌린 진아가 나를 발견하곤 두 눈을 동그랗게 뜨고 입만 벙긋거렸다. 나는 '나가자' 입 모양으로 진아를 일으켜 세웠다. 아주 오랜만에 진아와 나란히 걸었다.

"아빠 돌아가시던 날 기억나?"

문득 아빠가 떠올랐다. 우리 세 식구를 빚구렁으로 몰아넣고 보란 듯 느긋하게 세상을 떠난 무책임한 전설의 미남.

"오빤 기억나?"

"중간고사 기간이어서 늦게까지 학교에 있었는데 담임선생님이 나를 데리러 왔던 게 생각나. 나는 그때까지만 해도 엄마한테 큰일이 난 줄 알았어. 전날 밤에, 엄마가 냉장고를 열고 소주를 꺼내서 초콜릿을 안주 삼아 드시는 걸 몰래 훔쳐봤거든. 엄만 빈 소주병에 맹물을 채워 넣곤 피곤한 얼굴로 주무셨지. 생전 엄마가 술 마시는 걸 본 건 그때가 처음이었어. 그래서 큰 탈이라도 일어난 건 아닌가 내내 조마조마했는데 막상 병원에 도착해보니 엄마는 말짱한데 정작 탈이 난 사람은 아빠였지."

내 이야기에 충격을 받았는지 진아가 사뭇 놀란 표정으로 나를 바라봤다. 그 애에겐 아빠의 죽음이 단순한 음주운전 사고로만 기억될 터였다. 하지만 이젠 진실을 알아도 될 나이가 되었다. 아니, 알아야 할 때다.

"그럼, 음주운전이 아니었어?"

"당뇨였잖아. 아빠는 그때쯤 시력을 잃었어. 눈먼 사람이 운전을 하는데 사고가 안 나는 게 신기한 일이지. 아빤 자살이었어."

가로등 아래를 지날 때마다 진아의 오렌지색 눈물이 보얀 뺨 위에서 반짝였다.

"그땐 네가 어렸으니까 그런 걸 시시콜콜 다 이야기해줄 수 없었던 거야. 이젠 너도 곧 대학생이 될 거고, 모범생이니까 원하는 인생을 살게 되겠지. 돈만 있다면 말야."

통장에 대해 어떻게 말을 해야 할지 갈피를 잡을 수 없었다. 입 안에서 말이 거스러미처럼 혀에 걸려 밀려 나오지 않았다.

"대학에 들어가면 나도 과외든 서빙이든 열심히 아르바이트 해서 내 몫은 할 테니 오빠 걱정이나 해."

나는 눈물을 닦고 일부러 명랑한 체하는 진아의 손목을 움켜쥐었다.

"넌 뭐든 잘해낼 애라는 거 알고 있어. 하지만 살아가려면 최소한의 비용이라는 게 필요해. 살 집이라든가, 먹을 음식, 입을 옷이나 차비 같은 거 말야. 그런데 그 최소한의 비용이 엄마에게는 큰 짐이 되겠지. 그걸 엄마한테 다 떠맡길 수는 없잖아. 그래서 앞으로는 내가 돈을 벌기로 마음먹었다."

둘이 동시에 걸음을 멈추었다.

"이 통장 안에는 우리 세 식구에게 당장 필요한 최소한의 비용이 들어 있어."

나는 안주머니에 숨겨두었던 자유저축통장을 꺼내 진아에게 내밀었다.

"오빠, 이러지 마. 무서워."

통장을 열고 잔액을 확인한 진아의 눈빛 속에 도로 위 자동차 헤드라이트 불빛이 빠르게 질주했다.

"걱정하지 마. 네가 겁낼 만큼 위험한 일은 아니야. 엄마가 붉은 등 아래서 하루 종일 고기를 썰고 계단을 걸레질하는 것보다 쉽고 간단해. 사실 내가 하는 일도 엄밀히 말하자면 청소 같은 거거든. 이건 계약금이고 곧 더 많은 돈을 벌게 될 거야. 하지만 그때까지 이 통장과 내 알바에 대해선 엄마한테 비밀로 해야 해. 길어도 한 달이면 끝나. 내가 돌아올 때까지 네가 잘 보관해야 돼. 넌 똑똑한 놈이니까 내가 더 말하지 않아도 이해할 거라 믿어."

휴대폰이 진동했다. 나한철일 터였다. 진아의 손목을 슬그머니 놓아주었다. 하지만 이번에는 진아가 내 손목을 억세게 감아쥐었다.

"집에 돌아가면 우선 문부터 걸어 잠가. 최준기라는 사람한테는 내가 연락해서 오늘내일 잘 곳을 마련해볼게. 조심히 들어가라."

손목을 비틀어 진아의 손을 뿌리치고 도로를 가로질렀다. 콧잔등이 시렸다. 잠시 끊겼던 휴대폰이 다시 울리기 시작했다. 발신자는 뜻밖에도 엄마였다.

"엄마야."

나른하고도 달착지근한 목소리가 평소와 달랐다.

"네."

"뛰었니?"

거친 숨소리가 휴대폰 송화기를 떠나 엄마에게 가 닿은 모양이었다.

"잘 도착하셨어요?"

누군가 구성지게 부르는 트로트 가락이 희미하게 들려왔다.

"응, 와서 회도 먹고 소주도 한잔 마셨어."

엄마의 목소리에서 옅은 취기가 느껴졌다.

"우리 걱정 마시고 재밌게 놀다 오세요."

엄마의 고른 숨소리와 여럿이 치는 박수 소리가 한데 뒤섞여 들려왔다.

"진섭아!"

"네."

"부탁이 있어."

엄마가 자리를 옮겼는지 음악 소리며 박수 소리가 꼬리를 빼더니 이내 사라졌다.

"뭔데요?"

"알바 그만두면 안 될까? 고마운 분이 도와주셔서 네 등록금도 마련됐고, 아파트 보증금도 해결했거든. 엄마 이제 부자야. 넌 그냥 다른 애들처럼 학교만 다니면 돼."

엄마의 말끝에 물기가 어렸다. 이번 일만 무사히 끝나면 엄마의 부탁을 들어줄 수 있을 거였다.

"네, 이달 말까지만 하고 그만둘게요. 약속해요."

"그래, 알았다. 여태 네 고집을 내가 꺾어 본 적이 없지. 진섭아, 너 건축 설계사가 되고 싶댔지? 그거 꼭 돼야 해. 알았지? 무슨 일이 있어도 꼭 돼야 한다."

엄마는 내 대답을 듣지 않고 전화를 끊어버렸다. 어쩌면 잔에 술을 채워 엄마의 턱 아래에 들이미는 누군가 때문에 전화가 끊어졌을지 모를 일이었다. 나는 못내 시원한 대답을 하지 못한 게 아쉬워 애꿎은 입술만 자근자근 물어뜯었다.

빈 택시 한 대가 속도를 줄이며 짧게 경적을 울렸다. 계획에 없는 일이었지만 어쩐지 다리가 힘없이 풀려 택시를 타고 사무실로 향했다. 예상대로라면 잠시 후 나한철과 나는 보덕도로 떠나게 될 것이다. 건축 설계사의 꿈을 이루기 위해, 엄마의 부끄러운 아들이 되기로 결심했다. 낯선 섬을 향해 달려갈 마음을 품자 롤러코스터에 오른 것처럼 몸의 중심이 허공으로 떠올랐다가 곤두박질쳤다.

해피 흥신소의 창문에 그림자가 어른거렸다. 그림자는 나한철일 터였다. 나는 곧바로 사무실에 올라가지 못하고 서성거리다 휴대폰 전화번호부를 뒤져 최준기의 번호를 찾아냈다. 그는 벨이 채 한 번 울리기도 전에 전화를 받았다.

"접니다. 김진섭."

"전화할 줄 알았습니다."

엉뚱한 대답이었다. 더구나 평소 어수룩하던 말투와는 사뭇 다른 차갑고 명료한 대답도 생경했다.

"어머니는 여행 가셨고, 저도 출장을 떠나게 됐습니다. 미안한 이야기지만 이삼 일 묵을 곳을 알아보셔야 할 것 같습니다."

"저도 마침 지방에 내려가는 중입니다. 출장에서 무사히 돌아와 다시 만나기를 바랍니다."

우리는 각자 말을 잇지 못하고 침묵하다 동시에 전화를 끊었다. 전화를 받은 사람이 최준기가 맞는지 확인해봤지만 또렷이 그의 이름 석 자가 통화 목록에 남아 있었다. 미심쩍기는 했지만 이로써 모든 준비는 끝났다. 더 이상 건물 밖을 배회할 명분도 남아 있질 않았다. 나는 무거운 발걸음을 옮겨 해피 흥신소의 계단을 올랐다. 사무실 문을 열자 단정한 양복 차림의 나한철이 낡아 반들반들 길이 든 갈색 가죽 가방을 들고 의자에서 일어섰다.

"기다릴 거 뭐 있어? 바로 출발하자고."

운전면허증이 없는 나 대신 나한철이 핸들을 잡았다. 박현석이 살아 있었더라면 그의 몫이었을 일이다. 나는 조수석에 앉아 허리춤에 찬 가죽 가방을 어루만졌다. 그 안에 잠들어 있을 세 자루의 칼을 생각하자 손끝이 저릿해졌다.

"어머니 얘기 좀 해봐."

마치 은하철도999가 달려가던 우주 저 멀리처럼, 밤의 고속도로는 적막한 불빛만을 헤프게 흩뿌리며 끝없이 이어졌다.

"평범하세요. 음식 잘하시고 거짓말할 줄 모르고. 그냥 수더분한 오십대예요."

엄마를 떠올리자 느닷없이 눈시울이 시큰해졌다. 뭔가 더 이야기했다가는 주책없이 눈물이 쏟아질지 모른다는 생각에 얼른 입을 닫았다.

"내가 아는 어떤 여자는 단지증이 있었어. 지금쯤 네 어머니처럼 오십대가 됐겠지. 그 여잔 엄지손가락이 눈에 띄게 뭉툭한데다 몹시 짧았어. 하지만 솜씨가 좋아 그 손으로 못하는 게 없었지. 특히 요리를 아주 잘했어. 두부나 콩나물 따위의 별 볼 일 없는 재료를 가지고도 이런저런 양념을 해 지지고 볶아내면 고급식당 주방장 솜씨 부럽지 않은 한 상이 차려졌지. 그런데 그 여잔 거짓말쟁이였어."

나도 단지증을 가지고 있다. 그건 유전병이다. 엄마와 나는 꽤나 악력이 센 편이었지만 엄지손가락이 보통사람보다 한 마디씩이 짧았다. 연필을 쥘 때나 작은 물건을 손끝으로 잡아야 할 때는 불편하지만 오히려 칼을 쥘 때만큼은 편리했다. 칼 손잡이를 쥐었을 때 짧고 뭉툭한 엄지손가락이 단단히 버티고 뒤에 따라오는 다른 네 손가락을 막아서 미끄러지는 걸 방지했기 때문이었다. 나는 손가락을 펼쳐 간헐적으로 달려드는 가로등에 비춰 보았다.

"어떤 거짓말을 했는데요?"

엄지손가락만 짤막한 손 그림자가 나한철의 오른쪽 볼에 어른거렸다.

"그 여자가 솔직했더라면 지금쯤 나는 다른 일을 하고 있었을 거야. 꽈배기를 튀겨 팔거나 건물 유리창을 닦거나 어쩌면 참혹하게 살해된 시체를 염하고 있을지도 모르지."

펄펄 끓는 기름에 꽈배기를 튀기는 나한철, 건물 외벽에 대롱대롱 매달린 나한철, 알코올 적신 솜을 창백한 시체의 콧구멍에 밀어 넣는 나한철이 차례로 눈앞에 그려졌다. 어느 것 하나 어울리지 않는 모습이었다. 물론 해피 홍신소에서 일한 지난 두 달간 나한철이 직접 칼을 잡는 모습을 보여주거나 자신의 파란만장했던 청년 시절을 떠든 적은 없었다. 다만 나한철의 몸에 난 거미줄 같은 흉터들이 그의 평탄치 않았을 과거를 담담하게 증명할 뿐이었다. 하지만 꽈배기장수나 유리창닦이, 장의사보다 나한철에게는 킬러가 더 어울렸다.

나한철은 다문 입을 열지 않았다. 휴게소에서 두 번 멈춰 화장실에 다녀오고 목을 축였지만 깊은 상념에 잠긴 듯 말없이 먼 곳만 바라보다 다시 운전대를 잡곤 했다. 그 곁에서 나는 손가락 끝에 투명 매니큐어를 여러 번 덧칠했다. 매니큐어가 지나간 자리가 맨들맨들해지며 지문을 덮어가고 있었다. 몇 개의 도 경계선을 지나고 톨게이트를 빠져나와서야 보덕도를 가리키는 표지판이 나타났다. 보덕도는 지난 봄, 육지와 연결된 대교가 개통되며 관광명소로 자리 잡은 남해의 섬 중 하나였다. 그곳의 특산물인 유자와 전복이 조악하게 그려진 대교 앞에 다다랐을 때, 시곗바늘은 막 11시를 넘어가고 있었다. 창문이 닫혀 있었지만 차 안으로 바다 냄새가 물씬 스며들었다. 그럴수록 가슴은 더욱 두방망이질 치고 등줄기에선 식은땀이 흘러내렸다.

"박태상 주위엔 아마 위장한 아줌마 킬러가 있을 거야. 단지증이 있는 오십대 아줌마를 조심하는 게 좋을 거야. 오늘 밤, 박태상과 너 둘 중 하나는 심장이 멎어야 해. 그렇다고 내 도움 같은 건 기대하지 않는 게 좋아. 실패의 책임은 오롯이 킬러 자신이 지는 거다. 그게 이 세계의 룰이고."

자동차는 어느덧 목적지인 보덕 유스호스텔 앞에 섰다. 늦은 시각이었지만 유스호스텔의 마당은 흥청망청 취한 사람들로 북적였다. 나한철이 차에서 내려 트렁크를 열었다. 그는 두 상자의 소주와 포장된 마른안주를 차례로 꺼냈다.

"이제부터 넌 상가 입점을 앞두고 사장을 따라 보덕도에 내려온 종업원이야. 조용히 술과 안주를 돌리도록 해. 그러다 술에 취한 사람들이 흩어지면 적당한 때를 골라 몸을 움직여. 능력만 된다면 근처로 놈을 유인해도 되겠지."

나한철이 내게 소주 상자를 안겨주었다. 그가 어금니를 깨물고 유스호스텔 마당으로 앞장섰다. 마침 마이크를 쥐고 있던 백 사장이 반색을 하며 나한철의 손을 마주 잡았다.

"어이쿠, 나 사장님 오셨습니까? 먼 걸음 하시느라 얼굴이 아주 반쪽이 됐네."

백 사장이 곁에서 수저통을 흔들며 장단을 맞추던 비대한 사내에게 나한철을 소개했다.

"잘 부탁드립니다. 정 회장님."

호칭으로 미루어 비대한 사내가 정 회장인 모양이었다. 나한철의 눈짓에 따라 나는 마당에 길게 이어진 상마다 소주와 마른안주를 내려놓고 빈자리 하나를 차지해 앉았다. 곁에 앉아 담배연기를 뿜어내던 노파가 자신의 잔을 단숨에 비우고 내게 술을 권했다.

"처음 보는 얼굴인데, 어디서 왔수?"

긴장을 푸는 데는 술도 나쁘지 않을 거란 생각에 소주잔을 받아 고개를 외로 꼬고 들이켰다. 미지근하고 들큰한 소주가 입 안을 불쾌하게 겉돌았다. 내 눈치를 살피던 노파가 회 한 점을 초고추장에 찍어 입가에 들이밀었다.

"다른 데서 장사하고 있는데 곧 일신상가에 입점하기로 했습니다. 앞으로 잘 부탁드리겠습니다, 아주머니."

일흔 살은 넘었을 법한 노파는 아주머니라는 호칭이 마음에 드는지 히죽 웃으며 빈 잔에 소주를 채워주었다.

"자, 이제 오실 분들은 다 오신 거 같은데 제가 한 말씀 올려도 되겠습니까?"

정 회장이 마이크를 쥐고 목청을 돋웠다. 그의 곁에 선 나한철이 매서운 눈초리로 화투판이 벌어진 천막 아래를 노려보았다. 늘어진 천막에 가려 그 안에 옹기종기 모인 사람들의 면면이 파악되진 않았지만 나한철의 표정으로 보아 스마일 흥신소 일당인 것이 틀림없었다.

"오늘 이 자리를 마련해주신 백 사장님께 박수 한번 쳐드립시다."

정 회장이 마이크를 든 손으로 박수를 치자 스피커가 쿵쿵 울렸다. 꾸벅꾸벅 졸던 사람들도 그 소리에 고개를 쳐들고 성의 없이 손뼉을 마주쳤다.

백 사장이 사람 좋은 미소를 띠고 가벼운 목례로 박수에 화답했다.

"박 조합장님, 나오세요. 얼른 나오시래도."

정 회장이 사람들 틈에 끼어 점잔만 빼고 있던 중노인을 불러냈다. 그는 어색한 미소를 띠고 정 회장 곁에 어정쩡한 자세로 서서 꾸벅 인사를 했다.

"여러분, 요즘 사는 게 사는 게 아니시죠? 저도 그렇습니다. 주식은 폭락하지, 달러는 천정부지로 치솟지, 기업은 픽픽 도산하는데 우리 같은 소상인들이 무슨 수로 살아남겠습니까. 그나마 번영회에서 발 벗고 나서 철마다 세일 전단 만들어 뿌려주고, 어플 만들어 홍보해주고, 밭떼기로 단가 낮춰주니까 그럭저럭 지금껏 버텨왔던 것이지요. 그런데 불행 중 다행으로 우리 일신종합상가 건너편에 내년 말부터 대규모 아파트 단지가 들어선다고 합니다. 여기 계신 박 조합장님이 바로 길 건너 재개발 조합을 이끌고 계신데 오늘 이 자리에서 우리 일신과 한 마음 한 뜻이 되어주시기로 약속하셨습니다. 대형 할인마트 몰아내고 일신 독점 상권 체제로 다시 한번 비상할 때가 오고야 만 겁니다. 뭐 가장 땡 잡은 건 누가 뭐래도 백 사장님이시죠. 시중 매입가에 프리미엄 20퍼센트 정도로 노다지를 캐시는 건데, 좋은 게 좋은 거 아닙니까?"

정 회장이 번들거리는 얼굴로 이기죽댔다. 누군가 '경사 났네' 맞장구를 쳐주었다. 그러자 백 사장의 얼굴이 순식간에 흙빛으로 굳어갔다. 프리미엄 20퍼센트라는 것이 적은 액수가 아닌 모양이었다. 정 회장은 노래방 기계를 조작해 템포가 빠른 경음악을 틀더니 박 조합장과 함께 비대한 몸을 들썩거리며 춤을 추었다.

노파는 내가 술잔을 비우지 않자 자신이 냉큼 마셔버리고 새 담배에 불을 붙였다. 그러곤 자리에서 일어나 진저리치듯 흉겹게 팔을 흔들며 정 회장 쪽으로 걸어갔다. 나는 자리에서 일어나 화투판이 벌어지는 천막 쪽으로 다가섰다. 천막 안에 모여 앉은 사람들은 모두 셋이었다. 그리고 그들이 손에 쥔 것은 화투패가 아니라 부루마블 게임의 가짜 지폐였다.

"심여사님, 빌딩만 짓지 마시고 호텔도 세우세요. 제일 부자시면서."

스포츠머리의 사내가 맞은편에 앉아 가짜 지폐로 얼굴을 가린 중년 여자에게 외쳤다.

"난 호텔보다 빌딩이 좋은걸요. 1층엔 정육점 내고, 2층은 나중에 우리 딸 의사 되면 병원 내주고, 3층은 아들 장가가면 살림집 차려줘야지. 난 30층짜리 빌딩 말고 딱 3층짜리면 돼요."

가짜 지폐를 쥔 여자의 엄지손가락이 다른 사람보다 한 마디가 짧았다. 여자가 빌딩 모형을 부루마블 게임판에 옮겨놓느라 가짜 지폐를 내려놓았다. 그 순간, 요동치던 내 심장이 아주 잠시 머뭇거리다 순식간에 무너져 내렸다.

"엄마……!"

파마기가 풀린 부스스한 머리에 흔해빠진 금목걸이 하나 걸리지 않은 주름진 목, 엄마였다.

“늦었구나. 너도 낄래?”

마치 일과를 마치고 집에 돌아온 나를 맞이하듯, 엄마의 표정은 평온했다. 뜻밖의 장소에서 엄마를 만난 것도 놀라운 일이었지만 그 옆에 앉아 엉덩이를 들썩이며 자리를 만들어주는 사람 또한 눈에 익었다.

“부루마블 할 줄 알죠?”

마지막 통화에서 지방에 내려간다던 최준기였다.

“이런 날 왜 흰 운동화를 신었어? 핏물은 잘 빠지지도 않는데.”

엄마의 눈길이 티셔츠를 볼록하게 들어 올린 가죽 가방에 와 닿았다. 내가 몸을 움찔거리며 뒷걸음질 치는 사이 발치에 앉아 있던 중년 남자가 조용히 일어서서 내게 마주 걸어왔다.

“우리 초면이지? 박태상이라고 하네. 어머님과는 같이 일하고 있지.”

박태상이 내게 손을 뻗어 악수를 청해왔다. 그의 등 뒤에서 나를 바라보는 엄마의 표정이 울 듯 웃을 듯 갈피를 잡지 못하고 있었다. 내 손이 박태상의 거친 손아귀 안에 사로잡힌 사이 부루마블 게임 판에 세워진 세 개의 빌딩은 영원히 끝날 것 같지 않은 오늘 밤을 무심한 눈길로 방관하고 있었다.

이성란

지금 내 핸드백 속에는 38구경 리볼버 한 자루가 들어 있다. 빠르고 정확한데다 킬러다운 멋을 내기에도 칼보다 나았다. 처음부터 총을 들고 나올 셈은 아니었다. 저녁 설거지를 마치고 화장을 하는 사이 철야라던 남편이 들이닥쳤다.

"니 어째 수상하다."

현관문을 디지털 도어락으로 바꾸는 게 아니었다. 간섭만이 유일한 애정 표현인 남편이 번들거리는 이마를 손으로 훔치며 현관문 앞에 버티고 서 있었다.

"사람이 왔으면 인기척을 해야 할 거 아냐?"

철야라고 해서 안심한 게 화근이었다.

"내 집 내가 들어오는데 말라꼬? 근처 왔다가 하도 꿉꿉해서 양말 좀 갈아 신으러 들어왔다, 됐나? 근데 니는 오밤중에 요래 차려입고 어데 가노?"

지금 출발해도 자정까지 도착하기는 힘들 터였다.

"친구 어머니 문상."

달리 둘러댈 말이 없었다.

"수상한 냄새가 솔솔 나는데? 요래 찐하게 화장하고 문상 가는 사람이 세상 천지에 어데 있노?"

형사와 함께 사는 킬러의 비애다. 남편은 의심의 눈길을 거두지 않고 내 주위를 느릿느릿 걸으며 검지를 펴 턱에 가져다댔다.

"아이고, 배야. 왜 하필 지금……. 내 볼일 보고 올 때까지 니 꼼짝 말고 여 있어라. 갔다 와서 마저 얘기하께."

그의 과민성대장증후군이 이렇게 고맙기는 결혼 후 처음이다. 남편은 허리춤에서 권총집을 풀어 식탁 위에 올려놓은 뒤 배를 움켜쥐고 화장실로 종종걸음 쳤다. 다시 오지 않을 기회였다. 나는 손에 들고 있던 립스틱을 팽개치고 발끝을 세워 식탁으로 다가갔다. 그러곤 킬러의 필수품인 38구경 리볼버를 핸드백에 챙겨 넣은 뒤 혼신의 힘을 다해 현관으로 내달렸다.

볼일을 마치고 사라진 총과 나를 찾아 허둥거릴 남편을 생각하니 조금 미안한 생각이 들었다. 그렇다고 내 첫 번째 의뢰인을 실망시킬 수는 없었다. 게다가 이미 그녀가 건넨 3천만 원의 착수금은 코인 판에 던져 넣었으니 이제와 꽁무니를 뺄 재간도 없었다.

심은옥만 아줌마 킬러가 되란 법이 세상 어디에 있는가. 이렇게 된 마당에 나도 진짜 킬러가 되어 공무원 마누라 자리 사표를 던져볼 셈이다. 하지만 딱 하나 마음에 걸리는 게 있었다. 바람난 여자 홍미숙이 살해를 요구한 대상이 해피 흥신소의 사장 나한철이라는 것이다. 호락호락한 상대가 아니었다. 하지만 지레 겁먹을 필요는 없다. 내겐 38구경 리볼버가 있으니까.

목적지인 유스호스텔 앞에 도착한 건 자정을 훌쩍 넘긴 시각이었고, 유흥도 끝난 듯 마당에는 괴괴한 어둠과 농익은 연시 같은 시큼한 술 냄새만 맴돌고 있었다. 전면을 향한 여러 개의 창문 중 유독 한 개만이 불을 밝히고 있었다. 나는 발소리를 죽여 가며 유스호스텔 안으로 스미듯 잠입했다. 하지만 방문만 봐서는 어디에 나한철이 잠들어 있는지 종잡을 수 없었다. 나는 핸드백에서 권총을 꺼내 장전을 확인하고 방아쇠에 손가락을 걸쳤다.

"미즈 리 씨?"

구들장이 가라앉도록 거센 코골이 소리만 울려 퍼지던 어둠 속에서 누군가 내 어깨를 건드렸다.

"어머나, 준기 씨!"

나를 부른 건 최준기였다. 그는 나와 권총을 번갈아 보더니 검지를 들어 입가에 가져다 대곤 손목을 낚아채 불빛이 새어나오는 방 쪽으로 성큼성큼 걸어갔다. 아직 개시도 못 했는데 벌써부터 일이 틀어지고 있었다.

"준기 씨, 나 못 본 걸로 해주면 안 될까? 금방 돌아갈게. 그러니까 이 손 좀 놓고……."

엉덩이를 뒤로 빼며 애원을 해봤지만 나무덩굴처럼 단단하게 손목을 감싼 준기의 손은 꼼짝도 하지 않았다. 마침내 그가 닫힌 방문을 열었다. 그 순간, 나는 직감했다. 권총을 써야 할 때가 왔다는걸.

최준기

스마일 흥신소의 직원들이 모두 퇴근을 하자 박태상과 나 단둘이 남았다. 박태상은 좀 전까지 읽고 있던 시집을 덮고 자리에서 일어나 내가 기다리는 소파로 걸어왔다. 그의 점점 작아지는 어깨와 옅은 얼룩이 남은 와이셔츠가 눈에 들어왔다.

"지금 좀 볼 수 있을까?"

박태상이 등을 반듯하게 곧추세우고 소파에 앉아 내게 손을 내밀었다.

"뭘요?"

그가 보자고 하는 것이 무엇인지 감이 잡히지 않았다.

"약속을 지킬 때가 온 거 같은데. 편지 말야."

편지, 그걸 왜 지금껏 까맣게 잊고 있었을까. 처음 그를 만난 자리에서 엄마만 찾아준다면 회센터 창고에서 가져온 편지를 주겠다는 약속을 한 적이 있었다. 물론 그건 거짓말이었다.

"지금 편지 얘기하실 때가 아니에요. 사장님 목숨이 위험하단 말입니다!"

어색할 정도로 목청을 높이고 말았다.

"그래. 네 말대로라면 심여사님의 아들이 해피 흥신소에 취직했고, 그 애가 나를 첫 번째 목표물로 삼았다는 거지. 그걸 눈치챈 심여사님이 아들 대신 칼을 뽑으려다 너에게 덜미를 잡힌 거고. 그래서 네가 해결책이라고 내놓은 게 우리가 선수를 쳐서 나한철을 없애자는 건데…… 나는 네 해결책에 동의하지 않아. 별 관심도 없고. 어차피 사람이란 발버둥 쳐봤자 정해진 운명대로 살 수밖에 없어. 지금 내게 중요한 건 그 편지야."

얼음송곳처럼 차갑고 날카로운 목소리였다.

"싫습니다. 이번만큼은 제 뜻에 따라주세요. 대체 왜 죽기를 자처하는 겁니까?"

"편지부터 줘."

"없어요. 잃어버린 거 같아요."

거짓말을 해야 한다는 사실이 불편했지만 애초부터 없었던 편지를 만들어낼 수는 없었다.

"편지 같은 거 처음부터 없었지?"

박태상이 갑자기 누운 목소리로 달래듯 물었다. 그러곤 팔을 들어 올려 깍지를 끼더니 뒤통수를 받치고 소파에 몸을 묻었다.

"참 오래도 숨겨왔구나."

"어떻게 아셨어요?"

길 건너편 노래방 간판이 명멸하며 박태상의 이마에 이지러진 모음 한 자를 남겼다.

"편지 같은 걸 남길 여자가 아니거든."

그의 입에서 여자 이야기가 나온 건 처음이었다. 마치 불경스러운 이야기를 엿들은 것처럼 정신이 번쩍 들었다.

"얼마 전 그 여자를 TV에서 봤어. 그리스로 이민 가 횟집을 차렸더구나. 외형은 레스토랑이었는데, 우리나라 횟집처럼 현지인들도 초고추장에 생선살을 찍어 먹더구나. 말미에 그 여자가 아주 능숙한 솜씨로 고등어 회를 떠 그리스인 남편 입에 넣어주곤 엄지손가락을 치켜세웠지. 프로그램이 끝날 때쯤 나는 여자를 놔주기로 마음먹었단다. 사실 난 지금껏 그 여자가 죄책감에 시달리며 인생을 낭비하고 있을 거란 막연한 상상을 하며 버텨 왔어. 그런데 보기 좋게 환상이 깨져버렸지 뭐야. 지금의 나로서는 아무리 발버둥 쳐도 닿을 수 없는 별천지에서, 여잔 아주 행복해 보였단다. 이제 나도 스마일 흥신소를 접을까 해."

박태상이 소파에서 일어났다. 그의 무게에 주저앉았던 쿠션이 아주 천천히 다시 부풀어 올랐다.

"거짓말한 거 죄송해요. 하지만……."

의자에 걸쳐두었던 재킷을 펼쳐 팔을 끼워 넣던 박태상이 나를 바라보았다.

"하지만, 사장님이 죽는 건 싫어요. 전 이제 어디 가라고요?"

박태상이 부드럽게 미소를 짓더니 재킷을 마저 걸쳤다.

"누가 죽는댔어? 스마일 흥신소 문 닫는댔지. 그리고 넌 인마, 검정고시 쳐야지."

어깨를 들썩여 재킷을 몸에 맞춘 박태상이 자신의 책상 서랍을 열었다. 그러곤 뭔가를 꺼내 나를 향해 던졌다.

"검정고시 학원부터 등록해. 대학 들어가면 졸업할 때까지 등록금 걱정은 안 해도 될 거야. 아, 그리고 그거 빈 통장이야. 돈은 어머니께 보내드렸으니까 너는 고향으로 내려가."

박태상이 책상 근처에서 또 다른 무언가를 꺼내 재빠른 동작으로 자신의 서류 가방 안에 밀어 넣었다.

"명절마다 찾아올 필요 없으니 사고만 치지 말고 살아. 여기서 작별 인사하자꾸나."

박태상이 내게 악수를 청했다.

"이러시는 거 고용법 위반입니다. 알기나 하세요? 순 사기꾼 같으니라고!"

그의 손을 밀쳐내고 사무실을 달려 나왔다. 한참을 뛰어 은행나무 사거리를 벗어나자 어깨가 들썩였다. 숨이 차서가 아닌, 복받치는 눈물 때문이었다.

박태상

그렇게 당부를 했지만 준기는 늦은 밤 유스호스텔을 찾아왔다. 성난 표정의 준기가 천막 아래에 부루마블 게임 판을 펼쳤다.

"이게 언뜻 주사위로 정해진 운명에 따라 승패가 나뉘는 걸로 보이겠지만 치밀한 전략과 전술이 없인 아무리 운이 좋아도 이길 수 없는 두뇌 게임이에요."

우리는 준기의 설명에 따라 부루마블 게임을 시작했다. 그러나 전략도 전술도 없이 운명에 매달린 나는 빚이 불어나 파산을 면할 수 없었다. 심은옥과 그 곁에 앉은 진섭의 눈에 핏발이 서 있었다. 어느덧 마당에 모였던 사람들도 취기를 이기지 못하고 숙소로 돌아갔고 남은 건 우리 셋과 진섭, 그리고 멀찍이서 팔짱을 끼고 서 있는 나한철뿐이었다.

"나 사장, 오랜만이네."

나는 마지막 남은 가짜 지폐 한 장을 내려놓고 자리에서 일어섰다. 나한철이 나를 향해 마주 걸어왔다. 그의 손은 몹시 찼다.

아주 오래전, 나는 킬러로서 큰 오점을 남기고 칼을 내려놓았다. 그때 난 자신의 의붓아버지를 살해해달라는 한 남자의 사주로 뼈와 가죽뿐인 노인의 등허리에 칼을 꽂았다. 그러나 노인은 남자의 친아버지였다. 나한철이 뒤늦게 그 사실을 알렸을 때, 노인은 이미 화단에 묻힌 뒤였다. 신출귀몰한 킬러 박태상의 실체를 직접 목격한 사람은 나한철뿐이었다. 만약 그가 현장에 없었다면 나는 여전히 칼을 휘두르며 어둠 속 밑바닥을 헤매고 있을 거였다. 적으로 만났지만 한때 우린 동지였다.

"연락 받았습니다. 현석이 형 건은 감사합니다."

나한철이 말하는 현석은 한때 킬러였던 박현석을 말하는 것이리라.

그는 고향 근처로 내려가 도장 기술을 배우고 있을 터였다. 그의 차 안에서 한 줌 재로 불타버린 자는 트렁크에 갇혀 있던 사채업자였다. 나는 박현석을 차에 실어 시외버스 터미널에 내려주었다. 상처가 깊지 않았으므로 그가 차에서 내릴 때쯤엔 피도 멎어갔다. 박현석이 매표소에서 돌아와 자신의 신분증을 꺼내 두 동강낸 후 사채업자의 신분증을 빈자리에 채워 넣었다.

우리는 약속이라도 한 것처럼 스마일 흥신소 앞으로 배정된 복도 끝 방에 모였다. 허술하게 쌓인 이불과 베개, 20인치 컬러 TV가 말없이 서로의 움직임을 몸으로 읽는 네 사람을 지켜보고 있었다. 준기는 복도에 나가 주변 동태를 살폈고 나와 심여사가 방 안쪽에 서서 문가에 위치한 나한철과 진섭을 대치하듯 바라보고 있었다.

"빨리 볼일들 보죠."

나한철이 먼저 입을 뗐다. 그는 목을 죄는 넥타이를 느슨하게 풀곤 심은옥을 향해 다가섰다.

"한철 씨, 우리한테 왜 이래요?"

심여사와 나한철은 구면인 듯했다.

"달호를 만나서 행복했습니까? 깡패 놈과 결혼해 평생 옥바라지나 하며 늙기 싫어서 택한 남잔데 행복했겠죠."

진섭이 당황한 얼굴로 대화를 나누는 둘을 번갈아 보았다.

"겨우 그런 이유로 미래가 창창한 아이에게 칼을 쥐어준 거예요?"

심여사의 목소리가 가늘게 떨렸다.

"선택은 본인이 했습니다."

"당신 말이면 다야?"

화를 주체할 수 없었던지 심여사가 치마를 걷어 올리고 자신의 칼집에서 칼을 빼들어 나한철에게 달려들었다. 진섭 또한 어머니가 살인을 저지르는 걸 두고 볼 수만 없었던지 재빨리 내게 다가와 목덜미에 칼을 들이댔다. 서늘한 감촉이 전기처럼 전신을 관통했다. 내게 죽임을 당한 사람들도 빠짐없이 겪었을 공포다. 하지만 나는 곧 깨달았다. 진섭이 들고 있는 칼은 조악하게 만든 연극용 가라 단검이라는걸. 아마 그건 진섭조차 모르는 사실일 터였다. 지금 나한철은 자신의 목숨을 걸고, 심여사를 이 지옥에서 끌어내려 하고 있다. 우리의 목표는 같았다.

심은옥의 칼은 어디서나 구할 수 있는 주방용 무쇠 칼이다. 다만 매일 아침 갈고 닦은 덕에 칼날은 종이 단면에도 세울 수 있을 만큼 예리하다. 지금 심은옥이 칼집에서 꺼낸 것은 그녀의 무쇠 칼 대신 아주 오래전, 친아들에게 죽임을 당한 노인의 폐를 뚫었던 녹슨 칼이다. 나한철의 가슴팍에 겨눈 칼이 손에 익숙지 않다는 걸 깨달은 심은옥이 당혹스러운 표정으로 녹슨 칼과 나를 번갈아 바라보았다.

심은옥

진섭이 칼을 빼들고 박태상의 목젖 아래를 겨냥했다.

"엄마, 칼 내려놓으세요! 제발요."

진섭이가 울부짖었다. 그 애의 손과 입술이 새파랗게 질려 있었다. 그러나 아들의 부탁을 들어줄 수 없었다. 내가 이대로 물러선다면 진섭이의 꿈은 산산조각이 나고 말 것이다. 고통스럽게 일그러지는 진섭이의 얼굴을 매서운 눈길로 쏘아보는 나한철의 등 뒤에서 치마를 들어 올리고 허리춤에 찬 칼집에 손을 가져갔다.

그러나 칼집에 들어 있던 건 늘 써서 손에 익은 주방용 무쇠칼이 아니었다. 이가 빠지고 벌겋게 녹이 슨 낯선 칼 한 자루가 손에 잡혀 있었다. 언젠가 박태상이 내게 선물했던 것과 마찬가지로 이 칼의 끝에도 오(吳)라는 한자가 새겨져 있다. 금방이라도 부서져버릴 것 같은 칼끝을 나한철의 가슴팍에 겨누었다. 칼은 기다렸다는 듯 반 토막이 나 바닥으로 떨어져버렸다.

이성란

나와 준기가 방문을 연 줄도 모르고 두 패로 갈라선 이들이 긴장한 채 서로를 노려보고 있었다. 홍미숙이 내게 전한 사진 속 사내의 허리춤에 심은옥의 칼끝이 바짝 다가서 있었고, 훤칠하고 잘생긴 청년은 박태상의 목젖 근처에 단도를 들이대고 있었다. 그때 심은옥의 손에 들려 있던 칼이 두 동강 나 바닥으로 떨어져 버렸다.

"엄마!"

청년이 심은옥을 향해 울부짖었다. 엄마라니. 그렇다면 심은옥의 아들이란 말인가. 그게 중요한 게 아니었다. 내 목표물은 하나였다. 당혹스러움을 감추지 못하고 어정쩡한 자세로 떨어진 칼 토막을 주우려는 듯 자세를 낮추는 나한철을 향해 방아쇠를 당겼다. 그리고 다시 한번. 탕!

두 발의 총알이 발사되자 반동을 이기지 못하고 휘청거리던 몸이 뒤에 선 준기의 품으로 밀려났다. 귀가 먹먹해 아무 소리도 들리지 않았다. 새된 비명이나 영화 속 한 장면처럼 거친 숨을 몰아쉬며 유언이나 저주를 퍼붓는 목소리도. 총알이 총구를 떠나는 순간 감았던 눈을 살며시 떠보았다.

나한철이 바닥에 주저앉은 게 보였다. 두 눈을 동그랗게 뜨고 자신의 오른쪽 옆구리를 손으로 짚었지만 핏자국은 보이지 않았다. 심은옥이 그의 손을 밀쳐내고 총알이 박혔음직한 곳을 헤집었다.

"두 발 모두 공포탄인 걸 보니 경찰 총이군요."

미국 드라마나 첩보영화에선 어째서 경찰 총에 두 발의 공포탄이 들어 있단 사실을 묘사하지 않은 걸까. 박태상이 터벅터벅 나한철에게로 다가가 그를 일으켜 세웠다. 뒤에 선 준기가 내 손에 쥔 권총을 뺏으려 들었다. 공포탄이라곤 하지만 요란한 총성이 유스호스텔 안에 잠든 사람들을 깨운 모양이었다. 바삐 슬리퍼를 끌고 다가오는 사람들의 발소리가 들렸다. 두 발이 공포탄이었다면 세 번째 총알부터는 진짜란 얘기다. 시간이 없었다. 집요하게 내 손아귀를 파고드는 준기의 손을 뿌리치고 안전장치를 제거했다.

백영식

나는 쇠의 힘을 믿는다. 총과 칼과 돈은 사람을 배신하지 않는다. 내게는 돈이 있었으므로 총과 칼을 사는 일이 어렵지 않았다. 따지고 보면 총과 칼보다 돈의 위력이 더 센 게 사실이다. 정 회장만 거꾸러져 준다면 내게는 더 많은 돈이 쏟아질 테고, 그 돈은 더 많은 총과 칼을 사는 일에 쓰일 터였다. 그러기 위해서는 확실한 투자가 필요했다. 박태상과 나한철이 그런 사람들이었다. 둘은 비슷하지만 아주 다른 사람들이었다. 박태상이 고뇌하는 몽상가라면 나한철은 계산하는 현실주의자였다. 박태상은 본능대로 드라마틱하게 일을 처리했고, 나한철은 한 치의 오차도 없이 자로 잰 것처럼 나를 만족시켰다. 둘을 동시에 고용한 이유였다.

입술에 밥풀 한 점 매달고 홀로 상경해 자수성가한 독종답게 정 회장은 매사에 치밀했다. 절대 혼자 행동하는 법 없이 돈과 사탕발림으로 끌어당긴 자신의 편을 방패로 삼았다. 현금으로 채워진 케이크 상자를 내밀어도 그의 측근들에 의해 다시 돌아오길 반복했다. 이유를 물어도 정 회장이 콜레스테롤이 높다는 억지소리뿐이었다. 액수가 모자랐나 싶어 두 상자를 보내봤지만 역시 되돌아오기는 마찬가지였다. 그리고 오늘, 정 회장이 왜 케이크 상자를 돌려보냈는지를 깨달았다. 손에 쥐고 있으면 곧 재개발권에 들어 금싸라기가 될 일신종합상가를 단돈 몇 푼에 쉽게 내놓아 남의 배를 불릴 수 없다는 계산이 숨어 있었다.

이제 남은 건 몽상가와 현실주의자 중 누가 정 회장의 기름진 배때기에 칼을 꽂아 넣느냐 하는 문제뿐이었다. 그런데 자정을 넘기고 정 회장의 방패들이 잠들었음직한 깊은 밤이 되도록 유스호스텔은 잠잠하기만 했다. 바로 옆인 정 회장의 방에서는 규칙적인 코골이 소리가 한 시간째 계속되고 있었다. 그 코골이 소리가 5분 안에 멈추지 않으면 몽상가건 현실주의자건 간에 해고할 독기를 품었다. 차라리 모든 일을 원점으로 돌리고 동업을 제안하는 편이 나을 것 같았다. 그때, 복도를 울리는 요란한 소리가 들렸다. 그 소리 끝에도 정 회장의 코골이는 그치지 않았다.

나는 슬리퍼를 꿰어 신고 숙소를 나와 스마일 흥신소가 머무는 복도 끝 방으로 내달렸다. 조용하던 유스호스텔 안이 소란스러워지고 뒤늦게 종업원 한 명이 트레이닝복 차림으로 계단을 내려오는 게 보였다. 방문 앞에는 스마일 흥신소의 직원 한 명이 서 있었고 곁에는 넘치는 군살 위에 바짝 붙는 원피스를 입은 여자가 있었다. 청년을 제치고 보니 여자의 손에 권총이 들려 있었다. 그리고 방 안에는 박태상과 나한철, 아줌마 킬러라는 뚱보, 나한철이 데려온 청년 한 명이 얼빠진 얼굴을 하고 있었다. 어느 누구도 피를 흘리지 않은 걸로 보아 총은 가짜임에 틀림없었다.

화가 치밀었다. 이런 어리보기들에게 선뜻 일을 맡긴 나 자신이 한심스러웠다. 그 순간 몽상가도 현실주의자도 해고였다. 나는 여자가 손에 쥔 가짜 총을 뺏어 들었다.

"멍청한 새끼들!"

살집이 좋아 비비탄 총알쯤은 우습게 튕겨낼 아줌마 킬러를 향해 방아쇠를 당겼다. 탕!

"사람 살려요!"

비비탄이 발사되는 가짜 총치고는 꽤나 묵직하다 느꼈을 뿐인데, 누군가 비명을 질러댔다. 아줌마 킬러의 가슴 아래서 피가 쏟아지고 있었다.

"백 사장이 사람을 쐈다! 경찰, 경찰 좀 불러줘요!"

갑작스런 소란에 속옷 바람으로 뛰어 나왔던 사람들 중 하나가 뿜어져 나오는 피를 보곤 혼비백산해 소리쳤다.

"경찰이라면 여 있는데요."

구경꾼들 사이를 헤치고 들어온 이마 넓은 사내가 내 손에서 가짜 총을 빼앗고 손목에 수갑을 채웠다.

"여보야!"

딱 달라붙은 원피스를 입은 여자가 느닷없이 사내의 품에 안겨 흐느꼈다.

"내가 니 땜에 미치고 팔짝 뛰겠다. 니 폰에 위치추적 어플 깔아 놓은 거 몰랐나?"

가짜 총에서 나온 가짜 총알이 어째서 사람을 해칠 수 있는지 영문을 알 수 없었다.

"아줌마, 일어나 봐. 이거 가짜 총인데 무슨 엄살이 그렇게 심해?"

아줌마는 내 말에 대꾸하지 못했다. 나한철이 이를 악물고 아줌마 킬러를 들쳐 업었다.

"무슨 일이라도 생기면 당신 가만 두지 않을 거야."

나한철 곁에 서 있던 젊은 청년 하나가 성난 얼굴로 소리쳤다. 멀리서 구급차 사이렌 소리가 들렸다.

"머리에 피도 안 마른 새끼가 어디서 협박질이야? 모르나본데, 이 아줌마가 연극하는 거야!"

어느새 구급대원 둘이 들것을 들고 방 앞으로 달려왔다.

"이봐요. 왜 남의 아들한테 막말을 하고 그래요? 당신 그렇게 살지 마."

이미 눈에서 생기를 잃은 아줌마 킬러가 꺼져 들어가는 목소리로 내게 자그맣게 외쳤다. 나한철이 등에 업은 아줌마를 들것에 옮기자 이번에는 경찰 사이렌 소리가 바투 들렸다.

"당신을 현행범으로 체포합니다."

사내가 거칠게 나를 끌고 유스호스텔 마당으로 나갔다. 경찰

차에서 눈매가 예리한 사내 둘이 내려 그에게 바짝 경례를 올려붙였다.

“난 아무 잘못이 없다니까. 박태상, 나한철. 뭐라고 말 좀 해봐! 씨발놈들아, 니들은 알 거 아냐?”

나는 수갑을 찬 채로 경찰차에 실리고 말았다. 지금 박태상과 나한철의 정체를 까발리자니 살인교사죄만 추가될 뿐이었다. 정말 미치고 환장할 노릇이다.

“야, 이거 놔! 내가 누군 줄 알고 지랄들이야?”

내게 수갑을 채웠던 사내가 옆자리에 들어앉았다.

“누구긴 누구겠습니까? 총기 탈취범이지! 글고 아저씨 까딱하다간 살인죄까지 추가되게 생겼으요. 지금 총 맞은 아지매가 사경을 헤맨다대요.”

잠에서 깨 코골이를 멈춘 정 회장이 멀찍이서 수갑 찬 내 모습을 보곤 경련처럼 볼을 흔들며 미소 지었다.

나한철

아내가 이혼서류를 내밀었다. 그녀의 볼록한 아랫배가 숨결에 따라 완만하게 오르내렸다. 늘 열쇠로 채워두었던 서랍을 열어 도장을 꺼냈다. 서랍 안에서 젊은 날의 심은옥이 수줍게 미소 짓고 있었다.

오랜만에 아내가 웃었다. 그녀가 웃자 나도 조금 행복해졌다.

이성란

보덕도에서 돌아온 뒤 이틀 동안이나 집에 돌아오지 않았던 남편이 어젯밤 술에 잔뜩 취해 침대로 고꾸라졌다. 그는 내처 스물네 시간이나 잠을 잤다. 짧은 턱수염이 뒤덮인 그의 얼굴이 낯설었다. 나는 간단하게나마 짐을 꾸렸다. 떠나라고 하면 떠날 셈이고 남으라고 하면 남을 셈이었다.

남편은 수척한 얼굴로 잠에서 깨 내게 북엇국을 끓여 달라 청했다. 뭔가 물어볼 만도 한데 그는 내내 말없이 뜨거운 북엇국과 입 사이로 숟가락만 옮길 뿐이었다. 밥은 쳐다보지도 않고 북엇국만 남김없이 먹어치운 그가 연거푸 찬물 두 잔을 들이켰다.

"고마 때려치았다. 경찰이 총 하나 간수 못 해서 어데 쓰겠노? 이참에 기양 해장국 집이나 차려 보까. 니 해장국 하난 잘 끓이잖아?"

남편이 길게 신트림을 하곤 나를 향해 눈을 찡긋거렸다.

"됐다 마. 해장국집이 뭐고? 스타일 망치구로."

"와, 니 오랜만에 사투리 쓰니까네 억수로 섹시하네."

숟가락을 내던진 남편이 팔을 뻗어 내 허리를 감싸 안았다. 까끌한 턱수염이 얇은 티셔츠를 배기고 들어와 아랫배를 간질였다. 자꾸만 웃음이 나왔다.

김진아

요새 나는 과외 중이다. 전과 달라진 게 있다면 과외를 받는 쪽이 내가 아닌 선생님이라는 거다.

"쌤, 몇 번을 설명해야 돼요? 중학교 때 함수 안 배웠어요?"

선생은 제자에게 선생님이라 부르지만 정작 제자는 선생을 이름으로 부른다.

"김진아, 서울대생이면 다냐? 잘난 척 개쩐다."

부루퉁한 얼굴로 나를 흘기고는 있지만 책상 밑에선 선생님의 손끝이 내 손등에 닿을락 말락 한다는 걸 나는 안다.

"더운데 문 좀 열어놓고 하지 그러니?"

불쑥 방문이 열리고 미용실에서 파마를 말고 돌아온 엄마가 들어왔다. 추석이 내일 모렌데 덥긴. 선생님의 손이 재빨리 튀어 올라와 다급히 볼펜을 집어 들었다. 거꾸로다.

“여사님, 진아 걱정은 마시고 일에나 전념하세요.”

엄마가 걱정하는 건 내가 아니라 선생님이라는 걸 유독 그 혼자 모르고 있다.

“나야 준기 씨만 믿지. 이번엔 꼭 검정고시 합격하는 거야. 파이팅!”

말은 그렇게 하지만 의심의 눈초리를 풀지 못하는 엄마가 자꾸 방 안을 흘깃거렸다.

엄마는 지난해 여름 두 달이나 집에 돌아오지 못했다. 그 이유에 대해선 누구도 시원한 대답을 들려주지 않았다. 다만 불안한 목소리로 누군가와 통화를 하는 오빠를 보며 어쩌면 엄마가 영영 집으로 돌아오지 못하는 건 아닐까 하는 두려움에 마음이 졸았다. 그리고 꼭 두 달 만에 엄마는 단단한 체구에 스포츠머리를 한 아저씨의 부축을 받으며 집으로 돌아왔다. 아저씨의 정체가 언젠가 집 앞에서 엄마에게 깍듯이 인사를 하던 그 사람인지는 확신할 수 없지만 나는 아무것도 묻지 않기로 했다. 엄마와 오빠가 무사히 돌아온 것만으로도 세상을 다 가진 것처럼 행복했으니까.

엄마는 스포츠머리 아저씨와 은행나무 사거리에 정육점을 차렸다. 아직 간판도 없는 정육점 앞에 선생님이 어디선가 데려온 도우미들이 춤을 추며 전단을 나눠주었다. 고사상과 몇 개의 화환이 비좁은 정육점을 가득 메우다시피 해 정작 손님이 들어올 자리는 없었다.

"엄마 일신종합상가 번영회에서 엄청 큰 화환을 보냈어. 이건 행복기획 거고, 또 이건 김상호 결혼연구소 거고. 뭐가 이렇게 많아?"

엄마가 솜씨 좋게 숫돌에 칼을 갈았다. 그 곁에서 스포츠머리 아저씨가 붉은 살점을 한 입 크기로 뚝뚝 썰어냈다.

"사장님, 간판 가져왔습니다."

화환 사이를 비집고 들어온 작업복 차림의 남자가 엄마를 불렀다. 엄마와 아저씨가 작업을 멈추고 한달음에 가게 앞으로 뛰어나갔다. 간판은 엄마를 닮아 있었다. 새것이라곤 하지만 반짝이지도 산뜻하지도 않은 그저 그런 디자인이었다.

"스마일 정육점, 이름 좋네."

사다리 위에 선 인부가 손갓을 쓰고 기분 좋게 웃으며 엄마를 내려다봤다. 엄마도 눈가에 자글자글한 웃음 주름을 잡았다.

"이런 날 기념 촬영이 빠지면 서운하죠. 사장님들, 여기 보세요."

선생님이 폰 카메라를 켜고 아직 자리를 잡지 못해 삐딱한 간판 앞에 선 엄마와 아저씨를 한 프레임 안에 묶었다.

"자, 찍습니다. 스마일!"

카메라 앞에서 두 명의 솜씨 좋은 칼잡이가 사이좋게 하얀 이를 드러냈다. 카메라가 사라지고, 인부들이 떠난 뒤에도 둘은 오래도록 먼 곳을 바라보며 웃음을 거두지 않았다. 고개를 돌려 그들의 시선을 좇았다.

계절에 어울리지 않게 하와이안 셔츠에 선글라스를 쓴 남자가 길 건너편 골목에서 엄마를 바라보고 있었다. 아주 오랜 휴가를 떠나는 사람처럼 커다란 캐리어를 든 그가 몸을 돌려 천천히 골목 반대편으로 걸어갔다. 마치 그 길의 끝에 푸른 지중해라도 기다리고 있을 것처럼, 아주 가뿐한 걸음이었다.

작가의 말

지난겨울에도 김장을 했다. 가족과 나누고도 김치냉장고를 가득 채웠지만, 어제는 알타리를 석 단 절여 총각김치를 담갔다. 겨울 무를 소금에 굴려 동치미를 담그고, 노란 알배추만 골라 백김치도 한 통 만들었다. 양파 값이 좋으면 양파청을 담그고, 매실이 익어가는 계절엔 끙끙대며 황매실을 사들였다.

동생은 이런 언니를 볼 때마다 재미있어 한다. 싱싱한 것만 보면 뭐든 절이고 싶은 거냐고 물었다. 그러고 보니 틀린 말이 아니었다. 나는 몇 년 전부터 갖은 채소를 소금에 절이고 과일을 설탕에 재우는 방식으로 현재를 보존해왔다. 몇 달 혹은 몇 년이 지난 후에 비로소 진가가 발휘될 무언가를 위해 항아리 가득 천일염을 채워놓았다. 한때 풋내 나고 상큼했던 이파리와 열매가 전성기의 기억을 간직한 채 하얀 쌀밥 위에 놓이는 순간이 참 좋다.

김장은커녕 양파장아찌조차 담글 줄 모르던 시절, 뻔한 킬러 이야기가 싫어 중년 여성을 주인공 삼아 쓴 작품이 『심여사는 킬러』였다. 어느덧 내 대표작이 되었고, 첫 영상화 판권 계약의 기쁨을 안겨주기도 했다. 그러고도 긴 시간이 흘러 나는 뭔가를 절이기 좋아하는 중년이 되었다. 심은옥은 어느 사이 내 안의 또 다른 자아로 자리 잡았다. 도무지 풀리지 않는 원고를 쓸 때, 결과가 뻔한 연재를 시작할 때, 청중이 드문 강연장에 들어설 때마다 심여사는 내게 잘 벼린 칼 한 자루를 건넸다. “고민한다고 뭐가 달라져? 이봐, 강 작가. 닥치는 대로 삽시다. 그게 늘 우리 방식이었잖아.” 친근하게 충고를 했다.

『심여사는 킬러』는 내 전성기의 흔적이었다. 이미 곰삭아 묵은지 같은 작품을 다시 손보는 일이 처음엔 엄두가 나지 않았다. 그럼에도 개정판을 마무리 지을 수 있었던 건, 책장에서 풍기는 한 때의 풋내와 상큼했던 추억 덕분인 것 같다. 최종 작업인 작가의 말을 쓰는 이 순간이 참 좋다. 부디 나와 심여사의 합작품이 맛있기를, 그리하여 다음 이야기를 기다리는 동안 독자들의 입 안에 침이 고이기를 고대한다.

지면을 빌어 정은영 대표님과 최찬미 편집자님께 감사한 마음을 전한다. 또 든든한 버팀목이 되어준 이상권과 김미리 작가에게 특별한 감사와 사랑을 보낸다.

2023년 1월

강지영

심여사는 킬러

초판 1쇄 인쇄일 2023년 1월 16일
초판 1쇄 발행일 2023년 1월 27일

지은이 강지영
펴낸이 정은영
편집 최찬미
디자인 이선희 박정은
마케팅 유정래 한정우 전강산
제작 홍동근

펴낸곳 네오북스
출판등록 2013년 4월 19일 제2013-000123호
주소 04047 서울시 마포구 양화로6길 49
전화 편집부 (02)324-2347, 경영지원부 (02)325-6047
팩스 편집부 (02)324-2348, 경영지원부 (02)2648-1311
이메일 neofiction@jamobook.com

ISBN 979-11-5740-353-0 (03810)